sui yue shi huang

岁月拾荒

陈建功／著

sui
yue
shi
huang

中国文史出版社

目　　录

辑　四

辑　五

辑　六

辑　七

辑　八

辑　九

有滋有味儿的陈建功（代序）

李　舫①

《涮庐闲话》是陈建功的散文代表作。他曾在另一篇文章里笑称，这是遵了文学界“老饕”汪曾祺之“将命”而写，而且还命了题，非得叫他写“涮羊肉”不可。《涮庐闲话》发表后，许多人说汪曾祺真不愧是“慧眼识珠”之人，找个陈建功把北京的“涮羊肉”写得神采飞扬。故此陈建功也得意扬扬地自诩为“涮庐主人”，“抱怨”登门要求“涮庐”开荤的朋友络绎不绝，悲催地说，“长此以往，唯有‘割骨疗亲’这一条道儿啦”……我初识陈建功时，刚刚编完了一套当代作家的散文丛书，内有他的散文集《默默且当歌》。我也借此把《涮庐闲话》以及他津津乐道的“北京滋味”品咂了一通，因此见面就想起“涮庐”故事，问：“府上那把二尺长的王麻子老刀还在不？”他会心大笑：“我家切羊肉片的‘兵器’，早就‘刀枪入库’啦，连上独涮、家涮、雅集涮三种型号的紫铜火锅，也只能收起来当‘传家宝’啦！……您看现在，无冬历夏，‘凡有井水处皆曰涮锅’，哪儿还有必要开什么‘涮庐’？馋了，就直奔‘东来顺’啦！……”

与时俱进。错过了上世纪末陈宅的“涮庐”雅集，只能到“东来顺”之类去品尝陈建功所说的“北京滋味”了。

陈建功爱交朋友，爱吃涮肉，更爱邀请朋友吃涮肉。和陈建功一起涮肉，那品尝到的不仅是“舌尖上的北京”，也不仅是学到“涮锅子”

---

①　李舫，散文家、文化学者。《人民日报》海外版副总编辑。

的技艺，似乎还能给你更深一层的感悟。比如，仅有的一次应邀与“涮”时，我才知道，原来精品的涮羊肉，必得选“口外”羯羊后腿肉，还得分选其中磨档、黄瓜条、大三叉等等部位，剔筋去膜除掉淋巴结，紧压净血，由有经验的师傅切出肉片摆盘，才能有眼前这羊肉片赏心悦目的观感和一涮成丝、入口则化的口感。陈建功谈起这些，娓娓道来，却妙趣横生。他绘声绘色地描述北平时代秋冬之交，德胜门的曙色中回荡着来自口外的羊群“咩咩”进城“赴死”的“动静儿”，还描述老“东来顺”的门外，切肉的师傅们如何一字排开，一人一案，刀起刀落，“炫”他们切片的技艺。最令我难忘的故事是，涮着涮着，他忽然提醒我，一直置之手边小碟子里的糖蒜，原来是为解腻所用。经他提醒一试，果不其然。不过，看他随后也吃了一瓣，却摇起头来，说固然还可以解腻，却已不是本店腌制。忙请教原委，他说，老“东来顺”的糖蒜，都是自家腌制的呀。唯以夏至前三天的蒜头为料，把一年所耗的糖蒜腌上，早一日尚嫩，晚一日则老矣，这才叫经典传承的经典滋味儿。随即他不无遗憾地悄声宣布，我们这次用餐的“东来顺”，不过是一家加盟店。

我不能不发自内心地赞叹他“活得太精细啦”。

他笑道，“革命”总不应让咱越活越糙的。

这才顿悟，此公绝不仅是如他所自道，是一个“大碗筛酒大‘筷’吃肉”之辈。

不过，“顿悟”不久，却又领教此公“大碗大‘筷’”的风貌了。酒过三巡，菜过五味，陈建功开始松开领带，脱掉西装，然后，毛衣也不要了。一件衬衣与窗外瑟瑟的枯枝相映成趣。有朋友打趣：“如果是夏天，您该咋办?”陈建功答道：“《涮庐闲话》里写过的，一人身后置一电扇，一边吹着风，一边涮呀！如果都是熟人，还得短裤T恤呢!”又有人逗趣：“会不会像路边摊的喝酒人，光着膀子?”陈建功大笑：“说不定！现在穿上了‘官衣儿’，规矩多了!”你永远想象不出，斯文儒雅、和煦如春如陈建功者，笑得何等爽朗。这才是真正的陈建功，脱离了诗书礼仪重重包裹，坦诚若赤子、率真如孩童的陈建功。没有了任何世俗的羁绊，他谈天说地，谈古说今，妙语连珠，悬河倾泻。难怪著名的李贽研究学者张建业教授评论陈建功的散文，题目即借杜甫诗句说“爱君直取性情真”。文如其人，或许就是他赢得广大读者喜爱的缘由！

陈建功出生于广西北海，发蒙即移居京城，耳顺之年频频往返于故乡与京城之间，今年逾古稀却仍童心灿然。从他散文里不难看出，他自少年起便敏感而自尊，因时代潮流的跌宕而有多于常人的悲欣。

陈建功的故事，简单又不简单。高中毕业，陈建功在京西煤矿当了十年采掘工人。舞象之年突然被抛入生命的荒野，落差可想而知。那时的陈建功体重不及百斤，身单力薄，手无缚鸡之力。他扛着一个裹在蓝塑料布里的巨大的行李卷儿，沿着三百六十级高高的台阶，一步一步爬上山去。此后十年，他在这里抡锤打眼，开山凿洞，风尘仆仆，和窑哥们儿相濡以沫，相嘘以暖。无数个昏暗的夜晚，陈建功一个人借着矿区宿舍一盏自制的床头灯，偷偷读《红楼梦》《战争与和平》，又偷偷开始尝试写一点儿什么。那是“黄钟毁弃，瓦釜雷鸣”的时代，而陈建功，不仅从事着最艰苦的职业，而且政治上也屡经坎坷。

“好好活着。充实，自信，宠辱不惊。”很多年后，在一篇怀念母亲的文章中，陈建功写道，“连我自己都颇觉奇妙，十年光阴何以如白驹过隙，忽然而已。尽管迷茫，却不空虚；尽管苦闷，却不消沉。”

十年后，二十八岁的陈建功，踏着吹拂中国大地的春风又走出大山的时候，他的怀里揣着的，是北京大学的录取通知书，还有——蛰伏了十年的文学梦。“历史的转折是一所伟大的学校。它使我认识了自己，认识了人生，也思考什么是文学。”陈建功说。

1982 年，陈建功大学毕业。离开北京大学前，他给大学党委写了一个思想汇报。这个汇报刊登在北京大学校报上，一时广为传颂，《人民日报》《中国青年报》《工人日报》等媒体全文转载。他在汇报中写道，北大四年所得的最大收获，是通过质疑以认识真理的精神。要鼓励青年这种质疑精神，让我们从质疑中坚定真理信念，从质疑中走出自身的局限。任何人都不得质疑的“迷信”、不容质疑的“灌输”，只能豢养家奴和“两面人”。这种质疑态度，始终伴随着陈建功的创作和生活。他的敏锐和宽厚，来自早年命运多舛的磨炼，来自百年传承的北大精神的熏陶，也来自“平民北京”的文化启迪。他认为，质疑是一种健康人格的基础。转益多师、兼容并包，是一种健全人格的体现。

“那刻画人物的艺术雕刀，常能有力地突入性格的深处，开掘出性格的、社会的、人生的底蕴。它的叙事手腕，融合了古典小说特别是宋元话本的优秀传统和五四以来新格式的短篇小说的意识经验，显示了高强的艺术控驭力。他的文学语言，在老舍京味语言的基础上，博采新时代、新时期北京民众的口语，熔铸成既有旧京韵味又有城市新风的现代京白，很富有艺术表现力。”中国社会科学院出版的《中华文学通史·当代卷》论及陈建功，如此评价。这概括了那一时代的读者对陈建功的褒奖，而在陈建功眼里，文学应该就是作家留给读者的心灵痕迹。

应是源于他底层生活的经历，也源于新时期以来文化的“寻根”与“反思”，陈建功对生活的艺术表现尤为注意对俚俗文化思考方式和表述方式的撷取。陈建功的文字，幽默风趣，自嘲而不自弃，反倒显现为一种生命的尊严和神采。他描述人、事、物，寥寥数笔，略有夸饰却传神悦人。他的文字，平实中寓深沉，嬉笑中含酸楚。他娓娓道来，如风展雾。他似乎早已洞悉人生的真谛，亦早就与世界达成了和解。时光荏苒，他甚至不愿意把这些所谓的真谛与和解予以哲理化，更愿意把这些讲成逸闻趣事，聊博一笑或亦可深长思之。陈建功同他的文学一道，曾经置身历史进程的迷狂，搏击历史洪流的旋涡，却似乎永远表现为隔岸观火、嬉笑歌哭。他的文学就是他“这一个”的人生。他深深地懂得，一个作家，何须关注怎样的须臾怎样的永恒，何须抉择讴歌和忧愤的队列。

“弹冠解甲何足庆，率性蓬蒿任尔风”——这或许是陈建功的“夫子自道”。问过他，他说岂敢岂敢，追求的境界而已。

2020年7月28日

辑 一

我和父亲之间

二十多年前，1994 年 9 月 5 日凌晨，父亲因脑溢血突发病逝于张家界的一家宾馆。父亲那时已从北京调到广州工作，是为出席湖南籍已故经济学家卓炯的学术研讨会而去那儿的。上午，接到噩耗，我先是飞往广州，又和父亲单位的领导以及几位亲属一起飞往长沙。多亏湖南省有关方面鼎力相助，派车送我们赶赴湘西，料理丧事。

“养在深闺人未识”的张家界，自从被吴冠中先生推崇，后又经摄影家陈复礼等人传扬，到了 20 世纪 90 年代，已是名满天下了。我对它当然也心仪久矣。然而谁能想到，自己竟以这样一种方式到了那里。

自此很长一段时间，不愿提张家界，不愿提武陵源，不愿提索溪峪。

那是我的伤心哀痛之地。

再往前数十年，1984 年，我失去了母亲。十年后，我又失去了父亲。令人不胜唏嘘的是，父母的离去都如此突然，连抢救时的焦虑都不容儿女们承担。母亲离去时我在南京，那是到《钟山》杂志讨论《找乐》的定稿事宜。离京前一天我还回到家里去看她，没想到第二天飞机还没在南京落地便已得到我母亲因心脏病突发而逝的消息。而父亲，竟是在异乡终老。这种方式恰如父母的一贯作风，他们一生不愿给任何人添麻烦，包括自己的子女。

父母的一生并没有多少传奇性。父亲唯一令我吃惊的事迹，至今我还将信将疑。1949 年，我妈怀上我不久，他就离开家乡北海，远赴广州求学。据说那一次远行很有些惊心动魄——几天以后他只剩一条短裤，狼狈不堪地回到家里。他说船至雷州半岛附近遇到了台风，船被打翻，他抓住一块船板，凭借过人的水性而逃生。“你知道台风来时那海浪有多高？足有四五层楼高呀!”这故事是他教我游泳时说的，我当时就质疑他讲这个故事只是为了给我励志。那时我还不到八岁，可见就已经不是“省油的灯”。当然，那一年，我爸最终还是从北海来到了广州。不久，广州就成为叶剑英治下“明朗的天”，他顺风顺水被吸纳进新中国培养人才的洪流，进入了南方大学。而后，他又被送到北京，在人民大学读研，最后留在那里任教。我爸离开北海不久，北海也解放了，我妈也和全中国的热血青年一样，被时代潮流裹挟进来，先是在北海三小做副教导主任，随后也获得到桂林读书的机会。她毕业于广西师范学院中文系，毕业后被分配到北京工作。

1957 年，父母应该是在北京团圆了。夏天，父亲回家乡接祖母和儿女上北京，我才第一次见到父亲，那时我已跟着祖母长到八岁。“留守儿童”忽然发现，时时被祖母挂在嘴边的“爸爸”回来了！其实此前我已无数次看过父亲的照片，并向同龄人炫耀。在那照片里，爸爸穿着黑呢子大衣，头戴皮帽，站在雪地上，一副英气逼人的模样。就是为了找这个人，我曾经求赶牛车的搭我，沿着泥泞的小路，“吱扭吱扭”地走了一下午。天傍晚时，扛不住好奇的赶车佬问我：“细仔，你坐到哪里才下?”我说，离北京还有多远？我到北京找我爸呀……那赶车佬吓了一跳。他说他也不知道北京有多远，但坐这样的牛车肯定是到不了啦，“细仔，天黑啦，野鬼要出来捉人啦，赶快回家啦!”……那时我才明白，坐牛车是找不到爸爸的。

而忽然有那么一天，一个人，一手拿着一只装满了花花绿绿糖球的玻璃小汽车，张开胳膊把姐姐和我搂到了怀里。这就是爸爸呀！络绎不绝的亲友提着活鸡、活鸭和海味，来看望“从北京回来的阿宝”；过去曾牵着父母的手耀武扬威的玩伴儿们，趴在院子的栅栏墙外观看……从此我寸步不离地尾随在我爸的身后，直到一顿痛打把我扔到了可怜巴巴的地方。

离开北海半个世纪之后，当我以花甲之身回到故乡的时候，在我的姨表弟阿鸣家，看到了当年我爸爸用他带回的相机为他们拍摄的“全家福”——四姨和四姨父站在中间，左右站着他们家的五个孩子。四姨和四姨夫已然过世，表姐妹和表弟同我一样，当年不过垂髫总角，今亦老矣。谈笑间大家说这是我和他们仅存的童年照——因为就在作为背景的公园凉亭里，我不知什么时候溜进了画面，远远地骑在栏杆上，肢体语言里散发着不平。这就是当年我时时刻刻要独霸父亲的“眼球”，不准任何人染指的铁证。然而也正是这独霸的心思，招来了平生挨的第一顿揍，也是唯一的那顿痛揍。

回想那次，我实在没有理由为自己开脱——起因是我爸那天中午和我的四姨父一起到我家附近的酒楼吃饭。这是何其简单而自然的事情！可一直“监视”着爸爸去向的我，为我爸不带我去而气恼。我居然跟踪他们到酒楼门口，“坐实”了父亲的“罪证”，随即回家向祖母告状，要祖母“御驾亲征”。祖母固然不会糊涂至此，却也顺着孙儿指天咒地，甚至言之凿凿地许诺，待这儿子回来定痛打无疑……谁知这都无法平息我的骄蛮。父亲和四姨父吃完了饭，回到家，看到了正在院子里撒泼打滚儿的我。

估计自从回到故乡，我爸已经忍了我几天了，一直想找个机会践行“棍棒”与“孝子”的古训。他先让四姨父离开，又把蹲在身边哄我劝我的祖母拽回屋里，反锁了屋门。听到祖母在屋里又哭又喊，我还不知道大祸临头。直到我爸提着一根竹棍冲到跟前，我才恍然大悟。我被按在当院，当着篱笆墙外围观的街坊邻居的面，连哭带号，饱饱地挨了一顿打。

到今天还在思忖，是不是自此我就变成了一个敏感、内向的人？

此后我爸再也没打过我，甚至连粗声的训斥都没有。我相信父亲也一直在为那次暴打而后悔，虽然其错在我。我感到他的一生都在弥补。比如他每一次到外地讲课回来，都会给我买一件玩具。那些玩具中有训练动手能力的拼装模型，有带有小小马达的电器组合。如今想起来，相比我并不富裕的家境，那些玩具的价格都令我大感吃惊。后来，父亲又给我买了《少年电工》《少年无线电》，而由此衍生的各种电工器械、无线电元件的开销更是巨大。我还清楚地记得父亲带我到地处新街口的半导体元件店，为我买下的那个半导体高频管的型号是3AG14，其价为六元一角六分，而那时父亲的月薪，仅仅是八十九元。我至今还记得，那店员用电表帮我们测试三极管的时候四周的电子迷们那艳羡的目光。而我，从挨打以后，似乎已经“洗心革面”，成了一个“乖乖仔”，甚至可以说有一点儿唯命是从。我虽不再骄纵，却也从此和父亲生分。只要面对他，我永远会感到游弋于我们之间的一种隐隐的痛。至今想起自己在少年时代那永远不卑不亢的沉默，让我为自己羞愧，更为父亲心痛。难道我是个记仇的孩子吗？我为什么再也没有在他面前展露过作为儿子的天真与无忌——哪怕是得到一件玩具后的欣喜、跑过一趟腿儿回来复命的得意？

不过后来我又怀疑，也许，我们之间隔膜的起因，并不像这样富于戏剧性。作为一个父亲，待孩子长到八岁时才出现，无论你再想怎么亲，大都无济于事了吧。

直到他去世，我也没有找到机会，把我们之间的隔阂做个了断。

当然，我是爱他的。我又何尝不知道他也爱我们？

回想起来，其实从我很小的时候，父亲就开始为我谋划人生之路了。我甚至看出来了，是学“理”还是学“文”，父母有着不同的梦想。我妈之所以要我做文学，用今天的话来说，因为她当年就是个文学的“脑残粉”。我少年时代偷看过她的日记，走异路寻他乡的理想、破牢笼换新天的激情，洋溢其间，后来便明白其源出于鲁迅和巴金。父亲并不和母亲争辩，但他不愿我“子承父业”，从事文科类的工作，是显而易见的。比如他对自己的“工业经济”专业，甚至不比做木工、电工、水暖工兴致更高。他对我妈隔三岔五就“点赞”我的作文也从来不予置评，只是每当他修理电闸、安装灯泡的时候，都把我叫过去扶凳子，递改锥。他还教我拆过家里的一个闹钟，又教我把它复原。我的未来，似乎做个修表工更令他欣喜。

年齿日增我才渐渐地理解，父亲似乎对过往“意识形态领域”不断的“运动”更为敏感。而最终使我恍然大悟的是他原来和我一样，很久以来就隐隐地感到头顶上一直笼罩着一团人生的阴影。

“阴影”应该是在我全家移居北京两年以后砸下来的。

那时候知识界有一场“向党交心”的运动，父亲真正由衷地向党交了心：解放前夕他大学毕业时，为了不致失业，曾经求助过一个同窗，据说那同窗的父亲是一个有来头的人物，亦即今人所言之“官二代”吧。随后我父亲发现，那“官”是一个国民党的“中统”。为此他狼狈逃窜，再也没有登门求助。

父亲这种完全彻底的“交心”之举，来自那个时代青年的赤诚，也薪传于“忠厚传家”的“祖训”，就像高血压、脑溢血，属于我们家人祖传的病患一样。而父亲终身的遗憾，就是这“忠厚”竟使他成为一个“特嫌”。那时候他还不到三十岁，全然没料到这样的后果。直到“文革”中两派组织打仗，争相比赛揪“叛徒”、抓“特务”，他被“揪”了出来，这才恍然大悟，原来早已入了“另册”！他这才明白，为什么争取了几十年，入党的梦想永难实现；为什么兢兢业业、勤勉有加，也永远不能得到重用。而我，当然也如梦方醒，明白了自己何以不能入团，不能参军，不能成为“红卫兵”而被称之为“狗崽子”……被高音喇叭宣布“揪出来”的那天凌晨，父亲把我和姐姐、妹妹叫了起来，坦诚地把向“组织”交过的心又给儿女们“交”了一遍。他请我们相信他，他不是特务，绝不是！

我记得听他讲完了，姐姐和妹妹都在看我。

我当然相信他，但我只是点点头，“唔”了一声。我早已不会在他面前表达感情。

又十年，他终于得到了“解除特务嫌疑”的结论。

那时候我还在煤矿当工人，已经快干满十年了。我妈来信催我温书考大学，还告诉我，父亲被“解脱了”。我记得母亲的笔调仍然激情洋溢，她赞颂了高考的恢复、政策的落实，还赞颂了南下北上调查取证的“组织”。

然而由矿区回到家里，听母亲说父亲还是决计南调广州。

我理解。

其实，在人民大学，比他冤的人就有的是。比起那些蒙冤者，这点儿委屈又算得了啥？但对于他，这就是一生。他若继续留在人大，那个笼罩了他近三十年的心理阴影或将挥之难去。

父亲平反南调后，据说终于入了党，先是参与了中山大学管理系的筹建，最后做到广东管理干部学院的副院长。在别人看来，他晚景辉煌。我却觉得“辉煌”之谓言之过矣，但他在广东，治疗了中年时代留下的心灵创伤。作为儿子，聊可慰藉吧。

我们之间的隔膜，却只能是永远的遗憾了。

我所能做的，就是小心翼翼地待我的孩子。

当然，更期待，这世界，小心翼翼地待每一个人。

2015 年 6 月

妈妈在山岗上

四年前，妈妈过世三周年那天，我到八宝山骨灰堂取回了妈妈的骨灰——按照当时的规定，三年期满，骨灰堂不再负保管的责任。

远在广州的父亲来信说，还是入土为安吧！

可是，哪里去买这一方土？

四年前那时候还不像现在，现在倒新辟了好几处安葬骨灰的墓地。那时，只有一个别无选择的、形同乱葬岗子的普通百姓的墓地。我去那里看过，普通百姓身后的居处和他们生前的住处一样拥挤。我辈本是蓬蒿人，把妈妈安葬在这里，并不委屈。然而，想到性喜清静的妈妈将挤在这喧嚣的、横七竖八的坟场上，又于心何忍？

对官居“司局级”方可升堂入室的“革命公墓”，我是不敢奢望的。假若妈妈是个处长，说不定我也会像无数处长的儿子一样，要求追封个“局级”，以便死者荣登龙门，荫及子孙。而我的妈妈不过是一个普通的中学教员。非分之想或许有过——为妈妈买骨灰盒的时候，不知深浅的我，要买一个最好的。我当即被告知：那必须出示“高干证明”。从那以后，我不敢再僭越。现在，妈妈躺在八十元一个的骨灰盒里。躺在八十元一个的骨灰盒里的妈妈，得找一个合乎名分的墓地。

最后，我把妈妈的骨灰，埋在我挖过煤的那座大山的山岗上。

那几天，我转悠遍了大半个北京城，终于买到了一个刚好容下骨灰盒的长方形玻璃缸。我又找到一家玻璃店，为这自制的“水晶棺”配上了一个盖。一位朋友开来了一辆“拉达”，把我送到距北京一百多里以外的那座山脚下。

那些曾经一块儿挖过煤的朋友，现在有的已经是矿长了，有的还是工人。不管是当了官的，还是没当官的，谁也没有忘记我的热情好客的妈妈对他们的情分。我们一起动手，把骨灰盒埋下，堆起了一座坟头，又一人搭了一膀子，把那巨大的汉白玉石碑由山脚下一步一步抬上山来。

石碑俯瞰着那条由北京蜿蜒西来的铁路。

我十八岁那年，列车就是顺着这条铁路，把我送到这里当了一名采掘工人的。当年的我，身单力薄，体重不及百斤。我扛着一个裹在蓝塑料布里的巨大的行李卷儿，沿着高达三百六十级的台阶，一步一步爬上山来。此后的十年间，我在这里抡锤打眼，开山凿洞，和窑哥们儿相濡以沫，相嘘以暖，也尝到了政治迫害的风霜。十年以后，二十八岁，当春风重新吹拂中国大地的时候，我揣着北京大学的录取通知书，又是顺着这条铁路迤逦东去，寻回我少年时代便萦绕于心的文学之梦。

我没想到，妈妈的坟居然就正对着这条令人百感交集的铁路线。尽管是巧合，却不能不使人怦然心动。如果说，这是因为我想到了人生际遇的沉浮兴衰，想到了妈妈可以在这山岗上为她的儿子感到自豪和欣慰，那么，我也未免过于肤浅了。妈妈毕竟是妈妈，她当然自豪过，得意过，为儿子发表的第一篇小说，为儿子出版的第一本书，为儿子获得的第一篇评论……然而，妈妈绝不是千千万万望子成龙的妈妈中的一个。我接触过不少望子成龙的妈妈们，她们所能给予自己子女的只是一种出人头地的焦虑。除了这种焦虑，子女们一无所得。我的妈妈绝不想让儿女们为自己挣回点儿什么，哪怕是一个面子。她从来也没跟我念叨过“争光”“争气”之类的话。她甚至告诉过我，她并不望子成龙，她只希望自己的子女自立自强、自爱自重，度过充实的一生。我当工人的时候，妈妈对我说：“你是不是还应该坚持每周一书？同是工人，我相信，有人活得很贫乏，有人活得很充实。别怨天，别怨地，也别怨生活对你是不是公正。你只能自问是不是虚掷了青春。”我成为作家以后，妈妈对我说：“得意的时候，你别太拿这得意当回事，省得你倒霉的时候想不开。其实，只要自己心里有主意，倒霉了，也可以活得很好，知道吗？”……坦率地说，和许许多多儿子们一样，妈妈的话并不句句中听，自然也就不能声声入耳，特别是当儿子有点“出息”了以后。可是，当你在人生旅途上又走了一段以后，你忽然发现，妈妈这平实的劝诫中蕴藏的是一种宠辱不惊的人生信念、自我完善的人格追求，焉知这不正是妈妈为儿子留下的最宝贵的遗产？

我当然不会忘记妈妈是怎样领我去叩开文学之门的。我十岁的时候，她开始督促我写日记。我十二岁的时候，她让我读《西游记》。同样是十二岁那年，她教我“反叛”老师：“老师让你怎么写，你就怎么写吗？为什么不能写得和老师不一样？”我至今清楚地记得自己的第一次“反叛”：用一首诗去完成了一篇作文。结果我得了二分。“如果我是你们老师，我就表扬你。你不是偷懒。按老师的思路一点儿不差地写，那才是偷懒呢！”——其实妈妈也是个老师。多少年后我才明白，敢让学生“反叛”老师的老师，才是最好的老师。妈妈的苦心在我考高中时得到了回报，那试卷的作文题是“我为什么要考高中”。我开始耍小聪明，玩邪的。对于今天的中学生来说，大概也真的不过是小聪明而已，可对于当时循规蹈矩的初中生来讲，确乎有点儿胆大包天了。富于戏剧性的是，妈妈恰恰是那次中考的阅卷老师之一。阅卷归来，眉飞色舞地夸奖有那么一位考生如何聪明，用书信体写成了这篇作文，成了全考区公认的一份富于独创性的试卷，为此被加了分。讲完了“别人”，开始数落自己的儿子如何如何不开窍。我等她唠叨够了，才不无得意地告诉妈妈：那位因封卷遮盖而使她不知姓名的答卷者便是我。

为这个得意的杨朔散文式的结尾，我的下巴颏儿足足扬了一个夏天。

不过，对于我来说，最为铭心刻骨的还是文学以外的事情。

我的学生时代，家境并不宽裕。父亲虽然在大学教书，却也不过是个讲师。父母除了抚养姐姐、妹妹和我以外，还要赡养祖母、外祖母。我记得小时候，父亲给年龄尚小的妹妹买来苹果增加营养，我和姐姐只能等在一旁，吃削下来的苹果皮。我的裤子穿短了，总是由妈妈给接上一节。当接上两三节的时候，妈妈就笑着对我说：“看，你这模样简直像个少数民族了！”比起那些地处边远、温饱难继的人们，这当然也算不得什么，可是我读书的学校，是一个高干子女集中的地方。那些政治地位优越、衣食无忧的同学们，每逢假日，坐着“华沙”“胜利”翩然来去。新学年返校，这个谈北戴河度假，那个谈中南海做客，我辈寒士子嗣，自尊心岂有不被伤害之理？我永远忘不了班上一个高傲的女同学，穿着一件蓝灯芯绒面的羔羊皮大衣，雍容华贵，使我不敢直视。每当看见那件皮大衣的时候，我就要想起自己的妈妈穿的那件旧皮袄。那是妈妈从南方调来北京和爸爸团圆时，为了抵御北方的寒风，在旧货店买的。那是一件由无数块一寸见方的碎皮子拼成的皮袄，每年冬天，我都看见妈妈小心翼翼地在那些碎皮子间穿针走线。我常常伤心地想，我妈妈穿的衣服，都不如这些女同学啊！这感受，被写进了我的日记，它是不可能不被妈妈看见的，因为她每周都要对我的日记作一次点评。

“你怎么这么自卑？你想一想，自己什么都不如人家吗？”妈妈问。

我想了想，我说当然不是，我的书读得比他们多，作文也写得比他们好。

妈妈说，她也想过，除了让姐弟俩吃苹果皮，穿补丁衣服使她有点儿难过以外，她也不是一个事事都不如人的妈妈。比如，她可以告诉我们该读些什么书，怎样写好作文。

我哭了，妈妈也哭了。

我告诉妈妈，我错了，我不跟他们比这些。

“那你觉得怎么想才对？”

“比读书，比学习。”我说。

妈妈笑了，说：“这当然不坏。不过，慢慢你就明白了，读书、学习也不是怄气的事，干吗老想着‘比’？你得学会把读书、学习、思考、创造，都变成生活的一部分。我这话你大概理解不了，以后再说吧！”

我当时的确是似懂非懂，只有当我十八岁以后，一个人借着矿区宿舍一盏自制的床头灯，偷偷读《红楼梦》《战争与和平》，又偷偷开始写一点儿什么的时候，才渐渐领会了妈妈这段话的深意。那是“黄钟毁弃，瓦釜雷鸣”的时代，而我，不仅从事着最艰苦的职业，而且政治上也屡经坎坷。连我自己都颇觉奇妙，十年光阴何以如白驹过隙，忽然而已。尽管迷茫，却不空虚；尽管苦闷，却不消沉。我把一颗心完全沉浸在写作和读书里。书，大部分是妈妈利用分管图书馆之便，偷偷借给我的。坦率地说，也有一部分是我溜进矿上列为“四旧”的书库偷出来的。“读书人，偷书还叫偷吗?”孔乙己的这句话，常常被我引以自嘲。

当你找到了属于自己的生活方式，你会觉得活得那样忙碌而充实。你不再怨天尤人，也不再度日如年。你渐渐地理解了，你的妈妈不可能留给你万贯家财，她甚至也不大关心你是否能吃上文学这碗饭——我猜想其中不乏余悸和苦衷。你的妈妈最关心的是她的儿女是否能选择到一种有意义的活法儿。这活法儿使他们即便身处卑微，也不会失去自立于同类的尊严感，不会失去享受充实的人生的自信。

妈妈病故的时候，年仅五十五岁。

我已经忘记是哪一位作者在哪一篇文章里讲过自己过生日的惯例了：那一天他绝不张灯结彩，也绝不大快朵颐。他把生日那天作为“母难日”，他说因为自己的出生给母亲带来了太大的痛苦。

每一个人都可以选择最适宜的方式来表达这种孝心。不过，这“母难日”三个字，总使我难免动容。因为我不仅是在出生那天给母亲带来痛苦的儿子，而且是给母亲带来了终身灾难的儿子。因我的出生，使妈妈患了风湿性心脏病，而母亲如此过早地亡故，恰恰是由于心脏病的发作。

我没有更多的话好说。

好好活着。充实，自信，宠辱不惊。像妈妈期望的那样。

妈妈还在山岗上。山岗是普通的，妈妈也是普通的。

每年清明，我都去看望山岗上的妈妈。

妈妈去世后，我们三个子女各自拿了一件遗物做纪念，我拿的是那件用无数块碎皮子拼成的皮袄。

1991 年

不敢敲门

我这个人在感情上是很粗糙的。更何况活得匆忙，也没工夫细腻缠绵。不过，生活中也会有这样的偶然：某一天因为有一点儿什么事情触动了心弦，思绪也会如同潮水一样涌动起来。这突如其来的涌动，固然不像涓涓细流那般千回百转，可厚重的蕴积一旦被唤醒，那奔突冲撞的震撼，或许又是涓涓细流所无法比拟的吧。

面对眼前这片鳞次栉比的房屋，思绪就这样涌动起来了。

此刻，我不知道该不该去叩那扇门。

十年了。倘若我要探访的人和我年龄相仿，那倒没什么。

然而，十年前，他已经是花甲老人，十年后才来敲门的你，怎能不心怀惴惴？

这时候你突然体会到了，淡忘是不可饶恕的。

二十年前我是一个还算利索的窑工。我在京西木城涧煤矿的岩石掘进队跟车。回想起来，那活茬儿很有几分“浪漫”：追着奔驰的矿车上蹿下跳。站在矿车的尾部，头顶上那盏矿灯，像流星一般从漆黑的井巷掠过。最刺激的，当然是挂钩了——侧蹲着身子，一手托着铁钩，一手提着铁销，屏住呼吸，盯着那列轰隆隆奔腾而来的牵引车。“咣”的一声，两车相撞，销落身闪，大功告成，随即又飞身抓上毫不减速冲向前方的矿车，和这黑色长龙一道呼啸而去……对于我来说，这场面的最终结局却一点儿也不浪漫：我差点儿为此送了命。这事回想起来至今仍使我后怕：那一次我登上的那辆矿车意外地出了轨，霎时间我变成了一个西班牙的驯牛士。出轨的空矿车被飞速行进的车头牵动，在枕木上狂奔乱跳，尥蹶子，扭屁股，最后把我重重地甩到另一条轨道中央。没等我反应过来，一辆滑行的装满矸石的矿车已经冲了过来，把我卷到了矿车碰头底下。我醒来时发现自己躺在一位师傅的怀里，眼前无数黄灿灿的矿灯在闪。他们喊我的名字，问我伤在何处。那位搂着我的师傅吆喝着人们去找木板。木板找来了，顺在了我的身旁。我听见他们喊“一、二、三!”就什么也不知道了。

醒来时我发现自己到了矿医院。我知道我被抬上了急救车。我听见了引擎的声响，又昏迷过去。再次醒来时，我已经到了矿务局医院。

我伤得不轻，两节脊椎骨严重压缩骨折，棘突粉碎，肋骨也折了两根。脊柱的神经受损，左腿暂时失去了知觉。伤筋动骨一百天，我必须在局医院绝对卧床三个月。老张师傅，大名张少栋，就是那三个月里朝夕服侍我的人。

我在矿上没见过这位瘦小枯干的老人。他早已退休在家了。这次之所以来照料我，是“立新科”请他“立新功”来了。因为他的家不远，就在局医院对面的黑山居民区。他穿着一身薄薄的黑色中式棉衣裤，脸色焦黄，似乎永远在谦和地微笑。

“你别动，建功你别动，不能动。”我忘不了他那浓重的河北口音。他习惯于絮絮叨叨地重复。一边絮叨着，一边抢着接过我手里的便壶，或是递来我伸手要去够的东西，“这没啥，没啥，你别在意。要说呢，我这岁数是比你高，可你不是受着伤呢吗？走窑的人，谁敢保不伤筋动骨？保不齐！你别不落忍，该开口就开口，听我的，听我的……”

他每隔一小时帮我翻一次身，用酒精擦我的后背，怕我生褥疮。每天晚上，他都去打来热水，一把一把拧干毛巾，一点一点替我擦身子。我的一切日常生活：吃饭、服药、大便、小便，全都得躺着进行。而他，总是含着慈祥的笑，帮我做了一切。看着那微微驼背的身影总在床边闪来闪去，心里真不是滋味儿。端饭倒水尚能忍受，而让一位年逾花甲的老人给你递便壶、倒便盆，怎么过意得去？他一定是看出了我的心思。大概是因为发现我常常把那些事交给来探视的年轻工友代劳。有一天他对我说：“你得把我当自家人。咱爷俩儿赶上了，是有缘。帮你一把，该着！赶明儿你好了，兴许我还躺下了呢，兴许得你去伺候我呢。

都是走窑的出身，谁跟谁?”

这质朴诚挚的心所应该得到的回报，难道就是你一别十年，才来这么一次探望吗?

我可以找出无数理由为自己辩解，我的确忙得不可开交。来约稿的编辑们，来探讨的批评家们，来采访的记者们，来交流的读者们……应酬，会议；有用的，没用的；被请去的，被逼去的。我记得和张师傅分手之初我还架着拐，每次去局医院复查，我都忘不了去看他，留在他家里喝上两盅儿。后来，我上了北大，似乎只来过一两次了。再后来，我再也没来过。倘若这一次不是来门头沟的百花饭店开会，你是不是会永远将这位老人冷落?任何辩解都无法弥补我对这淡忘的歉疚。一个人的歉疚越是深重，似乎就越缺乏补偿的勇气。譬如现在，面对着咫尺之遥的一扇门，你忽然犹豫却步了——敲开了那扇门，假如你得到的竟是一个不幸的事实，那又如何是好?

不敢敲门。

我提着点心、水果回到了百花饭店，给曾经在局医院为我诊治的医生拨了个电话。他告诉我说，老张头早已不再陪床了，除了去年秋天在街上见过他一面以外，已经很久没见到他了。

我又来到医院门口的小马路，打量那些摇着轮椅转悠的人们。我想，他们中间，大概会有当年住院时结识的病友。他们几乎天天都在街上转。向他们打听一下，应该是不难的。

没有一张熟悉的面孔。

我只好去敲门了。

开门的，是张师傅的老伴儿。她一下子就认出我来了：“是你呀！当家的前儿个还念叨你哪！”

长长地，舒出了一口气。

“张师傅挺好吧?”

“好，好，让您惦记着。他在外边呢。不远，不远。四儿！四儿！去把你爷爷叫回来！”

没多一会儿，张师傅回来了。

十年了，他并不见比从前老多少。据说，人过六十，外貌上的变化就很小了。见到我，并不大惊大喜，只是微微一笑，说：“建功来了。”

落座，沏茶，问我的父亲、母亲，问我的妻子、孩子。

我也问他。他说他还在外面干点儿什么，值个班、守个夜之类。

“孙子还没娶媳妇呢。现在可好，娶个媳妇得好几千块。靠他们自己挣？挣不来，挣不来！”

“嗐，挣多少就花多少呗，何必还用您出去干！”

“我行。再说，在家，是待着。去守夜，也是待着。”

他问我大学毕业以后去了哪儿。

“留北京了，在文联工作。”我说。

“那好，离家近了，也好照顾着。可北京也有北京的难处哇。物价高，就你那百十块钱的工资，怎么过哇？”

“是，光靠那百十块钱，日子是没法儿过。我们单位那些年轻干部，挺苦。”

“建功啊，你有用得着的，说话。我这儿多了没有，三百五百还拿得出来。”

“我用不着，用不着。”我犹豫了一下，不知该不该告诉他，我还有稿费收入，“我哪能花您的钱？再说，您放心，我也不缺钱。”

“你拿我当外人。你这样的人哪儿有来钱的路子？不开公司，也不当倒儿爷，就靠点儿紧巴巴的官饷。你听我的，别不好意思张口。”

“张师傅，我真的不缺钱。这样吧，真需要，一定不跟您客气，行了吧！”

“这就对啦，这就对啦。”他说。

中午，爷儿俩围着小炕桌，干了几盅“燕岭春”。师母炒的菜里，专有一盘鸡蛋韭菜、一盘辣白菜。她一定还记得我爱吃。我住院的时候，张师傅经常给我带这两样菜。

告辞的时候，张师傅把我送出挤满了自盖房的居民区。上了马路，我劝他留步。来时我曾经逛了逛马路边上的书店，看中了一本书。我告诉老人家，我要去买本书，然后赶回饭店开会。“我没事，没事。”他偏偏还要坚持着跟我进书店。

我朝售货员要过那本《洪堡的礼物》，翻看它的序跋。张师傅似乎是到旁边的柜台转悠去了。我举手招呼售货员过来，打算付款。老人却不知什么时候回到我的身后了。我听见他悄悄地对我说：“建功，走吧，钱，咱们交啦。”

“什么？您何必……”我真有点儿哭笑不得。怪不得他偏要跟我进书店。我知道这还是因为刚才那个话题。说不定老人家看我拿着书颠来倒去地看，越发认为我在为花不花这个钱嘬牙花子呢。我怎么办？拿着钱跟他在书店里推来搡去？

“这没啥，没啥。”他揪着我的衣袖往书店外面拉，“走吧，你不是要开会去，别误了正事。”

我没再说什么。

黑山居民区外面这条马路与十年前相比，似乎没有很大的改观。窄窄的，稍稍有点坡度的“S”形水泥路。路两旁的建筑比起门头沟繁华地段那突兀而起的如林楼宇，越发显得陈旧而寒酸。然而此刻，大概因为刚刚告别的那位老人的缘故，这一切都给你带来了某种亲切感。

我忽然想起，在这片土地上，或许你还有许多未能了却的情债。

“白老虎”在哪儿？宋文忠又在哪儿？我后来才听说，若不是“白老虎”拼死扛住那辆冲过来的矸石车，恐怕我已经是车下鬼了。而把受伤的我搂在怀里、招呼人们去找木板的，好像是宋文忠。若不是他的经验，我的下身截瘫无疑。还有王成洪，是他抱来了一床被子，给我盖在担架上。还有唐辰功，往我嘴里滴了一管清凉甘甜的葡萄糖水……护送我到局医院的，是当时我们工段的党支部书记郭会军，他给我剪开了满是粉尘泥浆的窑衣，替我擦净了身子，把我推进急救室。在张师傅之前护理我的，大概是刘云祥，那是一位周到的，却不断找话茬儿和你开心解闷的窑工。真抱歉，有的人甚至记不清了——哪一位帮我做了一个木板的书写架，使我躺在病床上还能写作；哪一位替我搜寻过当时很难找到的文学名著，使我得以充分利用那难得的空闲……

人们，你们都在哪儿？

可是，倘使你真的知道了那些窑哥们儿的踪迹，你也真的能一一找上门去，和他们畅叙别情吗？

我只能苦笑，我未必有那么多的时间。

不过，我想我总应该找一个机会，对所有关心过我、救助过我的人说，我想着你们！

1984 年

默默且当歌

我是在山脚下筛沙子的时候，听说自己被北大录取的。

那时我已经在京西矿区干了十年了。打了五年岩洞，第六年上被矿车撞断了腰。伤好以后，我就在那个山洞里，天天率领着四个老太太筛沙子。

更确切地说，那位工友兴冲冲地跑来报信的时候，我正仰面朝天，躺在沙子堆上晒太阳。我记得，听他说完了，当时似乎只是淡淡一笑。

我又翻了个身，我想晒晒后背。当后背也被晒得热烘烘之后，我爬起来，去领我的录取通知书。

你会骂我。

“玩儿深沉。”你说。

我不知道“深沉”有什么可“玩儿”的。那会儿既不知道高仓健，也不明白海明威。我只是想，晒完了后背，什么也耽误不了。

回想起来，有点儿后怕。

我的心，已经像岩石一样粗糙了。

那一年，我二十八岁。二十八岁，已不再是激情澎湃的年龄。

那么，三十八岁的今天，当你打算为那些日子写下一点儿什么的时候，你是否能“激情澎湃”一次？

这或许就是无法挽回的遗憾。啊北大，啊摇篮，啊粼粼的湖光，啊婆娑的树影。你忽然发现，你根本“啊”不出来。

你怅然若失，你不那么甘心。那粼粼的湖光、婆娑的树影，毕竟对你的一生都非同小可。

那也“啊”不出来。

可是，一定要“啊”出来吗？

我更喜欢默默地想。

写小说写出了毛病。

想的，常是那些别人以为不足挂齿的事。

比如，水房歌手。

他们每天晚上九点、十点时的歌唱。

如今，不知那带有几分戏谑的雅号是否能代代相传，可是我担保，那忘情的歌声不会消失。

当年的水房歌手们，他们知道自己至少拥有一个动了情的听众吗？

他们是不会知道的。他们从来不指望拥有什么听众。他们只管赤条条地在水房里蹿来跳去，举起一盆盆凉水，灌顶而下，在“哗哗”的水声里，发出酣畅淋漓的尖叫。要不，他们就站在水池旁，抓住盆里的衣物，搓呀搓，一寸一寸地搓，痴痴地盯着莹莹泛光的皂泡，好像那里不是有童年的梦幻，就是有恋人的倩影。

他们开始如醉如痴地歌唱。

> 冰雪覆盖着伏尔加河，
> 冰河上跑着三套车……

歌声在湿漉漉的水房里回响，居然显得格外圆润而悠扬。

可以想象他们的得意。再往下，决心和刘秉义一比高低，唱得更加哆哆嗦嗦——

> 有人在唱着忧郁的歌，
> 唱歌的是那赶车的人。
> …………

一般说来，伏尔加河上的“三套车”是很难跑完全程的，因为很快就可能有“青松岭”的那挂车出来与之并驾齐驱了——

长鞭哎那个一甩哎，
叭叭地响哎，哎嘿咿呀，
赶起了那个大车，
出了庄哎嗨嗨哟……

另外还有一匹“马儿”则被恳求“慢些走喂慢些走”，因为“我要把这壮丽的景色看个够”。而那匹叮叮当，叮叮当，铃儿响叮当的“马儿”呢——

……那马儿瘦又老，
它命运不吉祥，
把雪橇拖到泥塘里，
害得我遭了殃……

那时，我住在三十二楼的332房间，和水房是对门。我的铺位是门后的上铺，敞开的通风窗像个咧开大嘴的喇叭，对着我的脑袋，天天晚上为我送来这永无休止的歌声。

我得承认，开始的时候，你真恨不得想骂娘——你们还有完没完呀！心里骂着，脑袋扎进了被窝里，可被窝外还是唱得顽强。“唰”，电闸不知被谁拉了，水房里漆黑一片，短暂的寂静之后，那里又亮起了手电筒的光柱。那气氛更加热烈而神秘，俨然一道道追光在舞台上闪烁——

深夜花园里，四处静悄悄，只有风儿在轻轻唱。

人家的闺女有花戴，你爹我钱少不能买，扯上二尺红头绳，给我闺女扎起来。

河里青蛙从哪里来？是从那水田向河里游来。甜蜜爱情从哪里来？是从那眼睛里到心怀。哎哟妈妈。

谢谢妈，临行喝妈一碗酒，浑身是胆雄赳赳。

雄赳赳，气昂昂，跨过鸭绿江。

鸠山设宴和我交朋友，千杯万盏会应酬。

哎哟妈妈，你可不要对我生气，年轻人就是这样相爱。

莫斯科郊外的晚上。

第七不许调戏妇女们。

向前进，向前进，战士的责任重，妇女的冤仇深……

1978年就是这样一个年代。你的耳畔还萦绕着八个样板戏震耳欲聋的鼓点子，从海峡彼岸却传来了邓丽君半喘着气绵绵软软可又挺中听的流行曲。你刚刚听到了“一条大河波浪宽，十八岁的哥哥呀细听我小英莲”，又不能不迷恋上了梨花开遍天涯晨雾袅袅如纱峻峭的河岸上站着的喀秋莎。

在这样的年代，在每一个人都可以无拘无束地歌唱，都可以自命为歌星的地方，如果唱不出这颠三倒四的效果，说不定倒成了一件怪事。

恢复高考是新时期带给青年的第一个狂喜，而七七级的大学生是最先享受了这狂喜的幸运儿。他们中间，又有谁能没有命运转机的喜悦和自得？

能不让他们唱？

看来，我唯一的办法只能是：躺在我的“包厢”里听。

听他们昏天黑地地唱。

生活中往往有这种事情发生，有一天你忽然发现，以往你以为最原始、最粗鄙、最不值一顾的事物里，却蓬勃着激动人心的生命的律动。这个道理是很久以后我才懂得的。

值得庆幸的是，在我悟到这一点之前，我每天都不能不无可奈何地接受着水房里的喧嚣。

慢慢地你能听出来，谁最爱唱《三套车》，没完没了地对人生喟然长叹。谁最爱唱《乡间的小路》，悠悠不尽思乡梦。谁能一句不落地唱下来舞剧《红色娘子军》的总谱，管乐弦乐锣鼓铙钹一人独揽。

“文武昆乱不挡”的，大概就是天津小伙儿苏牧了。不过他的特点倒不难把握：为了充分显示男子汉的自信，他永远要在嗓子眼里压扁每一个音符，“文武昆乱”不管。扮演插科打诨角色者，必是李彤。未来的《人民日报》编辑的拿手好戏有：样板戏唱段，毛主席语录歌，惟妙惟肖的“林副统帅”讲话，于是之扮演的几乎所有角色的复制。他常常“足不出户”，只需在我们332室里恰逢其时地吆喝一嗓子，稍加“点染”，就会使水房里爆发出开怀的笑声……你终于感受到了这昏天黑地的喧腾的底蕴。这里是一个每个人都充分展示个性的舞台。你听到的，竟是这样有趣的歌唱。且不管它是庄严，是调侃，是忧郁，是反讽，也无须管它是否还有一点儿自鸣得意。它们都是被禁锢的精灵冲出瓶口的呐喊，是白兰鸽们在欢腾的白云里、灿烂的蓝天间自由自在的歌唱。

也许，回味那个年代，更值得叙说的是思想解放的大潮如何涌入沉寂多年的未名湖，引起“隆隆”的回响。规模浩大的“五四”学术讨论会；日益开放、日益大胆的讲坛；活跃的学生社团；广泛的社会交流；熄灯后的宿舍，关于“凡是派”“实践派”的喁喁低语；大礼堂里，倾听新学科讲座的一幕幕……相比之下，水房里的歌声也许是1978年的北大校园里最无关紧要的声响。然而，又何尝不可以说，这声响恰恰也是那奔突汹涌的潮水的回声呢？

是的，当年躺在那张“吱吱”作响的双层床上，听着水房里送过来的歌声，仿佛真的可以感受到那潮头的喧闹、那潮头的迷人了。这歌声是我的同代人以情感的方式对一个新的开放的时代伸出的臂膀。这时代不再容忍专制和封闭，不再容忍僵死和愚昧，不再容忍压抑个性，不再容忍蔑视知识和才华。这歌声又是我的同代人对一种新人格的呼唤。这人格不再苟苟且且，无须仰人鼻息，只管让想象自由地飞翔，坦坦荡荡地唱自己的歌儿。

我知道，这感受说不定只属于我一个人。这足够了。又何妨只属于我个人。

因为我曾经在这喧闹声中反省自己十八岁到二十八岁的时光。

你可曾有过一次这样酣畅淋漓的歌唱？当你被怀疑为“反革命集团成员”而接受“审查”的同时，你还接受了审查你的那位书记的吩咐，为他拟定了学习九大文件的辅导报告。当你被取消当“工农兵学员”资格的同时，你发表了你的“处女作”，那恰恰是一首讴歌“工农兵上大学”的诗篇。其实，严格地说，你的“处女作”早在这之前已经发表了，不过那署的是别人的名字。那位“劳动模范”器宇轩昂地在劳动人民文化宫朗读了“他的”诗作《煤矿工人这双手》，然后他到北京饭店吃他的庆功宴。第二天，“他的”诗作就登在了《北京日报》上。而你，老老实实地回到岩洞里开你的风钻……你可料到，会有这样一个时代终于到来？可曾知道，还有这样一种富于魅力的人生值得认同？

选择，就是在这喧嚣与骚动中重新开始的。

你今后还会唱你不想唱的歌吗？

我只唱自己想唱的歌。

当一个水房歌手是多么欢乐。

唯一遗憾的是，我一次也没有到水房里真正地唱过。即使在这以后。

我指的，是用我的笔。

默默地想。

耳边，盆碗响叮当——又是那些别人不当回事儿的事。

毛巾布缝制的碗袋，拴在书包带上。沿着柏墙环绕的小马路，从三十二楼奔一教，从图书馆奔食堂。一路叮当。

岂止我一个。校园里，不时地四散着叮叮当当的大军。

至少在我离开北大的1982年，这响声没有消失。

现在也许消失了。食堂里大概安上了碗柜。

心里流过一丝留恋。

有什么意义？

没什么意义。只是觉得有点儿意思。如果硬要说出有什么意义的话，好像当年听见这声响曾经嘻嘻一笑。它似乎提醒你一点儿什么。

大概，时不时听一听这叮当声，能使你少点儿傻气，少说一点儿

“堂堂北大，八千精英”之类的话。

默默地想。

朱光潜先生去世后，曾想写一篇文章。后来我没有写。因为我从来无缘向先生求教，甚至连一句话都没有说过。

只有两次，在燕南园的围墙边，呆呆地望着他。

他是在散步，还是在跑步？小臂弯曲，平端在身体的两侧，攥着双拳，努力把身板挺得平直，目光平视前方。他的两脚在草地上一蹭、一蹭，每一蹭挪动的距离，顶多一寸。

我在矿山的时候，曾经偷过一次书。那批书被当作“四旧”，准备送去造纸厂。我裹上一件棉大衣，装作和那位打捆装车的师傅闲聊，趁其不备，往腰里掖了几本书。

其中就有一本1964年版的《西方美学史》。

上北大以后，我读了新版的《西方美学史》，朱先生那篇新版序言曾使我久久难眠。

这以后，就见到了燕南园里跑步的他。

望着他那瘦小的衰老的身影，我无法想象，正是这位老人，写了那么一篇风骨劲健的文章。

他的心里，该是多么有力气。

我知道，仅仅凭这材料，何以能写出一篇纪念的文字。

可是，我还是想说，仅仅凭这一点儿印象，我总觉得自己的心里永远流着一条很宽很宽的河。

默默地，我甚至想到了发财。尽管这是梦想。

毕业的时候，班里给中文系的老师们写了一封辞行信，贴在五院的办公楼里。我记得是黄子平写的。后来我加上了几句话。

大致的意思是，老师们生活太清苦。我们一介书生，爱莫能助。寄希望于未来。但愿不久的将来，房子会有的，工资会涨的。学生将为此感到欣慰。

那时心里就慨然一声，闪过一个发财的念想。

然而，至今也没发财。

恐怕将来也难得这机会。

欣慰，还是时时感到了一些的。特别是最近，不时传来某位老师出谷迁乔，某位老师家里接通了电话之类的消息。

真希望这消息多一点儿。

1988年1月25日

后“七七”岁月的惊喜

我们文学七七级的老班长岑献青已经催稿多日，她和我妻子通电话时那口气却温婉得很，说北大七七级的老同学们要编一本书，追忆“天宝遗事”，畅叙同窗情谊，等着老陈的稿子呢。“老陈年纪也大啦，也不能太逼他了，请转告他，争取这次出差前写出来吧。”其实此时离我出差只剩三天了，而我原打算翻箱倒柜地找日记，好查实事情发生的年月呢。这班长，哪里是文学七七级的“老干部”啊，分明是李林甫嘛。不过岑献青的悲悯，倒使我生出一股奋发之气来——原想过实在不行，只好拿两篇旧作以塞责，这回还真的下决心要回忆一点儿什么了。老冉冉其将至也，再不写，或许只能等着“躺到摇椅上慢慢地聊”啦。好在这事发生在 1997 年还是 1998 年都无关紧要，要紧的是，那一年的那一天，我居然在纽约机场遇见了小楂——查建英！

我们是在纽约飞往芝加哥航班的登机口相遇的，说实在的，那时我正在想，文学七七级的同学还有谁在美国。我努力在脑海里展开一幅美国的地图，一会儿阿拉斯加一会儿洛杉矶，时而吴北玲时而徐启华，当然我也想到了查建英，因为几乎她每一次回国，都会找我神侃一通。我知道她住在美国的南部，自由撰稿为生，可惜我这次游美，没有南部的行程，否则是一定要杀上门去的。想着想着，真如梦境一般，查建英斜挎着一个双肩背的背包，顺着登机的人流朝我走来了。我忍不住大叫起来，大概我的叫声有些失态，以致旁边的人都吃惊地看着我，随即无一不为我们的意外相逢报以欣悦的微笑。

我对查建英说：“怎么回事？我正想到你，想着要不要往你家里挂一个电话呢，你怎么就神龙天降了!”查建英告诉我，趁着婆婆来家的机会，她把小孩子扔给婆婆，飞到纽约找刘索拉玩来啦。她遗憾没有早一天遇见我，否则昨晚的“派对”可以一起疯。我说，这会儿见着最好，第一，我是格外怕“疯”的主儿，我可受不了刘索拉的“疯”，别因为我去了，你们“疯”不起来，你岂不白白飞了来？第二，你昨天疯完了，咱们今儿就见着了，可以踏踏实实聊一路，正好。第三，本来还想给你打个致敬电的，这下连电话钱都省啦！……

就这样，带着异国重逢的快乐，聊了一路，直到飞机落在了芝加哥，查建英才消失在人流里，前去转乘飞往南方（新奥尔良抑或是凤凰城?）。

若以年齿计，在班里我应该排行老五（?），长我者有颜乾虎、叶君远、宋聚轩、黄子平。或许刘志达也比我大？那我就要排到老六去了。杜笔海呢，不会比我大吧？难道我还要往后排吗？不管怎么说，在文学七七届，我属于“老大哥”序列。而查建英们，当然包括了苏牧、梁左、李春、赵红等等，大约应该小我们十岁。1978 年到北大报到时，一见查建英这名字我就怀疑她是不是我人大附中一个同学的妹妹。那同学虽然小我几年，却同是一个“造反派”组织的“干将”。有一次半夜里贴大字报，校园里没有糨糊了，我和那同学到北大附中去担。两人担着满满一桶糨糊，从漆黑的田地里走过去，只听咕咚一声响，不见了前面这位的身影，连扁担上的糨糊桶也不知哪里去了。我吓坏了，一通喊叫，才听见仿佛是从地下传出来的断断续续的声音。原来走在前面的查建国掉进了枯井里，我们扁担上的糨糊桶也随之砸了下去。我趴在枯井沿儿上，把扁担伸下去，查建国抓住扁担，又是拽又是扒，总算爬将出来。我问他怎么样，他说没事，只是糨糊扣了一脑袋。我摸了一把，真的是黏糊糊一把。等走到马路上一看，天哪，哪是糨糊啊，“查大头”整个儿成了一个血葫芦。幸好海淀医院就在旁边，赶紧送他进去缝针。你想啊，就这样的交情，当确认她就是查建国的妹妹时，那是什么样的心情？

历史的错误和时代的机遇就这样把年龄参差、阅历各异的青年人放到了一起。近读同学诸君的回忆，知道年纪小的同学们颇感压力。因为年纪小，社会阅历就难免浅些，知道的事情也难免少些，据“年幼”者回忆，说是简直“自卑”得很。呜呼，罪过罪过，兄长这厢赔罪啦。其实老弟老妹儿们也有所不知，诸位的才情也使我辈汗颜呢。其时，查建英、梁左、苏牧、李春们已是头角峥嵘。梁左以幽默见长，苏牧以俏皮取胜，李春以漂泊为指归，查建英则以语言的新鲜和灵动让大家瞠目结舌。我还记得她写的一个短篇名叫“最初的流星”，那语言感觉之新鲜，当时已经让我自愧老也，险些放弃写小说的打算啦。多少年后，梁左以相声和喜剧打出一片天地，惜天不假年，骤然辞世。苏牧教授更不应小觑——某次到友人家中，其孙女正备考电影学院，手捧一册中外影片分析的专著，沉迷其间。一看封面，苏牧教授专著《荣誉》是也。李春则一如北大时那般“草根”——我还记得他一人蹬着三轮车，从清华园火车站往回运《这一代》的身影。毕业以后，我住在刘家窑时，某日李春突至“拜望老大哥”。一开门，一手攥着一尾灰头土脸的鲤鱼，忙问这要干啥，李春说，别问！说着就把鱼扔进了厨房的洗菜盆里。我至今也没闹明白那鱼是哪儿来的。是他买来送给老大哥尝鲜儿的？不像。那鱼一看便知已在地上打过几个滚儿，周身灰土大口喘气呢。我疑心是这兄弟跟鱼贩子打了一架，掀翻了鱼篓，从泥地上抢过来的。既然不让问，我也就不问，那鱼“咯吱咯吱”地一洗，倒也乖巧可人，葱、姜、大蒜、料酒、食盐佐之，亦美味也。送来了鱼，一晃，李春又没影儿了。暌违多年，忽又接他一个电话，说有一件东西要交给我。问是什么，不答。问住何处，说在通州以远的燕郊。于是便相约通州某地，驱车赶去。只见李春手拖一个橘红色的拉杆箱，那小心翼翼的样子就像拖着一箱毒品。荒郊野地，北风刺骨，连个谈话的地方都难找。李春一摆手，其做派真与卖毒品的“老大”无异。接着他带着我走进了一家饭庄。其时大约是下午四点，李春入门便问老板开伙没，老板赔着小心迎过来，说：“先生，早了点儿。”李春说：“今晚我们要在这儿会朋友、吃饭，先在这儿待会儿。”老板当然说“没问题没问题”，又沏茶又倒水，把这两位“爷”伺候得不善。只见“春儿爷”拿过拉杆箱，打开，嚯，满满一箱子手稿。他告诉我，近年他频频往来于渥太华、北京之间。我的天，这夫妻两地分居可够远的。因为往来频繁，见闻也就日益多了起来，文心不泯，遂又写就长篇小说一部，特地拿来，“请老兄指教”。……该说的都说完了，茶也喝得差不多了，还没有到饭点儿。李春和我一样爽快，我们都说在这鬼地方耽误工夫没有太大意思，遂趁老板不在旁边，风一样溜出了饭馆。这一溜出去，我们又天各一方了，至今也未闻李春消息。据说，为了这一本纪念集，已几近“人肉搜索”，还是不知道他在何方。我相信，他一定仍在闯荡中，闯荡的结果，他肯定又会有新作写出来。有时候我甚至想，如雨后春笋般出现的网络作家中，说不定就有一个是李春呢。（此文甫毕，得知李春已经找到的消息，且也有大作献来，快哉快哉！）

后“七七”岁月的惊喜，也不光在我和查建英、李春们之间，比如我也曾在各类国家级文学奖的颁奖大会上与黄蓓佳相遇；在香港作联的聚会上与子平兄重逢；在国家图书奖的评委会上，和一身素布唐装、越发儒雅的张鸣共事……还不止于此，上一周，我在作家协会主持一个外国文学讲座，演讲者是社科院外文所的德国文学研究专家李永平，在电梯口迎候他时，一眼就看出这是北大七七级西语系的同学，曾经同住在三十二楼。本周举行的法国文学讲座上，我又发现讲座人、现任《世界文学》主编、法国文学翻译家余中先也是当年三十二楼的“楼友”。更有趣的是，年前到香港参加一个文学活动，中央驻香港特别行政区联络办公室主任高祀仁宴请代表团，同席的副主任彭清华，也是三十二楼西语系的“楼友”。彭主任笑道，当年趴在三十二楼对面的墙上，借着昏暗的路灯，看文学七七级贴上墙的《早晨》，津津有味啊！

2009 年 3 月 26 日

辑　二

涮庐闲话

我喜欢“大碗筛酒，大块吃肉”那句话。当然，如果把“大块”改成“大筷”，则更适合于我，因为我喜欢“涮”。

写小说的人和写诗的人大概确有别材别趣，对屈原老先生“朝饮木兰之坠露”“夕餐秋菊之落英”的境界，一直不敢领教。即便东坡先生那句“宁可食无肉，不可居无竹”吧，似乎也不太喜欢，总觉着有点儿“宁长社会主义的草，不要资本主义的苗”的味道，尽管我对先生向来尊崇备至。我猜东坡先生其实也并不是真的这么绝对，而是“两个文明一起抓”的，所以才有“东坡肘子”“东坡肉”与“大江东去”一道风流千古。

跟先贤们较这个“真儿”，实在是太重要了，不然吃起肉来，名不正，言不顺。而我，尤其是“不可一日无肉”的。妻子曾戏我：“一日无肉问题多，两日无肉走下坡，三日无肉没法儿活。”答曰：“知我者妻也。”为这“理解万岁”白头偕老，当坚如磐石。

爱吃肉，尤爱吃涮羊肉。有批评家何君早已撰文透露，经常光顾舍下的老涮客们称我处为“南来顺”，当然是玩笑。京华首膳，涮羊肉最著名的馆子，当推东来顺。东来顺似乎由一丁姓回民创建于清末。百十年来以选料精、刀工细、佐料全而蜚声中外。据说旧时东来顺只选口外羊进京，进京后还不立时宰杀，而是要入自家羊圈，饲以精料，使之膘足肉厚，才有资格为东来顺献身。上席之肉，还要筛选，唯大、小三叉，上脑，黄瓜条等部位而已。刀工之讲究就更不用说了。记得刘叶秋先生曾撰文回忆，20 世纪三四十年代，常有一老师傅立之东来顺门外，操刀切肉。桃李不言，下自成蹊。过往人等看那被切得薄如纸片、鲜嫩无比的羊肉片，谁人不想一涮为快？如今的东来顺已经不复保留此种节目，不过老字号的威名、手艺仍然代代相传。我家住在城南，朋友往来，每以“涮”待之，因得“南来顺”谑称。手艺如何，再说，涮之不断，人人皆知，由此玩笑，可见一斑。

我之爱“涮”，还有以下事实可为佐证。

第一，家中常备紫铜火锅者三。大者，八九宾客共涮；中者，和妻子、女儿三人涮；小者，一杯一箸独涮。既然有买三只火锅的实践，“火锅经”便略知一二。涮羊肉的火锅，务必保证炉膛大、炉箅宽，才能使沸水翻滚，这是人所共知的。但挑选者往往顾此失彼，注意了实用，忽略了审美。其实，好的火锅，还应注意造型的典雅：线条流畅而圆润，工艺精致而仪态古拙。当然，还不应忽视配上一个紫铜托盘，就像一件珍贵的古瓶，不可忽视紫檀木的瓶座一样。西人进食，讲究情致：烛光、音乐，直到盛鸡尾酒的每一只酒杯。中国人又何尝不如此？盨、簠以装饭，豆、笾以盛菜，造型何其精美。我想这一定是祖先们的饮食与祭礼不可分割，便又一次“两个文明一起抓”的结果。继承这一传统，我习惯于在点燃了火锅的底火之后，锅中水将开未沸之时，把火锅端上桌。欣赏它红光流溢，炭星飞迸，水雾升腾，亦为一景。我想，大概是这一套连说带练的“火锅经”唬住了朋友们，便招来不少神圣的使命：剧作家刘树纲家的火锅，即由我代买；批评家何志云、张兴劲去买火锅，曾找我咨询；美国的法学博士、《中国当代小说选》的译者戴静女士携回美国，引得老外们啧啧羡叹的那只火锅，也是由我代为精心选购的。我家距景泰蓝厂仅一箭之遥，该厂虽不是专产火锅的厂家，却因为有生产工艺品的造型眼光，又有生产铜胎的经验，在我看来，作为他们副产品的紫铜火锅，仍远超他家之上。散步时便踱入其门市部，去完成那神圣的使命。想到同嗜者日多，开心乐意。特别是那些操吴侬软语的江南朋友们，初到我家，谈“涮”色变，经我一通“大碗筛酒，大‘筷’吃肉”的培训之后，纷纷携火锅和作料南下，不复“杨柳岸晓风残月”，而是一番“大江东去”气概，真让人觉得痛快！

第二，我家中专置一刀，长近二尺，犀利无比，乃购自花市王麻子刀剪老铺，为切羊肉片而备也。当今北京，店铺街集，卖羊肉片者触目皆是，我独不用之。卫生上的考虑是个原因，更主要的原因是：嫌其肉质未必鲜嫩，筋头未必剔除，刀工更未必如我。我进城一般路过虹桥自由市场，每每携一二绵羊后腿归。闲时剔筋去膜，置之冰室待用。用时取出，钉于一专备案板上，操王麻子老刀，一试锋芒。一刻钟后，肉片如刨花卷曲于案上，持刀四顾，踌躇满志，不敢比之东来顺师傅，但至少不让街市小贩。曾笑与妻曰，待卖文不足以养家时，有此薄技，衣食不愁矣！有作家母国政前来做客，亦“涮”家也，因将老刀示之，国政笑问吾妻：我观此刀，森森然头皮发紧。你与此公朝夕相处，不知有感否？吾妻笑答曰如履薄冰，战战兢兢。不知无可切时，是否会以我代之。

第三，我涮肉的作料，必自备之。如今市面上为方便消费者，常有成袋配好的作料出售。出于好奇，我曾一试，总觉水准差之太远。我想大概是成本上的考虑，韭菜花、酱豆腐者，多多益善，芝麻酱则惜之若金，此等作料，不过韭菜花水儿或酱豆腐汤儿而已，焉有可口之理？每念及此，常愤愤然，糟蹋了厂家声誉事小，糟蹋了“涮羊肉”事大。因此，我是绝不再问津的。我自己调作料，虽然也不外乎老一套：韭菜花、酱豆腐、芝麻酱、虾油、料酒、辣椒油、味精等等，然调配得当，全靠经验，自认为还算五味俱全，咸淡相宜，每次调制，皆以大盆为之，调好后盛入瓶中，置之冰箱内，用时不过举手之劳。

第四，北京人吃“涮羊肉”，“大约在冬季”。独我馋不择时。北京人在什么季节吃什么，甚至什么日子吃什么，过去是颇讲究的。“涮羊肉”至少是八月十五吃过螃蟹以后的事。要说高潮，得到冬至。冬至一到，否极泰来，旧京人家开始画消寒图：或勾八十一瓣的梅花枝，或描“亭前垂柳珍重待春风”，一日一笔，八十一笔描完，便是买水萝卜“咬青”，上“河边看杨柳”的日子了。与这雅趣相辉映的便是“涮”。冬至中午吃馄饨，晚饭的节目，便是“涮羊肉”了，一九一涮，二九一涮，依次下来，九九第一天涮后，还要在九九末一天再涮一次，成了个名副其实的“十全大涮”。当然高贵人家的花样会更多些，譬如，金寄水先生回忆睿亲王府的“十全大涮”时，便举出有“山鸡锅”“白肉锅”“银鱼紫蟹蜊蝗火锅”“狍、鹿、黄羊、野味锅”，等等。不过打头儿的还是涮羊肉。我观今日老北京人家，此风犹存。当然不至于如此排场。想排场，又到哪里去弄山鸡紫蟹、狍鹿黄羊？使“吃”成为一种仪式，是十分有趣的文化现象，除了读过张光直先生在《中国青铜时代》一书中的一篇文章以外，尚不知有谁作过研究，我相信这一定会引起文化人类学爱好者们的兴趣，自然我也是其中一个。不过，真的让我照此实践，待到冬至才开“涮”，又如何打熬得住？我是广西人，南蛮也，只知北京涮羊肉好吃，论习惯该何时开涮，是北京人的事，我辈大可自作主张。反正家中有火锅、大刀、作料、羊腿伺候，“管他春夏与秋冬”！前年有一南方籍友人赴美留学归来，上京时暂住我家。时值盛夏，赤日炎炎。问其想吃点儿什么，以使我尽地主之谊。答曰在大洋彼岸朝思暮想者，北京涮羊肉也，惜不逢时。我笑道，你我二人，一人身后置一电扇，围炉而坐，涮它一场，岂不更妙？当其时也，当其时也。言罢便意气扬扬，切肉点火。

迷狂至此，不知京中有第二人否？

北京滋味

——涮庐主人闲话

你拿着一张北京地图，你读懂北京了吗？

你走遍了北京的大街小巷，你品到北京滋味儿了吗？

你在北京生活了一段，你活出自己的滋味儿了吗？

我是到二十八岁时才开始“读”北京的，因为那一年我上了北大，听了第一次讲座，由侯仁之教授主讲。此前我已经在北京生活了二十一年，听了侯教授的，我才知道，前二十一年基本白活。因为北京太有意思，而我，却只是在北京“活着”而已。讲座结束后的次日，我流连于北大勺园，想米万钟，又想到侯教授的老师洪煨莲。到了星期日，我跑到永定河畔，感受这几近枯竭的河水当年如何孕育出一个聚居点，成了都市最原始的胚胎。我又跑到莲花池，因为记得侯教授说过，莲花池之水滋养了蓟城，由此而金中都兴，北京城即由此发展起来。坦率地说，只凭一次历史地理学讲座听来的知识，我哪里看得出什么名堂。北京，是要“读”的，可以用历史地理的眼光去读，还可以用民俗学、政治学、建筑学、方言学、艺术史、文学史……北京有着无穷无尽的滋味。

北京滋味在庙堂之高，也在胡同之深；在官宦之显，也在平民之乐；在历史的积淀，也在当下的开拓。缤纷斑斓，深邃无涯。因此，读北京，说读懂了，已不够谦虚；说读透了，那肯定是吹牛。寻访历史，你会发现这是一个不时发生惊心动魄的历史事件的地方——望着天安门巍峨的宫墙，我老是在想象当年那只颁诏的“金凤”，如何从城堞上放下来，把宣统退位的旨意昭告天下。走过张自忠路，我总是想起倒在段祺瑞执政府门前的刘和珍们。到菜市口的西鹤年堂抓服药，出了门我总是望着马路对面心惊肉跳——我想起看到过的几张来华洋人留下的历史照片上，分明记录着菜市口行刑的惨状。谭嗣同等戊戌六君子，正是在那儿被砍了头啊……几年前，到一个宅子里吃饭，人家告诉我这是民国外交家顾维钧的宅子，顿时吓了一跳：那时刚刚拜读了黄兄宗汉出版的历史学博士论文，知道这里就是孙中山先生来京养病和最终辞世的铁狮子胡同行辕。那一顿饭，眼前老晃动着孙夫人和民国精英们在宅子里蹿来跑去的身影，一会儿笔录“总理遗嘱”吧，一会儿报告“总理病情”吧。这就是北京，历史的风云说不定啥时就在身边翻卷起来。

依我之好，倒更喜欢探访北京的平民。我发现这是藏龙卧虎、蕴含着丰沛的性格故事和人生感悟的地方。我曾经听过“最后一个太监”孙耀庭的采访录音，听他讲鹿钟麟“逼宫”时，太监们如何从紫禁城鱼贯而出，或投靠立马关帝庙栖身，或寻访自己的“命根儿”，以携回乡，为的是以后落葬时可以回归祖茔。芸芸众生的困顿悲凉同样可以催人泪下，感人肺腑。我也曾听过几位“八旗子弟”讲述自己家族人生的败落史，他们怎样沦落到天桥下唱起了单弦岔曲。为了维护一点儿贵胄的尊严，怎样坐着洋车去，从书场正面上场，怎样器宇轩昂地宣称“不过来玩玩儿子弟功夫罢了！”怎样在献艺后又从正面下场，坐上洋车绝尘而去，回到家里却又五脊六兽地期盼着书场的掌柜登门送钱。我渐渐悟到，造就了北京的悲喜剧性格的，与其说是帝王将相、达官显贵，不如说是如此跌宕起伏的人生。就拿天桥来说，这老北京平民的游乐场，又怎样杂糅了平民百姓的悲酸与放达、落魄子弟的自尊与自嘲，北京人思考样式中独特的美学特征，或许正是从中孕育而出的吧？

只有品味到了这深层的韵味，你才算接触到真正的北京滋味啦。

什么时候你不说“明天”，而是说“明儿”了；什么时候你不说“胖”，而是说“胖乎乎”了；什么时候你不说“硬朗”，而是说“硬硬朗朗”了——也就是说，你会用“儿化韵”和“双声叠韵”说话了，你算是到了北京了。

当然，也就是“到了”而已。

当你夸奖某个北京人，却听他一本正经地说：“您这是骂我！”你毫不吃惊，反而哈哈大笑，您算是开始学会品咂北京滋味、读懂北京人了。

读懂北京人不是一件容易的事。大约是十年前吧，如日中天的王朔和他的几个哥们儿拍了一个电视情景剧，名字我都忘记了。即将播出时，开了一个发布会，记者问："您认为这出戏拍得怎样？"王朔说，顶不济也是一本《飘》吧，闹不好还整出本《红楼梦》呢！媒体当即大哗——朔爷敢放如此狂言，真是滑天下之大稽也！我记得自己不久就写文章替这位老弟辩过诬。我说，滑天下大稽者不是王朔，而是衮衮诸公啊。首先阁下问题就问得笨，电视剧的发布会，本来就是想告诉你本片拍得棒，你还要问人家拍得怎样，不笨吗？其次是王朔回答得妙——北京智慧啊，给你幽一默，夸饰一下，其实这夸饰里充满了自嘲，这自嘲的潜台词是：您还指望我能给您写本《红楼梦》怎的？当然这自嘲里又在"嘲你"——你还真以为一个电视剧能成一本《红楼梦》啊？……最后，更可笑的是，衮衮诸公又冒了一回傻气——把人家的幽默当真，还鸣鼓而攻之，不滑天下大稽是什么？

要是非得看了我这文章您才明白王朔，您还需要再学。

等到终于有那么一天清晨，您在街上看到了几个骑着三轮车的老爷子。他们的三轮车上放着几只鸟笼子，上面蒙着蓝色的罩子。老人们说，得赶在汽车喧嚣之前把他们的百灵送进景山或者天坛。你说："唉，给鸟儿都那么上心，不易啊，话又说回来，不上心行吗？万一这百灵都脏了口，还不心疼死了？可话又说回来，天棚鱼缸石榴树的北京啊，没啦……"听这话，您就差不多及格了。因为您学会了北京人的思考，会"话又说回来"啦。

乐天知命，宽厚处世，转着圈儿理解别人、理解人生、理解时代，这就是北京滋味，这就是北京人。

而我所要说的，不过是皮毛。真的。

开篇正名

《涮庐闲话》，是我写过的一篇散文。那散文是得了文场老饕中"统领群芳"的汪曾祺先生的"将令"，或亦可谓"遵命文学"？汪先生的“将令”上不仅要求我写“作家与吃”，而且还点了题，就让我写涮羊肉。敢不“伯也执殳，为王前驱”？写到痛快处得意忘形，“涮庐主人”自命，始之于此。

那篇文章被不少报刊转载和转引，“流毒甚广”。文章不长，经济效益微乎其微，倒是招来不少朋友杀将上门，一“涮”为快，使“涮庐”隔三岔五就昏天黑地一场。为此曾撰文惊呼：罢罢罢，长此以往，舍下那把购自“王麻子”老铺的二尺大刀，怕也没羊肉可切，只有割骨疗亲的份儿了。

话是这么说，心中还是颇有几分得意的。一个来自广西的“南蛮”，居然敢在煌煌帝都人模狗样地论起帝都的“食文化”，似乎比当个小说家“牛”多了。人性弱点，又可奈何？不过我的举动恰恰又有文化人类学上的依据亦未可知：恰恰因为是一个“南蛮”，才可能对陌生的文化有“文化的震惊感”，才有可能把北京的羊肉涮得比土生土长的北京人更有滋有味儿！……“理论一经掌握了群众”，便越发地豪迈起来。“涮庐主人闲话”，便是这持续“豪迈”的产物。

北京是个好地方，可活在好地方，不一定就活得好。活得好，不光得有吃有喝，还得有文化。有吃有喝，能叫您饿不死；有文化意识，能叫您活得有滋有味儿。人不光要图个饿不死，还要图个有滋有味儿，是不？在北京，得这么活。其实，全中国、全世界，哪儿都一样。

话说到这儿，鄙人侃“涮”，侃“全聚德”的烤鸭、“月盛斋”的烧羊肉，侃“六必居”的酱菜、“谭府酒楼”的名肴……就有了个“名正言顺”的“说法儿”，是叫“两个文明一起抓”，还是叫“弘扬民族文化”，都行。反正“闲话一番”，不光得有“意思”，更得有“意义”，这才能踏踏实实开聊。

按老舍笔下的一个反面人物的说法，这叫什么来着？

哦，他说：“真他妈中国人！”

用这话骂陈某人，一点儿也不冤。

话“涮”成“痨”

如前所说，“涮”，其实我已经侃过了。再侃，用北京人的说法，有点儿“贫”。北京人就是这样，干什么都得“全须全尾儿”。“尾儿”，在北京话里，读似“倚儿”。这话是从斗蟋蟀那儿来的：一场争斗下来，自己的“大将军”仍旧“全须全尾儿”，是一件很“拔份儿”的事。或许因为北京人住在一座“全须全尾儿”的城里，又住在一个“全须全尾儿”的四合院里，一年三百六十五天，从初一的饺子到大年三十的合家宴，吃的也是一套“全须全尾儿”的饭菜，听的，又是“公子落难，小姐养汉，丫头捣蛋”之后，“洞房花烛，金榜题名”的戏，也是“全须全尾儿”了才舒坦的……依这老理儿，说到“北京滋味”，还自称为“涮庐主人”，难道能不从“涮”开始说？哪怕你自己都觉得“贫”，算得上是“话‘涮’成‘痨’”了。

其实在《涮庐闲话》里早已透露，北京人应时当令儿的吃食，已经是渐渐被“革命”了。当然，正宗的、老派儿的北京人，“应时当令儿”是深藏心底的。今年夏至那天，我忽然馋羊肉了，遂向太太提议：“今天咱们吃‘烧羊肉’如何?”太太的“反革命本质”几乎是不假思索地斥道：“哪有大夏天吃烧羊肉的？这不找热火攻心吗?”未几，我的学生周家望来电话，开口就是：“今天夏至，师父吃面没?”引得我把刚刚被镇压的“革命精神”又焕发出来，喊道：“我要吃羊肉——烧羊肉、烤羊肉、涮羊肉!”周家望哈哈大笑，说：“马克思主义的道理千头万绪，归根结底就是一句话：造反有理！……”其实“造反”早就开始了。试想今日北京，谁还有雅兴描“消寒图”，填“亭前垂柳珍重待春风”？而“涮”，也早已无须到冬季，更无须“东来顺”。不信您到北京的街头看看，无冬历夏，声威雄壮，大有“凡饭铺处皆曰可涮”的气派。盛夏的夜晚，大饭店里，冷气开放，自不待言，小饭馆的门外，也是红光闪闪，有人赤膊围聚，不惜大汗淋漓。所为者何？涮也。这围炉大“涮”的场面，或应也算“王谢堂前燕”飞入“寻常百姓家”的佐证？革命形势“大好”不是“小好”，盛世华章，或亦可平添一景？

其实“涮”里，从来不缺“家国情怀”。

曾经昙花一现的，是一种叫“共和锅”的“涮”法。恐怕我是吃过“共和锅”的最后一代人了。吃“共和锅”用的，是一张桌面中空的大方桌，桌面中央的空洞里放着一只直径约为一米的大铜锅，锅里用一块一块铁丝网隔成一段一段的“自治区”，以防止羊肉片“偷渡”。

来涮“共和锅”的人，不分男女老幼，生张熟魏，皆可同席围坐，到锅里找一格空间，将您点的那些羊肉片豆腐白菜之类，在自己的辖区里涮。一边涮，一边聊，倒也有那么一点儿“五族共和”的味道。

我理解，这“共和锅”，其实是饭馆专为解馋的散客所设。那时一个人单独进店，似乎还没牛到一人一锅独享的地步，“入群”共和，似乎是没有办法的办法了。我见到这“共和锅”，应是在上世纪70—80年代，地点是在海淀街里。已经是我大学时代的事了，若不是一位德籍汉学家问起，我已经把这有趣的一幕给忘了。自然，同样是“文化震惊”的理由，这老外对“共和锅”要比我在意得多。有一次他告诉我，他是“文革”时来中国留学的，因此，他应该算“工农兵学员”。而后，忽然问我：“我最忘不了到小饭馆去吃‘共和锅’，只是我到现在也没闹明白，这名称是从什么时候叫起的？为什么把它叫‘共和锅’呢？”以研习旧京民俗为自豪的我辈，竟无以作答，最后只好老老实实说且待我查一查。

一位谙熟旧京民俗的老人告诉我，其名之得，果然取自“五族共和”之意。真是“人皆可为舜尧”的北京人，在一口大锅里捞羊肉片，都捞得出如此“伟大的意义”。

甭担心北京人“姓社姓资”“重义重利”，北京人天生是政治家。

在我看来，倒是那餐饮文化的微妙处会不会一点一点被抛弃，更令人心存隐忧呢。

有些东西抛弃了，是文明进化使然，是必须的。记得过去到东来顺，有一种吃法曾令我终生难忘。即其中某部位的羊肉，是可以生吃的——当即听了服务员指点，直蘸作料入口，果然鲜嫩爽滑，与涮后所食，大异其趣。再次去时，知道因有卫生之虑，已经取消。当然难免失望，但谁能说这不应该呢。然而也有令我扼腕的。比如老东来顺的糖蒜。每次到东来顺涮羊肉，糖蒜是我必须点的。相比那入汤成缕、入口则化的肉片，看似“微不足道”，其实大有说辞。特别是东来顺总店的糖蒜，全系本店自制。据说他们每年唯以夏至前三天的蒜头为料，把一年所耗的糖蒜腌上，早一日尚嫩，晚一日则老矣。小小糖蒜，精细若此，这才叫经典传承的经典细节。遗憾的是，前不久就餐于东来顺某加盟店，酒酣耳热之时，推荐友人享用那糖蒜。入口便知，所荐早已不再是那“经典”，甚至疑心那糖蒜绝非正经的酱菜园子所出。结账时赔着小心询问：“糖蒜可是贵店自己腌制？”那美女一脸鄙夷，答道：“我们怎么会自己腌糖蒜？怎么可能？”

…………

但愿这只是加盟店的肤浅。

二百年老卤的自信

月盛斋地处前门，更准确地说，它在北京前门箭楼的眼皮子底下。窄小的绿色门脸儿，顶多有丈余宽，和它东边的加州烤肉、西边的朝鲜烤肉店相比，虽说都是以风味肉食为特色，它的芳邻却透着器宇轩昂，而它，则越发显得有些可怜兮兮。不过如果您知道了它的历史，又品尝了它的酱羊肉和烧羊肉，您会觉得它这寒酸的外表后面，透着拥有传统、固守传统的自信与悲壮。不管别人如何器宇轩昂，二百年的传统谁可比肩？一天一天、一月一月、一年一年传承至今的“百年老卤”，用这老卤烧出的牛羊肉，更是足可睥睨天下了吧？

“山不在高，有仙则名。”诚哉斯言。

闻名全国的月盛斋马家老铺，系马庆瑞于清乾隆四十年（1775）创办，迄今已五代不衰。传马庆瑞曾在清廷礼部衙门当差，时得礼部赏赐的祭祖供品如全羊之类，加之他又曾在御膳房帮忙，暗学得御膳房酱羊肉、烧羊肉手艺，遂操此业。

到了其子马永祥、马永富兄弟，对酱羊肉的工艺又加改进，求得太医院太医的帮助，加入丁香、桂皮、砂仁、大料等，经反复研制，做成了至今闻名遐迩的“五香酱羊肉”。

早在清代，五香酱羊肉即负盛名。清末柏泉孙著《道咸以来朝野杂记》称：“……月盛斋所制五香酱羊肉为北平第一，外埠所销甚广，价之昂亦无比。”马家老铺第五代传人马霖亦曾撰文说，慈禧太后也嗜月盛斋的酱羊肉和烧羊肉如命，为了随时吃到月盛斋的肉，特于光绪十二年十月十二日颁下“腰牌”四块。“腰牌”者，今之“通行证”是也，以使月盛斋进宫送货，畅通无阻。足见月盛斋当年的品位。

用马霖先生文中的资料，月盛斋酱羊肉和烧羊肉的特色是：“选料认真，制作精细，火候适宜。”所选羊肉只选用羊的前半截，还要根据肉的部位确定下刀之法。下刀不好，块儿大则难以入味，块儿小又过于细碎。各种调料皆为精选，不怕价高。掌握火候最见功夫：先用旺火一小时去腥膻，又用文火七小时入其味，最后兑入那百年传下的“陈年宿汁”……

说起这陈年宿汁，京师人士多有传闻，颇具传奇色彩。月盛斋每次制作酱羊肉后，是必须将汤汁留存一部分，以备下次之用的，如此代代相传，已有百年之久。这宿汁之浓郁醇厚，可以想见。对月盛斋来说，其弥足珍贵，亦可谓命脉所系。然“文革”浩劫破“四旧”时，“老汤”险遭厄运，几乎失传，幸有月盛斋传人秘密保存，得以在“文革”之后有月盛斋的重振。

知道这富于传奇的故事，当您推开那扇绿色的小门走进去的时候，您会觉得您是走进了历史。

那小小店堂的东墙上，挂着字迹陈旧的说明招牌，上书：

> 本斋开自清乾隆年间，世传专做五香酱羊肉、夏令烧羊肉，均称醇香适口，与众不同。前清御用上等礼品，外省行匣，各界主顾无不赞美。天下驰名，只此一家。诸君赐顾，请认明马家字号，庶不致误。

我常常将酱羊肉和烧羊肉都分别买上一些，再买上一瓶烧酒，回家细细品尝。我发现它确乎堪称“肥而不腻，瘦而不柴，不腥不膻，齿颊留香”，那感觉是吃别家的烧烤所难以得到的。要命的是，一想到它出自一锅百年老卤，老是觉得吃到了二百年前的真东西，觉得一块儿咀嚼的文化，也“肥而不腻，瘦而不柴”似的。

历史就是历史。传统就是传统。二百年就是二百年。老卤就是老卤。

不服气是不行的。

你真的会吃烤鸭了吗？

“京师美馔，妙莫于鸭，而炙者尤佳”，语出《燕京杂记》。炙鸭，即今人所说的烤鸭。近年北京旅游业有“不到长城非好汉，不吃烤鸭真遗憾”的口号，前一半是毛泽东的诗，后一半是后人所续。若此事发生在“文革”，后果不堪设想，而此口号在今日，却实在是应运而生。你能想到，北京人已经有了和毛泽东玩玩幽默的情致，可见生活的确是变得有些趣味了。那么，吃烤鸭，大约也不应该只满足于朵颐之快吧？

何况，如果没有人加以指导，“朵颐之快”是否能满足亦未可知。

笔者曾在鼎鼎大名的全聚德烤鸭店见到一位来自南方的朋友，要了一盘烤鸭、两碗米饭，用筷子夹烤鸭蘸甜面酱，一口烤鸭一口饭食之。而另一群来自东北的老兄，虽不用米饭用大饼，也是一口大饼一口鸭，五十步笑百步而已。开个玩笑，久居京华的笔者，对此“暴殄天物”，简直要“怒从心头起，恶向胆边生”了。烤鸭为我京师名肴，而全聚德为我京师百年老店，自清同治三年（1864）创办，从来是以荷叶薄饼卷而食之。食用的办法是：取荷叶薄饼一，铺陈于小碟之上，抹上甜面酱少许，再加羊角葱几根，再加上烤鸭片儿。放好后将饼的一左一右卷起，最后将底部稍稍向上一折，以防油汁下滴。吃的时候，将饼卷举而食之。用饼卷，不可少，此其一；抹甜面酱，不可少，此其二；加羊角葱，不可少，此其三。若实在吃不惯葱，也应将饭店送上的黄瓜条夹入。以上各项，哪一项也不可或缺。吃烤鸭，又是一种“综合艺术”，和京剧的且歌且舞，中医的望闻问切、金木水火土如出一辙。阁下万勿一口饼或一口饭，再来一口烤鸭，让它们到肚子里去“综合”，必须于盘上“综合”好了，一起送入口中品尝。当然，阁下既已交了银子，如何把这鸭子吃下去，我辈又何须饶舌？然笔者爱我京华传统，苦心孤诣，谅您不致误会？

当然，您会卷起了荷叶饼，把烤鸭放进嘴里，您的食鸭之道，也就仅仅算得上入门而已。北京的烤鸭，其实还分两大流派，一曰挂炉烤鸭，前述百年老店全聚德，即此烤法之代表。挂炉是一个拱形的炉门口，烤制时并无炉门可关闭。炉内燃枣木，枣木质坚而带果香，以此木燃之，火焰经久，行家食之，甚至可品出挂炉鸭中带有果木之香。近年不少烤鸭店实施了“电炉烤制”，笔者以为，从生态计，从效率计，皆应顺应历史潮流，不过挂炉烤鸭过去的果木清香，在用电炉烤出的鸭子中已难得寻觅，不能不是一个遗憾。阁下若愿成为品尝烤鸭的专家，不妨“转益多师”，到前门的全聚德吃一回，再到和平门的全聚德吃一回，还可以到王府井的全聚德吃一回，您若能品出哪家是电炉制作，哪家是枣木烤出，鉴赏水准，当可自称入品。另一派烤鸭，曰焖炉烤鸭，烤法之代表是便宜坊，前门鲜鱼口和崇文门大街分别有便宜坊的老店和分店。说起来，便宜坊也是一个百年老店，创办于清咸丰五年（1855），同样声名远播海内外。焖炉烤鸭的烤法和挂炉有所不同，它的炉膛口有一门，烧高粱秸为燃料，焖烤时，是将高粱秸把炉膛烧到一定温度，然后灭火，把鸭子置之铁箅，放入炉膛，关上炉门焖烤。挂炉烤鸭外皮酥脆，焖炉烤鸭则更重肉质的鲜嫩。您如果只尝了全聚德，而未涉足便宜坊，充其量也只能说是半个烤鸭美食家罢了。

还有一个纯粹是属于个人经验的建议，本没有胆量说出的，某日请教了美食大家、小说家汪曾祺先生，居然也聆听到同样的见解，所以才敢在此道出。笔者以为，君若有意品尝到烤鸭的真正滋味，是不可到烤鸭店去举办宴会来品尝的。就说全聚德吧，其创办之初，除经营烤鸭外，只做三个菜：炸鸭肝、蒸蛋羹、鸭架汤。如有客人有炒菜的要求，店家只有到隔壁的菜馆代为购买。可以想见，当年人们品尝到的，是烤鸭的真正滋味儿。现在的烤鸭店当然早已不是这样，为盈利，为方便，也大可不必这样。然真正有意品尝烤鸭者，不能不感叹人们在社会前进中的迷失。就说人们每每定下的昂贵的宴会，八珍皆备，五陆杂陈，最后一道热菜才上来了烤鸭。可怜的鸭子们颇有点儿像今天的人类，面临着在五光十色中迷失了自我的窘境。因此，每临此境，笔者都不免发出“返璞归真”的心声：何如只上烤鸭一道，再上鸭架汤一道，那样您才能发现，烤鸭，的确名不虚传，京中第一佳肴美馔也。由此笔者建议，阁下不妨以一种更为朴实的方式走进全聚德：三五同好，不为生意的应酬，也不为虚礼客套，只为寻觅一种传统佳肴的真正滋味，不点别的什么菜，不管服务小姐如何劝说，如何不屑，只坚持要烤鸭和鸭架汤。请君一试，相信感觉不俗。当然，如果您还是要请客，也声明说您只要“全鸭席”——凉菜四道：卤什件、白糟鸭片、拌鸭掌、酱鸭膀。热菜四道：油爆鸭心、烩四宝、炸鸭肝、炒鸭肠。下面就是烤鸭，再后就是鸭架汤了。什么葱爆海参啦，芙蓉鸡片啦，万万不可点的，花钱事小，喧宾夺主，错，错，错！

寻找酸梅汤

寻找酸梅汤的过程，真是一个悲壮的历程。

今日北京，想找一杯可口可乐易如反掌，可找一杯酸梅汤呢？说实话，我转遍了半个北京城。

最悲壮的还不是满北京的寻寻觅觅，也不是问谁谁不知而我仍然一意孤行。最悲壮的是，当我终于在偏僻的关东店找到了这家二百年老字号，怀着虔敬步入其间，问曰酸梅汤有否，再问贵店店史材料有否的时候，售货员的眼神简直像是在打量一个天外来客。

倘若我穿得衣冠楚楚，说不定还好一些，那就会被看成海外来客了，因为当我在桌旁坐下，一小口一小口地把那碗酸梅汤抿进去的时候，售货员告诉我，现如今，远道而来，专为了找“这一口儿”，访这家老店的人，也只有台湾或海外来的同胞了。

这话说得我也有几分惭愧起来，如若不是台湾的一家报纸向我约稿，要我写写北京的酸梅汤，我也不会这么“悲壮”地走一回的。

而我们的酸梅汤，比之现在在中国大行其道的可口可乐之类，难道真的差到了哪儿去，以致落到了如此地步？

酸梅汤的做法当然可以说是非常之简单的：到中药店购得乌梅，以水煮之或以开水泡之，加上冰糖、桂花，随后放凉，捞出渣滓，将汤釜周围置冰块，冰凉后饮之。北京人家，至今犹有自制者。在老北京住过的人都知道，盛夏溽暑，卖酸梅汤的可称为旧京一景：大街小巷，干鲜果铺的门口，随处可见卖酸梅汤的摊贩。摊上插一根月牙戟，挂着一个写着“冰镇熟水酸梅汤”的小牌子，贩者手持一对青铜小盏，不时去敲，发铮铮之声。过往行人，望“梅”已自解渴，闻声已自清凉。一碗酸梅汤下肚，暑气全消。据方家金受申先生著书称，酸梅入厥阴经脉，又可去暑平肝，可知“古人一饮一馔皆有深意，不似后来只以热需凉解为目标的肤浅理解”。

翻检旧籍，举凡提到酸梅汤者，几乎没有不提信远斋的。

信远斋的酸梅汤之所以远近驰名，据说因为它采用了宫廷秘方，故有“清宫异宝御制乌梅汤”之谓。其所用乌梅，必选粤产；所用冰糖，必用“卷冰”；所用桂花，必用杭州张家。制作时绝不煎熬，而是用开水泡之，配料的比例，也全凭经验掌握，天凉时尚甜，天热时尚酸。据当年喝过信远斋酸梅汤的人说，那金黄晶亮的一碗，酸中带甜，且有桂花之异香，煞是可人。店主每每为顾客另准备冰镇白水一碗，以备有人要冲淡饮之。

信远斋蜜果店始建于清乾隆年间，匾额系溥仪的老师，江西翰林朱益藩所书，迄今已有二百余年历史。信远斋原址在和平门外东琉璃厂路南，今戴月轩的斜对过。琉璃厂至今仍是古董字画、古旧书刊荟萃的地方，过去最是文人雅士光顾的场所。“逛逛书铺，品品古董，考考版本，消磨长昼。天热口干，辄以信远斋梅汤为解渴之需。”

我就是根据这一段记载，到琉璃厂去找信远斋的。没有。

听我打听信远斋的老人们都笑。他们说：“那是哪年间的事了，早不知搬到哪儿去啦!”

我从一位记者朋友那儿听说，信远斋蜜果店的匾额已由溥杰先生重题，搬到了朝阳门外大街营业。

当我风风火火跑到朝阳门外大街的时候，眼前是一片推土机、搅拌机轰鸣的工地。我像一只丧家之犬，东看看，西转转，不知如何是好。

几经周折，我总算在关东店商场的对面，发现了溥杰先生题写的匾额。

相对于琉璃厂而言，关东店实在应该算一个很偏远的地区了，不过，现今的关东店，似乎也渐渐热闹起来。我心中不安的是，信远斋店堂里的凄清。

不久的将来，当关东店更加热闹起来的时候，信远斋不会又臊眉耷眼地搬走，找一个和它那凄清的气氛相称的角落安身吧？

“天桥乐”的红灯笼

一串红灯笼在暮色里垂着。

天气挺冷，马路上行人稀少，天气就越发显得冷。北京的南城，历来是贫寒卑微的所在。即便在北京日日令人刮目相看的今天，这里好像也和那夜夜笙歌的繁华相距甚远。才晚上七点多钟，宾馆、饭店、歌舞厅里的夜生活才刚刚开始，南城的天桥却好像遵循着北京人的老习惯，早早地“吹灯睡觉”了。

那串红灯笼，在凄清惨淡的夜色中，越发显得耀眼。

红灯笼旁有一个乳白色的广告灯箱，上书“天桥乐茶园”。

天桥在北京的中轴线上，因旧有石桥，为明清帝王出故宫，到天坛祭天的必经之路而得名。现石桥已不复见，天桥的名称依旧沿用至今。熟悉北京者无人不知，自清末民初起，天桥渐渐发展成了北京的平民游乐场。用民俗学家们的说法，中国每一个较大的都市都有一个类似天桥的地方：天津的“三不管”、南京的夫子庙、上海的徐家汇、开封的相国寺……即便是一个小小的县城，也都可能有个“小天桥”。旧时的天桥，摊位林立，百戏杂陈，北京的市井小民在一片爆土扬烟中讨生活，也在这一片爆土扬烟中讨欢乐。这爆土扬烟也造就了中国的一大批平民艺术家：说评书的双厚坪、滑稽大王云里飞、说相声的侯宝林、唱评剧的新凤霞……随着时代的更迭，爆土扬烟不复存在，旧天桥的踪迹也很难寻觅了。最典型的事例是，笔者作为一个旧京民俗的爱好者，每每只能到天桥的民居中去寻找“白发宫娥”，听其细说“天宝遗事”。前为台湾《汉声》杂志撰稿，曾专访天桥双簧老艺人“大狗熊”。访谈未及写出让老人过目，便闻老人辞世之噩耗，怆然喟然，可以想见。唯觉欣慰的是，忽闻有热心者要在天桥辟出一隅，做天桥文化活的“博物馆”。想想自己为了找“信远斋”而琉璃厂而朝外大街而关东店的“悲壮”，越觉殊非易事。将信将疑时，这消息越发像是凄清惨淡中的那串红灯笼，似乎很亲切很迫近，却又有一点儿迷迷蒙蒙的辽远。不管怎么说，相信它，总算有了一点儿慰藉吧。

谁又能想得到，有志者事竟成，那串红灯笼真的挂将起来？

红灯笼下有一个门楼，横额是曹禺先生题的“天桥乐茶园”几个字。走进去，右手是茶园宽且高的外墙，墙上画着一幅一幅旧天桥江湖艺人卖艺的图景：宝三儿在摔跤、“赛活驴”在跑场儿、“小金牙”在拉大片、“飞飞飞”在练杠子……最使我动心的是，那位刚刚过世的“大狗熊”演双簧的场面，也惟妙惟肖地绘于其上。旧京的茶馆种类很多，大茶馆、书茶馆、清茶馆、野茶馆……不一而足。老舍先生笔下写得活灵活现的《茶馆》，就是八旗子弟、遗老遗少们经常光顾的那种大茶馆。新建的“天桥乐茶园”，完全重现了旧京大茶馆的格局，那场面要比老舍笔下的“老裕泰”可大得多了：茶园子分两层，楼上是包厢，楼下是散座，南端是一个小舞台，台口两侧的楹联是“酒旗戏鼓天桥市，多少游人不忆家”，真是活脱勾画出了当年北京人逛天桥的感觉。进得店来，店家发给每一位客人五枚旧式的铜毫。到包厢或散座坐定，身着长袍马褂的主事立刻吩咐茶房给您上茶。您如果进的是包厢，只听一声吆喝，一个白生生的物件就从楼下飞将上来，原来是扔上来了手巾把儿。一楼散座的四周，是卖酱牛肉、艾窝窝、驴打滚、杏仁茶、豌豆黄……各类小吃的摊位，胸前挎着笸箩的小姑娘，游走于茶座间，卖糖葫芦，卖瓜子香烟，您可以凭那几个铜毫，随意选用。

就在这与旧京茶园几无二致的氛围里，小舞台上的表演开始了。节目，意在重现旧天桥的“绝活儿”。串场的是“小金牙”，他以拉“洋片儿”的方式，把一个个节目给报了出来，其间插科打诨、滑稽风趣自不可少。唱八角鼓的、数莲花落的、变戏法的、耍把式的、摔跤的……一个一个出来亮相。或许是因为我对天桥多少有点儿了解，或许是因为旁边陪我的，是一楼的主事刘先生，这位“老天桥”对年轻演员的表演也过于挑剔，不断地在我耳边品头论足，总之，坦率地说，表演不敢说十分完美，尚有待于进入佳境，然茶园的气氛已经有点儿让人流连忘返了。

在北京越来越向现代化大都会靠拢的今天，在旧京平民游乐场的故地天桥，一个看起来很冷清的角落，居然有了这么一座茶园，可以找找传统，找找历史，找找和歌厅舞厅迥然不同的感觉。看来，和我一样，为留存北京的古都韵味而“贼心不死”者，大有人在。

真让人感到欣慰。

入酱缸的“资格”

我不止一次宣传六必居酱菜园选菜入缸的“规矩”，一位“老外”听后惊叹道：“上帝！这比我们那儿选美还厉害！”

我说：“对，‘三围’不合格，是不允许进入大酱缸的。”

大家笑得那叫开心。

北京前门外的大栅栏，系百十年来形成的商家云集之地。闻名遐迩的同仁堂药店、瑞蚨祥绸布庄，都坐落在这条狭窄的、人流涌动的小街上。从大栅栏东口横贯而过的，是粮食店街。从两街交叉路口向南侧拐过去，走十几步便是和同仁堂、瑞蚨祥一样声名远播的六必居酱菜园了。

这是一座古色古香的木结构建筑，宽敞的店堂正中，高悬着书有“六必居”三个金光耀眼大字的巨匾。此匾传为明代奸相严嵩题写，严嵩为相，权倾朝野，士林侧目，后人每不齿之，然严氏书法，端正遒劲，世所公推。由匾可知，六必居大约开业于明嘉靖九年，距今四百五十余年矣。

北京的酱园业素有南酱园和京酱园之分，南酱园口味清淡，以西单路口的天源酱菜园为代表；京酱园口味较浓厚，以六必居历史最为久远。“六必”之得名，其说不一。有人说初创者为六家合股，故以“六必居”名之。曾为该店学徒的贺永昌先生撰文称，所谓“六必”，其实不过源自俗话：“开门七件事，柴米油盐酱醋茶。”六必居创业之始，是一个除了茶以外其他六样都经营的小店，因此得“六必”之名。后来小店发展成了闻名于世的酱菜园，“六必”的名称就保持下来了。

几百年世事沧桑，六必居当然不可能超然世外，那块巨匾的遭遇，就是这四百年老铺辛苦遭遇的象征。1900 年庚子之乱，八国联军进京，义和团纵火焚烧卖洋货的商家，前门一带，火光冲天，六必居也在劫难逃，幸有伙计张夺标从火中抢出传世巨匾，藏之临汾会馆，使这老店之命脉的象征不致毁之一炬。此后又有日军闻名前来强购，因六必居的伙计机警应答，谎称巨匾已经被老板带走，才得以幸免。1966 年“文革”动乱，六必居巨匾又遭红卫兵斧剁，幸而又有人提议保留，以便参加“破四旧”战果展览，这才又一次躲过了厄运。“文革”期间，六必居酱园不得不改名为红旗酱菜厂。1972 年，日本首相田中角荣访华，向周恩来总理问起北京是否有一个“六必居”，方由有关部门出面，从“破四旧”战果展览会上拿回了老匾，重新油漆，悬之店堂，自此，六必居尘封巨匾始得重见天日。

翻检记载京师生活的书籍，如《都门记略》《朝市丛载》等等，对六必居之称誉，每有闻见。据我所知，六必居之所以四百五十年盛名不衰，和它选料是大有关系的。其全部原材料来自何地，皆有一定。选料之标准，也十分严格，宁可少做不卖，也不退而求其次。东直门的二缨萝卜、安定门外的黄瓜、右安门外郭公庄的香瓜、长辛店的大蒜……因其水土品种的特色，被六必居选中。真真类乎选美，非苏杭二州佳丽，是入不得法眼的。而入围“佳丽”，当然也还要再度登台角逐。譬如黄瓜，一定要条儿顺（身材窈窕乎）、顶花戴刺（面貌姣好乎）者，一斤不可超过四至六条；譬如做小酱萝卜的原料二缨萝卜，也是要求四至六个一斤，过大过小者必淘汰。其精其严，以量“三围”喻之，恐不为过。“蔬菜小姐”既出，加工工艺更是严格，譬如酱甜瓜的制作，据贺永昌先生述之：老洋瓜要清晨摘下，赶在中午以前送到，货到后组织全店人员用清水洗净，按一斤瓜一斤盐的比例放入盐水中，浸泡二十六小时后投入酱料，经两天两夜将瓜捞出，放在太阳下晾一天，中间翻一次，然后放入甜面酱缸，以后每天打耙七八次，每次打十耙……如此精细的工艺，岂有不创出名牌之理？

最有趣的既不是这工艺过程，也不是“老外”们由此而引发的幽默，最有趣的，是他们愣了好一会儿向我提出的问题。

“陈先生，六必居现在还是这样吗？”他们问。

我只能坦率地承认，我不知道，因为我只是去买过酱菜，却没有去调查。不过，说实在的，真去调查了，这心里也未必不打鼓。我知道，我们的不少老字号，那“活儿”，的确不如从前那么讲究了。

“经过了那么多次的‘革命’，还会有过去的传统？很难。”一位“老外”这么说。

“你是不是以为我们中国人越革命活得越糙啊？”我说，“看来，我是得找个机会去调查一下，好反驳‘帝修反’的‘无耻谰言’……”

“红卫兵，红卫兵！原来‘革命’就在这里！”他们真不愧是“中国通”。

荷花市场与“烤肉季”

面对着这镌刻着“荷花市场”四个字的古色古香的牌楼，真有一股说不出的滋味儿。

我不止一次从这什刹海畔走过，重温当年“荷花市场”的盛况，对这地方能否重建一个“荷花市场”，却从来也没有抱过奢望。

没有想到，“荷花市场”居然就这么忽然冒了出来。

北京城里虽然有北海，有中南海，但那或是公园，或是禁区，而和平民生活紧密联系，可供城里的老百姓信步漫游的最大一片水域，就是什刹海了。有水便有绿，什刹海沿岸，或柳枝飘拂，或杨木参天，水中菡萏映日，飘香冉冉，更使“玻璃十顷，卷浪溶溶”的湖面平添了无穷魅力，很早以前就成了北京人流连忘返的地方。

什刹海又分为前海和后海。后海清幽，沿岸有闻名的醇亲王府，还有广化寺、龙华寺等古刹，所谓“什刹海”，即因后海岸边古刹众多而得名。前海则因“地接喧市，游踪较便，裙屐争趋，咸集于斯”，越发热闹起来。特别是清同治以后，市肆林立，酒旗当风，一到夏天，临湖搭棚品茗清谈者愈众。有位诗人不由得悲叹：“岁岁荷花娇不语，无端斗茗乱支棚；斜阳到处人如蚁，谁解芳心似水清？”其实也是徒然悲叹而已，平民百姓在什刹海畔越发玩得有滋有味儿。

到了民国五年，索性有荷花市场兴建于前海西岸，此地便堂而皇之地成为城北百姓娱乐消遣的平民游乐场。

据老北京们回忆，荷花市场的买卖一般从端阳起，至中元止，最繁盛的季节是夏季，特别是晚间，“长夏夕阳，火伞初敛，柳荫水曲，团扇风前”，荷花市场游人络绎不绝，或茶棚听书，或瓜摊品果，或围桌小酌，或聚首清音……市场上不仅有河鲜棚、小吃棚、冷食棚、莲子粥棚，有果摊、瓜摊、书摊、画摊、古董摊，而且有书场、相声场、把式场、杂耍场。有一首俗曲曾生动地唱出了人们当年逛“荷花市场”的感受：“六月三伏好热天，什刹海前正好赏莲。男男女女人不断，听完大鼓书，再听‘十不闲儿’。逛河沿儿，果子摊儿全——西瓜香瓜杠口甜。冰儿镇的酸梅汤——打冰盏儿。买了把子莲蓬，转回家园……”

在原址上恢复的“荷花市场”，我只有喜出望外，当然不会有什么苛求，就像对白云观的庙会、妙峰山的香会不应该苛求一样。社会的变迁，风俗的移易，“一切照旧”已经不可能。譬如过去荷花市场的文化娱乐项目，真个开办，又能有多少观众？因此，能有这么一个地方，可邀上三五好友，择一晴夜，到水畔围坐，要几盘爆肚、杂碎等风味小吃，再小酌几杯，把酒临风，细说旧京遗事，已算是别有情致。特别是在附近的湖畔，每晚都有自娱自乐的戏迷票友们引吭高唱，余音袅袅自湖面传来，更近乎昔日“荷花市场”神韵，大概是时下时髦的歌厅舞厅卡拉 OK 所无法替代的吧？

然而，煞风景的事也不是没有。

譬如有那么几个摊位的小吃，卫生状况之差，已经到了惨不忍睹的地步：桌面上杯盘狼藉，似乎永无收拾的打算；服务员着装遍布油垢，似乎永无换洗的时日。莫非这杯盘狼藉也是古都风韵的一部分不成？

他们知道不知道自己参与的，是一处重要的人文景观呢？若是不知道，为他们搭上那么漂亮的牌楼，又有什么用？

这种由毫无文化的人来参与文化事业的现象真是比比皆是。难怪中国的旅游胜地，一下子冒出了那么多呆头呆脑的李白、杜甫、苏东坡塑像，难怪原本幽深神秘激人想象的溶洞，几乎每一个都遍挂霓虹彩灯，装点得像个俗不可耐的歌舞厅……

呜呼，为保留旧京乃至中国文化的韵味，文化意识恐怕起码是应该具备的。说到这儿，我不由得又想起了就在这“荷花市场”起家的“烤肉季”。烤肉源自蒙古，今日本人烤肉，其名曰“成吉思汗”，便是证明。一百年前，烤肉季的创始人季德彩在荷花市场开始其烤肉生涯。多年来，在选肉、剔杂、刀工、作料上下功夫，使烤肉季成了远近闻名的老字号。过去北京有“南宛北季”之说，说的就是北京两家最著名的烤肉店。“南宛”，即宣武门内的“烤肉宛”，今仍在，以烤牛肉驰名；“北季”，即“烤肉季”，以烤羊肉驰名。旧时烤肉，方式多保留古蛮之风：一口铁锅，上置铁条炙子，锅内燃以松柴柏木，食者把肉片置之炙子上翻烤，变色后蘸葱末、香菜末、卤虾油、酱油、料酒配成的作料，其仪类乎“涮羊肉”，其味又不同于涮羊肉，更带有一种松柏木的烤香。如今，烤肉季仍离荷花市场不远，沿什刹海湖岸东行，走到银锭桥边，便可找到。然而，古色古香的建筑虽存，入其内，铁锅、炙子、柴火，脚蹬条凳的“烤姿”全然不见——当今的烤肉季，已不必顾客自烤自食，而统一由厨师“庖代”也，是幸是憾？这还叫烤肉季吗？“烤肉”不过是它的一个菜名，其他恐怕已和一般的菜馆无异。或许是我过于传统，全然不顾现代文明的进程。在现代文明更发达的日本，我是去吃过类乎烤肉的“成吉思汗”的，装修豪华的店堂里，挂着一副一副铜马镫，渲染出浓郁的文化氛围；一口微凸的铁板，置之炉上，任君自烤自品。就在这氛围中，你既品尝了佳肴，也品尝了文化。

有人说，和我们对文物保护有些漫不经心一样，中国人因文化根基之深厚，对一切和历史有关的东西，似乎都有些漫不经心起来。

真的是这样吗？还是恰恰因为我们如此的“阿Q”，已经“一不留神”，变成了一个没有文化的民族？

谭家一啜不思蜀

旧京人士，无人不知谭家菜。故曾有“食界无口不夸谭”之说，又有“其味之鲜美可口，虽南面王不易”之叹。

几十年来，谭家菜仿佛销声匿迹，其实一直在北京饭店内经营，说是“养在深闺人未识”不够准确，说是“金屋藏娇”最是到位。最近，一座外观古朴、富于民族特色，内部装修典雅豪华的酒楼出现在西直门立交桥东侧，名曰：“谭府大酒楼。”看到那五个雄浑的镏金大字，我心中不由得一颤：谭府大酒楼，经营的莫不就是那“给个皇上老子都不换”的谭家菜？

如果说辟才胡同里那家新开张的“忆苦思甜大杂院饭庄”是北京平民饮食文化缩影的话，“谭府大酒楼”应该可以说是展示旧京官宦人家饮食文化的舞台了。

谭家菜系清末民初官僚谭宗浚父子所创，历时已近百年。谭宗浚是广东南海人，同治年间入京师翰林院为官。谭仕途坎坷，然膏粱之好，伴其一生。每于家中作西园雅集，亲自督点，炮凤烹龙，在北京官僚中闻名遐迩。而谭氏之子谭瑑青，比其父更有过之，家道中落时甚至有卖房举宴之豪举。据谭家菜传人、已故特级厨师彭长海先生撰文称，谭氏父子对饮食文化之研究，几近痴迷；每放外任，辄搜寻当地名菜；每闻名厨，辄重金礼聘之。加之谭瑑青的如夫人赵荔凤又独具天赋，亲自掌灶，好学敏求，吸纳百家，自成一宗，谭家菜便愈做愈精，声名不胫而走。初始当然不过是同僚酬酢，然到民国时代，谭家式微，谭家菜只好对外营业。此例一开，品尝谭家菜即为京华上流社会生活之时髦。一时间，谭府门外，香车宝马，日日不绝。订座每每需找和谭家相熟者转托，若能安排，倍感荣幸，时日拖延，亦宁愿等候。据彭长海文中说，国画大师张大千，和谭瑑青私交甚笃，对谭家菜也情有独钟，住南京时，曾多次托人在北京买得刚出锅的“黄焖鱼翅”，空运回宁，以快朵颐，足见谭家菜当年的地位与魅力。

彭长海先生年轻时入谭家帮厨，在谭家主妇赵荔凤的指导下，渐得真传，进而得以掌灶，后成为北京饭店谭家菜的特级厨师。不久前彭长海病故，其徒王炳和的厨艺已炉火纯青，和其师兄陈玉亮等，成了谭家菜的传人。

此间就任谭府大酒楼厨师长的王炳和，尤以“黄焖鱼翅”“罗汉大虾”为拿手名菜，曾为邓小平、叶剑英等献技，亟获好评。王接受采访时告诉笔者，谭家菜的主要特点是，选料精，下料狠，火候足，口味醇。

“选料精”乃我国饮食文化之传统，然谭家菜于精中更精，近乎苛刻。当年赵荔凤主灶，即亲自提篮采买，而今如果想成为谭家菜名厨，识货选料即为第一关。譬如鱼翅，品种就有十几种之多：美国黄肉翅、菲律宾的吕宋黄、国产的群翅，还有勾尾翅、青翅、荷包翅、杂翅等等，而谭家菜仅取其中高档的吕宋黄、黄肉翅，最差也不得低于群翅。仅鱼翅品种的学问就如此庞杂，其他更不待言。

所谓“下料狠”，即指吊汤时舍得下料。谭家菜尤讲究以汤提鲜，其汤因吊法之不同，又分为清汤、头汤、毛汤、白汤，在不同的菜肴中各司其职。吊汤之料，不惜工本。试想，用整鸡、整鸭、干贝、火腿熬出的浓汤，用以做“黄焖鱼翅”，岂能不鲜美？难怪一道“黄焖鱼翅”上席，侍者必先上茶，请漱尊口，以免错过了醇美的口感，暴殄了天物。

谭家菜以烹制见长，一道“黄焖鱼翅”，若从发制鱼翅开始计，竟需三天时间，只算在火上烧的时间，也需六七个小时之久，此“火候足”是也。

“口味醇”一说，则体现了谭家菜既有融会南北的胸怀，又有自成一派的气魄。谭家菜主人由南至北为官，由北归南为民，父子两代皆有此经历，其口味自然集南北之大成：北咸南甜，相得益彰，中庸平和，无人不宜。融会南北的同时，谭家菜却又自守其道：原汁原味，天然本色，最是美馔佳境。在这一美学指导之下，烹调中，花椒大料，一概免之。用王炳和先生的话来说：“您是想吃花椒大料的味儿，还是吃燕窝鱼翅的味儿？吃谭家菜的人，是来吃燕窝鱼翅的味儿来了，谭家菜的本事，就是得把燕窝鱼翅的味儿做出来！”一语道破其中妙处。

近闻有一蜀地文人到谭府大酒楼品尝了谭家菜后，借来其乡党苏东坡半句，续尾叹曰：“海错蛮珍闻名久，谭家一啜不思蜀。”

想是由衷之言。

收篇自语

《北京滋味》一共写了八篇，我想已经到应该打住的时候了。若想聊，当然还可以聊下去，不过按照老北京那充满了辩证法的哲学，我觉得还是“见好就收”为妙。天天一只北京烤鸭，也有腻的时候，何况听你这儿“神侃”！再说，侃的又不是“主旋律”，吃吃喝喝的，别让人说咱耽误了“四化”大业。再再说，我也实在没有了继续下去的工夫。因此，打住应该是明智之举。有必要声明的一点是，小文中的不少资料，得之于旧京典籍者有之，得之于街谈巷说者有之，得之于今人著述者亦有之，出处恕不一一列出。好在是闲话而已，不那么严谨倒也可以理解，是吗？

2011 年 11 月

平民北京探访录

开 场 白

我早就想把近年来混迹于北京平民的采访实录整理出来，和更多爱北京爱北京人的朋友们分享这一份愉悦。作为煌煌帝都的北京固然威名远播，作为平民的北京又何尝不独具魅力？记不得是哪位朋友告诉我的了：他到一位老北京家小坐，主人为他沏上茶，说："给您焖上了。"简单的一句客情儿，使这位朋友回味无穷。他说，不管到了天涯海角，只要想起这句话，大概都会"一声河满子，双泪落君前"的。我相信这位朋友其言也实，其情也真，不过若能在北京久住，他会发现，北京人脱口而出却意蕴无穷的话语真是比比皆是。譬如北京人爱说"话又说回来"——"……这开出租车的挣的是多了点儿，可话又说回来，人家还操心呢，劳神呢，没白没夜呢！每天一睁眼，赶紧起呀，还欠着车份子钱没挣下呢！唉，话又说回来了，开公共汽车的也不容易：为个仨瓜俩枣儿的钱，得踩着点儿去上班儿，风雨无阻，也不能太委屈了人家！……"

"两说着"，是思考方式，是人情伦理，也是文化的积淀。光是这一句"话又说回来"，你该看得出北京的老百姓够多么厚道、仁义，多么通情理，多么习惯于替人设身处地。

只要你到平民北京中去，你会发现得更多，不仅仅是语言。

比如那些蹲在菜站大棚前晒太阳的老太太们，那些提着鸟笼漫步筒子河的老头子们，他们中间就有平民北京的历史和人生。还有那些蹬着平板三轮，风一般驰过街巷的当代“祥子”们，那些在夜市的灯影里挥舞着布料，高吼“瞧一瞧，看一看”的“倒儿爷”“倒儿奶奶”们，他们中间更有一个新的“平民北京”。而这新的平民北京，它如何从传统中脱胎，又如何被改革开放的大潮冲刷出新的色彩，则更是一个有趣的题目。

不过，我们还是先在历史的寻觅中开始对平民北京的探讨吧。

有必要声明的是，早在20世纪二三十年代，知识界已经开始了对平民北京的自觉探讨，一代一代的考察者为我们积累了不少珍贵的资料。笔者在采访过程中，固然从被采访者提供的资料中得益，也从已成文的资料中取益多多，恕不一一致谢。作为一个对旧北京并无亲历的采访者，错讹之处，肯定是有的。如蒙校正，将感激不尽。

杠夫瘸三儿

——探访录之一

他居然是个过去的杠夫。结识他的时候，他一手晃着一个蒙着笼罩的鸟笼子，正优哉游哉地在天坛的古柏林子里转悠。七老八十的老爷子，秃瓢，圆脸，酒糟鼻，颧骨上星星点点地挂着老斑，津津乐道于我提出的疑问，为我解释为什么要一边走一边晃笼子：“人老在屋里闷着还得心脏病呢，何况本该上天的鸟儿……晃，晃，它在笼子里就得用爪子，使抓劲儿……啧啧啧，怎么样？用现如今时兴的说法——整个儿一座健身房！”这老爷子爽朗、风趣，采风者是不能不趁机“搭咯搭咯”的。这一“搭咯”不要紧，你才知道你面前站着的，是个过去的杠夫。你感到意外，是因为他那条左腿，老得等右腿慢慢拖上来。可是你再细细地端详，你发现了他肩膀上的疙瘩肉，你发现了他原地不动时的姿势：提胸腆肚收臀，脚撇成外“八”字。你立刻相信这老爷子所言不虚。

“我知道您不信我瘸三儿这拉拉胯的德行还能去给人抬棺材。那是！抬棺材的主儿，甭说瘸，哪个不是膀大腰圆的精壮汉子！再说，抬棺材的讲究什么？稳！皇上出殡就甭说了，咱没赶上不是？可听说那一百二十八个杠夫光演杠就练了多少次。到了民国，大户人家出殡前也得走两趟试试啊。皇上那会儿，是在杠上铺上木板，摆上桌椅，沏上茶水，杠房掌柜的、大内的官儿们都得坐上去，起杠以后就盯着这茶水洒不洒了。民国那会儿呢，没那么讲究了，可也要在杠杆儿上放十几个盆儿，盛满了水，杠头儿响尺一响，起杠！杠夫们屁都得夹着啦。'梆——梆梆'，这是慢走。'梆梆梆'，这是急走。响尺横打是换肩，再横打，可就是练摘肩下杠了。您瞅吧，百十号人，一水儿的绿色驾衣，黑布靴子，黑毡帽，帽子上顶根翎子——丧家加了剃头钱，我们就得剃头穿靴，体体面面地给人家挣脸不是？急走慢行，换肩换拨儿，那杠上摆的盆儿岂止不能掉，星点儿的水，不溢才行！要是我现在这模样，还想去当杠夫？滚一边去吧！"

"您当年一定也是个壮汉，才敢干这一行的。"我说。

"敢情！可话又说回来，不干这一行，我干什么去？咱家又没买卖，两手攥空拳的命，凭力气吃饭呗！杠夫这差使，那时候叫'闲子''闲等儿'。等着活儿了，就有现钱去买棒子面糊口。等不着活儿，就接着'闲等'。我十八岁那年，街坊王升大哥就领我去杠房门口当闲等的'小口子'去啦。啥叫'小口子'？就是贫寒人家发送，请不起大杠，用八人以下的小杠，不用那么惊动，杠房就跟等在门外的小头目说，叫候在门外的小哥儿几个给办了。这小哥儿几个就叫'小口子'，头目呢？头目叫'门墩子'。我干了几个月'小口子'，就上城门口的清茶馆等活儿去了。年轻，气盛，老当'小口子'，觉得窝囊，老看着人家抬三十二杠、六十杠的气派。咱北京城的杠夫，都是天麻麻亮的时候上茶馆等活儿。杠房掌柜的只跟杠夫里的大头儿、二头儿说事儿。老关系，有技术，一有活儿，掌柜的就找大头儿二头儿，大头儿二头儿就到茶馆找大家伙儿，安排每伙杠的准日子。软片儿——就是棺罩啦，幡啦，伞啦，杠夫的衣服啦，硬器——就是杠子啦，绳子啦，那全归杠房预备，不用你管，按点儿来就成啦！您记着，'响尺'的乱梆子一敲，就得聚齐儿，该站哪儿，您就站哪儿，不准喧哗说笑。'响尺'再打一声，您可就得规规矩矩给人家起杠了。起杠以后您就听吧，只有响尺

‘梆梆梆’，脚步唰唰响。您要是犯了规矩，杠头儿抡起响尺就打过来了，打你个头破血流你也没脾气——得罪了丧主儿，砸了大家伙的饭碗，你担待得起?”

我告诉这位老爷子，听他这么一说，才算是开了眼了。过去只是听说北京的杠夫全国闻名，甚至天津上海的阔佬儿办丧事，还有人进京“特请”。这回终于明白为什么要“特请”了，没想到抬棺材还有这么多规矩讲究!

“那可不!北京嘛，大户人家多，人家舍得出钱，咱不能让人家丧主儿挑了理儿去。光是从这屋里出堂出院儿，就是一功。您想吧，遇见高台阶，上去时咱得前捧后肩;下去时，咱又得前肩后捧。到了过道儿门，杠子施展不开了，得有个人钻到棺材底下背驮。还不能瞎嚷嚷，全听响尺号令。那丧主儿不错眼珠儿地盯着你哪。你敢把棺材歪了、碰了、翻了?那可就热闹啦。灵柩出了门，盖上了大罩，事儿还没完。孝子摔了盆儿，‘响尺’就喊上了:‘四角跟夫，后尾搭茬儿!’咱就得应:‘哎——’‘响尺’接着喊:‘本家姑奶奶赏钱多少多少吊!’咱还得应:‘吊——’这一路，遇上设路祭的、设茶桌的，时不时就得来这么一下子。就这么一路抬出城去，等到完了活，揣好了二头目发的块儿八毛钱，累得腿肚子都转筋啦。可还得往家赶呀，老婆孩子还等米下锅哪!”

“我这么听着，这一路赏钱的可不少啊，怎么才分个块儿八毛?”

“这您就不懂啦，那喊‘赏钱多少多少吊’，可不全是真赏。有的是真赏，有的是假赏，还有的是小赏大喊。咱北京人爱面子不是?要不怎么说‘死要面子，死要面子’呢!就算遇上赏了大钱的人家儿，人家也是跟杠房和大头目、二头目算账，再分到咱手里，可不就块儿八毛了?就这块儿八毛的，要是天天能挣来，也知足啦!赶到后来，我看那些大户人家也都败得差不多了，死要面子的人是越来越少了，杠夫的活儿也越来越显着肉少狼多了，咱又改行，蹬三轮去了。要不，怎么摔断了腿!”……

就这么着，我跟这位“瘸三儿”大爷算是认识了。一两年间，时不时就到天坛的古柏林子里会会他。以后因为忙，有一段日子没有再去。再去时，已不见了他的踪影。另外几位相熟的老头儿说，他一年前就过去了。

“坐火葬场的车走的，一按电钮，进了烟囱胡同了。”老头子们说起死，都有这么股子幽默劲儿。

“耍骨头”

——探访录之二

一个“耍”字，大约可以看出平民北京的某类性格特征。

油嘴滑舌毫无节制者被称之为“耍贫嘴”；动作卖弄以图喝彩者被称之为“耍飘儿”；衣履不整褴褛如丝者被称之为“耍套儿”；寻衅捣蛋不可理喻者被称之为“耍叉”——旧京民谣曰：“娶了媳妇不要妈，要妈就耍叉，耍叉就分家”，即指此种泼皮气。我想，“耍”字的“神韵”或许和“耍狗熊的”“耍中幡的”“耍耗子的”“耍猴儿力子的”等等江湖职业不无渊源。“耍叉”一词，便是明证：先是街头卖艺的行当，后又成为泼皮劲儿的转喻。“耍骨头”一词的演化，亦与之相仿佛，不过是比“耍叉”更有过之而无不及的蔑称便是了。人要是到了被称之为“耍骨头”的地步，已经不光是寻衅捣蛋不可理喻之辈了，你还得具有自轻自贱，面不改色心不跳，死猪不怕开水烫的脸皮。这倒也名正言顺。因为“耍骨头”的行当在江湖中也比之“耍叉”者更卑贱，被列之为“穷家门”，无家的丐帮是也。曾见一文章忆及几位江湖艺人聊天，大叹人心不古，江湖乱道。几位“耍狗熊的”“耍猴儿力子”的哥们儿愤愤然道：“连耍骨头的都上了地啦!”“上地”者，撂地卖艺之谓也。在他们看来，“耍骨头”者，除沿街乞讨外，是登不得“大雅之堂”的。尽管他们的“大雅之堂”亦不过飞土扬尘的天桥一隅而已。五十步笑百步，也还是要笑的。从中也可以想见“耍骨头”者地位之卑微了吧？

在我结识“孙骨头”之前，已经对“耍骨头”的行当略知一二了。老舍所作话剧《茶馆》里那位串场人物大傻杨，便是一位“耍骨头”的：手执两块牛胯骨，上边缀着十三颗小铃铛，俗称“十三太保”。其中一块牛胯骨为“龙头”，以红绒球饰之，另一块为“龙尾”，以红绿绸带饰之。“耍骨头”者走街串巷，尤以光顾商家店铺为好。“合扇”相击，作“呱嗒呱”之声，铃铛相谐，伴“哗铃铃”之响。道一声“哎，打骨板，听我言，马家老铺在眼前”之类，便引出一段现编现唱的“数来宝”来。或表吉利恭喜意，取悦店家；或作调侃戏谑科，招徕听客。一段甫毕，平伸牛胯骨求赏。有赏者将一枚两枚置之骨上，“耍骨头”者绝对知趣而退，转移他方。另一家店铺门前再来一句“哎，打骨板，眼儿发花，原来是内联陞的少东家……”如法炮制，又是一段。一般说来，店家乐得图个吉利，或者是为了避免“耍骨头”者厮守门前，搅了生意，总是要赏上几文钱的。当然也有心情不佳，较上了劲儿，声言“尊口免开，敝店一毛不拔”者，那可就热闹了。如果说，相安无事时，“耍骨头”者多为口角春风之辈的话，这时便将“耍骨头”本相暴露无遗了。他将在这家店铺门前一段一段数下去，词锋由恭维转向了讥讽，譬如“数来宝，说半年，这位东家不赏钱。不给钱，省下啦，打副金棺材多露脸……”有时候，一位仁兄还不够，三五同伙前来助威。店铺门前塞满了囚首丧面、科头跣足之辈，骨板声、讥诮声、哄笑声甚嚣尘上。到了这个程度，就算有人“惨不忍睹”，想出来打圆场，也难以收拾了。“耍骨头”者就是非要这个劲儿——非得声言“一毛不拔”者将钱奉上，作揖请驾不可。丐帮中唱“数来宝”为生者，也有不击牛胯骨的。有的人以两块竹板相击，竹板称为“御子”，求赏时则以竹板平伸接钱。还有以瓦片相击者。我想，竹板、瓦片自然不及“耍骨头”更有特色，或为这个原因，“耍骨头”才成为这一行当的代名词，也成了嬉闹耍赖、撒泼打滚儿、不顾脸面、不顾后果的捣蛋行径的代名词。

然而，“孙骨头”身上，当年“耍骨头”的“风采”已荡然无存。他当然是个“耍骨头”的出身，从与他一块儿下棋的老哥儿几个给他起的外号里，便一目了然。不过，他真的似乎“温文尔雅”。是“衣食足而知礼节”了，还是他自知出身卑微，不敢炸刺儿？总之，这是个好老头儿。我把我知道的有关“耍骨头”的有限知识和盘托出，向他请教。他并不否认。不过，他说他要补充两点。

“第一，”他说，“我们那两块牛胯骨可不是马马虎虎的家伙什儿。那是朱洪武朱元璋皇上传下来的。皇上嘛，受命于天。可开始不行，开始他死了爹娘，没地方找饭辙，当了叫花子。别瞅当了叫花子，命在那儿哪。所以他这叫花子当得让人害怕——到了人家门口，叫声：‘爹呀，娘呀，好心的老爷太太呀，赏口吃的吧！’您想啊，这位可是天子命，那不等于折人的寿吗。他这一叫不要紧，叫谁谁得病，谁还敢应这叫花子呀！可怜这位真龙天子啊，没招儿啦，哭吧，哭着哭着才想起找两块牛胯骨来。由这儿开始，也不张口叫人家好听的了，打着牛胯骨就挨家挨户串去了……您是写文章的，别把我们这家伙什儿给小看了。”

“一定，一定。”我连连点头。尽管我对明史不甚了了，判断老人家这一段认认真真的“史料”的真伪，还是有把握的。不过我想，从历史角度来看，这一传说固然无价值可言，若换个角度呢？譬如心理学、民俗学的角度。

“第二，”“孙骨头”接着说，“我们说的那‘数来宝’，那是艺术！谁都瞧不起咱，说咱那东西不入流，不是艺术。它京戏那唱念做打是艺术；它‘耍狗熊’的，现在叫马戏，是艺术；它‘耍猴儿力子’的，现在叫木偶戏，是艺术。凭什么‘耍骨头’说‘数来宝’就不算艺术？我们这一行，也得练！不练，那牛胯骨一敲，呱嗒呱，呱嗒呱，合辙押韵的词儿，合情顺势的词儿，能从嘴里出来吗？那不是艺术是什么！唉，可惜啊，连穷哥们儿都看咱不上眼，说咱也不过是穷家门，臭要饭的而已……倒是有的文化人拿咱当回事，这也是我见着兄弟你，愿意说说真心话的原因。”

我问他指的是哪位“文化人”，愿闻其详。

“名字我不知道。我听说‘数来宝’的前辈有一位艺名‘穷不怕’的，这人我没见过，早死了。听说他学过戏，学过相声，后来以说‘数来宝’为生，他还擅长用白沙撒字。有位文化人写诗夸他，那诗写得好啊：‘信口诙谐一老翁，招财进宝写尤工，频敲竹板蹲身唱，谁道斯人不怕穷。日日街头撒白沙，不须笔墨也涂鸦，文章扫地寻常事，求得钱来为养家。’”

“孙骨头”说“数来宝也算是门艺术”，我是同意的。不过，我也知道，“孙骨头”是把唱“太平歌词”的“穷不怕”说成是他的同行了。不知把朱洪武说成是“耍骨头”的先辈，是不是同一个理儿。可我又何必说透它呢?

我问“孙骨头”，是否能给我来一段“数来宝”，让我开开眼。

他想了想，以掌拍腿，道将起来：“哎——打骨板，进街来，买卖店铺两边开，生意兴隆通四海，财源茂盛大发财。大发财，喜事来，金山银垛一块儿来。一块儿来，我沾光，掌柜的赏钱就过来。孙骨头，今儿不济，保不齐明儿个就发迹。朱买臣敢想水泼地，秦琼卖马也没计，吕蒙四十运气转，朱洪武也曾把空拳攥。空拳攥，攥空拳，叫声掌柜的给俩儿钱，没时没候儿念您的好，日进斗金少不了……”

听他数到朱买臣、秦琼、吕蒙、朱洪武的时候，我又想起了他说的——“那两块牛骨头可不是马马虎虎的家伙什!”

“卑贱者最聪明”，我不知此论对否，但“卑贱者最牛”，或是不会错的。

“大狗熊”孙宝才

——探访录之三

孙宝才其貌不扬——出奇大的冬瓜脑袋，无冬历夏都不见毫发。这秃瓢还不像其他老者的秃瓢儿一样，透出干葫芦般的油亮金黄，而是布满了青一块、紫一块的疮痕老斑。脸是平的，鼻子圆溜溜，脸上的肌肉虽然丰富，却已经明显地松弛了。右眼皮耷拉下来，遮住了那只本来就不大的眼睛，只有左眼在努力地睁着。上下嘴唇也相互错位了，一看便可知这是中风的后遗症。

“就我，都这德行了，还拉我练个什么劲儿。”说着，拉起那耷拉的右眼皮，“您瞧，您瞧，眼睛倒还看得见，可这眼皮子不管用啊！他们找我出去使活儿，我就是这么揪着眼皮子告诉他们来着。可您猜怎么着？人家说啦，谁指望着看您脸蛋儿来着，要找漂亮的脸蛋儿，满街都有，我们就不找您啦！可您这手活儿，谁也没有。这是绝活儿，您不出来使，谁能使?”

天桥的艺人们把他们所长称之为“活儿”。表演，叫“使活儿”“练活儿”。就这么着，孙宝才八十岁上又往他那个硕大的冬瓜脑袋上套上了朝天翘的小辫儿，往他扁扁的脸上抹上了白粉，重新走上了舞台，直到今天，到他九十一岁高龄的今天。我采访他的时间是1991年1月9日，地点是在他的家——北京南城福长街三巷，一排崭新的平房里。同去的，还有宣武区文化馆的李金龙。多亏老李不断地用高且脆的大嗓门儿，向老头儿重复我的询问——老头儿已经有点儿耳背，而我，似乎还不习惯于初进人家，便在人家屋里扯开嗓门儿嚷嚷。

孙宝才的女儿——看来也已经是近七十岁的人了——自始至终站在外间屋，关切地看着里屋的父亲，偶尔进来为我们添茶倒水。这情景使我颇觉有趣，我还从来没有见过七十岁的女儿在九十岁的父亲面前是什么样子，因此我忍不住时不时把目光投向她。

“我这闺女、我孙子，还有我重孙子都劝我，这么大岁数了，还演个什么劲儿！您老缺钱，我们给您。踏踏实实在家待着，遛鸟儿，养老，不就成了？我跟他们说，你们不懂！不是你们养不起我，也不是我图钱。咱图的是个乐呵！您想啊，包袱一抖响了，大家伙儿一乐，我心里也乐不是？兴许这么着倒能多活几年哪！”

所谓“包袱”，是相声行的术语，“笑料儿”之谓也。顾名思义，相声的笑料儿仿佛是包在包袱皮儿里的一样，点破笑料的那一下子，被称之为“抖包袱”。“包袱”一抖，却鸦雀无声，那可够让人垂头丧气的了。那“包袱”就叫“抖臭”了。倘若“包袱”一抖，举座笑倒，那就叫“抖响”了。

喜剧艺术家的得意之处，便在于此。

我看过孙宝才的双簧表演：着青色长袍，脸敷白粉，秃瓢上一根冲天翘的小辫儿。他演“前脸”，即充当前面的表演者。他的徒弟则在他的身后蹲下，以扇掩面，时而唱流行曲，时而唱“莲花落”，时而京白数语，时而韵白一段。孙宝才在这演唱道白声中，嘴唇翕动，眼波流转，一会儿学娇憨少女，一会儿学娉婷少妇，一会儿又是龙钟老妪，一颦一笑，惟妙惟肖，和椅子背后那位真正的演唱者配合得天衣无缝，这已足让观众开心解颐的了，后面那位还时不时要和前面这位逗逗乐子，故意出他的洋相。比如说是要放炮仗，一响二响过后，第三响却迟迟不响，待“前脸儿”俯身看时，突然“砰”的一声，“前脸儿”只好捂眼做哀叫状：“妈呀，崩着眼睛啦!”又比如后面这位唱曲儿的唱之不已，打鼓敲锣的后面是扭秧歌，扭秧歌的后面是“迪斯科”，“前脸”也只好听其摆布，舞之不断，直到瘫倒。这些都是“极响极脆”的“包袱”，双簧表演就是这样在观众不断的笑声中推向高潮的。

天桥是旧北京的平民游艺场，是贩夫走卒之流“找乐子”的地方，也是江湖艺人们“平地抠饼”的地方。

“平地抠饼”是“撂地卖艺”的形象说法：以白灰为界，在地上画出方圆一两丈的场子，有人称之为“画锅”，有人称之为“抠饼”，总之，是靠这方寸之地找出生计的意思。类似的平民游艺场还有几处，比如隆福寺、护国寺、白塔寺的庙会，都留下过孙宝才们的身影，当然其中还是以天桥的杂技曲艺表演最为繁盛、最为经常就是了。

孙宝才在天桥演出的时候，已经不用撂地“圆粘子”（招揽看客）了，宋三茶馆为他搭了一个棚子，他和他的搭档在那里献艺，每天的收入和茶馆分成。其实，他是在隆福寺走红的，在那里，他得到了观众送他的外号——“大狗熊”。

类似的外号在北京的平民艺术家中俯拾即是。庚子年间便有说数来宝的“穷不怕”，唱俚曲说笑话的“醋溺高”，练杠子的“田瘸子”，说相声的“丑孙子”；民国以来又有鼻哨吹戏的“花狗熊”，且唱且舞的“赛活驴”等等。从这些名目中不难看出，旧北京的平民艺术家们几乎无一不备自嘲自贱的特点。

平民北京的悲喜剧心态孕育了这样的平民艺术，而如此的平民艺术又为北京平民性格的形成留下了不可磨灭的印记。了解北京不可只知道作为煌煌帝都的北京而不知道平民北京，而研究平民北京，不可不知道“丑孙子”“赛活驴”们。“大狗熊”孙宝才，大概是荣获过北京平民赠送谑称而仍在粉墨登场的最后一人了。

孙宝才告诉我，双簧应该说是相声的一种。不过说相声的人，以说学逗唱博人一笑，而演双簧的人，以二人配合之巧妙、神态举止之滑稽赢得观众就是了。

孙宝才称，“双簧”之始作俑者，为清末单弦艺人黄甫臣父子。传黄以唱单弦名噪一时，常被慈禧太后宣召入宫演唱。然黄甫臣日渐衰老，嗓音不逮。某日，公公又至，宣旨召见，黄甫臣不敢抗旨，却又有难言之隐。这时黄甫臣之子自告奋勇，随父进宫，隐之幕后，代父演唱，其情其景，大概很有些类似现今的“走穴”歌星：台上手持麦克风做天真烂漫态或痛心疾首状，而真正的演唱者乃录音磁带也。

黄甫臣父子的表演颇得慈禧赏识，非但不治“欺君之罪”，反而被问及其表演名目。黄甫臣急中生智，答曰：“双黄。”流传至今，即“双簧”也。孙宝才言之凿凿，是真是假，有待查考。

孙宝才年轻时拉过洋车，打过执事，扛过大个儿，因自幼举止诙谐滑稽，善学众生百态，在朋友的劝说下，十八岁拜赵尔如为师，学说双簧。

“不是我欺师灭祖啊，是我师父临死时拉着我手，亲口对我说的。他说，宝才啊，你师父对不起你啊。唉，这是实话，我师父没教过我一个‘整活儿’。您想吧，三年零一节，每天里，一大早起来，我就从天桥奔东四牌楼——师父家在隆福寺夹道。进了师父家，哄孩子，劈劈柴，啥活儿不干？师父高兴了，教个一句半句；不高兴，今儿就白干。现在我会的这点儿活儿，全是自己眼里看着，心里想着，偷偷练着，一点儿一点儿攒下来的。我师父不教我整活儿，我不怨他。江湖上传艺难啊，宁给一锭金，不舍一句春，都传了你，师父吃什么去？”

我说：“那您现在呢，您也这么大岁数了，也得带俩年轻的徒弟，甭让这活儿失传啊！”

孙宝才说：“是！我可不保守，我乐意！也有年轻的人来找我学艺。可我一看，得嘞，您请回吧！您说，有心学艺，不说受我当年那苦那累那脸子吧，至少您得把这头剃了吧？自打有了说双簧这行当起，说双簧的没有留头发的，甭说分头、背头，寸头也没有！看，我这秃瓢儿，一辈子了！您又要学艺，又要美。您说，留个油光水滑的大背头上去演双簧，那叫双簧吗？您说，您不狠了心，剃了头，我能收你当徒弟吗？”

他说的不无道理，只是不知道现在是否还能找得出这样狠心学艺的年轻人来。

因此，这节目现在也只有“大狗熊”孙宝才和他的“老徒弟”一块儿演了。每星期日上午一场，晚上一场，地点在前门大街“老舍茶馆”。

“瞪眼儿食”

——探访录之四

老太太朝我投过来警觉的一瞥。

可以理解。介绍我来的朋友告诉我，一个多月以前，老太太含辛茹苦养大的女儿和她的丈夫气哼哼地搬走了，原因是老太太过多地干预了女儿和女婿的私生活。她甚至不止一次地用扫床的笤帚把儿敲打女儿卧室的门，警告女婿说：“那事儿啊，不顶饭吃，一个礼拜来一次得了，别逮个便宜没够，没完没了地折腾我闺女。你不心疼，我还心疼呢!”

“唉，老太太，怎么说她好？真是个卖‘瞪眼儿食’的!”朋友说。

如果说，这一出悲喜剧和老太太的寡妇心态有关，我倒觉得有几分道理，可说这是她卖过“瞪眼儿食”的结果，充其量只能算个玩笑。不过，我的造访却是为“瞪眼儿食”而来。早就听人讲过这一行当，只是其说不一，似是而非，听说老太太便是这行当出身，是不能不访的。

“您问这事儿干吗？老辈子的事儿了。”老太太说，“再说，别听他们瞎说，我可没卖过‘瞪眼儿食’，不信您打听去，我长大成人那会儿，还兴吃‘瞪眼儿食’吗？”

这可把我给问住了。我想了想，对她说，那行当不过是成百上千种“找饭辙”的法儿中的一种，没有什么张不开嘴的。而我，只不过是想对旧北京的五行八作做一些调查，写几篇文章，并没有别的意思。

“陈同志，不是我嫌寒碜。实话跟您说，我爸爸是卖‘瞪眼儿食’的，可那是民国刚开始那会儿的事，到我长大成人那会儿，这买卖就不那么兴了。论起来，我做的小买卖倒也受了点我爸的影响。可我不卖‘瞪眼儿食’了，我卖杂烩菜。”

“杂烩菜就是折罗，是吗？”

“对。我有一个外甥在聚贤堂饭庄当厨子，我们家那死鬼去了，我姐可怜我，让儿子给我这当姨的想想活路，这外甥就找掌柜的求情，把那些酒席的折罗攒一块儿。后来我外甥又跟好几家饭庄子讲好了，也把那折罗便宜点儿留给我。每天清早我推着车去拉回来，放火上‘咕嘟咕嘟’，推上街卖啦。一路走一路吆喝：‘卖杂烩菜来！’这东西那会儿还挺受人待见呢，穷啊，老百姓哪儿就沾着荤腥啦？可我这一桶子里，好，虽说牙碜点儿，倒是解馋呢！”

“那‘瞪眼儿食’是不是也是杂烩菜？”

“不是！我记得我爸和肉市上的人都挺熟，他天天傍黑儿奔肉市，把那些筋头巴脑没人要的肉趸它半麻袋回来，好歹收拾收拾，扔锅里咕嘟，放点儿作料，就连着锅一块儿挑出去啦。到了热闹地界，往路边一撂，买卖还挺好，就和我后来卖那杂烩菜一样，好歹是荤腥呀，穷人美呗。拉洋车的、扛大个儿的，到旁边铺子里买个火烧贴饼的，蹲在这热腾腾的锅边上夹肉吃。这‘瞪眼儿食’的吃法儿大概哪一摊都一样，先吃后算账。您这一筷子下去，大也好，小也好，猪皮也好，拐捧儿也好，反正是一筷子一大枚。您想啊，谁不想一筷子下去夹出块大的来？这不瞪大了眼儿，行吗？”

“噢，就这么叫‘瞪眼儿食’了？”我说，“可我还听人说，说的不是吃的人‘瞪眼儿’，而是卖的人‘瞪眼儿’呢。”

“也对，也对，卖的也得‘瞪眼儿’！您想啊，好几个人围在锅边，你一筷，我一筷，不看着点儿，心里没个数儿不是？那最后怎么清账啊？这卖的就得想招儿啦，人少时，心里数着就成；人多时，有拿竹棍儿当码子的，也有拿制钱记账的。你夹了一筷，我就在你的名下搁一枚。吃完了，数码子好计数。不管是用竹棍儿还是用制钱，我的眼睛也不能离开那口锅，不能离开锅里那几双筷子不是？”

“那可真成了大眼儿瞪小眼儿了。”我忍不住笑起来。

“唉，您说得对，都是穷命，谁能不瞪啊？我卖杂烩菜时不也一样！一个破盆儿伸过来了：‘您给打两大枚的。’我不看他我都知道他的眼睛圆了，心说：‘您行行好，捞点儿真货吧。’我这心里也没少了嘀咕，太实在了，这买卖就甭做了；太亏了人家，也缺德，还指望人家以后再照顾买卖吗？都是一个字：‘穷！’可瞪来瞪去有啥新鲜的？还能瞪出个金元宝来不成？”

“大兵黄”

——探访录之五

了解平民北京的情感历程和性格渊源，是不可不在旧北京的平民游艺场——天桥扎根儿的。诚如民俗学前辈李景汉先生所说：“天桥的人们，就在那儿，比较是更显露原形了，在态度、情感、思想和智力等方面。在那儿就可以看出他们是如何的真吃、真喝、真玩儿、真乐、真说、真笑、真怒骂、真瞪眼、真吵、真闹、真斗心眼儿，也真大方、真慷慨解囊、真拔刀相助。”李先生继而以“大兵黄”的“不怕天不怕地专骂贪官与污吏”为例，指出：“我们得从平易中，微细的事物中，从粗俗朴素的形式中，从牛鬼蛇神的形象中，来认识天桥社区的内容和本质，从活生生的客观现实生活中来透视天桥的伟大处。”

我对这见解拳拳服膺。

由此，我也希望更多地知道一些“大兵黄”。

作为20世纪三四十年代公认的天桥“八大怪”之一，有关“大兵黄”的文字资料还是能搜集到一些的，当然其中也有其说不一之处，比较共同的说法是：“大兵黄”本名黄才贵，字治安，曾为清兵，参加过甲午之役，后又为张勋的辫子兵，退伍后为生计所迫，到天桥卖糖丸，别无所长，便以骂街招徕看客。当是时也，污言秽语，排山倒海，围观者里三层、外三层，喝彩之声不绝，街巷为之阻塞。转眼之间，“大兵黄”名扬京师，一时间，逛天桥未能一睹其风采者，引为憾事。

这些资料更使我热切地希望找到一位盛况的现场目击者。

不久前，有幸结识了年近古稀的潘先生。老人坦率地告诉我，他年轻时家境殷实，因此每每流连于街肆，沉湎于书馆，如今忽然发现，年轻时的见闻可以作为旧北京的资料传诸于世，他十分愿意为我做一些咨询。

我便问他，是否见过“大兵黄”骂街？

他淡淡一笑，说：“我能没见过吗？”

这淡淡的一笑真让我觉得自己处处透着傻气。

潘先生告诉我，“大兵黄”骂街卖糖丸的地方，在如今自然博物馆路东偏南一点儿。“大兵黄”是全天桥唯一一位“不请人”的卖艺者。所谓“不请人”，就是说他不用“圆粘子”——招徕观众。每日下午一时许，在“大兵黄”每天出现的地界，早已有看客恭候。不知就里者看到那块场子围了一圈又一圈的人，还以为正有什么好把戏，其实并无表演，是人们虚位以待“大兵黄”驾临。一点多钟，“大兵黄”来了，围观者纷纷吆喝：“来了！来了！闪开道儿，闪开道儿！”“大兵黄”还是坐洋车来的，这气派就不小。只见他提着那根本色的木棍，分开众人，走到中间。此公七十岁上下，高个头儿，不胖不瘦，连鬓的花白胡子，头戴硬壳平顶六瓣瓜皮帽，帽顶上一个大大的红丝线疙瘩，帽额前钉着一块玉石帽正，后脑勺拖着一根不粗不长的辫子，他有时则将辫子盘上头顶，刚好盘了一圈。“大兵黄”的上衣永远是一件马褂，有时是黑色的，上有凸现的“万”字不到头的暗花，因年代久远，衣料的布丝已经显现，有时则是紫马褂或者是土黄色的马褂，下身是一件和上衣差色儿的浅绛色或浅驼黄色的大下摆袍子，脚穿白布袜，蹬夫子履，鞋面上挂着圆“寿”字轧花。老头儿的左肩挎着一个丝绸的“弹子兜”，兜底短穗抖动，兜里鼓鼓囊囊装满了他要卖的药糖。

“大兵黄”入场伊始，先将手中那根木棍挑在裆前，形象殊为不雅。他翘着那木棍左扫右扫，扫得看客纷纷退避，很快便清出一块丈把见方的场子，这招数和用开路叉打场子是一个意思，不过在“村”“野”上更为别具一格。更有“大兵黄”特色便是。场子既开，骂街便也开始了。三皇五帝他爹，达官显贵他妈，前届总统他姐，无耻小人他妹，唾沫横飞，一泻千里。据潘先生说，这位“大兵黄”尽管口口不离“他妈的”“小舅子”，让人觉得不堪入耳，心惊胆战，细细听来，却能发现此公是非善恶泾渭分明，他传递的是普通百姓的价值观、伦理观。比如他骂八国联军，骂瓦德西，骂军阀混战，骂贿选总统……围观的芸芸众生当然齐声喝彩，一吐为快。在放荡不羁的外表下，“大兵黄”又深藏着足够的生存智慧——他的开骂，从来不涉及当时的掌政者，凡到此处，或暗示，或迂回，或借古讽今，因此，虽然语出惊人，却又能不惹麻烦，久演不衰。当然，老头子也有“金刚怒目”，忍无可忍的时候。大概因为此公甲午战争时曾经“伯也执殳，为王前驱”，和日本人交过手，所以对家国之衰更有刻骨之痛吧。日伪时期，他有几次居然破口大骂起日本人来，其胆量和气魄，一时更传为佳话。

等“大兵黄”骂得脖子汗流，骂得群情亢奋、同声喝彩的时候，他就开始卖他的“药糖”了。他将手头那根木棍儿狠狠往地上一摔，吼一声“×他个妹妹！”这便是骂街暂告段落，卖“药糖”开始的信号。“大兵黄”的“药糖”大小如蚕豆，几块一包，以白报纸包之，每包卖一大枚。看客们从他的骂街中过了瘾，解了气，当然也乐意帮他，纷纷解囊，买下一包药糖。卖完了这一拨儿，又有一拨儿人围将上来，“大兵黄”又开始了新的一轮“×他妹妹”。

“您还别说，这老爷子当年可是个大明星，那知名度不让今儿的陈佩斯、赵本山！不过，他可赶不上现如今的明星们这么阔，别看他坐洋车去卖糖丸、骂大街，最后还是不知终老何方啦！”潘先生感慨地说。

听潘先生谈过一席话以后，我曾经路过一次天桥，不知怎么的，格外留意了一下当年“大兵黄”撂地开骂的地方。那里的空地上正举办年历展销，五彩缤纷的美女图像粉坊的粉丝一样被晾在一排排铁丝上，随风飘动。突然想到“大兵黄”若魂归故地，发现等待他老人家的，是如此香艳的一群，他是否还有胆量以那般不雅的姿势打他的场子，骂出那一串串污言秽语来？

“剃头挑子一头儿热”

——探访录之六

我妻的娘家在西城的一条胡同里，胡同西口，是太平桥大街。上了大街向北一拐，可见一溜儿店铺。在两家门面可观的店铺中间，挤着一个窄窄的门脸儿，仿佛一左一右两位脑满肠肥的警察，把个可怜兮兮的卓别林挤在胳肢窝下。不经意的过路人，是不会发现这“卓别林”的，而我，常来常往的缘故，对这可怜虫便有几分留意。

这窄窄的门脸儿是一家小小的理发铺，当然是不能和时下北京城里装修豪华的“发廊”“发屋”同日而语的。这是一间窗玻璃、门玻璃上写满了“理发”红漆大字的小破屋。窗台下，无冬历夏都戳着一只孤零零的煤球炉子，半死不活地坐着一个满盛着水的铝盆。暗红色的小门，油漆已经斑驳，门把手周围黑乎乎一层油垢。门扇开合时，窗户格子都跟着颤悠。倘若你在午、晚饭前后走过这里，又赶上天气还算好的话，一般都看见一位眍瞜着眼眶、瘪了腮帮子的老者坐在门前的小板凳上，身前置一方凳，方凳上放着一碟花生豆、一只小酒盅，方凳下还蹲着一瓶“二锅头”，这便是小小理发铺的剃头匠了。剃头匠生意之冷清，是不言而喻的。我经常路过这里，遇见顾客出入却是有数的几回。而几回见到的，又都是和剃头匠年龄相仿的老头儿。老头儿们从里面走出来，都是一水儿的大秃瓢儿。

我得以闯进这家理发铺，结识了这位剃头匠，纯系偶然：夏天的一个傍晚，按常例看望岳父母。刚下了公共汽车，便赶上了倾盆暴雨。我那时手上正拎着刚刚从一位画界前辈那里求得的一幅山水，尽管离去处仅一箭之遥，也只好找个地方暂避一时了。

鬼使神差一般，我怎么居然就没去那两家门面堂皇的商店，而是走进了小理发铺敞开的破门。

老剃头匠在喝酒。矮凳、方凳、花生豆、酒盅、二锅头，一切如常，只是挪进了屋里。平时并不大敞的门之所以敞着，当然不是为了迎接我，大概是老头儿为了观赏门外的景儿：大雨滂沱不算什么，壮观的是，地势低洼的太平桥大街又赶上了下水道堵塞，顷刻之间便变成了一条汹涌澎湃的河。两辆卧车熄了火，活像两只踞伏于水中的海龟。不远处那家卖菜的大棚似乎也遭了水，茄子、西红柿成片成片地漂浮过来。赤了上身的少年们在水里蹚来蹚去，捡茄子，扔西红柿，笑声、叫声和风声、雨声汇成一片。

看这样子，雨，是一时半会儿停不了了。倚在人家的门框旁，看人家喝酒，总觉别扭。于是便绞尽脑汁跟老头儿搭讪，一直说到请问老人家喝好了酒，能否给剃个寸头。

“要躲雨，您就在这儿待着，犯不着脸上挂不住，还费心思来照顾我的买卖。”老头儿说。

“不是这意思，不是这意思。”我忙不迭地解释，“反正这儿待着也是待着，我这头发又该理了——只要您乐意。”

老头儿说：“我吃的就是这碗饭，有什么乐意不乐意的？我是看您年轻轻儿的，那脑袋金贵，不瞄着‘四联’，也瞄着‘西单’，我这门脸儿小，剃不了那么金贵的脑袋。”

“嘿，老爷子，听过这么一讲——英雄出草莽，绝技藏深巷，我今儿还非领教领教您的手艺不可了！您喝着，您喝到后半夜去，我也等得起，雨，且停不了哪！”我得承认我有点儿坏，成心搔老爷子痒处。

“好吧，大雨天闹得，咱爷儿俩说不定还真有这缘分。”

老头儿撂下酒盅，站将起来，那神气再满不在乎，也遮不住技痒难熬。

屋子中央摆着一把不知哪朝哪代的理发椅子，全系木料打制，敦敦实实，坐上去倒颇觉安全。椅子后面，排着两条漆黑油亮的荡刀布。面前是一面长仅二尺、宽仅一尺的镜子。推子是手掐式的。唯一的电器是一把磕得坑洼不平的铝壳吹风机。

“您这理发铺子得有年头儿了吧？”

“也就三十年。过去咱哪有铺子呀，顶多到天桥支个布帐子。我还挑过剃头挑子串街呢！”老头儿左手捏着小梳子，手背上青筋隆起，手指却张成了兰花形，像一位玉手纤纤的青衣。右手的袖口捋得高高的，胳膊弯儿也抬得高高的，悬腕运剪，“嚓嚓嚓”，说话的时候，仍然不错眼珠地盯着剪子，这神态活像个大书法家在运腕行笔，擘窠大书。

“您瞧，我没找错人吧！从镜子里看您这姿势，没有几十年的功夫可端不出来。”我说。

“敢情！打自民国三十年我从老家出来，跟我叔学艺算起，也小五十年的了！”老头儿开始来劲了。他告诉我，他是河北宝坻人，而宝坻、定兴，是剃头匠的“产地”。“也不知道怎么回事，代代相传，都拿这手艺当饭辙，就跟三河县专出老妈子一样。”

“您可别拿这手艺不当回事儿！”我说，“当年那剃头挑子还留着没？白塔寺‘茶汤李’知道不？去年春节在晚报上登了一大篇呢。这不，当年的大铜壶搬到地坛庙会上去了，露了大脸啦！保不齐哪天就有人请您去表演剃头了！”

“您这话说的，还真是这么个理儿！‘茶汤李’的事我也听说啦。咱不敢比人家，茶汤是啥时也有人吃啊，可口可乐喝腻了，来碗茶汤！可现而今这逛庙会的，又有谁找剃头挑子剃头啊！不过，要说表演，让不懂得老事儿的人开开眼，还真保不齐。前儿个有个老兄弟就跟我说起来啦，说闹好了明年春节咱也挑着剃头挑子上地坛喽！这不，我还真把家伙什儿收拾出来了……”

老头儿把蒙在墙角一堆杂物上的那块灰色塑料布揭开，才发现，原来是一副漆上了崭新的红漆的剃头挑子。

“剃头挑子一头儿热”这句歇后语，北方人常用作单相思之类的比喻，其出处显然是因为剃头挑子确实是“一头热”——挑子的前边，是一个圆形的炭炉。剃头时，剃头匠往炉上坐一个铜盆，烧热水备用，一头热即言此也。炭炉旁还戳着一根木杆，俗称“将军杆”，杆上部有一横架，上面挂着荡刀布，也用来挂“唤头”。所谓唤头，铁制，形同巨镊。剃头匠挑挑儿过街，并不吆喝，以一铁棍从唤头中插入，向外一拨，唤头即作“仓儿仓儿”之声，俗谓“报君知”。撂下担子做活儿时，报君知则到将军杆上栖身。

将军杆的顶部，通常是用来挂帽子的。不知道那些在“将军杆”上挂过帽子的人是否知道，那“将军杆”上也曾挂过示众的脑袋！史载顺治元年，多尔衮率清兵入关，曾下令关内关外兵民剃发。顺治二年，律令愈酷：“今限旬日，尽使剃发。遵依者为我国国民，迟疑者同逆合之寇，必行重典。”大江南北，演出了一场“留发不留头，留头不留发”的惨剧。当时的剃头匠们领了官差，挑了剃头担，逡巡于大街小巷，见没剃发的，拉来便剃，稍一反抗，就砍了头，挂在特设在剃头担的竿子上。（夏家俊《清朝史话》）

剃头挑子的另一头，是一个红漆的梯形小柜，当然也可以称之为柜形的凳子。柜子的抽屉里放着剃刀、木梳等工具，抽屉下面还有一个盛水的小桶。顾客来了，将帽子挂在将军杆上，在小柜上落座，剃头匠会递给您一个小笸箩，您得端着它，接着剃下来的头发。

“身体发肤，受之父母。剃了，就老大不乐意了，还满地里扔，让人踩，行吗？”老剃头匠向我解释为什么要端那个小笸箩。

“没劲没劲！”我说，“有种儿的就别剃！”

“那不掉脑袋了？”

“噢，又要对得起脑袋，又要对得起父母，所以才找了个笸箩接着，是吗？”

“那我可不清楚。反正人都说，剃下的头发要是不接着，满地扔，让人给踩了，您可就得倒霉！”

料想老头儿一定是跟我聊得挺开心，若不显显身手，不善罢甘休似的。理好了发，刮净了脸，他忽然问我，需要不需要“取取耳”。愣了一下，我明白了他说的是“掏耳朵”。早就听说过掏耳朵、剪鼻毛乃至从眼睛里剔沙子，都是过去理发师的本职，只是从未领教过就是了。

“我们管这叫‘朝阳取耳’，就是冲着太阳借光。这会儿，也只好跟电灯泡借借光啦！”老头儿把电灯泡拽过来，让我歪下脑袋，揪着我的耳朵找光。他先拿过一把小小的类乎三棱刮刀的工具，探进我的耳朵眼儿里转来转去。

“这干吗，镟耳朵？”

“这叫铰刀。得用它先把耳毛铰干净。”

铰完了就用耳挖勺掏，掏完了把一把毛茸茸的“耳洗子”探进去，一点儿一点儿把耳朵眼儿刷干净。

“放放睡吗？”耳朵快掏完的时候，老头儿问了一句。什么叫“放睡”？闻所未闻。

“放了睡”才知道，就是推拿、按摩——没想到老剃头匠的活计里，还有这么个节目。他扯过一把小板凳，让我坐了下来，又搬过那红漆的剃头柜，坐到了我的身后。他抬起一只脚蹬在我坐的小板凳上。“靠过来！”话音没落，他已经拉着我靠在他的腿上了。他先抓起我的一只胳膊抡圈儿，随后又拽着这胳膊一屈一弹。没想到，奔七十的人了，手劲儿如此之大，穴位一点，疼得我直咧嘴，他却乐呵呵地说：“小伙子，放心！闪腰岔气，落枕抻筋，包好！”

“活儿”总算完了，我们爷儿俩对着喘气。

我问他收多少钱，他说只收理发钱。“五毛!”他说，“取耳、放睡，那是我高兴，练练活儿给您看看，赶明儿真能上地坛庙会表演，省得手生不是?”

我掏出钱放在老人家手上，心里想，但愿他对半年后那个地坛庙会的期待，不是“剃头挑子一头儿热”。

鬼 画 符

——探访录之七

当铺在日本被称作“质屋”，这当然是世人皆知的。之所以扯起这个话题，是因为我在奈良的一条老街上看见的一家质屋，弥补了我在见闻上的缺憾。这座和整条老街一起被保存下来的建筑物，居然和我从旧照片上、从前人描绘里得知的中国老当铺几无二致。或许这行当、这建筑在台湾也还有，反正北京是没有了，一处保留原样的建筑也没留下。因此，当我看到这窄窄的门面外那一圈高高的红漆栅栏，把质屋围成个活脱的牢房时，其惊喜是不言而喻的。我曾经在《老北京店铺的招幌》一书中看到过宣统二年开设于东皇城根的“阜和当”图绘，那建筑式样就是这样的。只不过清末民初时市面设施还不算拥挤，“阜和当”门外也就多了一根高耸的旗杆，近顶横着一条龙，龙头上挂下一串铜钱，铜钱下缀以红布条。这是老式当铺的幌子。这旗杆幌子在民国以后也很快被拆除，而代之以更简洁实用的招幌了。

我知道，当铺门面上这近乎牢狱的栅栏，是历来传闻当铺始作俑者为囚徒的依据。据说罪犯王某在狱中为巧取同牢犯人的银钱，设“小押当”，有嗜赌者输钱情急，遂将物品半价押之，赢钱再交押金利息赎回。王犯获赦后，将“小押当”推而广之，自此当铺业兴。我曾以此传闻请教于前辈，答曰：谬传也。门外栅栏，不外乎与今日银行之栅栏门同类，为保安所需，与牢狱无涉。我由此忽然醒悟：这传闻的意义，或许不在乎真假，它传递的，是民风淳厚的北京百姓对当铺的敌意。在任侠仗义的北京人眼里，当铺是一个乘人之危挣昧心钱的所在。客气和气的北京人，同样不能容忍当铺掌柜那长腔怪调的傲慢和冷漠。在这种价值取向、人际观念的对立中，当铺那高高的栅栏，恐怕也就不能不被人和牢狱相联系了。由此我们也不难解释，为什么每逢兵荒马乱之时，所有的北京当铺都难以逃脱被哄抢一空的命运。

家住宣武区前孙公园胡同的丁先生，年届八旬，尽管腰佝背驼，却仍然精神抖擞，博闻强记，我所知不少旧京掌故，多得益于丁老。丁老称，当铺之为旧京平民所侧目，不仅因为它放贷坑人，而且实在也因为它自有一套鬼鬼祟祟的行为举止。进到当铺里，你会听到高过头顶的柜台那边说的是半徽半京的行话。他们把“12345678910”说作“摇按瘦扫尾料敲笨缴勺”，把“同行”说作“子母绕”，把“东西”叫“端修”，把老太太叫“勒特特”，大姑娘叫“豆官妞儿”，小媳妇叫“洗玄份儿”……

本来，等米下锅，臊眉耷眼地拣几样值钱的东西来押当，这对于讲头讲脸的北京人来说，已是无地自容的事，岂料这高柜台后面还叽里呱啦一通隐语黑话，不能不让人觉得是欺人不懂，当着面算计人。这无异于当面抽人嘴巴。待到掌柜的甩过一个价儿来，押当者就得目瞪口呆，气得背过气去。都急等钱用，谁不想押得高一点儿？于是乎只有哀求、央告、通融，自尊心扫地，直到“当家的”出来敲定。最令人无法忍受的是成交以后，掌柜的一边高声报账，一边写“当票”。您当的是一件崭新的羊皮大衣，也被喊作“虫吃破光板老羊皮袄一件！”您当的是一枚翡翠帽正，则被喊作“硝石帽正一枚！”据当铺中人回忆，如此报账写当票，并不是为了贬损抵押物，而是一种分类的方法。如皮毛品则以“虫吃破光板”起头，翡翠则以“硝石”起头，书画则以“烂”字起头，衣服以“破”字起头……大有分类学上的考虑。此说或有道理。不过，皮毛若以“皮毛”起头，书画以“书画”起头，似乎也不妨碍分类。我想，如此报账的开创者，恐怕还是意在压低押物所值，至于以后渐成习惯，演变成分类的字头，也是很自然的事。丁老告诉我，当票拿到手中，你会发现，这当票更仿佛是一个神秘的、遍布诡计和陷阱的东西——龙飞凤舞的自造字，当铺以外的人只能如睹天书。据说入当铺学徒，学写“当字”便是第一功课。当铺自备“当字本”教材，学徒须习写熟练。当字字体类乎行草，然除个别单字尚可辨识外，其他单字已被改得面目全非了。如“裤”写作“久”，“百”写作“彡”，“棉”写作“○”……等到把这些单字写到当票上，更写成了“套写”。也就是说，把“虫吃破光板”之类一气呵成，那就更进一步千缠百绕，如鬼画符一般，外人绝对看不懂了。

就这样，当铺——森严的木栅、高踞人上的柜台、傲慢的掌柜。叽里呱啦的徽音隐语对煌煌帝都子民的不恭；贬损有加的报账对死要脸面的北京人的羞辱；鬼画符一般的当票对求贷者的嘲弄……这一切都使它们成了平民北京的对立物。不过，北京的百姓也悲哀地发现，恨它，骂它，还得求它。对于每陷窘境的老百姓来说，它甚至是不可或缺的。当然，终于有这么一天，当铺也悲哀地发现，自己也处在了一个尴尬的位置上：物价的大起大落，使它们风雨飘摇。不管当铺如何挖空心思巧取豪夺，也无法抗拒这样的事实：物价跌落时，赎当者少，过期当物大贬其值；物价飞涨时，当铺放出的高利贷又是大贬其值。当中国的经济走入 20 世纪 40 年代下半叶那一场通货膨胀的狂潮中的时候，当铺业也已经走到了穷途末路，只好寿终正寝了。

消费六记

序

您还没有生下来，兴许就成了一个消费者。令堂大人盼着您成贝多芬，给您买了盒磁带，让您在她的肚子里听——您花钱这就算开始了。说句难听的，请别见怪——哪天不幸逝世，兴许这钱还得继续给您花些日子：整容、追悼、火化、买骨灰匣……万一骨灰堂不伺候您了，还得买地刻碑。不要说若有几位论老理儿的亲朋好友，还得年年拿人民币替您兑换冥票，让您花着方便。我也一样。消费伴随你和我。

消费又是挺让人开心的事。“大款”们如何挥金如土，就不必讲它了。布衣寒士，攒了好几年，攒下一笔钱，全家老少一齐涌到商场，买下一台彩电或一台冰箱，那愉悦更是动人。我逛商场时若遇上这么一家，必追踪良久，分享他们的幸福。不过，目送老老小小拥着那台冰箱或彩电远去，心中又常存隐忧：但愿他们一切顺遂，无须再把它送回来，或送去维修部。

我的隐忧绝非无中生有。我家使用的国产电器中，高宝牌抽油烟机、辛普森洗衣机、沈乐满热水器等等，无一未曾返修。当然，待保修期一过，我便有了小试牛刀的借口与机会，把它们拆个七零八落，追寻我童年时代的工程师之梦。

然而，并没有几个人像我，觉得这苦涩中还能找点儿乐子。

啼笑皆非的事还不止这些。录之以求“理解万岁”，志存久矣。忽然想起清末有一位叫沈复的，写过一本《浮生六记》，今人杨绛先生亦作有《干校六记》，皆名篇也。小子不才，附骥其后，作《消费六记》可否？绝没有成为名篇的野心，顶多是想借名牌以壮声色，类乎现如今时髦“松下原件，国内组装”一样。

是为序。

一、柜台记窘

过去我以为，走近柜台，请售货员取货时那种如履薄冰、战战兢兢的心态，只是我这样的人才有。最近，一位朋友告诉我，有一次他在柜台旁站了近一刻钟，待两位侃得上劲的售货员终于有个间歇，才敢开口劳驾。这自述使我颇感欣慰，同患此症者，不乏其人也。当然，这位朋友的胆量还是足使我钦佩的。他居然还敢侍立一旁，边听边等！就不怕人家斥你讨厌？

我并不是没遇上过类似的情况，但我每每知趣而退，到别的柜台转悠一圈。转悠回来，说不定那两位里就有一位去接了电话或上了厕所，这才轮到我口角春风，走将上去。我敢保证我对自己这心理上的障碍绝无夸张。我又何必无缘无故地贬损自己？说实在的，大世面咱没见过，小世面也还见过一些，自以为在同类面前尚具自信，然而只要一走向柜台，我这心里就哆哆嗦嗦，自信全无。

回想起来，两次柜台受窘，已经足以把我“修理”成这般模样了。

第一次是去某银行取钱。时值改革开放之初，迟钝如我者，居然没有闻出银行的营业室里已经飘荡着法兰西香水的幽香。何况您阁下取的是出国用的美钞，您阁下面对的，是一位略施粉黛、举止优雅的女郎！我第一声叫的是“同志”，似乎没被听见。第二声叫的是“师傅”，总算被听见了，然而听见的反应就是被翻了一眼。这一眼似乎是说：哪儿来的一个土老帽儿！等我取了牌，恭候一旁等待叫号时，才发现这里原来开始时髦叫“小姐”了。不过，这一体验为我招来了更大的一次受窘。

此后不久，我到东单一家工艺品店买镇尺，一位女售货员同样年轻貌美、衣着入时，大概因为顾客不多，她坐在那儿看书。我到别的柜台转了好几圈，回来发现她依旧在看书。我只好叫“小姐”，请劳驾麻烦您帮我拿镇尺看一看。岂料她不理我，那么我只好再叫。她突然甩开书，说我损她了，骂她了。“谁是小姐？谁是？我是国家职工！我是人民的勤务员！谁是小姐？你说清楚！你为什么损人？……”可怜陈某人在贵店转悠了三圈才敢惊动您老人家呀！可怜我还把“同志”“师傅”“小姐”掂来量去，才为您选择了这么个典雅的称谓呀！可怜我把“请”“劳驾”“麻烦您”都加在了一块儿，就是怕您生气呀……

自此以后，每逢走到柜台前，总有些结结巴巴。当然，结结巴巴中，还是能渐渐地学出点儿聪明来的，现在我有九成把握，不至于再发生类似的悲剧。主要你得看环境：宾馆、饭店、友谊商店……举凡氛围时髦典雅、沾点儿洋味儿之处，称“小姐”为妙；而蔬菜大棚、油饼铺、炒肝摊，工农兵占领的阵地，叫“师傅”为佳；居其中者，叫“同志”较妥。当然还要熟悉以下称谓以供备补：哥们儿、姐们儿、老哥、兄弟、大爷、大妈……全看你是否善于随机应变了。不过，有两种人至今弄不准该如何称呼：一种是宾馆里年岁稍长的女服务员，是否也可称“小姐”？不致有“讽刺”之嫌？一种是宾馆里年轻轻的男侍应生，叫什么？叫“先生”妥否？……既然没把握，至今不敢向他们开口，趁此写出，也好就教于方家。我知道，营业员们、服务员们大多是不在乎这些的，何况现在服务态度日益改善，我的遭遇也已成为过去。写出来无非是想告诉诸位，有一位陈某人心理脆弱至此，诸位若碰上类似人等开口有劳，尚望耐心海涵，说不定那就是鄙人。他有过几次悲剧故事，因此也有了心理上的障碍。

二、换机记幸

本文的小序中提过，修理自家的家电用品，已成了我生活中的一大乐事。细细一想，此说不甚准确。我的能力，仅限于机械电工产品而已，如抽油烟机、绞肉机、燃气热水器之类，而对于电子产品，我只敢“外围作战”——拆开录像机的外壳，拽出被卡的录像带啦；打开电视机的后盖，吸吸尘啦。大手术是不敢做的。我的电子技术的“最高成就”，只是装过一台六管的半导体收音机。因此，一想起那次买音响的遭遇便十分后怕。如若真把它请进家来，“食之无味，弃之可惜”，以我能力，又“修之无胆”，真是太尴尬了。

那次我在护国寺一家电器商店买下了一台广东产的音响，时间是1986年春节前夕。我得承认我对这个牌子这种型号的音响盼之日久，因为有朋友买了一台，外观、音质都令我满意，价格也还合理。我相信这机型当时很是流行，致使商店一直脱销。很偶然的，路过护国寺这家商店时，这里正在展销。柜台前挤满了人，一台一台将此机购去。我的衣袋里正装着刚刚领来的几百元稿费，自然也成了这络绎不绝的人们中的一个。

护国寺离我家很远。到对面日杂商店购得两条线绳，将主机驮到自行车的后架上，两只音箱一左一右吊在两边，如同一位进城贩货的农民兄弟。将这尤物驮回了永定门外，扛到高居六层之上的家中。

第一盘磁带放的是马玉涛的《马儿呀你慢些走》。音箱嘭嘭作响，低音雄浑醇厚，高音辽远悠扬，摇头晃脑，颇有嘚瑟。放完了一遍，再放一遍时，“马儿”真的“慢些走”了，歌唱家那自信豪迈的宣泄，变成了如泣如诉的哀求，等到她再一次要求“把这美丽的景色看个够”的时候，“马儿”停下来了。让她“看个够”了。我这才意识到我的“马儿”有心脏病。

第二天清晨，彤云密布，大雪纷扬，为了过一个愉快的春节，我是“刀山火海也敢闯”的。又一次像进城贩货的农民兄弟，驮起这尤物，晃晃荡荡进永定门，奔护国寺——连路线都是典型的旧京农家贩菜的路线。

抖掉了一身的雨雪，把音响放到柜台上。奇怪的是，“马儿”又走了——商店的试音带《大地早上好》，那只日本狐狸蹦跶得比中国的马儿还欢。售货员告诉我，一定是我家的磁带有问题，某个螺丝过紧，机器带不动，不信回家换盘磁带再试！

于是像进京贩菜的农民兄弟，又满载满驮，“北风那个吹，雪花那个飘飘”，往家返。又一次把磁带装进去，又一次发现这“马儿”确有

“心脏病”的时候，我动了动脑子——我特意将这“马儿”牵到严寒里遛遛，也就是说，把这音响搬到了阳台上去边冻边开。我的试验是成功的：这匹“马儿”只有在冷冻时才跑得欢，一旦回了屋里，热度上来，心脏病就发作。

当天下午，我又一次“战严寒斗风雪”，“贩菜”进城。

售货员试机之始，“日本狐狸”仍然欢蹦乱跳，我恳请不太耐烦的她再听一会儿，多听一会儿，她撇开我，说：“听吧！”

干脆不再理我。十分钟以后，我得意的时候到了：日本狐狸蔫头耷脑，最后一蹶不振。

“给你换一台吧！”百折不挠终获恩准。

说实在的，“退款”的请求已经到了嘴边，因为我对它已兴致索然，精疲力竭。不过，我还是欲言又止。文化人，爱面子，答应换机，已属知足，何必找不痛快？值得庆幸的是，这家商店里这种机器所剩只有三台。打开一台，均衡器“半身不遂”。打开第二台，指示灯压根儿就不亮。第三台没有再打开，我估计售货员要留给自己一点儿面子。

“退款吧！”她说。

“没啦！”我说，一脸失之交臂的遗憾，心中已自欢呼起来。

揣着几百块钱退款往家骑的时候，和阿 Q 一般地想：我一点儿也没亏。这番经历写篇文章，也能赚个几十块呢！欣欣然倦意全消。

三、“顺”钎记趣

嗜羊肉串成瘾，是很早的事了。对于吃，我一贯主张“兼容并包”主义。既然羊肉串能进军京华，必有一定道理。那么，我是不能不“亲口尝一尝梨子的滋味”的。既已实践，上瘾是题中应有之义。不过很快也确实发现了有些问题。手举肉串，招摇过市，殊为不雅，从此不敢问津。时隔越久便越发地馋。由此决定采取“开放政策”，决定“引进”。技术引进十分简单，路过街头烤羊肉串的摊子时，瞟一眼便了然。难办的是“设备”。

注意了一下商场，又注意了一下厨具杂品店，都未见过烤羊肉串的炉子和钎子面世。看来，除了“自己动手，丰衣足食”，别无他途。

有位朋友在一家小厂当厂长，看来解决“设备”问题，非他莫属，朋友闻之，果然爽快，几日后便送来一个银光闪亮的精巧的槽形烤炉。据说为此求他者众，皆好友亲朋也。本想问他钎子咋办，一想未免过分。人家造炉任务尚且繁重，区区钎子焉敢启齿？再不行，学街头小贩，买一把车条，稍加工，亦无不可。

然而，我还是不甘心。既要“引进”，便要最高水平，何况家中不免以此招待宾客，岂有餐以“车条肉串”之理？于是又向厨具商店寻寻觅觅，终不得获。

又过了一段日子，我从西单路过，发现烤羊肉串的事业已由个体发展到了国营：开张了两家电烤羊肉串的铺子。西单路口迤北，一路香气弥漫。我对国营店铺的卫生，一向充满信心，更何况已和羊肉串久违，毫不犹豫地买下了四串，每串五角钱，每根钎子的押金三角钱。

“坏水儿”是在吃完第一根羊肉串时冒出来的。这银光闪亮的钎子，秀美修长，煞是可人。押金三角，何其便宜，就是三块钱一根，我也“踏破铁鞋无觅处”呀！孔乙己教导我们：“读书人偷书，能叫偷吗？”“饕餮之徒”顺几根钎子，能叫“顺”吗？何况我是付了三角押金的。既定押金三角，其值必不抵之。我以为其所值，易其钎子，何不理直气壮？

再次吃那家铺子的烤羊肉串时，发现钎子的押金已升为五角，不知是不是因为饕餮之徒如我辈，都发现了这唯一可以“买”到钎子的“市场”，蜂拥而至，造成了价格的波动。

等到我的钎子使上了一年以后，我发现厨具商店里终于有钎子上市了。岂止是钎子，连做工精美的烤炉也上市了。那钎子也是三角钱一根，但规格划一，整齐美观。如果您早上市一年，我又何苦到西单一根一根地吃？

一周前，和美食大家汪曾祺老先生闲聊，言及此事，汪老说：“当初我也为这钎子发了一阵子愁，最后你猜怎么着？还是用的车条！”另一位旁听者插话说：“我去求一位工程师帮忙，你猜他给找来了什么？二十块钱一根的德国焊条！我说，别价别价，这可犯法啦！”

由此，我相信，北京自制羊肉串者中，以车条当钎子者有之，以押金换钎子者亦有之，以德国焊条做钎子者，也未必没有之。唯有那一年以后才上市的正儿八经的钎子，不知其销路如何，至少对于我们来说，她已算姗姗来迟，美人迟暮，由她顾影自怜吧。

四、理发记豪

每次理发我都去住处附近的一家理发馆。主要是为了近，省时间。当然，有时赶上人满为患，有时赶上门可罗雀。不过，这都和等候的时间关系不大。和等候的时间息息相关的，是理发员们的兴致。人满为患时，说不定就赶上干劲冲天，那用不了一会儿，就理上了。门可罗雀时，说不定却赶上了无精打采：所有理发椅都在空着，理发员们也都在聊天，他们仿佛谁也意识不到你的光临。你倒有可能在椅子上枯坐一个小时。

我试图找过其中的规律，似乎无规律可循。

1986 年夏日的一天，我又一次进了这家理发店，突觉店风大变。一位年轻的女理发师迎上前来，满面春风地说："你理发吗？请这边坐！"这让我感动得不知所措。只见她挥动毛巾，往椅子面上"啪啪"地抽了抽，请我落座，又十分利索地给我围上了白罩单，对着镜子端详了一会儿头型，问："寸头？"她举起电推子，无名指和小拇指高跷，那只秀手像一朵鹤望兰在我那飞蓬一般的头顶盛开。

"您多大岁数？"女理发师还很健谈。

"三十七。"我说。

"哟，您可不像！不像！"她说。

我微笑了。为这话，谁都觉得高兴。

"那您看我像多大岁数？"我问。

"您可像四十七的人。"

天哪，原来是这么个"不像"！

"您瞧！您都有白头发了！三十七的人哪有长白头发的呀？快染染吧！"

我这才明白，她是为了动员我染发。尽管这方式怪让人伤心，这诚心却够让人感动。虽然我还有几分疑虑，因为从来也没染过发，不知滋味如何，此其一；不知效果如何，此其二；不知价格如何，此其三。但就凭了这热情、这费心，我能拒绝吗?

染了发才知道，于我实在是一个天大的误会。首先这滋味儿实在是难受。只见她拿来了一个冒着烟儿的罐头盒，里面装了半罐黑漆漆状若沥青的东西，她拿着一根棍棍儿，挑着那“沥青”抹了我一头。这头顶抹了沥青的感觉，像阴云一样跟随了我好几天。其次这效果也实在不佳。回到家以后，妻子用异样的眼光打量了我老半天，最后说：“你染的这是什么呀?头发梢儿黑了头发根儿还白着呢!”我解释说：“盛情难却，手艺差点儿，那份热心是不好辜负的。”妻子说：“主要还是因为改革了，理发店的收入，关系到职工们的收入，所以，人家当然要动员你染发。你的头发要是再长一点儿，人家说不定还得动员你烫发呢。为了不辜负这一份热情，你也烫成个烤羊肉串的‘买买提’回来不成?”妻子的话使我顿开茅塞，想了想，也只好苦笑，说：“权当也让我这脑袋，经受一下改革的阵痛吧!”妻子也笑了。

几个月以后，我应邀去海外访问。临行前诸事纷繁，出发的前一天才想起应该去理个发。最方便的，当然还是芳邻这一家。使我惊异的是，这一次迎出来的，还是那位女理发师。依然春风拂面请我落座，依然末指跷然如鹤望兰，更使我忍俊不禁的是，依然如法炮制来了一句：“您今年多大岁数啦?”

她不定跟多少杂毛如我者做过类似的动员了。我想。

又问一遍。

“三十七。”我说。

“哟，可不像!不像，太不像了!”稍稍有所变化，也是大同小异而已。

“您看我像四十七，是吧?”丑话何不自己说破?

“那可不!瞧您这头发，都有白的了，多老气呀!染染吧!”

“不不不，我不习惯，真的不习惯。”我说。

“没多少钱!”

“我不是怕花钱。真的不习惯。”

“得了。现在这人哪，为了美，为了少兴，谁还在乎俩钱儿啊，您说是吧？”她顽强地沿着她的逻辑前进。

“我跟您说实话吧，”我说，“我们那单位里，净是老头儿，这还嫌我毛嫩呢。我好不容易才盼到了几根白头发，我可舍不得染。”

回想起来，我也够损的了。找什么借口不行？说我皮肤过敏啦，说我正犯血压高啦，等等，何必故意气人家？这倒好，“鹤望兰”不见了，攥着电推子的手，俨然成了无产阶级的铁拳。“嚓嚓嚓”三下五除二，揪下胸前的白单子：“好了，六毛！”岂止没有了帮我用剪子找补找补的耐心，连我洗头、刮脸的权利也一并取消。

回到家，见到妻子，不待她开口，我就指着坑洼不平的寸头向她宣布：“瞧，这脑袋，又一次经受了改革的阵痛！”

第二天我飞往美国。第三天我到了华盛顿。一位专以研究华盛顿市历史、地理闻名的女学者盛情邀请我共进晚餐。席间，主人时不时转过脸来，看我的头发，看得我有些发窘。

“您看我的头发，很有些特点，是吗？”我说。

“唔。”女学者郑重其事地说，“很时髦。这发型，现在在美国，很时髦。”

“哦？”我装出一副漫不经心的样子，告诉她，这样的头发在中国最普通不过。而且，我为它花了不到二十美分。

“真的吗？不可思议！不可思议！”教授的眼睛瞪得溜圆。

我想我根本不必告诉她这脑袋如何一次又一次经受改革的阵痛了。她肯定不明白，甭看她是历史学家。

五、夺秤记勇

作家中之勇者，当推“鲁门弟子”萧军。据萧军之女萧耘回忆，每次老人家出门，她忘不了叮嘱说：“别惹事！别跟人打架啊！”一切都颠倒了一个过儿，仿佛当妈的叮嘱一个顽童。

当然，萧老不是无事生非之辈。萧老要跟人打架，绝对是见义勇为。“文革”中老人家听说老友骆宾基被邻院的“革命派”欺负，让人用瓦刀砍伤了头，便怒从心头起，恶向胆边生，拔刀相助。据说白天他刚在文联挨过了斗，晚上就直奔了骆宾基家，站在门口向那家“革命派”叫板：“有种儿的你出来，叫你尝尝我萧军的厉害！你小子敢再动骆宾基一下，看我怎么收拾你！”那“革命派”在“黑帮”萧军的“猖狂反扑”面前居然了无声息，从此不再滋毛儿。

萧老之敢叫这个份儿，固然首先是他的胆气。不过，俗话说，艺高人胆大，老人家少年习武，终身不辍，落魄时可以教武为生，足见身手不凡。没有两下子，光凭一个胆儿，他敢四处见义勇为？

想起了已经过世的萧老，是在和一位“倒儿爷”掐了一架以后，当时不由得喟然长叹：一介书生，若无萧老之胆气和武功，谁敢光顾这些无照摊贩们的天下？

我没有想到，经常路过的那一片三轮板儿车果摊，原来是一片坑人的地方。这里是通往长途汽车站和火车站的路口，“倒儿爷”们的目标，瞄准了那些来往旅客，后来我才从朋友处得知，这里的秤俗称“七两秤”，也就是说，每斤坑你三两。“您想啊，一斤香蕉喊价一块二，比批发价都低，可能吗？他不在秤上找齐儿，上哪儿赚去？”朋友说。

我当时哪儿知道这些，只是听价格不贵，停下了车，从那板儿车上拣了一把，放到秤盘里。

“四斤三两！”那姑娘说，还把秤杆歪过来，请我过目。

我对计量方面的常识少得可怜，即便如此，也觉得这分量报得有些蹊跷。可秤砣线明明勒在四斤三两的地方，你不认头行吗？

我付了钱，又到马路对面的国营商店里买了四斤橘子，就势请售货员帮我称了称，发现这香蕉才有二斤四两。我咽不下这口气，回到马路对面找之论理。拎着这把香蕉，放到平板三轮上。既然是个姑娘，又带点儿外地口音，那么，我还是要客气一点儿。我心平气和地告诉她，这香蕉，差了足足一斤八两的分量。没等姑娘搭话，平板三轮后面已晃着膀子走来满脸横肉的一位汉子：“你他妈的活腻歪了？找揍怎么着？”我才恍然大悟，原来卖的是香蕉加胳膊根儿，这位远远地给戳着份儿哪！看这小子横着过来的架势，至少也蹲过三年大狱。一只手揣在夹克里，保不齐那腰间还别了把菜刀。

坦率地说，这会儿我心里已经有点儿胆战了，为这几块钱的香蕉挨这一刀子可不值当。不过，士可杀不可辱，既然较上了劲儿，哪能缩了呀！

“我可不是找你打架的，哥们儿，咱们有地方说理去！”

我拽过了平板车上那杆秤，说实在是瞄准了那秤砣的用场。

“走吧，咱们找工商去！”

“你他妈的浑蛋！……”横肉跳着脚骂，污言秽语铺天盖地。

我知道，他等着我回一句，或者搡他一下，这架便要开场。

只要开了场，用不了一个回合，我就得趴那儿。

围观的人越来越多。有位年长者过来隔在我们中间，他一边往外推我，一边说：“算啦算啦，块儿八毛的事，犯得着吗？”

“不是为了几块钱，为的是这个理！”话还是挺硬，可我并不反对他把我推开。即便我把争执的意义升华到了更伟大的高度，我也认为，还是不挨那一刀子为好。

“好汉不吃眼前亏，这小子可黑着哪！”待把我推出人群，那老者悄声劝我。

这算是给我找到了一个退却的台阶，不过，我仍然感觉就这么退却实在有失尊严。

“有种儿你就等着，有人跟你说理！”骑上车走的时候，我吼了一嗓子，想起自己运用的是著名的“卫嘴子”撤退战术，忍不住抿嘴一乐。

如果说我借此使自己免受一刀之灾，我并不否认，不过，如果说我就甘心让他欺负了，也有点儿冤枉。因为我确实是找跟这小子说理的人去了——几百米以外，是派出所，而派出所的民警们，不少还跟我挺哥们儿。严厉打击刑事犯罪之始，我跟他们一块儿混过。

“老陈，有事吗？”忘了其名姓，却是一个熟脸儿，乐呵呵地迎过来，跟我打招呼。

唉，忽然觉得，如果真挨了一刀子嘛，还可以说“有事”，而现在，说“有事”，似乎又有点儿说不出口。

“没事。”我说。

我们站在派出所的门口聊了点儿别的。

没聊几句，我看见几百米外的那群人忽地散开了。那横肉蹬着板儿车，驮着那女人，从人群里冲将出来，飞快地钻到马路对面的胡同里去了。

那厮还以为我真的叫出警察来了。

心里这才稍觉平衡，不过，还是想起了萧军老先生。唉，若有老人家那一副好拳脚，何至于用这一招儿？

六、打气记憾

广告的泛滥乃商业社会的特征之一，因此，天天听“走遍天涯海角”和“够威够力”，也没有什么脾气。不过，近来商家似乎也注意到了，好的广告也不光是可劲儿地吆喝“够威够力”就成了，比如最近有一条广告称：“请大家告诉大家……”这话透着那么和气，那么诚恳，那么实在，够让北京人舒坦的。我相信北京人更吃这一套，他得奔着这字号去。

其实，树立一个商家、一种产品的形象，还大有学问可做。比如古人所说“桃李不言，下自成蹊”，看似与广告宗旨大相径庭，可用好了，恰恰是最好的广告。我听研究同仁堂的专家蓝荫海老师讲过，每逢大栅栏一带修路挖沟，同仁堂都在行人不便处挂上写有“同仁堂”三字的灯笼，以方便过往人等。在北京的老百姓看来，这可真是太仁义了。北京的百姓也是仁义之辈：您给我一尺，我报您一丈，能不去照顾您的买卖？近读马祥宇先生回忆东来顺的文章，知道东来顺的创业者丁德山，也是以仁行事的一位。东来顺以卖扒糕等大众吃食起家，后发展成北京几大饭庄之一，且拥有六家店铺，多处房产，可谓威名赫赫。然丁德山并不忘本色，在东来顺门口仍设粥摊，仍卖烙饼、面条，平民百姓，无不称道，以至那些人力车夫们，自觉地拉外地来客到东来顺用餐，成了义务的招徕员和宣传员。我想，借用现代手段，使广告制作越发精美的同时，留意一下传统的经验，或许也不无启发吧？

这念头肯定也已经出现在某些厂商的脑海里了，北京毕竟是一个出过同仁堂、出过东来顺的地方。同仁堂制药厂就赞助了一师附小一个“京花图书馆”，我那就读于一师附小的女儿，也是受惠者之一。听说还有一家工厂赞助了两部“心理咨询”电话，为中小学生们排解心理上的疑难。最近又发现“小小牌”尿不湿的厂家在其门外为附近居民提供免费电话和电打气，我也十分感动。可惜小女已经长大，否则小小牌尿不湿，是一定要买一件的。

我希望这善行持之以恒，如果您破产了，当然不可苛求，只要有能力，我还是盼着能久远一些，免得让北京的老百姓失望，那还不如当初不办。

过去北京的修车铺为过往自行车提供免费电打气，当然这也未必合理，因此随后又有了打一次气，收费两分之举。此后遍布京华的车铺，皆行此道。

某日我骑车路过崇文门，发现一家修车铺门前立一牌子，上书“免费打气”，心中顿生敬意。我想有车要修，必送此家，至少是不会“挨宰”的。几个月以后，我的自行车出了毛病。也不知怎么了，仿佛不把车送到崇文门修，就对不起那“免费打气”似的。然而当我真的把车骑到这家修车铺，好不失望：士别三日，当刮目相看。那“免费打气”四个字，已赫然改作“打气五分”了。非但不免费，而且还高出同行一头，似乎在跟谁斗气，“堤内损失堤外补”。其实高出一头也没啥，不过是三分钱，可我觉得心理上的伤痕实在无法弥补。

现在，全北京的修车铺，打气费也已经改成五分了，我也不肯原谅它。尽管人家说不定还是一家十分公平合理十分讲究服务的车铺。人的心思，奇怪至此。

昨天又路过“小小牌”尿不湿的厂家大门，发现那免费电话仍被使用，而那免费打气，已空有一根皮管搁置于地，无法使用了，但愿这是临时性的故障。

消费再记

再　　序

《消费六记》登出未及一半，开始接到朋友们的电话。有人说读得挺开心，也有人由此找我“痛说革命家史”，说他那冰箱如何六出六进维修部，最后干脆捐献给了厂家——为贵厂提供经验，牺牲我一台，幸福千万家。当然，“抗议”电话也接到了一个。

“你可真够损的！我们售货员是那样的吗?”来电话的，是一个熟人的妻子，口气自然是半开玩笑，不过这已经让我惶惶然了。熟人尚且如此，不相识的朋友，一定没少了骂我。

其实，我对售货员和他们的工作一向充满敬意。不光是售货员，接线员、出纳员、服务员等等等等，一切劳动者。张秉贵师傅在世时，我每去百货大楼购物，都免不了朝糖果柜台望去一眼，希望看到那身影。那身影常使我想起一位老作家的一句很动人的话：“工作者是美丽的。”……您瞧，您把您的行当多往张秉贵身上想，百货大楼的门口都立起大雕像啦，了得吗?要说我的文章里是提到了几位，可那跟您不沾边，您别硬往自己身上扯。

实话跟您说，这也是我的经验。您打开报纸，批评文艺界人士的文章也未必比批评商业界的少：“粗制滥造”啦，“格调不高”啦，直至走穴逃税捞外快。我就一点儿也不生气。该谁挨骂就是谁。我要是一天到晚地想，写文章这小子可太损了，“我们文艺界是这样的吗?”我得抗议，我得反击，至少也得“仇恨入心要发芽”，又如何了得?

古人说，有则改之，无则加勉，毛主席都引用过的。是不是一句顶一万句咱算不好，反正这话挺诚恳，挺实在，搁这儿用挺合适。

话说到这儿才敢接着开场《消费再记》呢。若有时间，此后说不定还会有“消费随记”，不过“再序”之类是不会再有了，怕您腻烦。

还有一件事不可不提：前日又经过小小牌尿不湿厂家门口，发现打气的气嘴又修好了，幸甚幸甚，我在《打气记憾》篇末的担心，顿时冰释。不过，同时又发现一位女郎在免费赞助的电话机前拨号不已，偷偷近前小窥一眼，发现此君手中满满一页电话号码，看来是把要打的电话积攒成堆，到免费电话来开洋荤来了，真有点儿逮着便宜没够的豪迈。呜呼，小小，若是这世间人人都向你索取得如此豪迈，你那小小的身躯又如何经受得了。

是为再序。

一、中继记悟

我写过一篇小文，说的是打电话的事。舍下的电话与那名闻遐迩的天福号酱肘铺的电话仅一个数码之差，因此，没少了接到打错的电话，问“酱肘有否?”北京人由更多地关心大白菜转向更多地关心酱肘子，固然可喜可贺，然对我来说，他们还是应该瞅准了按键或拨盘，找有酱肘的地方去问酱肘好一些。不过，因为我也尝过拨错了电话，被人脆然一声“错了”顶回来的滋味，所以，每逢遇到这种情况，我都尽量耐心地把“脆然”变得婉约——“您拨错电话了。”我说。即便这样，我仍然觉得怪对不住人家：我相信对方心里一定仍觉尴尬。我们之间，似乎还应该有一种更委婉的处理方式。后来有一次，我又拨错了电话，那电话大概是错到了外交公寓，接电话的，是一位中国话不太利索的外国女人，她似乎是愣了一下，随即说：“对不起，这里的号码是××××。”我也道了对不起，挂了机。由此我觉得这是一种比较体面的处理方式，既照顾了对方的自尊心，又便于对方查证自己是拨错了号，还是记错了号码。我的那篇小文即由此而发。随后，我又看见晚报上的一篇文章，介绍这种处理方式，说这是“国际上通行的方法”，方知自己的探讨精神固然可贵，结论固然可喜，却也不过“明日黄花蝶也愁”罢了，因此，那篇小文也只好敝帚自珍了也。

从那以后，我一直用那“国际惯例”回答“酱肘有否”之类的问题，果然效果颇佳。对方一般也很客气地道歉、挂机，并且也不会一而再、再而三地错之不已。不过也偶有某位转不过弯儿来的。有一次，我又接到一个错打的电话，便告之曰：“对不起，我的号码是××××。”他竟说：“谁要你那儿了！我要的是××××！”我笑了：“您一定是拨错了，请重拨一下吧。”他大怒：“没那回事！我才没拨错呢！怎么回事！”——这一刻我才理解为什么有些接线员态度那么火暴了，遇上这么一个“一根筋”，谁不撮火？

据我体会，北京各中继线的接线员们，服务态度一般是很好的，各宾馆、饭店就无须说了，一般各单位的总机也都不错，自然也有例外。今年4月底的一天下午，我打电话去青年公寓找鲁晓葳，遇上了一位怒不可遏的接线生，惹得我也几乎怒不可遏起来。

双榆树青年公寓是个似乎有点儿名气的地方，我有几位朋友住在那里。去过几次，觉得管理尚好。打过几次电话，接线员的态度也都不错。那天我打电话找鲁晓葳，是想和他谈点儿剧本方面的事。总机接通以后，答话的不是以往的女接线员，而是一位男士，不知道他是否也是总机人员，抑或是来串门儿的？当时，我很客气地质劳他转××号分机。

“找谁？”他问。

“找鲁晓葳。”我说。

“……”不答话，当时我以为他在找插口，现在我明白他是在运气。

“喂，麻烦您给接一下××号鲁晓葳好吗？”怕他没听清，我又重复了一遍。

“哼，鲁晓葳？你告诉他，让他小子先拿点儿好处费来再说！”“咔”，电话挂上了。

鲁晓葳是很厚道很随和的人，我相信他不会因为《渴望》导演成功而气焰嚣张，犯下众怒。可又何至于把这位总机的男士得罪至此？

既然提到“好处费”，我也就自然而然想起报载市府有奖励《渴望》剧组十万元之举。那男士的愤怒或许是因为看到鲁晓葳们“雨露滋润禾苗壮”，自己却仍在渴望之中，由此而怒不可遏。

我至今也没见到鲁晓葳，但我知道他并没有因《渴望》而发财，至于那十万元如何“分了”，也不像世人所传闻那样。奖金听说是有一点点的，但没有最后证实。若得以证实，一定会做他的工作，让他和大伙儿一块儿走共同富裕的道路。不过，那男士在表明了态度之后，还是应该替鄙人把电话接过去的，那样，我让鲁晓葳和您“共同富裕”的信息，就不至于耽误至今传递不到了。

二、入浴记险

门镜的发明权属于哪国，未曾查证过。我估计，即使是中国人发明的话，也出自港台。内地自然也有入室抢劫案发生，但远未达到呼唤门镜应运而生的地步。而西方社会，大多数人家防范森严，或安门镜，或开窥窗，也有门锁上挂一保险钢链者，先开一缝，验明正身，方敢开门迎客。夏初赴日，住东京新大谷饭店别馆，房门上也有一门镜。饭店关照客人：有人敲门，万望看清来访者，才予开门。这门镜和忠告，尽管使我辈心理上略觉别扭，却也还能理解和接受。之所以这样说，是因为几年前我到过我们北京的一家饭店，不是去住，而是和民警朋友一起去见识一下抓坏人的场面。坏人没有抓到，却发现了这家饭店难得的一景。这里每一间客房的门上，也都安有门镜，不过，如果你以为亦为客人外窥而设，其言差矣。门镜是从外向里安的，也就是说，为了在走廊里向房间里窥望方便——天哪，无异于为每个房间设了一个监视孔，这饭店岂不成了监狱？

我想说不定这家饭店的经理还挺自鸣得意，认为自家门镜之举即中国特色亦未可知。

唉，您若能把您那鹰隼般的目光从门镜上移开，巡视您属下的工作，关心那些哪怕是细微末节的纰漏，您的饭店也不至于办得如此粗糙，如此草率呀。

我知道，对于在改革开放中日益成熟和进步的我国饭店管理者来说，“门镜”是一个十分极端的例子，如此愚蠢的管理者，在北京实在也是旷世奇才。然而，不少饭店的管理粗糙，服务草率，也是毋庸讳言的事实。

有一次我去远郊区开一个会，住在一家涉外饭店里，饭店建筑飞檐叠瓦，翘然翼然，不敢说不华美；内部设施全部舶来，不敢说不现代。晚餐用毕，想洗一热水澡。那卫生间倒也十分豪华洁净，香波、摩丝、浴液，一应俱全。岂料抬头一看，浴缸上方，缺了一块天花板，顺那黑洞洞向上望去，粗细水管纵横交错，还真使我一下子想起了法国的蓬皮杜中心。不过我料想能如此欣赏一下的人不会很多，因为当我赤身裸体躺在浴缸里，仰面望去时，欣赏之心顿化乌有。面对这森森然一孔方洞，既不想蓬皮杜，也不想后现代，很有些不是滋味，赶忙爬将出来。这一爬倒也侥幸，心中正自嘲道：“春寒赐浴华清池，温泉水滑洗凝脂，侍儿扶起娇无力，始是新承恩泽时。”忽听“嗵”的一声，“恩泽”来也，从黑森森的洞口里掉下一块水泥渣，乒乓球一般大小。

我这个人基本还是能“处变不惊”的，特别是对空中坠落物，尤其久经考验：别忘了敝人年轻时曾在京西打过岩洞，不敢说泰山崩于前而色不变，桌面大的石头擦着鼻尖落下的场面，也还是见过的。区区一小块水泥渣，又何足挂齿？不过，我是担心入浴者若不具备我般铜皮铁骨，是否能消受得起？试想，入浴者若是一位欧罗巴女郎，当时正兰汤滟滟，玉体横陈，突有“飞将军自重霄入”，那女郎大概就真的堪称“侍儿扶起娇无力，始是新承恩泽时”啦。

三、夜战记劳

文艺界稍有点儿出息的人，大概都得“喜新厌旧”。我指的不是两口子过日子，我指的是创作。您不“喜新厌旧”，又怎么能“推陈出新”？至于说某某绝了“贫贱之交”，某某甩了“糟糠之妻”，那恐怕是

“不幸的家庭各有各的不幸”，非演员、作家所专也。不过，职业使然，我辈同人，对新鲜玩意儿确乎是有些过人的兴趣。据我所知，爬格子的人中间，对“声光电火”之类的“奇技淫巧”热衷者，不在少数。最可说明问题的是淡泊俗务、专注于文学的陈祖芬，她居然对电话有道不尽的情愫。有一次我无意中与她提及某某商店见过几种新款的电话机，做成了香蕉形、苹果形，十分精美。事后她竟专门打电话来，询问店址路线，意气风发地要去选购。“建功，我什么都不喜欢，独独喜欢电话！这东西太好了，这是我唯一的嗜好！”她说。比之邓友梅，祖芬的嗜好又属于“小巫见大巫”了。那厮对“奇技淫巧”的爱好更为广泛，且性好游说煽动。每有新鲜玩意儿出来，他必购之，还动员三五同好陪绑。久之，有一位朋友竟致害怕了他的煽动，派女儿前来求情恳请邓叔叔再光临寒舍，万勿再提及购物之事，因为邓叔叔离去，女主人必被征服，心痒难熬地要拿钱出门，而男主人又如何承受得了？年前邓友梅购置了中文电脑，在晚报撰文吹嘘，可见其游说煽动，还大有发展，已知借重传媒。邓文中还提及我也买了一台，闹得不时有人来电询问。其实他是动员过我，我还想选择一下，因此“我自岿然不动”。谁知上了晚报，竟成了事实。事后他解释说，他估计“吾道不孤”，所以文章中用了点儿提前量。我说，您干脆宣布陈某人过世，那提前量就跟“物价改革”一样，“一次到位”了，岂不利爽？

现在那些厂商们选这明星那明星做推销广告，他们怎么就忽略了邓友梅？

话又说回来，回想自己也不是没有“奇技淫巧”之好，不然“邓推销员”为何专找你？所谓“苍蝇不盯没缝儿的鸡蛋”是也。坦率地说，我在购物问题上的感召力似乎也是不小的，因此，也曾经贻害不少人。一年以前，有一阵子我忽然十分喜欢喝咖啡，遂到华侨商店买来一只电咖啡壶。此后不久，正赶上青联开会，我跟工作人员们论证喝咖啡之妙，又论证现煮的咖啡比之速溶咖啡更妙，再论证华侨商店的咖啡壶比之其他咖啡壶更更妙，说得青联的工作人员们也纷纷前去选购，几近人手一壶。如今，我的咖啡壶只剩“一片冰心在玉壶”了，那几位朋友的咖啡壶，大概也不会煮得“如火如荼”吧？

被我害得最惨的，是郑万隆。1987 年我们访美归来，在香港小留，一块儿上街去买录像机。我凭着做过六管半导体的自信和会点儿半生不熟的粤语的自得，让他对我拳拳服膺。我买下了一台“世界线路”的松下录像机，他自然也随我，回北京一试，“世界线路”条条齐备，唯独中国的 PAL－D 制式排除其外，悲夫！当然，郑万隆还买下一台高达 3000 瓦的电热水器，回来以后根本无法使用，搁至今天，那责任就得由他自负了。因为我告诉他我还记得电流电压和功率的公式，（叫什么公式来着?）他这 3000 瓦除以 220 伏的电压，至少得换个 15 安培的电表。他不信，他说没事。他说把电线弄粗点儿就成。（哪儿和哪儿呀!）结果如何？自食其果。五十步笑百步。尽管我记住了那公式，比郑万隆强点儿也有限。我买了一台 2100 瓦的电烤箱，自度家中电表为 2.5—5 安培，应该说并未超负荷。回到家里，向妻子献上电烤箱，喜不自胜，当即要求和面、发酵，烤面包。暮色四合时，面团膨起，蜂窝遍布。巴黎大磨坊、新侨三宝乐，当其时也。摆好烤箱，接通电源，只听“噗”的一声，保险丝烧毁。换上一根略粗者，再试，只见电表里闪出一道蓝光，令我目瞪口呆。拉闸思量，这才想起自己竟忘了加上家中已有电器的负荷。加上一算，超载多多，早非 5 安培电表所能承受。面团继续膨起，汹涌澎湃，又如何是好？急中生智，将家中所有电灯一概关闭，冰箱插销亦拔将下来，这才哆哆嗦嗦接通烤箱电源。妻子在厨房靠一根蜡烛照耀，装馅，团面，我则在厅下靠一根手电筒往烤箱里照，窥望面包焦否，成色如何。真堪称“良辰美景奈何天，赏心乐事烤包忙”。

近闻《北京晚报》开设了“家电咨询”电话，一则以喜，一则以忧。喜则求教有望，我辈夜战之事，大概不会再发生了；忧则对我的电器知识仍存几分敬畏的郑万隆等，恐怕会扬长而去了。

我估计我得难受些日子。

四、陋衣记快

“穿衣戴帽，各有所好。”如果“随便”也算一“好”的话，那么我之“所好”，也就是“随便”了。不是故作潇洒，实在是从实用考虑，以为除“随便”以外都有些累赘。譬如若整日西装革履，光跑干洗店就够忙活的。夏日溽暑，丝绸固然飘逸，然洗衣熨衣，岂不苦不堪言？想想还是我现在舒坦：短裤T恤，每天扔进洗衣机里转一转，不过举手之劳。久而久之，衣冠楚楚，反倒觉得坐也不是，站也不是，像个傻小子。实话说，西装革履倒也有，那是为了偶尔见一位海外来的文人墨客，或者更偶尔地出一趟国所用——“帽儿光光，袖儿窄窄”地穿它一遭，表明中国作家虽非豪富，亦非丐儿。即便如此，只要不是正式场合，我也尽量精简当“傻小子”的次数，因为很快就发现，老外们比我们还随便。

不过，因“随便”而受窘的悲惨故事，在我的一些朋友身上时有发生。一位朋友和家中的保姆一道领着孩子去理发。这位朋友整日忙着干她的编辑工作，还兼着当女散文家。孩子尚小，须雇保姆照看，经济上自然也不算宽裕，因此，衣履平平是可以想见的。而那位保姆，初入都市，青春焕发，反倒花枝招展，一派雍容华贵。进得店来，我的那位朋友先坐到了理发椅上，由保姆陪孩子在一边玩儿。理发员对我的朋友说：“你呀你呀，给人家当保姆的，一点儿眼力见儿也没有。你瞧，一进门，一屁股先坐这儿了。要我是孩子他妈，不炒你的鱿鱼才怪！”……那位朋友下过乡，吃过苦，也颇有平等待人的基本品德，对这误会倒不会有任何不快。她把这事当一笑话告诉我，是想说明自己尚无“贵族化”的条件，只有“扶贫”的必要。

尽管鄙人的衣帽亦属“扶贫”之列，却还没有遇上这么一个富于刺激性的故事。当然，小小的悲哀是不可免的。几天前身着短裤T恤，去西单商场买东西，入门时眼前一亮，原来两侧亭亭玉立着两位光焰万丈的女郎。身着暗红色的缎子旗袍，斜挎着“大宝系列化妆品”的鲜红绶带，微笑着向每一位入门者分发化妆品展销的传单。因为前面一位衣冠楚楚的男士已被微笑着递过一张，所以，鄙人的面部神经也有所紧张，准备好了回报的微笑，以防女郎也微笑着递将过来——虽然鄙人实在是不需要什么“大宝”，然人家既“投之以木桃”，我辈焉能不“报之以琼琚”？遗憾的是，那一簇纤纤玉指并未夹着淡蓝的一张递将过来。也只好若无其事，高视阔步地走将过去。

小姐们是无可指责的。进门的顾客尽管不算多，你也不能要求人家把宣传品发给每一个人。再说，阁下这五大三粗的模样，似乎也实在是与化妆品无缘。因此，虽说小有一点儿感情的浪费，我也觉得很正常、很合理、很自然，毫无怨言。

以后的事就属于我的职业习惯了。也因为我与妻子、女儿相约在某一柜台前等候，而她们迟迟未到，等得我有点儿百无聊赖，于是想做一个小小的实验：我准备再从那门进出两趟，看看小姐中的一位是否可能向我分发一张“大宝”的宣传品——我希望估量一下自己在时髦的消费中是否还有一线希望。

实验的结果是，每一次都被那纤纤玉手空将过去。对我来说，机会等于零。

小姐们的眼光真是准极了。宝剑赠予英雄，红粉赠予佳人。而我，完蛋。

这当然是让人有一点儿失望和悲哀了。不过，悲哀也不尽全属于短裤T恤。几天以后我在一家体育用品商店的渔具柜台前，让这一身行头大放异彩。

我学钓鱼仅仅是几个月前的事，总共也只是钓过三次，还都是在养鱼池钓的。去渔具柜台，是为了次日又将应人之邀去养鱼池战风斗浪，我需要买几个铅坠。渔具柜台前人可不少，大多是结伴而来的知识分子模样的人。我猜大概是一个单位的人要去度假，相约来买鱼竿，要学学钓鱼。既然都是外行，便围在柜台前嘀嘀咕咕，那意思大多是嫌鱼竿太贵，可又都想买，还拿不定主意买哪一种。售货员背靠货架，冷眼相看，唇间闪动着一丝轻蔑。在寒士中间挤来挤去的，还有三个小孩，一会儿问售货员阿姨鱼漂儿多少钱一根，一会儿又问鱼钩多少钱一个，无数的问题让人耳朵嗡嗡响。看得出来，是打算暑假里到大自然寻开心的小学生。我站在人群外看了看，找到搁有铅坠的柜台前。说实在的，我也不知道自己该买哪一种铅坠合适。

孩子中的一位突然蹿到我的面前，上上下下打量着我。

“叔叔，您一定会钓鱼吧？”孩子问。

“马马虎虎，你有什么事？”我说。

孩子把小手平伸过来，手心儿里是一个塑料袋，袋里装着一团油乎乎的白面。

“您帮我看看，我们和的这鱼食行不行?”

天哪，我的水准尚未达到“鱼饵阶段”，每次都由邀我垂钓的朋友替我预备。我忙告诉他，我不懂，真的不懂。

“您别蒙我。一看您这模样我就知道，您是钓鱼的老手啦！帮我看看吧，求您啦!”孩子说。

我揪了揪T恤衫。真是慧眼识英雄，我想。

又有什么办法？煞有介事地将那面团捏起来，凑到鼻尖闻了闻，嗅出一股香油的味道：“行，挺棒!”

“您看，我说您内行吧!”孩子们兴冲冲地走了。

谁能想到，“内行”一充，竟一发而不可收拾：那几位长衣长裤的寒士们见了救星一般，围将过来，左一声“老师傅”，右一声“老师傅”，从鱼竿问到鱼护，从钓线问到铅坠。山中无老虎，猴子称大王，便又煞有介事了一番，着着实实过了一回“内行”瘾。

“多亏碰上行家啦，不然真不知问谁去!”寒士们抱着新买的渔具千恩万谢，那口气里似乎也对那一直无动于衷的售货员有些不恭。

我淡淡一笑。

“白浪滔滔海水发，江岸俱是打鱼家。”想起《打渔杀家》里的一句。

萧恩（白）：“父女打鱼在江下。”

萧桂英（白）：“家贫哪怕人笑咱。”

五、顶针记怯

我家楼下的一座院落，是居委会办的社区活动中心。每日清晨，音乐声柔柔传来，几对男女在那院里“闻鸡起舞”。夜幕低垂后，乐曲又“嘭嘭”响起，男女们仍在那里“秉烛夜舞”。附近住户的休息自然要受些干扰，据说曾有火冒三丈者，以瓜皮杂物掷之。其实，以爬格子为生的我，受如此莺歌燕舞之害最甚，然而我的同情却绝对在“闻鸡起舞”者和“秉烛夜舞”者一边，因为音乐嘈杂之初，我曾凭窗俯看，发现起舞者多为与我年龄相仿的中年人，且大多都在初学，顿觉惺惺惜惺惺。我猜诸君一定和我一样，桃之夭夭，灼灼光华的青春岁月，正与红宝书和大板锹为伴，如今选择如此耐心地喊“一二三，二二三”的地方闻鸡起舞，大有把被“四人帮”耽误的青春夺回来的悲壮。我辈“身无彩凤双飞翼”已够遗憾，焉能不“心有灵犀一点通”？

我辈被耽误的，不仅仅是跳舞。譬如美容。“遥想公瑾当年”，鄙人的擦脸油是一盒“凡士林”。倒是有一盒“雪花膏”，未婚妻所赠也。不是舍不得用，而是不敢用，怕因此散发资产阶级的“香风毒雾”。作为一个男人，不散发“香风毒雾”倒也罢了，而“云想衣裳花想容”的女人们，那年月是如何熬过来的？前年北京作协开代表大会，其中有一位女作家对美容颇具自信。尽管经过我的观察，发现这位大姐的水准也不过是自信而已。当然也许是我眼拙。不管怎么样，就这自信也已经使好几位中年女作家倾倒了：尾随其后，喋喋不休。文眉隆鼻，眼影腮红，直探讨到赵章光的生发水。其诚其慕，其“转益多师是吾师”的如饥似渴，“一万年太久，只争朝夕”的迫不及待，也足以惊天地泣鬼神了。爱美的天性，表现得如此酣畅淋漓。改革开放的时代，当然有许多大话题，不过，这也应该算是动人的一景吧！

然而，我仍然觉得，比起年轻人来，我辈仍拖有太长的封闭时代的阴影，显得过于胆怯、拘谨，步履维艰。有一位相熟的中年女性告诉了我一个十分典型的关于金戒指的故事。

该女士的丈夫给她买了一枚金戒指，她却一直没有勇气佩戴——她的单位是一个很严肃的机关，似乎还没有一个人戴戒指项链之类，她又何必招摇过市，惹人品头论足？因此，这位女士的金戒指也只有每天下班回家后，戴一个晚上，或是星期日和丈夫儿子出游时，在不相熟的人群中招摇一下而已。爱美之心似乎还是得不到满足。戴金戒指上班的念想又何曾断过？看着那么多女人都戴上了华美的首饰，她真希望机关里也出现“第一个吃螃蟹的人”。

某日，该女士在家中缝完了拆洗的被子，匆忙中戴着顶针上了班。

科室里的女同事惊叹道：“呀，你戴了这么大一个金戒指！”她十分坦然地笑了：“哪儿呀，这是顶针儿啊！”从这以后，也不知道为了什么，她天天戴着这顶针上班。科室里不再有人惊叹。有一天，在电梯间，她忽然发现另一科室的一位并不相识的女性终于戴了一枚金戒指来上班了。她下意识地朝对方手上瞥了一眼，她发现，对方的目光也朝自己手上瞥来，又抬起眼，朝她会心一笑。第二天，她把顶针换成了金戒指，不知是因为同事们对那顶针早已习以为常，还是因为早已有了一位开风气之先者，似乎并没有什么人对这金戒指大惊小怪。这位费尽心机如愿以偿的女士说，电梯间里那位，大概应该堪称第一个食蟹者了。不过，她从那位那会心的一笑里觉得，人家似乎反倒认为开天辟地第一人是她。而她，直到那天，戴的一直是顶针啊！

初听这故事我有点儿怀疑她在给我编小说。你看大街上那滚滚红尘里，有多少金戒指、金镯子、金项链在闪动，谁还至于为戴个金戒指寻寻觅觅，劳心至此？后来我发现不然，中年女性拥有金首饰者不在少数，不过，压根儿不戴者也大有人在。

“不给她买吧，不行。女人嘛，她还非得有。可有了，她又不戴，这可真怪！”不止一个丈夫这样向我交底。

我当然不认为只有戴上金银首饰者才美。珠光宝气而俗不可耐者，并不少见。

我也不认为只要有了胆儿，便是美。我煌煌京华，有些姑娘胆子是不小的，不过我想她们或许是不知道，那装束甚至会引起外国游客对她的身份的误会。——有胆儿要美，阁下也还是得懂得什么是美。

不过，对于某些朋友来说，您也是得有胆儿。您大可不必哆哆嗦嗦先戴几天顶针儿。

六、多情记恼

集邮、集报、集火花、集古钱币者，世所常见，唯不知是否有集产品说明书者。我建议有志者不妨一试。我这建议得之于一个偶然得到的启发：我每每把重要消费品的产品说明书集中存放，为的是保修、使用时查询之便。某日，为烧排骨的时间查找了一下高压锅的说明书，就便把别的说明书也浏览了一下，忽然发现拿那些说明书来细细把玩，真是妙不可言。

“文革”时期出品的“东方红”牌缝纫机就不必说了，时代特色从这品牌名称便可一目了然。“拨乱反正”过渡时期上海出品的三明治烤炉，说明书上说它的特点是“为四个现代化节约大量的时间”。其深远意义固然令人振奋，可是我这脑子却无论如何也转不过这个弯子。漫说用您的烤炉烤三明治以果腹者，未必都急着去“大干四化”了，去幽会，去购物，去床上躺一会儿，去杀人越货，都未可知。即便用您的炉子的，都是“大干四化”的勇士，您的炉子充其量也只能说“为您更好地干四化节省一些时间”而已，何以达到“为四个现代化节约大量时间”的境界？改革开放时代的产品，说明书上的语言就平实多了，更突出的特色是有了人情味儿。厂家每每先对您选用其产品表示谢意，然后再为您说明产品特色、使用方法。比如“万宝牌”冰箱的说明书就写得不错。

“说明书”上不仅有时代特色，而且还有地域文化的特征。沈阳出的“沈乐满牌”热水器，那说明书大概是出自一位工程师的手笔。厚厚的一本里画满了施工图、操作图，充满了东北工业基地的气息。唯不知不具有工程师水准的寻常百姓，看到这眼花缭乱的一本，是否还敢问津。两年前，我家乡的一位亲戚带来了他们生产的便携式电打气泵来京推销，那说明书上介绍完了产品的特色、功能之后，赫然以黑体印出“注意事项”，告诫用户应当心如何如何；否则会发生爆炸，应注意如何如何，否则会危及人身安全……用语之严重，光读了说明书就得汗流浃背。我一边读一边乐：您这哪是卖气泵来了，您这是卖炸弹哪！敝乡刚刚开放，古风犹存，这说明书的实在、坦诚，可见一斑。不过，虽然不应忽视告诫消费者必要的注意事项，也大可不必将您的产品描绘成一颗随时可能起爆的炸弹。

我读过的最真诚而得体的文字，是亚都加湿器的说明书和厂家“致用户”的一封信。我是去年冬天读了《北京日报》的一篇报道后，购回该厂产品的。诚如报道所言，产品很是不错，外观、性能俱佳。读了“致用户”，更是感动万分。那信中恳请用户给产品提出批评和建议，并且还说，只要您有此类文字回复，不管多少，本厂将回赠您一份纪念品。若您的意见对本厂改进产品有较大启发，本厂还会根据您的贡献给予更高的奖励……说实在的，那份纪念品以至“更高的奖励”都不让我动心。让我动心的，是这份真诚。不少厂家的说明书上，虽然也有欢迎批评的字样，却不过是官样文章而已。而亚都，定出如此具体的措施奖励批评，应该说已真诚得近乎虔诚了。我辈岂有无视之理？更何况如前文所述，鄙人一直做着当工程师之梦，你不找我征询意见，我这设想那建议一会儿冒一个，惜无知遇之人，如今您亚都为英雄提供了用武之地，鄙人焉能不上前小试身手？读完“致用户”正值午后，我也没了倦意，和桌上那台突突冒气的亚都加湿器面面相觑了一个多小时，写下了足足两大篇信纸。建议改进加湿器的注水方式，免得妇孺老弱望机兴叹；建议喷嘴加一香料贮存器，以便加湿的同时，给居室带来馨香……我的建议甚至琐细到对说明书中某处难解的文字提出修改。妻子一旁笑曰：“亚都的老板得给你送匾来！”答曰：“燕雀安知鸿鹄之志！爱迪生公输般宁有种乎？说不定哪天也拿项尤里卡回来玩玩！”当然都是戏语。其实，亚都老板根本无须送匾，更无须“奖励”，连那“纪念品”也无须送，您只要按照文学界对不合格稿件退稿的一般规矩，给寄来一纸铅印文字，告知：收到建议，恕不采用，感谢支持。我便心满意足。

可惜的是，连这铅印的一张也没有。

您还不如别来那么一封“致用户”。您知道“梳洗罢，独倚望江楼。过尽千帆皆不是，斜晖脉脉水悠悠”的滋味吗？

或许亚都对别人的建议都有回音，而“大道如青天，我独不得出？”呜呼，那我可就更惨了，非“肠断白苹洲”不可了。

再说一遍，亚都加湿器是很好的东西，那封“致用户”也是很好的文字，只是我未免过于多情，愤愤然亦缘此而生。

亚都亚都，知否知否？

辑　三

我作哀章泪凄怆

我的老师孙玉石先生写文章说，吴组缃先生去世前，他赶到了医院去看吴组缃先生。当时组缃先生的喉管已因抢救而切开，期期不得语，他只能紧握着孙老师的手，紧紧地，紧紧地……读到这里，我已经忍不住泪水盈眶。

我没能像孙老师一样，和组缃先生紧紧地握一会儿，送他老人家上路。

“惜哉斯文天已丧，我作哀章泪凄怆。”

我是在先生去世的前两天赶到北医三院去看他的，因为没有戴口罩，被护士小姐拦在了门外。我没有要求通融，我知道她是为了先生好。我站在病房的门外，透过那扇玻璃门，默默地给先生送去我的祝愿。

先生已经形销骨立了，躺在病床上，大张着嘴，艰难地喘着。病房里正开着紫外线灭菌灯，为了使先生的眼睛免被照射，一块毛巾遮挡住了先生的半个脸。我盯着那块毛巾看了好久，觉得那里面充满了不祥的暗示。冬日的天空苍白而惨淡，离开了医院的我，似乎也在一块毛巾的捂盖下走着，永远难以从中走出来。我时不时就冒出那个古怪的念头——我想是不是应该走近前，帮先生把那毛巾掀开。

两天以后，接到了组缃先生去世的噩耗。

听先生讲课的时候，先生已逾古稀高龄。先生身材瘦削，朗目疏眉，穿着一身浅灰色的中山装，风骨岸然。每次先生步入化学北楼的大教室时，教室里早已人满为患，却静静地一片肃然。那一年我二十八岁——被“文革”耽误了十年，年近而立才跨入北京大学的大门，七七届、七八届的同学中，和我年龄相仿遭遇相近者颇多，每以“皓首穷经”自嘲。我想，组缃先生——当然还有林庚先生、王力先生、王瑶先生、阴法鲁先生等等——他们被那个时代激扬起来的心一定和我辈相通了，不然，何以离别讲台十几年后，又都拼了老命，一个个步履蹒跚地重新走进了大教室，为我辈作一番绝唱？

于是，那课，肃然下面就潜藏着悲壮。

先生的课却讲得那么潇洒，讲的是“中国古代小说史”，话题连类古今，典故趣闻信手拈来，印象最深的是翻来覆去地讲到曹雪芹对宝黛的爱情描写之精妙，一会儿说起自己年轻时代的感受，一会儿又扯到对自家儿女的观察，教室里时时响起会心的笑声。先生却不笑。我知道，先生所讲，无意哗众取宠。先生的讲法，非小说大家不能。先生治史，不为史累，他调动了自己作为一个优秀小说家所具备的对生活的独特体验和观察，带领我们神游于中国古代小说的意境、人物、细节之间。

于是，悲壮的一幕又成了一种享受。

那时候，我写小说已经有一些时日了，1982 年出版了第一本小说集，分别送呈中文系的各位老师请教。走到组缃先生楼下，未免有些胆怯。到底还是没有胆量贸然造访，只好去找住在附近的陆颖华老师，请她转交。陆老师说：“没事儿，你去吧，吴先生可好了，谁都可以随时找他的!”我说：“还是让先生看了我的习作再说吧，先生很忙，给他的至交老舍先生的作品集写序的事，一直还拖着呢，我怎么敢送本书就打扰一次！等先生看了我的作品，我再找先生请教，岂不最实际?”

几天以后，先生的研究生见了我，说先生让我去。

我去了。先生坐在一个很旧式的沙发上，拉着我的手。除了鼓励一番，说说他喜欢我的哪一篇，没有更多地说我的小说。先生说的，是古人的小说和海外的小说，他谈话的主题，是叙事的张与弛。我明白，先生在教我。那时候，我的小说写得紧张有余，松弛不够。

先生的手并不宽大，也不温暖，凉凉的，很有一点儿嶙峋的感觉。这手，我在北京西郊田园庄饭店的大堂里又握过一次。

那次，先生出席北京作家协会的代表大会，我们在饭店的大堂里相遇，先生拉着我，坐到一个长沙发上。

也是，我们的手，一直也没有松开。

先生和我谈的主要话题，是小说的语言。

我和先生诀别的时候，怎么就因为没戴口罩而被阻隔在外了呢。

我应该像孙老师那样，握着他的手，送他老人家上路。

我翻箱倒柜，寻找先生给过我的唯一的信件。

越是要珍藏的某样东西，临到你想把它找出来时，你会忽然发现，唯独这一件，恰恰忘记把它藏到了什么地方。

我用了整整一个晚上，也没有把那封信找出来。

组缃先生的信，大约是三年前寄来的，他寄来了一本重印的旧作《山洪》，里面附着一封信。信里大意是说，年轻的时候，要趁着大好年华，多到生活中去见世面，不可一味待在家中苦写。到老了，譬如到了我这把年纪，走不动了，想出去都不行了。

我当即给先生回了信，我请先生放心，我会照先生的话去做。

手捧先生手书，看着那秀劲的字体，我想我应该把它裱起来。

我把它放到了一个特别的地方。

特别怕遗忘的东西，往往最先遗忘。难道弗洛伊德说过的话真的这么灵验吗？

先生去世前的最后一个生日，我去了朗润园。

我是和北京市文联、北京作家协会的领导一起去的。同去为先生过生日的，还有林斤澜、张洁，有严家炎老师、孙玉石老师、谢冕老师。

那是一个和暖的冬日，我们带去了鲜花和生日蛋糕。

先生高兴，我们更高兴。

只有一句话使我有点儿难过。先生说，过去他的工资是很够花的，可现在，不知怎么了，发工资没几天，发现已经花光了。

大家和先生一道笑。先生极达观，把尴尬当笑话说。

我们一起到一家四川馆子去吃晚饭。

闲话中提起了评职称的事。有位领导说，组缃先生是北京作家职称评定委员会的委员，先生坦率直言，给他们留下了极深的印象。原来评职称时有人反对给一些中青年作家评“一级作家”，理由是，“他们搞自由化”。组缃先生当即严肃地说：“这帽子不是可以随便戴的。再说，我们是在评作家，不是评党员，只要人家没犯法，应当得按作家的标准评。”组缃先生还以当年评教授为例，说评一级教授的时候，也有人要把某某教授拉下来，因为他不是党员。总理听了这件事，说：“这是评教授，又不是评党员！”在总理的干预下，某某教授评了一级，而组缃先生则反倒因为名额的原因被评了二级。饭桌上旧话又提，组缃先生微微一笑，说：“其实我不过说了一句大实话。要是评党员，开党支部会就行了，要我来做什么？”

今天看起来，说这样的“大实话”似乎不是难事。而组缃先生说这话的时候，正是许多人把新时期文学说得乌烟瘴气，说要“重新组织作家队伍”，恨不能再挖出一条“自由化”“黑线”的时候。

过最后一个生日那天，先生仍然心明如炬。

2012 年 5 月 3 日修改

吾师浩然

浩然去世的前几个月，有文学界的朋友告诉我，浩然已经不认得人了。朋友说，在医院里见到浩然的时候，他呵呵地笑，一边使劲转着眼珠，明显是努力地在记忆里搜寻。可怜他搜寻不着答案，最后那笑变得很尴尬。说到这儿，我们不由得唏嘘感慨了一番。一个人，倘若我们领略过他鼎盛时代的风采，再看他暮年的无助，那感慨中不免生出人生的悲凉来。这种悲凉，年轻人是体会不到的，只有到了知交半零落的年月，大概因为有了切身的感悟，也有了由人及己的瞻顾，才越发滋生出来。

我怕浩然再陷入那样的尴尬，我也怕自己滋生悲凉，一直没有去看他。

后来几天，遇到北京作家协会的朋友，问起浩然，他们的回答更令我悲痛，说他已经算是植物人了。那时候，我便想应该写下一点儿什么。固然因为他给过我关于小说的启蒙，他对我的好，随着他渐渐地远去，越发走进我的心头；更因为他是一个被人误解、引发争议的作家，甚至也不乏遭遇泼来的污水。

不久前，看到一篇文章，题目和观点都颇为有趣，叫作“历史是一个巨大的筛子”，大意说，历史对于个体的人，永远是大而化之的。文章历数了几个重要的历史人物，举出他们的历史评价和他们作为具体人之间的差异，令我思考久久。是的，有一些人，似乎被钉在了“历史耻辱柱”上，和我们真正认识的那一个，却有天壤之别。就拿浩然来说，不管怎么说，只一句“八个样板戏一个作家”，似乎也把他打入“文化专制”同谋者之列。我并不否认他曾经在一个黑暗的时代如日中天，也不否认他的作品和思想在那个时代有着不可避免的局限性，但到了乾坤朗朗之日，他就一定要下地狱吗？上个世纪的80年代，拨乱反正之后，浩然的确差一点儿下了“地狱”，幸得北京的大多数作家多少有点儿侠肝义胆，讲起浩然来，冷静而客观。大家纷纷举证，证明浩然在“四人帮”肆虐的时代，没有助纣为虐，甚至还有消极和抵制，才使之在那个“文革”思维方式未泯的时代逃过一劫。

曾经在东兴隆街接触过他并获得他指教的我，也是举证者之一。

认识浩然的时候，是1973年，我二十四岁。当时我是北京西部一家煤矿的采掘工人。说实在的，我在那煤矿混得不算好，被怀疑有“参与反革命集团”的嫌疑，遭遇了调查和批判。不过幸好我还有点儿“一技之长”。那个时代，会写文章已经算是很大的本事了，不然我们那党支部书记怎敢让我这个“反革命嫌疑”替他写学习九大的辅导报告？又怎么敢捉刀于我，派我写一首虚张声势的诗歌，让老劳模上台朗诵？到了上个世纪的70年代初，“文革”已经闹得人厌倦不堪，废弃多年的文艺，忽然被当政者重视起来了。随之便有了上海《朝霞》杂志的出版，有了好几个城市工人文学写作活动的复苏。我想大概自己也算矿区里知道一点儿文学的人，于是便以“戴罪之身”，被派往北京“毛主席著作出版办公室”（那时的出版社，全被如此冠名），参与一本“工业题材”小说集的写作。

北京花市东兴隆街51号，据说是北洋时代海军部的旧址，那是一前一后两栋洋楼，当时大概应算是“毛主席著作出版办公室”的招待所。入住后我才发现，《艳阳天》的作者、大名鼎鼎的浩然，正在这里写《金光大道》。另一位大名鼎鼎的人物，是工人出身的诗人李学鳌，他好像在写讴歌英雄人物的长诗，《向秀丽》或是《刘胡兰》之类。浩然和学鳌住在51号院的前楼，后楼还住着几个人物，当时和我一样，为集体创作“小说集”或“报告文学集”而来。他们年岁稍长，学历稍高，当时也籍籍无名。不过到了上世纪70年代末80年代初，他们中的几位忽然成了新时期文学的骁将，随后陆陆续续成为知名的作家。他们是陈祖芬、理由、郑万隆、张守仁、陈昌本、孟广臣等等。我记得，在东兴隆街51号时，还见过刘心武，他没有在此住宿，时不时来找编辑谈稿子。此后在这里又认识了后来任社会科学院文学所所长的杨义，当时他刚刚大学毕业，分配到东方红炼油厂当工人，大概也是应召而来，写什么文章吧。

对于住在后楼的我们来说，前楼是高不可攀的。那时浩然刚刚写完《一担水》等几个中短篇小说，发表在复刊的《北京文艺》上，到东兴隆街是开始《金光大道》的写作了。当时的作家们，几乎都被打倒了，浩然在我们眼里，确是一身金光。而后，因为同在一个小小的食堂里用餐，渐渐熟稔起来，越来越觉得他平易而亲切。忽然有一天我发现，原来院子里的写作者，几乎每个人都曾拿着自己的习作去向他请教，不出三两天，他就会敲开某一位的房门，要和他“交换意见”。我这才醒悟，由于自己的内向和羞怯，诸友蜂拥而去，而我已“瞠乎其后”也。

我首先拿去请浩然看的，是一首短诗。交给他时，是周六的下午，周一我从家里回到东兴隆街时，读到了他留给我的字条，大意是说，他不太懂诗，因此把我的诗推荐给李学鳌看。学鳌认为很好，已经拿到《北京文艺》，应该可以发表了。据我所知，网络时代，在博客微博上发布自己的诗歌短文，是举手之劳，到纸媒报刊上去发表，仍为难事。前推到四十年前，时年二十四岁的我，能在《北京文艺》发表我的诗歌，岂不是天降的惊喜？坦率地说，今天重读，那不算一首好诗，我也曾撰写过文章，由这诗反省自己初入文学之门的肤浅和功利。这首名为“欢送”的短诗，讴歌了“工农兵上大学”这个“新生事物”，而恰恰这处女作发表的时候，险些也当上“工农兵学员”的我，因为有“反革命言论”，被取消了推荐资格。或许，正是这作品发表的喜悦和大学遭阻的屈辱同时降临，才使我获得了1982年的感悟。当时我写道：“……那时的我，是一个被时代所挤压，却拿起笔，歌颂挤压我的那个时代的‘我’；是一个对存在充满着怀疑，却不断地寻找着理论，论证那个存在合理的‘我’；是一个被生活的浪潮击打得晕头转向，不能不抓住每一根‘救命稻草’的‘我’。”

浩然和学鳌的帮助，就是我抓住的第一根“稻草”。

是“救命的稻草”，却也是“救命的绳索”呀。不管我现在和将来对这首诗以及自己的心路历程有什么评价，浩然和学鳌的扶持，都是没齿难忘的。

浩然还指导过我的短篇小说创作。比如，对我的第一篇习作，他批评说："你这个短篇要从猿写到人啊？"他告诉我，短篇小说，要善于截取生活的横断面，就像截取大树的年轮，用以反映社会和时代。后来我知道了，这说法并非浩然所创，而是出自某位理论家之口。但对于初涉创作的我来说，真如醍醐灌顶呀。

"你写出来的是几千字，你准备的，应该很多很多。写短篇，不一定要求准备出人物小传，但写中篇长篇，是一定要先写出人物小传的……"

"别让你的人物围着故事转，要让你的故事，围着人物转……"

浩然的笔下，生活气息浓郁，人物栩栩如生，语言活泼生动，早已令我折服。他向我传授的道理，都由我的习作而发，因此，每一次都切中要害，使我豁然开朗。

据我观察，在那个时代，在外人眼里"如日中天"的浩然，活得也并不轻松。

浩然在东兴隆街时曾经应召赶往大寨，那时我们就听说，江青正在那里巡视，大放外国电影，也大放厥词。浩然去了几天，很快就回来了。有一次我在东兴隆街 51 号的院子里碰到他，无意中和他聊起大寨之行，浩然皱着眉头，一脸焦躁地说："……哎呀，别提那个女人啦，精神病！真让人烦呀，那是个疯子，可惹不得！还说让我出来当什么文化部部长，我哪能给他们当那玩意儿去！"我说："那您怎么回答他们？"他说："我敢说什么？我只能说，江青同志，我干不了。我也不是当官的材料，我是个作家，我只想写作，只要让我拿好我的笔，给我时间，我就感激党感激社会主义啦！……你猜怎么着？她的脸一下子挂起来啦，挂就挂吧，我也不能松这个口呀……"

"写作"，是他搪塞"入伙"的最好借口。当然，他也有搪塞不过去的时候。比如受那位"首长"之命，和另一位诗人一道，前往西沙"慰问"海军部队，还写了《西沙儿女》。他自知这是"命题作文"，题赠我这本书的时候，苦笑着说，没办法，我对海边的生活毫无积累，只好用“散文诗”式的叙述遮遮丑。我笑笑，还真的理解为是“生活积累”的问题。

那时的他，也包括那时刚开始创作的我，并没有明白，这样的文学，已经成为“阴谋政治”的使女和弄臣。

比如，《西沙儿女》中，写到“庐山仙人洞”照片激励起战斗勇气云云，今再读之，不能不哑然扼腕。是谁，让一个如此优秀的作家留下了历史的败笔？对此，正如后来浩然自己说过的，他也曾深刻地反省过。至于反省了什么，可惜我没有和他交流过。在我看来，或许因为他从文以来，目睹了太多作家的灭顶之灾。他是软弱的、胆小的，为了护住手里的一支笔，他尽可能逃避一切——逃避功名官场，也逃避“违拗”的罪名。当然，他总有逃避不开的时候，因此也不能否认，在那种政治高压下，他也有“聪明”的一面——为了保护自己，他不能不迎合。为了这“聪明”的迎合，他最终要付出代价。

经历过那个时代的人，毕竟有过那么多气节昂昂风骨铮铮之士，老舍、傅雷、遇罗克、林昭……面对他们，每一个苟活者都应该感到惭愧。在那个“黄钟毁弃，瓦釜雷鸣”的时代，至少，正直的作家应该保持沉默。

这一点，浩然的遗憾是毋庸置疑的。但对于浩然的弱点，我还是希望人们给以更多客观的、宽容的评价。

浩然去世以后，有一次我翻检相册，又一次看到了他送给我的照片。这照片一共两张，一张是他的头像特写，一张是他戴着草帽，正在田地里锄草的中景照。屈指算来，这已经是三十二年前的事情了。说起这两张照片，还别有故事。正因为这故事，浩然的平易，他对文学新人的爱护与尊重，都让我感动。

东兴隆街几个月相处后，我完成了自己的写作任务，就和浩然分手了。没想到，回到家中，居然收到了浩然的来信，信中夹了一张头像的特写照，那照片背后写着：“建功同志存念　浩然。”浩然的信不长，大意是说，自己对照相不感兴趣，因此所存照片不多，拣出一张，寄上，聊以为念。收到浩然信札和签名的照片，当然很高兴，但心中难免有一点儿疑惑：分手时，我并没有向他索取照片，而浩然，也不像是有寄赠照片雅好的人，何以至此？更大的疑惑在于，没过几天，又接到了浩然的信，依然是一封短信一张照片，照片就是锄草那张，短信的意思是：前已寄去一张照片，既然没收到，现再寄一次，请收。……我的天，看口气似乎是我在不断地向浩然索取照片，这是怎么回事？

很快我就查清了这事的来龙去脉。说起这件事的起因，还是由于我的虚荣。认识浩然，还得到他的指点，对于一个二十几岁的青年来说，的确是一件难免向旁人吹嘘的事情。正因为当时把这“得意”向邻家一位爱好文学的孩子吹嘘过，这孩子便借我的名义，向浩然写信索取起照片来。那个时代楼下的信报箱，都是敞开的，并没有上锁。因此那孩子的招数并不难实现——他估算日子盯着我家的报箱，“守株待兔”即可。浩然第一次寄来的照片没被他截获，他又干了第二次，结果再次失算。以我的常识，破这么简单的案子，应该是不难的：接到浩然第二封信的当天，我就在我家门外的信报箱旁，把正在那里转悠的小孩子逮了个正着，连唬再吓，逼得那孩子当场招供，写了检讨，泪花闪闪地离去。

事后不久，见到了浩然，我告诉他事情的真相，为给他添了麻烦而道歉，他宽厚地笑着，说：“这孩子，这孩子！”随后补了一句：“你还是别说他了，把照片给他一张吧，还真费了心思呢！”说完，又宽厚地笑起来。

2006 年 5 月 27 日

和于是之们啜酒的日子

先认识了刘厚明、蓝荫海，后认识了朱旭，随后又认识了林兆华、吴桂苓、吕中……后来就认识于是之了。想想在自己徘徊于文艺之门的时候居然一下子认识了那么多北京人艺的艺术家，心中真是不由得暗自庆幸。如果那是文艺繁荣、百花盛开的时代，于是之们绝对没有那么多闲暇理我，就算他们礼贤下士、平易近人，我也绝无勇气去和他们啜酒闲聊，而那个百花凋零的时代却给了我难得的机遇。

我是在刘厚明和蓝荫海到京西煤矿体验生活时结识他们的，那是1974年前后的事情。其时我正好在京西木城涧煤矿做工，还是矿山的业余作者。不知他们两位从何方得知了我的情况，找我谈了一次，大概觉得我“孺子可教”，提出请我也来参加写作。我当然喜出望外。

这次跟着厚明和老蓝写话剧，其实就是我创作生涯的启蒙。厚明那时已经是著名的剧作家和儿童文学作家，20世纪60年代以《箭杆河边》声名远播。老蓝是演员出身，有着丰富的舞台经验，和厚明一起构思剧本时，老在想着那剧本在舞台上“立起来”是啥样子。作为旁观者，我时而为厚明的才情惊异。采访时在我看来不值一顾的材料，被厚明编进戏里，顿时光彩照人妙趣横生。我时而又为老蓝的经验而叹服：我为之兴奋不已的情节，老蓝却忽然会说“没法儿演”，他告诉我：“您设计的这段心理活动很精彩，但您得给您的人物找个‘说话人儿’，话剧舞台上固然可以独白，却又不能全是‘独白’……”当然我受到的教诲和启迪远不止这些。比如是他们使我懂得了如何运用戏剧性的推进来昭示人物的心灵和性格，使我懂得了如何运用氛围的营造来烘托艺术形象……更多的，是看似闲言碎语，却深藏艺术妙趣的东西。比如蓝荫海老师给我讲过拉大幕的杜广沛如何设计了《蔡文姬》中“文姬远去”的闭幕，留下了那个经典的结尾；还给我讲过焦菊隐先生如何从《茶馆》一稿中披沙沥金，提出建议，奠定了这部不朽名作的题旨。我得坦率地说，我们一起写话剧的时代，正是文艺家们最为苦恼憋闷的时代，“革命样板戏”所创造的“三突出”原则以及许许多多“清规戒律”，使创作已经成为真实生活的过滤器和真情实感的绞肉机。在我跟着刘厚明和蓝荫海一起创作的过程中，最为深切地感受到了他们面对“左”的文艺路线时的无奈与愤怒。然而这一无奈与愤怒的“副产品”就是，他们更多地把自己沉浸在老北京人艺浓郁的艺术氛围里。比如老蓝还给我回忆起周总理怎么到人艺的宿舍看望艺术家，怎么到人艺看演出，回忆起人艺的门卫怎么也要到《茶馆》里当当群众演员，“票”上一场……尽管直到那时候，除了当时上演的《云泉战歌》，我没有看过更多人艺的演出，但人艺的传统、人艺的辉煌以及艺术家独特的个性，几乎让刘厚明、蓝荫海给我熏得如醉如痴。因此，说当时的文艺政策使刘厚明、蓝荫海苦不堪言，是不错的，说那苦闷与无奈后的感慨又使我获益良多，也不为过。

苦不堪言的结果是又迎来了一个朱旭。他高高的个子，微驼着背，说话有些结巴，走到大街上谁也不会认为他是一个了不起的大艺术家。当然我见到他之前已经听厚明和老蓝无数次赞美过他了。他们不光赞美朱旭的人品艺品，还赞美他的两个儿子，说他们如何聪明，如何自强不息，虽然至今也没见过他们，但时隔三十多年了，关于他们的许多细节似乎还历历在目。按照老蓝的说法，朱旭是当时的院领导为了加强我们创作组的力量派来的。如今回想起来，在那样的政治和艺术氛围中，我们怎么可能搞出像样的剧本来呢？朱旭老师当时是什么处境我不知道，但看得出，在没戏演的时候，他乐得来到我们的创作集体，同时，他也乐得来到矿山看看。我见到他时，他已经入住木城涧煤矿的招待所里了。他性格风趣，为人谦和，我们之间的第一个话题，竟然由吃而起。我记得他似乎是有一点儿胃病，于是我很客气地说矿区的食堂如果吃不惯，可以找他们特别关照一下。朱旭忙不迭地说不用不用，说着就弯腰从挎包里拿出一个小小的“酒精炉”来。这“酒精炉”真是令我眼界大开：是用那个时代装135胶卷的铝皮盒子做成的，直径二十到三十公分，高不过五十公分。果然和老蓝说的一样，这位大艺术家雅好“奇技淫巧”，他居然往那“酒精炉”里倒上酒精，为我们演示起来。蓝色的火焰幽幽地在那自制的“酒精炉”里跳动，朱旭兴致勃勃地介绍它的做法和妙用，他说必要的时候，用它煮一碗挂面绝对可以应付。他之兴致勃勃使我想起了老蓝给我讲过的一段话，他说有的人在台下真像一个冠盖寰宇的艺术家，到了台上却毫无光彩，而真正伟大的艺术家在台下绝对素朴而随和，只有到了台上才光芒万丈。朱旭重上舞台和银幕时我才看到了他的表演，沉浸在他所塑造的形象里，我总是久久难以自拔。回味他所展示的艺术才华，我总是不由自主地想起三十年前木城涧矿区招待所里那次关于“酒精炉”的谈话，对于真正的艺术大师而言，伟大的艺术和素朴的人格，从来就是如此水乳交融。使我得出这一结论的不仅是朱旭。比如我从未有幸结识的牛星丽与金雅琴，他们走在胡同里，谁相信他们是了不起的艺术家？而到了舞台上或银幕里，谁不为其绝妙的演技所折服？又比如已故的艺术家刁光覃，我居然和他在一间斗室里度过一个晚上。那时候我们的剧本已经开始进入写作阶段了，我初到人艺，被安排在剧场东侧的一间小屋里暂住。那间小屋里只放着两张床，好像别的家具也放不下了。时值冬天，暖气管子漏气，似乎也没有窗户，因此屋里响着“滋滋”的声音，弥漫着水雾。我睡到半夜的时候，忽听门响，随即灯亮了，进来的是刁光覃。他不认识我，我却是认得他的。见我醒了，他一个劲儿向我道歉，说是因为太晚了，回不了家，来此暂住一晚。第二天我才知道，是因为剧院没有腾出空房，让我到刁光覃休息的房间里暂住一晚，其实是我占了人家的房子。我说：“没事没事，只是这房里太吵，暖气也漏，可能您受不了。”随后我就自我介绍一番，又告诉老先生其实我和他的儿子刁小林是同学。话题便由此开始，也不知聊到了什么时候，也不知是谁先睡着了。第二天我醒来，刁光覃已经不见了。我相信他离开时一定是轻手轻脚的，生怕打搅了我这个来自边远矿区的业余作者。此后我们曾经在人艺的食堂里遇见过，他已经记不得我的名字了，乐呵呵地说：“小林的同学啊！”慈祥得像邻家的大伯。

和于是之的交往就稍微深入一些了，那时候和我一起挖煤的工友严燕生已经调入人艺做了演员。燕生谦虚好学，初入人艺知道自己的不足，就很注意找前辈求教，每次午餐，老是端着饭菜找住在剧院里的于是之闲聊。当时我也住在剧院里写剧本，就被他拉了去。有时厚明和老蓝来了，也一起端着饭菜到是之那儿用餐。是之好饮，量不大，每次吃饭都要喝一杯枸杞酒。记得是之家临窗的桌下，有好几个大大的酒坛子，有玻璃的，也有陶瓷的，从玻璃坛子里可以看见，里面泡的枸杞，大约占了三分之一的地方。是之总是自己先倒上一杯，随即告诉我们，酒，不名贵，就是二锅头，喜欢的，自己倒，不妨也喝一杯。于是我们便不客气，自己找了杯子，各取所需。往后，无须他说，自己便倒了，再往后，到是之那儿“共进午餐”是越来越勤了。我离开人艺几年以后，有一次到人艺去找严燕生，赶上午餐时间，居然他还在是之那里啜酒，一起喝的，还有锦云、王梓夫。我记得进门时曾模仿王利发骂唐铁嘴的一段台词开玩笑，大意是说，没有你们这样的啊，到我们家蹭酒喝，还他妈传代啦！

和于是之一起啜酒闲聊，最多的内容是发泄对那个时代文艺政策的不满。当然我们还没有胆大到指名道姓骂“四人帮”的地步，但几乎每一次吃饭，都会有一些关于文艺乃至政治的“消息”传来，由此引起话题。比如关于“三突出”，关于《创业》和《海霞》的批示，关于“批林批孔批周公”，等等。到了 1976 年清明节，话题则更多地转向了天安门广场。是之言语平和，口气委婉，对所有的不满都用质疑、商讨的口气说出，比如说到《创业》，他说：“这是怎么了？我看那片子不错啊，怎么又有了问题啦？……”由此大家就说到了工业题材的创作，说到了正面人物的塑造，说到了人物性格的多元性和复杂性。“四人帮”的那一套文艺怪论，好像成了现成的“反面教材”，作为一个初入文艺之门的青年，我自然又是最大的获益者。

1976 年 10 月，我们终于把郁郁地啜酒变成了把酒狂欢。我和人艺的艺术家们一起走上街头，喊着口号，欢呼粉碎“四人帮”的胜利，我也曾和他们一道，出席天安门广场的欢庆大会。那时的人艺，人人欢欣鼓舞，家家喜上眉梢，仿佛天天沉浸在节庆的喜悦之中。我印象最为深刻的，是在三楼小礼堂举行的诗歌朗诵会上，因为那里曾经是周总理、邓大姐和人艺的艺术家们共唱《洪湖水浪打浪》的地方。那次朗诵会，使我又一次沉浸在艺术家深情的缅怀和豪迈的前瞻里。我也坚信，和我们的祖国一样，人艺这伟大的艺术殿堂，一个崭新时代开始了。

和于是之们一起度过的那一段时光，固然是我们的国家政治生活和艺术环境都极为黯淡的日子，但那黯淡中顽强地闪烁的心灵之光、艺术之光，是点燃我生命的火种，为此它将成为我心中永远美好的回忆。

在汪曾祺家抢画

过去我家离汪曾祺家很近，大概还不到一站地。离得近且共同的话题不少，有时专程去看他，向他请教，有时在自由市场就碰上了。有一天清晨，在自由市场见到他在巡视，问他所为何来，他说："找牛尾呢，中午想喝牛尾汤了！"类似这种场合，请教的，就是关于"牛尾汤"的问题了。当然，类似的问题，还有喝酒、品茶等等。汪老是品味生活的大师，讲起来，不仅头头是道，而且津津有味。他知道我亦有此好，时不时也"提携"我一下，不断提供机会。比如某日批评家何镇邦率领某位美籍华人女作家杀上门去，汪老亲自下厨煎炒烹炸，没忘了来电邀我前去大啖。遗憾的是，那次我家也有客人，只好辞谢。又有一次，我们共同参加外事活动，就是出席某大使馆的一个"派对"。只见汪老不卑不亢地坐在一旁，默默地品酒，见我走过，给我使了个眼色，说："喝过那个酒没？瓶子矮矮的、胖胖的，那叫'皇家礼炮'！"……

向汪老请教的问题，当然也有文学的，比如我问过他："您作品的语言节奏怎么拿捏得那么好？"他笑道："别无他法，多读而已。我曾把晚明小品熟读于心，读到最后，内容可能都忘记了，节奏倒留在潜意识里了。写文章写到某处，多一字必删，少一字则必补，不然永远觉得系错了扣子，一天过不舒坦……"说这话时，神情和说"皇家礼炮"时一样，睿智而调皮。

和汪老混得这么熟，竟未能求得一幅他的字画，不能不说是一个极大的遗憾。每到文友家中，看见他们把汪老的书法或水墨写意悬于堂上，总是提醒自己再见汪老时一定莫忘求字求画，然而直到我搬了家，也没好意思张口。

大约是1996年春节过后的一天晚上，张锲同志来电话相约去看望汪老。那时我已经调到中国作协来工作，因为俗务忙碌，也很久没有看望他了。听说他也搬了家，且曾对北京作协的朋友“骂”我：“建功这家伙，忙什么呢，这么久不跟我联络了！”汪老的家搬到了虎坊桥附近，他儿子所在单位的家属房里。既是出谷乔迁，是不能不参观一下的。没想到张锲和我跟着汪老参观他的新居时，还有几位陪同前来的年轻同志发现了“宝贝”——他们从汪老的字纸篓里找出了几团宣纸，抹平，如获至宝地跑过来道：“汪老！您画废了的，我们可要了！”汪老还是一如往常的神态——先是若无其事地瞟去一眼，随即粲然地笑起来，说：“哎呀，都是烂纸，你们真能翻！”他不再说什么，走到画案前，从一个角落里掏出一卷纸来——大概都是他近期的画作。年轻人有足够的机敏，他们竟欢呼起来，一张一张展看时，这个说：“汪老，我要这张！”那个说：“这张是我的！”我这才恍然大悟，原来汪老是让我们挑画。张锲乐呵呵地说：“你们这哪是挑画，你们这是抢画来啦！”嘻嘻哈哈中，每人各执所爱，请汪老一一补上题款。我选中的，是《升庵桂花图》——虬曲而上的枝条顶部，盛开着黄灿灿的桂花。环绕画面者，是汪老的题诗：

桂湖老桂发新枝
湖上升庵旧有祠
一种风流谁得似
状元词曲罪臣诗

诗后加注曰：

升庵祠在新都桂湖　环湖皆植桂　1996年新春　是日雨夹雪　持赠建功　汪曾祺

四川新都的桂湖公园，我是去过的。这里是明代杨慎（升庵）的故居旧址。杨升庵于明正德间高中状元，授翰林修撰。嘉靖时因“议大礼”而罹祸，谪戍云南永昌，流放终身。据《明史》载，明世记诵之博，著作之富，推慎为第一。诗文外，杂著、散曲，皆有成就。“一种风流谁得似，状元词曲罪臣诗”之感喟，即由此而发。据说，现新都桂湖，“环湖皆植”之桂，即为当年升庵所植也。八月时节，桂花盛开，香气袭人。品画赏诗，当时便与汪老相约，何时随他新都重游，汪老莞尔一笑，说：“你太忙。”

2005 年岁末，我再游新都桂湖时，汪老已经去世了。新都区政府在桂湖公园碑林举行了一个作家和读者见面会，出席的川外作家有王蒙、舒婷、叶兆言和我，成都作家有魏明伦等。主办者请我主持会议。从北京启程时得知这一消息，我特意带上汪老所赠画卷与会，主持之始，即先行展示之。

此时回想起当年抢画情景，不由你不感叹唏嘘。

2006 年 4 月 23 日

此别无声亦有声

光椿先生是 2005 年 8 月 31 日去世的，而我，直到 11 月份，才读到光椿夫人邱湘华大姐的来信——信寄到了现代文学馆，转到作家协会时，我们正忙着为作协大楼的装修搬家腾地方，文牍山委，邱大姐的来信就夹杂其间。11 月将尽时，很偶然地在堆放的文件中发现了这封来自湖南省文联的信，拆开前看到信封落款处添加上的楼号房号，我还认定是光椿先生手札。因为在前几个月，和光椿先生间的书信竟频繁起来。先是先生亲笔回应了我在年初以现代文学馆馆长名义寄给会员的拜年卡，先生说自己最近身体欠佳，书籍手稿均在整理中，待稍有眉目，定寄赠文学馆收藏。捧读手札，好生感动。我与先生，大约只见过一两面，承蒙先生如此厚爱，我当然是要复信问安的。复信里还约定，下一次到长沙时，一定登门拜望先生。岂料先生很快又有信回复表示谢意，先生之为人，何其谦和仁厚哉。我万万没有想到，打开这封近三个月前寄来的信，看到的，是邱大姐的手书，传来的，是先生去世的噩耗。想到前半年书信频频，还有长沙拜会之约，倏忽之间，光椿先生竟悄然离去了。湘华大姐信末的一个小小的请求更让我愧疚。她说，光椿去世后，文学界的许多朋友似乎还不知道，因此最近时不时有朋友来函来电联系光椿，每报知一次噩耗都是锥心之痛。大姐希望能通过《文艺报》，转告文学界朋友们周知。呜呼，这一请求又因我之忙乱，耽误了三个月！

我和光椿先生认识，在 1995 年，那时我刚刚从北京作家协会调到中国作协书记处来。那年夏天，中国作协在湖南长沙召开文学创作中心工作会议，开会之余，时任中国作协党组书记的翟泰丰同志率书记处各同志看望在长沙的老作家。见面会上，我见到了光椿先生。先生生于1928年，时年已近古稀，然仪表堂堂，身材瘦削，行止儒雅，如玉树临风。更早以前我读过那首给先生带来磨难的长诗《兰香与小虎》，文学“新时期”开始后，我又陆续读过先生的长篇历史小说《戊戌喋血记》和《辛亥风云录》，且知先生除小说和新旧体诗歌外，报告文学、散文杂文、电影剧本、理论、评论、文学翻译，均有涉猎且卓然有成，尤知先生旧学功底深厚，又擅长丹青，20世纪90年代初，曾有湖南省文联、湖南省作协、湖南省美协和湖南省书画研究院联合主办先生的个人书画展，反响颇大。一想到面对的光椿先生，不仅是文坛前辈，而且是多面通才，心中难免惶惶焉。出乎意料的是，先生是如此的谦虚平易，席间我向先生请教了几个近代史方面的问题，先生回答得简洁明晰，口气却如切如磋，娓娓道来，毫无居高临下之态。回京后曾向友人谈到向光椿先生请教的感受，感慨道：什么叫“先生之风，山高水长”？那不是做出来的，是养出来的呀！

十年前初晤先生，到十年后才和先生有几封书信往来，直到先生去世，竟拖延三个月才获知噩耗，连鲜花也未能献上一束，心中的羞愧与自责是可以想见的。匆匆给邱大姐去信谢罪，望大姐节哀顺变，珍摄为要。没有想到，大姐随后寄来了光椿先生自撰的《年谱》以及一批生活照和美术作品资料，嘱我代为转交现代文学馆收藏。大姐信中告诉我：“待我慢慢整理书房，将他的原件、日记等，寄一些给文学馆资料室好了。我会陆续办理的，这也是应该做的。”尤令我意外的是，寄来的邮件中，附有光椿先生的一幅画作，是赠给我的。邱大姐信中说：“光椿早就说，他作幅画给你做纪念，因后来住院未成，但我将完成他的意愿（亦是在他的画作中选一幅花鸟画赠你与夫人），这是一份心意，请勿拒绝。”展读邱大姐代表光椿先生赠我的《富贵清高图》，凝神许久，爱之不舍。此图下方，团团牡丹于绿叶丛中怒放，雍容灿烂。花团锦簇之上，更有几株玉兰翘然而起，在枝头一丛丛绽开，高洁纯净，纤尘不染。光椿亲题款识曰：“富贵清高图　白阳山人最早以此题作画，其后吴昌硕见而爱之，亦有仿作传世。前人画此盖有深意焉。孔子曰，富与贵是人之所欲，不以其道得之不处也。苟能以正道取之而又能以之造福于社会人群，处富贵之中而能永葆清廉高尚之心态与气度，匡时济世，宁不美哉？故再仿其意为是图。庚辰春　光椿。”读到此处，心中不由得一暖。读先生画，赏其款识，总为快事。曾读先生《含笑钟馗镇邪图》，先生题曰：“人画钟馗狰狞貌，我画钟馗脸含笑，但使人间妖孽尽，愿回终南山中去睡觉。……”独具戏说精神。又读先生作《苏东坡前后赤壁赋》，先生题曰：“苏东坡前后赤壁赋，寥寥不满千字然而有情有景、有诗有画、有梦有幻、有山有水，有史论、有哲理，文思奔涌，变化无穷，真天下至奇至美文字……”有如文学评论。先生的题款，或诗或文，或调侃打趣或庄严凝重，率性由真，本色天成。我常常想，作为画家的任光椿和作为作家的任光椿，真是难解难分呀。而这一幅《富贵清高图》所议，固承先哲，又何尝不是由衷之慨？这使我不由得想起，先生而立之年，因文罹祸，一介书生，半世坎坷，就先生而言，终其一生，砚田笔耕，富耶贵耶？然先生不以物喜，不以己悲，平实为人，宽厚处世，所发富贵清高之议，虽寥寥数语，却见胸怀与境界。先生之于文场，似无声而别，而这些细小之处所体现的人格魅力，却似乎总在启迪着我们啊。

光椿先生，您的“建功老弟”，迟迟赶来，且容我送一程。

2006 年 2 月 4 日

铁生逸事

1月2日清晨，我和妻子赶到八宝山二楼西厅告别室时，铁生已经安放在灵柩里了。周围只有二三十人吧，没有告别仪式，也没有人号令鞠躬。铁生的妻子陈希米说："大家不要哭，铁生不愿看大家哭……请大家撒一些花瓣给他。"我们就撒一些花瓣在他身上。陈希米说："我们跟铁生告别吧。"我们就各自深深地鞠了躬。陈希米说："留下几个有力气的朋友，别的朋友就走吧。"我们没有走，看着灵柩被抬上担架车，缓缓地推向焚化炉……

后来，我们又随着铁生的遗像，把告别室里的一些鲜花和铁生的一些衣物送到户外的焚化炉去。焚烧衣物时，陈希米突然对我说："王安忆织的那件毛衣没烧，还在家里放着呢！"

我心头一酸。

我不知道是铁生跟她交代过的，还是她自己想到的。

这个日子，本来是定在1月3日的，不知为何又提前了一天。想了想，觉得希米的确是最理解铁生的人。铁生说过，人之于世，应该像徐志摩《再别康桥》那样，"悄悄的我走了，正如我悄悄的来"，提前一天，或许是为了让铁生走得更为"悄悄"吧！铁生永远是这样低调、平实。他死了，这死唤醒了我们所有朋友和读者心中蛰伏已久的尊崇与爱戴，用我女儿从海外发来的邮件里的话——"网上早已悲恸一片"，然而铁生还是坚持着自己的低调和平实，由希米替他坚持着。他谢绝了灵堂，谢绝了花圈和挽联，谢绝了悲悼。他希望朋友们为他高兴，高兴他的一生终于战胜了灾难与残缺，高兴他终于有一点儿感悟与思考留存人世，高兴他还留下了一份肝脏，救治了天津的一个患者，留下了脊椎和大脑，供医学研究……

得知铁生病危的消息时，我正在广西北海，几个小时以后，知道他已经离去。本来我一家、何志云一家已经约好，元旦回京，是要和铁生夫妇做几乎每年例行的聚会的，为此我已经订下31日回京的机票，岂料下了飞机，赶到铁生家，只有何志云夫妇陪一脸疲惫的希米坐在屋里，另一个客人我不认识，却看着脸熟，有一种莫名的亲切。希米说，这就是《我与地坛》里那个“长跑家”呀。哦，就是那位“西绪弗斯”式的“长跑家”吗？记得铁生写过他们在地坛感慨人生际遇的凄凉与悲壮——

> 还有一个人，是我的朋友，他是个最有天赋的长跑家，但他被埋没了。他因为在“文革”中出言不慎而坐了几年牢，出来后好不容易找了个拉板车的工作，样样待遇都不能与别人平等，苦闷极了便练习长跑。那时他总来这园子里跑，我用手表为他计时。他每跑一圈向我招下手，我就记下一个时间。每次他要环绕这园子跑二十圈，大约两万米。他盼望以他的长跑成绩来获得政治上真正的解放，他以为记者的镜头和文字可以帮他做到这一点。第一年他在春节环城赛上跑了第十五名，他看见前十名的照片都挂在了长安街的新闻橱窗里，于是有了信心。第二年他跑了第四名，可是新闻橱窗里只挂了前三名的照片，他没灰心。第三年他跑了第七名，橱窗里挂前六名的照片，他有点儿怨自己。第四年他跑了第三名，橱窗里却只挂了第一名的照片。第五年他跑了第一名——他几乎绝望了，橱窗里只有一幅环城赛群众场面的照片。那些年我们俩常一起在这园子里待到天黑，开怀痛骂，骂完沉默着回家，分手时再互相叮嘱：先别去死，再试着活一活看。现在他已经不跑了，年岁太大了，跑不了那么快了。最后一次参加环城赛，他以三十八岁之龄又得了第一名并破了纪录。有一位专业队的教练对他说：“我要是十年前发现你就好了。”他苦笑一下什么也没说，

只在傍晚又来这园中找到我，把这事平静地向我叙说一遍。不见他已有好几年了，现在他和妻子和儿子住在很远的地方。

或许因为“长跑家”在场，或许因为置身于铁生起居的地方，我总觉得铁生仍然坐在轮椅上，躲在空气中的一隅，默默地看着我们，就像他在地坛的树林里，查看着每一位过往者一样。我知道，倘若我向希米表达我的难过，铁生肯定会在轮椅上笑着看我。想着想着，我甚至为带来了一个花篮而尴尬起来——铁生和我，多次谈到死亡，他是如此的淡定和从容。他说过的，死是一件无须乎着急去做的事，是一件无论怎样耽搁也不会错过了的事，一个必然会降临的节日。而我，又何必要带来这个如此常规的花篮和挽带呢？

希米很平静地告诉我铁生辞世的经过，最后，她甚至有几分激动地告诉我，铁生去世没多久，她就接到了天津来的电话，说铁生捐赠的肝脏，移植成功了。我默然了很久，说：“真没想到，他还有一副肝脏可捐，我以为他已经浑身难找一处完好的地方了……”是的，他二十一岁截瘫，十年前得了尿毒症，双肾坏死，临终前已经是靠一周四到五次透析为生。每次我见到他，都感到他的脸色日渐发黑，疑心病魔已然侵入肝脏。谁想到，这副肝脏，还救助了一位患者。希米说，她也感到惊讶，铁生的肝脏，居然还有用。希米还告诉我，铁生还捐了他的脊椎和大脑，这是他和长期为他治疗的一位医生朋友的约定，他说他死了以后，她尽管可以拿了他的器官去做研究，因为对他的病，医学界还有很多疑问。

本来我不想如此详细地介绍铁生的捐赠，因为这不符合铁生的性格，甚至我也不知道是否会违反有关规定。之所以要说出来，是因为陈希米告诉我，铁生的捐赠所获得的礼遇令她感动——既为那些全程监控着捐赠过程的红十字会人员，也为那些抱着肃穆之心执行手术的医护人员。他们移植完了器官，仔细地恢复了铁生的身体和容颜，使这个捐赠者很有尊严地远行，这使她对中国遗体捐赠事业的进步刮目相看。我想，说出这些铁生、希米应不会怪我，因为会有更多的人步铁生后尘，这也是他们所期待的。

其实，类似这样的、说出来有可能使铁生感到不安的事情还有几件，因为铁生的宽容，他没有责怪过我。现在铁生已逝，且这件事也已经广为人知，我想，再说一遍，或许也可以使人们理解铁生的宽厚吧。几年前，我兼任现代文学馆馆长不久，为了使展览有所创新，决定办一个名为“作家友情展”的展览。我到铁生家闲聊，问他有没有展示作家间友情的物件。他说：“要不你把王安忆为我织的一件毛衣拿去？”我大喜过望，因为还从来不知道安忆居然有这等耐心，竟为铁生亲手编织一件毛衣寄来。以两个人的知名度，这毛衣应可视为“文人相亲”的典范。没想到铁生说出就后悔了。他说：“哎呀，说不定人家王安忆不愿说出这件事呢。”我当然理解铁生的担心，因为和我是朋友，才口无遮拦，同样低调的王安忆，大概也确实不会同意拿这次朋友间的馈赠说事儿。话已至此，我们就没有继续毛衣的话题。铁生对于我，历来是有求必应的，我想这次他肯定是要挖空心思找另一件事来弥补“毛衣”之憾。少顷，他说：“算啦，那毛衣也不好找，要不你把刘易斯送我那双跑鞋拿去吧。”

铁生是关心并热爱体育的，这有他的文字为证。他写过的一段话，我相信随着时间的推移，迟早会走进历史。他说，在奥运口号“更快、更高、更强”之后，应该再加上“更美”。如果光是强调“更快、更高、更强”，就难免会追求出兴奋剂或暴力甚至其他更不好的东西来。这“更美”，并不仅仅是指姿态的优美，更是指精神的美丽。这就是说，在比赛中，赢并不是最重要的，重要的是人有了一个向自身极限挑战的机会。他还在散文《我的梦想》里，表达过对美国体育明星卡尔·刘易斯的崇敬：也许是因为人缺了什么就更喜欢什么吧，我的两条腿一动不能动，却是体育迷。……我最喜欢并且羡慕的人就是刘易斯。他身高一米八八，肩宽腿长，像一头黑色的猎豹，随便一跑就是十秒以内，随便一跳就在八米开外，而且在最重要的比赛中他的动作也是那么舒展、轻捷，富于韵律……

应该是这篇文章，使得铁生在 2001 年 3 月间居然有了一次和飞人卡尔·刘易斯的会面。铁生告诉我，因为运动员李彤把自己的文章念给了刘易斯听，这才有了那次与刘易斯的相见。那天上午，他把自己的一些作品送给了刘易斯，刘易斯则回赠以签名的跑鞋。刘易斯拍拍铁生送给他的书，说："我相信这些书一定很棒，可惜我不懂中文，不能看懂它们，这真是个遗憾。"铁生也指指手里的签名跑鞋，说："得到您签名的跑鞋，应该也是特棒的事，可惜我没有健全的双腿，所以也深感遗憾！"说完两人笑着拥在一起，留下了一张珍贵的合影。

跑鞋的故事并不比毛衣的故事逊色，因而成为"作家友情展"中体现中国作家和海外交流的佳话。然而，"毛衣"的故事仍然使我难以忘怀，以至到了2005年6月，当史铁生以《病隙碎笔》再次获得鲁迅文学奖并坐着轮椅到深圳领奖的时候，我再也忍不住对这故事的偏爱，讲给了撰写颁奖晚会台本的巴丹。那台颁奖晚会获得极大的成功，主要是从中央电视台请来的主持人张泽群和黄薇的超常发挥。现场说出的许多感人的故事中，"王安忆赠毛衣"也是一个。然而，当张泽群讲出"毛衣的故事"并向台下轮椅上的铁生发问时，我忽然想起，因为筹备晚会而忙得晕头转向，竟然忘了跟铁生，也忘了跟王安忆打个招呼。王安忆没有与会，倒可以说得过去，铁生是早早就到深圳了呀！远远看着轮椅上的铁生面对这意外的提问，有几分吞吞吐吐，我想象得出自己给这老弟带来了多大的麻烦，好在他很快就摆脱了慌乱，说："这事……人家王安忆未必愿意说，既然被您刨出来了，那我就说吧……"他说得平实、得体，最后他还说，自己得到的关爱不只来自王安忆，也来自许许多多同行以及更广大的读者们……坦率地说，尽管和铁生有着深厚的友谊，我还是颇为自己的疏漏感到惶恐。事后我在宾馆的走廊上遇见了他，抱歉地说："不好意思，闹得你有点儿被动，但你回应得很精彩。"我还请他放心，说，"王安忆那儿，我去解释吧！"铁生宽厚地笑笑，说："没事儿！……还用解释吗？说啦就说啦！……"

我和铁生，应该说有三十几年的友情了。最早看到他的作品，并不是公开的出版物。和他一起在陕北插队的吴北玲，是和我一个班的北大同学。吴北玲拿来一个硬壳笔记本，就是20世纪70年代老师们常常用来写教案的那种，铁生的作品，被他用粗粗的钢笔，抄在那个笔记本里。我从那里读到了《午餐半小时》《兄弟》和《没有太阳的角落》。我们文学专业的同学们都有谁看过这个笔记本，我已经记不清了。反正记得读完这几个短篇，班上一片赞叹之声，为作者情感的醇厚和文笔的老辣而击节称快。我记得曾经把《没有太阳的角落》刊载在我们主办的《未名湖》上，我也记得在那个新旧文艺思想的纠结期，这篇作品和当时许许多多好作品一样，受到了一些质疑，似乎是什么“把生活写得过于灰暗”“缺少亮色”之类。这些质疑或许曾经使文场栖栖惶惶，不过，对于我们，对于铁生，都算不得什么了。即将进入 80 年代的中国，文学已经无须看着别人的脸色行事，更何况那些批评者并没有读懂史铁生，没有看到他在“没有太阳的角落”所闪烁的潜烛幽光。

和铁生的作品一并引起我们班同学关注的，是吴北玲的男友孙立哲所遭遇的不公。孙立哲当时是早已闻名的“上山下乡知识青年典型”，随后曾被委以一个小小的官职。岂料恢复高考时，竟因此被打成“四人帮爪牙”，剥夺了到医科大学深造的权利。这不能不使我们班上的同学同仇敌忾。直到得知同村的老百姓和知青们自动发起了“万民折”，使孙立哲所受冤屈有了一个了结，大家的怒火才平息下来。

后来孙立哲告诉我，轮椅上的史铁生，竟是这“万民折”的发起者之一。

抱着对他作品和为人的敬佩，此后不久，我就和北大七七级文学专业的几个同学，跟着吴北玲，到铁生家去了。

那是在雍和宫附近，坐落于一个小胡同入口处的小平房，门外似乎是接出了一个仅可容身的“院落”，用一副板皮拼凑的“柴门”遮挡着。我们在门外一叫，“柴门”居然“咔嚓”一声，吴北玲便说：“开了。”原来铁生的父亲不在家，“柴门”被拉过一根绳子，以便铁生坐在轮椅上“遥控”。我也不知道为什么未曾谋面，似乎已经和铁生熟稔如故了，边进门边笑道：“你这招儿还真行呢!”铁生也有几分得意，憨厚地笑着，说：“得想招儿啊，总不能让我爸老守着我!”……那次一同去的似乎还有黄子平、黄蓓佳、梁左、王小平、查建英等等，因为人多，话题是零乱的，叽叽喳喳。似乎谈了“修齐治平”“内圣外王”，也谈了“实践”“真理”乃至“拥旗”“砍旗”之类。谈话中铁生的父亲回来了，他不喜言谈，进门点点头，道了一声“来啦”就到一旁收拾家务去了。短暂的沉默之后，我们又毫无顾忌地聊起来。铁生其实也是寡言的，更多是听我们在说，但看得出他极有主见，却不轻易断言，即使是间或插上一句，口气往往带着疑问。比如说到拉美的“文学爆炸”，他当时问了一句：“怎么文学偏偏在那个地方爆炸了呢？那地界不是挺穷、挺乱吗？”……就这样，铁生成了我最好的朋友之一，80 年代，尽管摇着轮椅，铁生还是可以满城乱窜的。他时不时就来参加我们的文学聚会，或到李陀家畅叙，或来我家小酌，印象最深的是有一次到苏炜住的双榆树青年公寓做客，聊至夜深，意犹未尽，最后还是不得不告辞了。我和铁生来至三环路上，天上忽然落下雪花，没多一会儿，大雪竟铺天盖地砸将下来。我骑在自行车上，推着铁生的手摇车，望着被大雪遮蔽的前方，喊道：“真他妈的风雪夜归人啦！”只见他吃力地摇着摇把儿，而我不得不下车，一步一步推着他在深雪中前行。也不知走了多久，来至雍和宫铁生家中，裤脚已然精湿。在他家的煤球炉旁烘热了裤脚，我又骑上车，奔往永定门外的家中。

铁生去世后，有一次我和陈希米说起这惊心动魄的一夜，她竟接续我的故事，如数家珍。我惊叹道：“那时你们还没结婚呢！岂止没结婚，恐怕你们还没认识呢！”陈希米说：“铁生跟我说过的呀！”我默然了。足见那一夜，对于铁生来说，也是铭心刻骨的吧。

关于铁生作品的价值与意义，别人已经讲得很多。即便再讲，似乎也是另一篇文章的任务。从《我的遥远的清平湾》《插队的故事》到《我与地坛》，铁生在文场声名鹊起，几乎篇篇都堪称精品。再以后，《我的丁一之旅》《病隙碎笔》《活着的事》《写作的事》……他的写作更向着生命的诘问、灵魂的追寻上飞升。要全部读懂它们，绝非易事，要领悟个中的精髓，需要时间，更需要阅历和悟性。

我岂敢贸然言说。

铁生一生，获奖甚多，全国性重要的文学奖项不仅都拿过，而且还曾连连获得。然而一个看似奇怪却并不奇怪的事实是，我在作家协会分管全国性的文学评奖工作十五年间，铁生从来没有询问过、打听过和评奖有关的事情。在第六届茅盾文学奖评奖时，《我的丁一之旅》得以入围，耳畔也曾传来各种声音，但没有铁生的。评奖揭晓了，《我的丁一之旅》没有获奖，我仍然毫无顾忌地进出于铁生的家门，我没有，他也不需要我做什么解释或安慰。我记得，在《我与地坛》里还读到过铁生写作初获成功时的激动和喜悦，然而到了后来，铁生已经不以物喜不以己悲，宠辱皆忘了。我们也曾经很难得地提起世界上一个很重要的文学奖项，他说："把作品的价值交由几个老头子来评价吗？抱着这样的期待，怎么还可能听取自己心灵的真实呼唤？怎么还可能追求到真正的文学？"我笑着说："同行中能有多少人对评奖有这样的认知？有一百个，中国文学的面貌将焕然一新。"记得当时铁生笑笑，说："都这模样儿了，我把握着自己就成啦！"

文学之于铁生，似乎算不上"经国之大业，不朽之盛事"，他说过："左右苍茫时，总也得有条路走，这路又不能再用腿去蹚，便用笔去找。而这样的找，后来发现利于这个史铁生，利于世间一颗最为躁动的心走向宁静。"然而，他用笔蹚出的这条心灵之路，难道仅仅有着个人救赎的意义吗？

或许他就是这样秉持着自己的信念去思考，去写作，去完成自己的一生的，而他的涅槃之路，却烛照了我们，使我们自惭形秽。

至少我，愿意学他，哪怕只学到皮毛。

2011 年 1 月一稿

2011 年 11 月 23 日再改

合眼逢君惜交臂

2003年春，两岸还没有开通直航。我和大陆作家代表团的几位朋友，乘国航到香港，再到一个办事处办赴台准入手续，又回到机场，乘华航赴高雄。一路上，我读完了即将会面的周啸虹在大陆出版的散文集《迢递归乡路》。

1948年，十六岁的少年周啸虹“奉母命离家”，以“入伍新生”的身份，卷入了那场颠沛凄惶的溃退之旅。啸虹夫人陈春华，在啸虹殁后所撰《回首向来萧瑟处》一文里，却平静而款款地说，少年周啸虹“及至1949年7月辗转抵台已增一岁”。这就是春华嫂的风格。也就在这次啸虹夫妇等高雄文艺家协会的朋友陪我们游历台湾分手之际，在开往桃园机场的旅行大巴上，春华嫂致了欢送词。时值大陆SARS已开始肆虐，台湾也有病例发生。春华嫂的临别之言也是这样“平静而款款”。一时大家竟因这“平静而款款”，感到有如一个家庭面对劫难前的离散，兄弟姐妹各奔前程的惜别。我虽不致和友人们一起潸然泪下，却也不免鼻酸。

还是回到那本《迢递归乡路》吧。“辗转抵台已增一岁”八个字，确已叙尽一个少年人背井离乡、别母辞亲的全部思念与成长。而周啸虹所遭遇的这“已增一岁”，不过是近四十年漫长思念的开始。“1987年深秋，五十五岁的周啸虹在香港一家旅店，与远从扬州老家长途跋涉而来的母亲相见。透过迷蒙泪眼，我看到的是一对木然相对的母子：母亲大约很难相信儿子竟是这样风霜满面的灰发汉子，做儿子的则愕然于雍容丰盈的慈母已是如此老迈。”（陈春华《周啸虹作品集》编后记）此后，从次年端午节开始，周啸虹年年都会回大陆拜望母亲，探访故园，迨至2010年，他回到大陆的次数已有四十一次之多。“少小离家老大回，乡音未改鬓毛衰……惟有门前镜湖水，春风不改旧时波”，古今亦然。两岸之间，遭遇此种传奇和悲欢的人家，不在少数。尽管如此，在飞机上感受即将谋面的啸虹先生寄寓于文字中的拳拳之心殷殷之爱，还是不免泪水流淌，引来旁人惊异的目光。

好的文学，传递真情感，也传递真性情。啸虹先生这本书打动了我，除了人间亲情的悲欢感喟，还有他率真素朴的叙事。就以作为书名的《迢递归乡路》一篇来说，字里行间，像是在细细咀嚼几十年未曾吃过的家乡的馍饼，百感交集，甘苦自知。岁月的沧桑、人生的遭逢，都汇集在这咀嚼与回味中。篇末道：“……怀着‘近乡情更怯’的心情，回到了魂牵梦萦的故里，没有‘相见不相识’的儿童，只有那排拒不了的种种回忆，白发萧然，再临斯土，除了怅惘以外，还能有什么呢?”

没有大沧桑、大悲悯，何来这平实而沉郁的感喟？

我还欣赏啸虹兄间或流露于作品叙事中的悲喜剧风格，即，用喜剧的方式处理悲剧的态度。或许唯有阅历与洒脱才能使一个作家得此神韵，使他的作品令人读起来别具滋味。比如书中《大福轮》一篇，写到自己和两千多名“学生兵”一起，挤在排水量仅一千八百吨的“大福轮”上漂泊渡海的一幕：每十平方米的面积，要容纳一个连的士兵席地紧坐，“多容一只脚的地方都没有”。饥饿、困乏、雨打、日晒以及晕浪之苦，自不待言，最其甚者，是“拉屎撒尿”之难。时因肠胃不适而时时跑肚的“学生兵”周啸虹，竟致如此“解决”——

……两个力气大的同伴，拉住我的双手，把我扶到船舷边，让我把屁股撅到钢缆外，在众目睽睽下，我居然一泻千里，面不改色。大概船上人挤人，时间又过得慢，大伙儿闷得慌，我这拉肚子的“表演”，居然成了一项“节目”，隔不到一个钟头，便有人叫：“差不多快了吧!”

啸虹兄不无得色，曰：

拉肚子的滋味如何？很多人都有此经验，而我，却在海轮上拉肚子，以大海作为马桶，这种奇妙的经验，大概此生再难碰上。

白描手法，神形毕现；自嘲妙语，令人忍俊不禁。个中尴尬狼狈，回味却又心酸。读完了这本书，便欣欣然期待着飞机落地，与这位长于嬉笑道荒唐、戏谑话凄凉的兄台见面。

果然，文如其人，站在接机口的，是一位人高马大且仁慈宽厚的兄长，温文尔雅，风趣开朗，正如春华嫂所回忆："在肩荷重负、披荆斩棘的人生行路上，尽管流血流汗，他却总是带着一脸灿然的笑容，让围绕在他身边的人感到安心与温馨。"和啸虹夫妇同来迎接并一直陪伴我们的，还有好几位高雄文协的朋友们，如音乐史研究者沈立先生、报告文学作家王蜀桂女士……我们先是和高雄的文艺家、学者一道，在高雄文化中心举行"两岸文学研讨会"，随后便由啸虹夫妇等陪同，漫步爱河观赏高雄风光，乘坐旅行大巴，到鹅銮鼻，到台南参观台湾文学馆，后来又游阿里山、日月潭，最后到台北，见陈映真、黄春明、曾健民、蓝博洲等台湾作家。

啸虹兄干练的组织能力在这一路表现得淋漓尽致，兄长式的亲切使我们如坐春风。回到大陆后，我找到啸虹兄的其他作品阅读，发现早在他写于 1983 年的散文《总干事与我》中，曾经以自嘲的口吻，讲了自己被"赶着鸭子上架"，抓差去做"婚礼总干事"，一直做到朋友的"竞选总干事"的故事，真是妙趣横生。他的宽厚谦和，或许就是他不断被人推去做"总干事"的原因，但到了古稀之年，他被推任为高雄市文艺协会的理事长，为两岸文化交流竭尽全力，应该说这才是他孜孜以求乐观其盛的事业吧。

代表团离开台湾的前一天晚上，晚餐过后，两岸的朋友们一起品茶闲叙，啸虹兄忽然站起来，说今晚还有一个小小的节目。随后便有服务生端来了一个生日蛋糕。原来他们早已设计，今天要为代表团成员、天津作家赵玫庆祝生日。这令作为团长的我感到意外而惭愧。赵玫的生日其实应在明天，啸虹兄说："明天你们正在路途上，今天大家济济一堂，岂不更好?"

和啸虹兄分手后，真的十分想念他。我之"想念"，不是书札往来的礼貌，也不是睽违日久的寒暄，那是一种对家庭对亲友的眷念。一次和研究台湾文学的赵遐秋教授闲谈，得知周啸虹夫妇已经在扬州买了房，便也期待着"烟花三月下扬州"。此后不久，居然就来了——游瘦西湖时，见满堤桃花怒放，打电话给赵教授，希望获知啸虹兄的联系方式，可惜没有找到他。我只好趁接受采访之机，在夸赞扬州宜居的时候，说扬州声名在外，不少台湾作家回此小住，比如周啸虹。

应该原谅我，埋藏着一点儿小小的心机。

啸虹兄过世一年多以后，即 2013 年 8 月 15 日，我在中国社科院文学所主办的"周啸虹作品学术研讨会"上，见到了春华嫂和啸虹兄的孩子们。我说："大嫂，我找过你们，几年前，在扬州。"春华嫂说："是啊，当时我和啸虹从《扬州晚报》的采访里发现你来了，再找你时，说你已经离开。"

当即便想，当初何苦用那个心机，找找接待我的主人，打听一下不好吗?

不愿劳驾别人，倒是我的本性。

再往后，就得到了啸虹兄去世的噩耗。

谁想到，这一次失之交臂，成了永世的痛。

2014 年 1 月 15 日

重识彭荆风

文学界相熟的师长去世，我会尽可能找来他们的书，重读一下。倒也无力做什么深入的研究，只是随便翻翻，寄托一点缅怀，排遣一些哀思罢了。有些时候，读着读着，对这位曾经熟稔的作家，竟忽觉“陌生”起来。过去，当然是读过的，再翻一遍，觉得对这作家的文学成就，自己还真的缺乏整体的、系统的认识呢。同理，对逝者的艺术特色、语言风格，重新品味，也会得到许多启迪，甚至觉得对其创作个性发展的历程，也有了些新的感受。当然，或许因为我也曾经历过一些文学事件，读到逝者的回忆，以及他们当年发表的言论，知道了另一个视角的“真相”，还知道了各种不同的观点，也是有趣有益的。有些还引发自己对某些事件某些人的再评价，引发自己对所历心路的反省，等等。我以为，缅怀一个师友，“痛呼哀哉”，人同此心。然斯人已去，想一想他做过什么，说过什么，“见贤思齐”，或许应是更久远的怀念吧。

彭荆风我是熟悉的，记得最早是在冯牧同志家见到他。上个世纪 80 年代中期，冯牧的家在灯市西口的黄土岗胡同。我去得不多，但几乎每次都碰上有文学界的作家评论家来访。印象最深的是，遇见过好几拨，都是来自云南的朋友们。彭荆风就是在黄土岗遇上的。记得是彭荆风先到的，见冯牧又有客人到访，就匆匆告辞了。他离开后，经冯牧提醒，我才把他和电影《边寨烽火》《芦笙恋歌》联系在一起，冯牧痛惜他 1957 年被“错划右派”，重归文场，已是二十多年过去，这二十几年间，又因质疑林彪搞“个人崇拜”，入狱七八年。冯牧说，难得的是，他久经磨难，文学的“雄心依旧”，“童心也依旧”，“你看过他重入文坛后写的《驿路梨花》吗?”我说我看过的，这篇小说和刘心武的《班主任》应是前后发表的。冯牧说，这两篇不好比，心武写得深，彭荆风写得美……

彭荆风去世以后，我又重读了一遍《驿路梨花》，忽然明白了冯牧当年所说“童心依旧”的含义。

哀牢山深处，两个疲惫而饥渴的旅人，走进梨花茂盛的树林，看到竹篦泥墙的空旷小屋，白木门板上用黑炭写着两个字：“请进!”……进得门来，尽管“火塘里的灰是冷的”，大竹床上却“铺着厚厚的稻草”，“大竹筒里装满了水”，又见“墙上写着几行粗大的字”：“屋后边有干柴，梁上竹筒里有米，有盐巴，有辣子。”……由此展开的，是发生在驿路梨花深处一个美丽的故事，情、景、人，随着“我”一次次对小屋主人的误认和探查，展示了一道意境醉人、风俗迷人的时代风景。试想，那个时候，我们民族刚刚走出“政治运动”的阴影，而彭荆风，也刚刚回到他所不舍的文坛，他奉献给我们的，居然就是这美丽，岂不是“童心依旧”!

想起彭荆风曾自述《驿路梨花》创作之缘起，我不免为这作品中还闪现了一点儿“概念化”而遗憾。然而在冲破僵化的文艺思想束缚的同时，很难说哪篇作品不带出丝缕痕迹。但，这并不影响我为彭荆风重归文场后“童心依旧”的本色而感动。几年后，彭荆风的中篇小说《送你一片白云》被《小说选刊》转载，他在篇末的创作谈中写道：“我们经历的苦难太深重了，我们伤痕斑驳的心多么需要美和爱来慰藉来振奋。”他坚守的，就是这种美学追求。随后彭荆风不无所指地说：“我们生活的大地上有垃圾，也有闪光的事物。……我也厌恶垃圾愿参加扫除，不过我却觉得在清扫完毕之后，还别忘了把人们引向那洁净的境界。”读懂彭荆风的，是他的朋友李国文，他同样不无所指地说：“作家还是不拘一格的好，添几套拳脚、多一些路数，可能更有利于去表现变化万千的生活。”

支持并践行文学的“思想解放”，却又不把“文学”局限于苦难的揭示与慨叹，而期待自己的文学，把人生引向美丽与洁净的境界。这应是彭荆风“回归”以后，与“新时期文学”同步，又坚如磐石，对自我认同的美学坚守如初的证明。或许，这也决定了彭荆风在新时期文学的狂飙突进中，不能成为“风生水起”的一个——尽管他也曾获得多次的全国性奖项。他更像一个坚韧的长跑者，靠永远的“雄心依旧”，也靠坚守如初的美学，扎扎实实地写自己的作品。彭荆风的作品体裁涉猎多样，长、中、短篇小说，电影文学剧本，纪实文学，传记文学，散文以及文学随感，文艺批评，等等。他笔下的云南少数民族风情千姿百态，人物多样，仅以我的记忆，他写过的少数民族人物有：瑶族、苗族、哈尼族、拉祜族、佤族、景颇族、傣族等等。他笔下的云南边疆生活栩栩如生，成为彩云之南的代表性作家。特别要指出的是，他撰写的非虚构类文学，如《秦基伟将军》《滇缅铁路祭》《挥戈落日——中国远征军滇西大战》《解放大西南》，也以丰赡的史料积累、开阔的历史视野和绘声绘色的描述征服读者。我至今犹记“第五届鲁迅文学奖·报告文学奖”评委会上，各评委不约而同地赞叹彭荆风由虚构文学向非虚构文学的“转型”实绩，赞佩他为撰写《解放大西南》，遍读非虚构文学代表作，走访国共双方将士之耆老及部属，查阅历史文献档案，踏勘滇黔川战地，历时十二年，增删十数次，始得这一力作。评委们普遍认为，这部作品，既展现了作家亲历的体验，也呈现了作家对历史高屋建瓴的观照。它和其他四部作品获得本届鲁迅文学奖的报告文学奖，是当之无愧的。该奖项颁给彭荆风的颁奖词是：“八旬高龄的彭荆风，历时多年，十易其稿完成了《解放大西南》。作者以高度的责任感和充沛的激情，全景式地再现了人民解放军进军大西南的壮阔图景，讲战争融入民族史、军事史、情感史去书写，在中国当代报告文学创作中，显得十分可贵。”

重读彭荆风，最难评判的，是他时不时发出的批评之声。

在文场，彭荆风“得罪”的人，似乎太多了。

他在世的时候我只是零零星星地听到一些，有人说，他对“新潮”作家颇为不屑；也有人说，他的矛头直指诺贝尔文学奖；也有人甚至直言其为“攻讦”……初始我并不在意，直到最近，读到他的文论结集

《彭荆风谈文学》，才吃了一惊——在分别为“文学随感”“文学批评”和“读书看画”的三个专辑里，集中了他多年来对当代作家作品、文场现象乃至文艺路线发表的言论，固然也有扶持、鼓励新人的篇什，但批评的火力是够猛的。坦率地说，其中的一些意见，特别是涉及个别作家作品的评价，我不敢苟同。然斯人已逝，似乎也没有探讨的必要了。不过，却也不能不佩服，彭荆风的批评文字，特立独行于吹嘘、空泛，言不由衷和拉帮结伙的文学氛围中，真有一点儿“宁鸣而死，不默而生”的风骨。一代人有一代人的文学理想和追求，任何时代的文学，都不乏滥竽充数和沉渣泛起。总需要几位猛士，挑战传统，锐意创新，却也需要几位“不时而鸣”者，点破那些“皇帝的新衣”，发布卓然不同的声响。回看20世纪80年代末90年代初的彭荆风，犹如“鸾翔凤集”中飞来的一只乌鸦，比如他对“言必称新潮”“文必追先锋”的“论调”发出的挑战，一度被人误会，甚至认为是跳出来反对“创新”的“左爷”。回想起来，他说“创新”切忌“东效西颦”“食洋不化”，不是已被文学实践所证实，为许多作家所接受了吗？

彭荆风的“乌鸦之声”证明，言者无罪，闻者足戒，万马齐喑中，有人说“不”，总不应急着封杀。

通读彭荆风的批评文字，可以发现他的另一个特点，即，他的批评，绝不“左顾右盼”。所谓“左顾右盼”，就是说，他绝不理会被批评者属于哪个“圈子”，是何方神圣。他既对“文艺从属于政治”发出质疑，也对诺贝尔文学奖——从大江健三郎到莫言——直言不讳；他既抗议那些以“题材”为借口封杀文学的所谓“捍卫者”，也敢对“现实主义还是现代主义”的论争者们大喊一声：“都拿些作品来看！”……

不管谁和他有过恩怨、误会，也不管他的哪些观点令我们点赞，哪些观点仍使我们不敢苟同，但彭荆风不能不令人刮目相看。

这样的作家，真值得爱戴，值得怀念。

2019年6月28日于北京

辑　四

须臾拜倒锦官城

一座城市有一座城市的滋味。

品出一座城市的滋味，难，也不难。难，在于有的人熟读经史，深谙风俗，却永远找不到爱这座城市的感觉；不难，在于有时一个人、一番景致、一段唱词，忽然就使你感动起来、激动起来，乃至可以顿悟这座城市的神韵，品出这座城市的滋味，立马有了那种难舍难分的依恋。比如北京之于我，它的“滋味”是暮色中前门箭楼上飞来掠去的燕子，是丽日下盘旋于蓝天发散着嗡嗡哨音的鸽群，是关学增不紧不慢、从容不迫的北京琴书，是居高临下直议朝政、挥斥方遒、言语机锋的“的哥”……说个不怕您笑话的秘密——自从自驾车以后，唯一的遗憾就是失去了打车时和北京“的哥”胡喷的快乐，因此时不时还要专程打打车，花钱去找那个“乐儿”。有一回，和一位“的哥”侃得开心，结账时说：“哥们儿，今天给您二十八块算是我赚啦，坐了您的车，还听了关于国际金融危机的单口相声专场！”那“的哥”忙说：“两赚！两赚！我赚了您二十八块，还当了一路的蒙代尔戴相龙呢！您慢走，欢迎再来！……”北京滋味并不仅只在景观、风情，更是渗透在北京性格里——夸张、夸饰，不管是豪门巨子还是升斗小民，都那么优越、自信，自得其乐，洋溢着君临天下的自豪。

我爱北京并不奇怪，因为我已经在这里生活了半个世纪，而我为成都所倾倒，却似乎是须臾之间的事情。成都过去是来过几次的，曾经沿着一条大街一路走去，在这个茶楼望一眼，到那个茶楼待片刻。只记得处处人声鼎沸，横七竖八地摆放的矮矮的竹椅上，横七竖八地坐着茶客们。掺茶的手提尖嘴铜壶，跳芭蕾一般在茶客间转悠。那时只是感叹，成都人的“龙门阵”可真火爆啊，猛一看还以为整条街的老百姓都来开会议事呢。记得当时和成都的朋友开玩笑，说真在成都开一家天安门广场大的茶楼，也会人满为患！我记得自己还曾经让一街“搓麻”的壮景吓了一跳。那次是到一条街上闲逛，街道两旁摆满了小摊，卖小吃的，卖山货的，日杂用品、瓜果梨桃，一应俱全。令人称奇的是，摊位上不见一个摊主，满街却闻哗啦哗啦的洗牌声。再定睛一看，原来摊主都躲在摊位后面的方桌旁，沉浸于搓麻大战。你站到摊位前，无论男女老少，绝无一人抬头理会他的生意。除非你喊“谁是老板?”桌旁才懒懒站起一个人，神情里还有几分怨气。做完生意，他又懒懒地回到麻将桌前。这一幕深深印在我的脑海里，一直延续到“5·12”地震发生之后。有朋友从成都来，我自然问起他地震前线的情况，无意间回忆起几年前目睹满街搓麻的一幕，问他：“成都人现在还有心思打麻将吗?”“怎么不打?”那朋友反倒很奇怪地看着我，说，“办公楼成了危房，都住在抗震棚里，余震不断，不打麻将干啥?”当然他随后又告诉我，也不要以为成都人天天在搓麻，等别人来救助。即使是成都的搓麻者中间，也有很多是志愿者哩，一边搓着麻，一边听着广播里的呼唤，只要说是哪里需要出车，麻将桌上立刻就成了“三缺一”。我默然了。我发现自己对成都人、对成都性格，知之还是太少太浅——我忽然悟到，在余震不断的地面上，在简陋的抗震棚里，那些从容不迫地围坐于麻将桌旁的身影，简直就是成都滋味的最好注脚。“安逸”，就是成都的哲学。在某些人眼里，这哲学或许就是慵懒与无为的代名词，倘若从前，或许还会被指为误人子弟的邪说。而我们为什么不明白，因了这哲学，成都人无心纠缠于无谓的争斗，也绝不沉湎于高堂讲章。他们信奉“安逸是硬道理”，由此践行“发展是硬道理”，一心一意经营自己的美好生活，即便地震来袭，洪水滔天，泰山崩于前，他们依然要过得爽、过得美，这难道不正是成都人的魅力？难道不也正是人类追求幸福之天性吗?

这一刻，成都忽然变得可爱起来。

安逸的成都，人性的成都，要过舒心日子的成都。或许，这就是我终于悟到的成都滋味。

地震发生后的第五个月，我又一次来到了成都。成都算不算灾区我不知道，或许，被算作灾区的，只是成都下辖的都江堰市。但成都遭受地震的影响是严重的，间接损失尤为巨大。特别是都江堰，就在地震发生前的一个月，我曾经到过这里。现在，坐着面包车从马路上走过，发现昔日簇新的楼宇已经布满了裂痕，更有地震遗址上那满目疮痍的建筑，想见地动山摇中绝望的呼喊和惨烈的奔跑，心中久久难以释怀。然而我到了名为“勤俭人家”的灾民安置点，看到了那些在活动板房构建的社区暂且栖身的人们时，我忽然为自己惭愧起来。

如果没有那些活动板房，你能看得出他们是灾民吗？没有沮丧，没有失望，每个人都活得平静而安详。老人们在喝茶，孩子们在嬉戏，也有不少男男女女在打麻将。他们有的是一家人，有的则是几家人拼住在一间板房里。不远的地方，在举行灾区群众的自行车大赛，喝彩声、锣鼓声阵阵传来。我这么说，绝不想粉饰他们过得如何幸福美满，也无意遮掩他们或有怨言和不满，甚至可能还有愤懑。但他们使我感到羞愧，因为他们那种处变不惊、安之若素、从容不迫、乐天知命的处世态度，充分展示着成都人的坚韧与达观。

也许是因为我曾经考察过、思索过北京人心理形成过程的缘故，我固执地认为，几乎每一座城市都能找到一片街区，是这城市性格的发源地。就拿北京来说，天桥，是不是北京性格的发源地虽不敢断言，但说它是推动北京性格形成的大舞台是不会错的。那么，哪里又是成都性格的发源地？

难道真的已经湮没于历史的尘灰中了吗？

那一天，从“勤俭人家”出来，来到熙熙攘攘的宽窄巷子，擎一把布伞，流连于古风浓郁的街区，一边赞叹成都建设者的匠心独具，一边还在思索着成都性格的源流。渐渐地，几乎在同一个时代，一幅发生在北京、一幅发生在成都的历史图景拼贴到了一起。在北京，因民国的到来而断了钱粮的八旗子弟们不得不放下架子，到天桥的游艺场唱起了单弦岔曲，尽管他们都说不过是来玩玩，但言语中已经开始了落魄者的不甘和失意者的自嘲，这就是北京滋味的开始。而自康熙五十七年（1718）平定准噶尔部后永留成都少城生息的八旗兵遗少们，也不能再靠习武骑射领取钱粮为生，他们走出了少城，子弟的安逸洒脱之风，渐渐由宽窄巷子吹向了里闾街肆……这会不会又是成都滋味的一个源头呢？

我不是研究成都风俗的专家，岂敢置喙，不过心底是暗暗存着几分期待的。倘若有人能以此为线索，探究一下两地地域性格形成的过程以及它们的异同，还真是一个有趣的题目呢！

2008 年 12 月 21 日

好山好水好安家

“安家”是鄂西北郧西县的一个乡，乡里最闻名的，是“五龙河大峡谷”。传说五龙河峡谷有白龙、青龙、黄龙、黑龙、红龙居焉，五龙河出了峡谷，名为“安家河”，即“五龙安家”之意。“安家乡”亦因此而得名。我恍然大悟，此前对“安家”的理解不过是望文生义，现在才明白，安家，既有人类与自然的和谐相伴，更有五条神龙通过人们的想象，在这里“诗意地栖居”。远望大峡谷景区那巍峨的大门，便想：好个“五龙河峡谷”，好个“五龙安家”之地，你果真有那么一种潜龙在渊的幽深、卧龙沉吟的气韵吗？

是的，走进大峡谷，我已经毫不怀疑这里就是潜龙之邸。

不知不觉中，我和同伴已经被遮天蔽日的浓荫紧紧地包裹起来。满目茂林修竹、老树藤蔓。耳畔泉水叮咚，山隙石缝间，时有水流潺潺涌出；脚下苔藓青青，林木草丛中，每见细水涓涓而下。斑驳流泻的日影，飘忽氤氲的水汽，追逐着曲曲弯弯的溪流，一跃一跃地前行，时而跃入深潭，时而又涌出为瀑，顺着山势飞奔而下……溪水就在这奔流跌宕中蓄加着活力，又消失在林木遮蔽的远方。主人告诉我，传说中的白龙，栖于神雾岭的白龙洞；青龙，栖于安家河畔的青龙山；黄龙，藏于元门涧池庵后的黄龙洞；黑龙和红龙，则分别在东槽长冲梁子下的“黑龙洞”黑龙潭和八道河中游的红龙沟栖身……当然都不过是神话。而经科学考察证明的是，在白龙洞和黄龙洞周边，则有郧西猿人牙齿化石和大量哺乳动物化石的发现。可以想见，距今八十多万年前，“郧县人”如何奔跑攀缘于这溪水林木之间。今天，徜徉于这原生态的环境里，回味“人猿相揖别”的悲壮，也可算是三生有幸吧？

神奇的大自然之旅，如果能有神话传说带来的惊悚和科学发现带来的惊喜相伴，将是一件多么美妙的事情！更重要的是，这大自然中，还有把你整个身心融入其中的亲切。

五龙河的峡谷，很快就把我和我的同伴们的身心俘虏了。大峡谷长五十多公里，比起我到过的九寨沟，气势要小得多，甚至比起云南中甸的香格里拉大峡谷，其规模也难以企及。然而当我顺着窄窄的石板路拾级而下，沿着汩汩流淌的溪流前行的时候，忽然感受到了一种在九寨沟和香格里拉大峡谷都无法体验到的亲切。在九寨沟，我曾经远远地望着那一汪一汪光影变幻的海子，惊叹它们的瑰丽与造化，却似乎很难沉浸其中。因为在拍摄了几张照片之后，你不得不坐上车，去寻访新的景点。在香格里拉峡谷，我也曾与那滔滔的河水同行，但那河太宽了，河水太汹涌了，你无法去近它、亲它、嬉戏打闹。唯有这浓荫遮蔽的五龙河峡谷，走在这缘溪铺就的小路上，我觉得自己和五龙河成了一对被遮挡的恋人，可观之，可赏之，可赞之，更可牵手偕行，肆无忌惮。我彻底摈弃了对造化的隔膜与敬畏，彻底融入了大自然之中。这就是那种“到此一游”的旅游所无法体会的境界吧？陪同的朋友在喧闹的流水声中高声大嗓地冲我喊：“瞧啊，五龙河算不算是千瀑百潭之河？大瀑大潭、小瀑小潭，结伴而生，就这么跌跌撞撞地流下去，汇集到天梦湖去啦！你再看这潭水，深深浅浅不一，蓝蓝绿绿各异，不敢比九寨沟气象，说这是‘小九寨’总可以吧？……”我理解他的自豪，笑笑，心中却不敢苟同。我以为，九寨沟是名门闺秀，五龙河是小家碧玉。名门闺秀只能远观，小家碧玉却更为亲切。去看九寨，惊叹她风情万种，固可艳羡；来看五龙河，与之亲密接触，沉浸忘我，或许更是一种难觅的境界呢。

好山好水好安家，养在深闺人未识。回来之后，逢人便说五龙河，我劝他们早一点儿动身，免得游人如织时，失去和小家碧玉独处的机会。

2010 年 7 月

天地一瓢

在都江堰听到了很多的故事。

因为陪同我的，是都江堰的学者王国平。国平著述甚丰，自谦说是一隅小民，也就是研究研究自己的家乡，邮票般大小的地方罢了。我知道这典故来自福克纳，文学界中人大抵都知道，但由王国平口中说出，便知他不仅研究历史，而且熟悉文学。后来才知道，他的确就是一个优秀的诗人和散文家。比如这首《我要反复吟唱一个名字》："我要反复吟唱一个名字/一个与水有关的名字/一个被凿子和锤反复敲打的名字/一个被鱼和土地世代感恩的名字/今夜　我将端坐于河流的中央/虔诚地将这个名字反复吟唱/但是我知道　我一万次的吟唱/也比不上一束笔直的炊烟抒情地升起/那么就请允许我们/站在歌吟的后面/亲切地叫你一声　父亲/而关心农事的我们早已泪流满面。"诗写得如此质朴又如此深情，使我一下子便把他引为知己。全中国我走过的地方应不算少，几乎每一个地方都有那么几个熟知本地文化风物历史沿革的人物。他们是被一方水土所滋养培育出来的历史学者、地理学者、民俗学者、方志学者、文字学者、考古学者乃至天文学者、水利学者，等等。行走在一片渊源深厚的土地上，听他们如数家珍般地说古论今，真是一件快事。

王国平就是这样的一位。因为他还忙着笔会的其他事务，所以只能像风一样，一会儿去一会儿来。笔会结束分手时，他一个劲儿地向我道歉，说："没把陈老师陪好！"我笑道："幸好你来来去去，给我点儿空隙把你的故事消化，否则你这样倾盆而下，我怎能细细地咀嚼品味？"

都江堰故事，经王国平讲出，的确不一般。

比如他从战略学的角度，分析了都江堰的建造对于秦国统一大业的功绩；他又比对郑国渠、灵渠和都江堰，纵论“水利哲学”；他还告诉我，因都江堰而富庶的天府之国，如何一次一次地挽救了饥馑中国。直到抗日救亡的时代，难道不是因都江堰而丰饶的四川，成为支撑着艰苦而持久的抗战的可靠后方吗？

王国平讲得最为有趣的故事，是抗日战争期间，日军曾派战机飞抵都江堰上空，“面对着无数条奔涌的河流，却找不到一条想象中拦截江水的大坝”，他们只好投下几枚炸弹回去复命。是的，他们不会想到，这个滋润了中国大后方的最伟大的水利工程，就是顺应自然，师法自然，依山势、地势、水势而造就的一个水利系统，而且还包括了十九条渠系，长达三千五百五十公里的六十条分干渠、二百七十二条总长达三千六百二十七公里灌溉万亩以上的支渠以及斗渠、农渠……都江堰之水遍布一千七百平方公里的川蜀大地，他们往哪儿炸可以截断抗战大后方的血脉？

道法自然，不仅可以和自然相依相生，连魔鬼都无从下嘴。

坦率地说，我无法考证这故事的真假，但我相信它道出了都江堰工程的特色所在。此前我来过都江堰多次，只是沉浸在郁郁葱葱的山色和滔滔绵延的江水间，这水利工程的基本原理，是直到晚近才闹明白的。而这一次，我忽然悟到，自己面对的，是一片伟大的土地，而这土地之伟大，是因为一个伟大的工程。这工程使这土地成为中华统一大业的出发地，成为中华民族繁衍存续、生生不息的保证。

都江堰，不仅仅是物质遗产，更是精神的、文化的遗产。

从都江堰中难道读不出哲学吗？中国人治水，由鲧而禹，由堵而疏，一代一代的积累，这才造就了李冰们的大智慧。“上善若水”，尊其性而用其利，“乘势利导，因时制宜”，都江堰把水的哲学用得多好，而都江堰的成功又何尝不是对这哲学的发展和丰富？

都江堰又何尝没有为官之道？不只李冰，有多少主政四川的官员因为都江堰而载入史册。汉景帝时的蜀郡守文翁，兴办官学，扩大都江堰灌区面积，使蜀地“世平道治，民物阜康”；三国蜀相诸葛亮，把都江堰看作农之根本、国之所资，派马超为堰官，和羌安僚，终成大业……

伏龙观门前的堰功道旁，十二位堰功人物分列两侧。什么样的政绩可以辉映千秋，什么样的“政绩”不过笑柄，应可令后人深长思之。

都江堰与文学，更有不解之缘吧。两千年来，有多少文人才子，埋葬在都江堰畔。西汉的司马相如、唐末五代的韦庄……更多的诗人到此游历，李白、杜甫、贾岛、张籍、岑参、刘禹锡……几乎无不留下美妙的诗章。

其实，在近现代的历史中，都江堰，也留下了太多研究的课题。离开都江堰的那天早晨，因为王充间的提议，我们又在王国平的陪同下，到宾馆附近的灵严寺参观。王国平告诉我们，四川在抗战期间，灵严寺也成了中国文化的避难所。钱穆、冯友兰、南怀瑾、董寿平、张大千等，不少学界名宿都曾在此寓居。王国平一一指点着他们曾经的住处，告诉我们，他已经完成了这一课题的采访工作，即将有一本专著完成……

——有没有可能成为一门学问，叫“都学”——都江堰之学？

这奇想，是由王国平纵横恣肆的演说而勾出的。当然我没有脱口而出，因为在社会喧嚣人心躁动的当下，自立门户自诩体系者多矣哉，我又何必如此急切呢。

当天晚上，回到北京，翻检王国平赠我的著作，突然读到一段感情由衷的文字：

> ……都江堰古老而年轻，在它古老的脉管中仍搏动着不竭的活力，一如那澎湃不息的江水。远至秦代的智慧与劳动累积起来的脉管里流淌着的却是生动、鲜活、洒脱、激荡、狂放的岷江水。每一年、每一月、每一天都是新的，新鲜得像初生的婴儿。这些鲜活的水一路上没有自诩的喧哗，没有自得的矜持，没有自满的炫耀，有的只是无声的滋润和多情的灌溉。

我有些庆幸自己没有把“都学”的建议提出来。

这两天的共处，我似乎也隐隐发现了都江堰人的个性——或许就是都江堰文化浸润的结果。比如国平，他因鼓吹都江堰的激情、乐此不疲的言说，据说被许多人喊为“狂人”，其实那不过是一种激情的流露罢了。他所奉行的，仍然是如水的哲学——默默地灌溉与滋润。

灯下，忽然想起一个人——就是人称“唐隐居”“一瓢诗人”的唐求。

都江堰人的性格，从那个时代就开始了吗？

我是高中时从语文老师那里听到唐求的故事的。老师是个博学多才之人，尤以国学为专。那次他讲到李长吉骑着骡子，四处游荡，辄有好诗，写下投之布袋。随后他讲到了唐末五代隐居于都江堰青城后山的唐求。他说那唐求坚不从政，忘情山水。唐求写完了诗，一首一首地团了，团成药丸子大小，盛在一个大水瓢里。后来他得了重病，就把那水瓢投到江上，说：“斯文苟不沉没，得者方知我苦心尔。”据说那瓢竟漂流很远，后来遇见了知音，说那是唐山人的诗瓢啊，这才从水中捞起。可惜诗稿大多浸漫毁损，瓢中所余，还有三十几首吧，被编到了《全唐诗》里。

那时我才知道，“著书都为稻粱谋”竟也不全然如此。

为感恩，为抒情，为言志，不求闻达，唯听从心灵呼唤而已，亦何尝不爽哉？

游都江堰的时候，想起过唐求，因为车子把我们拉到了青城后山的泰安古镇。好古朴清幽的古镇啊，镇上街道两侧，溪水汩汩流淌着，饭铺的柜台上，摆放着翠绿鲜亮的时蔬，是替代的招幌还是随意的放置？不得而知。那翠绿鲜亮里，仿佛就深藏着一种和当下流行的酒肉荤腥格格不入的哲学。同行的迟子建、蒋子丹已忍不住上前合影。她们环顾左右，说：“真想在这儿住一晚上！”我忽然想到，这会不会是唐求隐居所在？得到的回答令我失望：唐求旧居在十几里外的街子场。此地他当年或许来过？不可考。于是，唐求就渐渐从脑海里远去了。读到王国平这一段话，又把唐求唤将回来。总觉得都江堰的诗人们莫不是都有着源远流长的“一瓢”情结？故此他们不自诩、不自得、不自满，更希望像都江堰一样，给大地以无声的滋润和多情的灌溉？

离别王国平的时候，我说希望他把关于抗战时期文人与都江堰的书稿寄我，由我介绍到出版社去。他答应的。

相信他不会改了主意，像唐求似的，把书稿团了，放到瓢里，让它顺着都江堰的江水漂去。

因为他一生的使命，是把他的家乡介绍给大家。

2008 年 5 月 10 日

补记：

这篇小文写完的两天后，四川发生7.8 级（后更正为8.0 级）强烈地震。都江堰离震中汶川不到100 公里，损失惨重。

5 月 12 日讯　都江堰一学校教学楼坍塌，1000 多名学生被埋在废墟下。救援人员正施救中。

5 月 14 日　中央电视台航拍报道：都江堰水利工程经受了震灾考验，除分水的鱼嘴局部小有下沉外，其余设施均告完好。

5 月 14 日　成都朋友王莎短信转来四川新闻报道：后山泰安古镇，被毁严重，外省游客很多被困于此，但救援人员顾不过来，全是当地村民把受伤游客用滑竿和人背出来，游客流泪说这里的人真好……

5 月 12 日　那天不断打王国平手机，联系不上。发短信问王莎，王莎回短信称：我也联系不上。又告，台湾陈义芝先生电话告：多次打王国平电话，联系不上……

5 月 15 日　听北京友人转告，有新闻号召，尽可能减少往灾区的电话，以免线路壅塞，影响救灾的通信。遂放弃和国平的联系。

相信他正奔波于救灾现场……

2008 年 5 月 16 日

咸宁桂影

不久前，友人邀访咸宁。

我从未去过咸宁，但知道那是“桂花之乡”。桂树，在一些旧式的庭院中见过，每次所见，一两株而已。赶上中秋时节，一般是在晚上，意外地，会有丝丝缕缕的幽香飘来。

似乎总会有人惊叫一声：“桂花！桂花开了！”然而，要找到那繁茂的枝叶中躲藏的桂花，总要费些周折。古人说，“何处桂花发，秋风昨夜香”，真是把这种缥缥缈缈若隐若现的感觉写出来了。而桂花之乡的桂树，一定是满山遍野、如云似海吧！香气弥漫时，将是何等壮景？越想，便越是跃跃欲试。不过，节令不合，现在去，应离满城幽香的日子还远着呢。

友人说，留一个最大的遗憾给你，也留一个最大的念想给你。别埋怨我没有告知。不过，咸宁可看的地方还多着呢。

盛情难却，只好答应先去两天，笑谈这叫“走马观景”。

咸宁，你不会怪罪我的简慢吧？

太向往咸宁的桂花了，对别的，不管是什么“景”，似乎都有些勉为其难的样子。

直至坐到了飞机上，我还在想，无桂花可赏，到咸宁干什么呢？

咸宁的桂花，的确是这座城市的骄傲所在。在飞机上，闲看一本写咸宁桂花的书，作者引用一位清代学者的研究成果，证明屈原夫子“去故乡以就远”“遵江夏以流亡”的路线，是从咸宁、蒲圻（即今咸宁所辖赤壁市）走过的。作者以“桂旗”“桂舟”等词语已在《楚辞》中出现，说明桂树桂花已经走进屈夫子寄寓人格的“香草嘉木”的行列。作者由此激情洋溢地说，焉知屈原看到并吟咏的，不是我们咸宁禅台山那些野生的铁桂？……

我欣赏这带有几分牵强的自豪。

在武汉下了飞机，一路向南，临近咸宁，就看得见郁郁葱葱的桂树了。主人告诉我，咸宁桂树的繁茂，拜大自然所赐得天独厚的气候与土壤，更仰仗一代一代农人的劳作，使其由野生而扦插，由山林而庭院，自明代开始，就有了自觉的栽植活动。历经六百余载，咸宁的桂树已发展到三百多万株，无论栽植规模、鲜花产量、桂花品质、开发加工，都创下了“全国之最”。花期到来时，金粟缀花繁，满城处处香。主人说：“我们咸宁，不光有满城桂花，还有满城的温泉，这样一座城市，叫‘香城泉都’应该是当之无愧的吧！”

叫“香城泉都”当然当之无愧，但我总觉得仍不足以呈现我心目中桂花之城的意境。我所猜想，咸宁的别称，似乎应该在似与不似之间，既写实，又传神；既见风貌，又现魂魄。李清照那首《鹧鸪天》说桂花“暗淡轻黄体性柔，情疏迹远只香留。何须浅碧深红色，自是花中第一流”，可见古人眼底桂花之魅力，不仅只是香，还有“情疏迹远”的洒脱、素面朝天的纯朴。所谓“花中第一流”，赞的是格调，是品位，也是人生与艺术的哲学。便想，桂花魂魄，承载了多少代文人雅士精神雨露的滋养呢？“香城”也好，“泉都”也好，虽振聋发聩，确也稍嫌浅白，至少，满足不了我的期待呢。

然而，我又质疑自己，你是不是过于拘泥于古人的诗意，以致按图索骥地苛求？古人对桂花的推崇，更多是人格理想的寄托和志节品位的期许，而对老百姓来说，“香城”，岂不是更坦率、更素朴的感受？

“您要是赶上了花期，真应该到林子里看看桂花雨呢。”

“什么是桂花雨？”

“我们咸宁的桂花多。采花，不剪，也不掐，用竹竿打。采花的日子，最好有蒙蒙细雨、薄薄晨雾。晨曦未开时，花农们就悄然来到林子里了。有举着长短竹竿敲树的，也有兜着桂花蓬子的一个角儿在树下接的。花农的老规矩是，打花时，谁也不敢出声——怕惊着花仙呀！其实，我觉得这寂静，就是为了专心致志地打花营造氛围，是怕浮躁喧闹中毁了桂树。那时候，林子里只听得见竹竿清脆的敲击声，桂花一片片簌簌地飘落，香风袅袅，阵阵袭来，花农们欢欣鼓舞地看着含莹带露的桂花，一层一层落在桂花蓬里，整片树林好像都在虔敬地接受花仙的恩赐，那种感恩祈福的气氛，真的好迷人啊！……”

旁人插话说：“……这就是我们常说的‘桂雨缤纷’呀！”

是的，桂花的魂魄固然因文人雅士的点染而凸显，这“桂雨缤纷”的喜悦，又何尝不令人心驰神往？

…………

来时的遗憾，竟因为这一路的闲话，渐渐地化解了。何况，到了咸宁，正如朋友所说，我感受到了意想不到的精彩，留下了铭心刻骨的感动。

来到咸宁，最先感受到的，是它的从容。没有步履匆匆的奔忙，没有车马喧嚣的混乱。或许正因为这从容，它的建设大气而素朴。没有夸富斗豪的角逐，也没有危言耸听的炫耀。站到咸宁街头，一下子就被它开阔辽远的天际线所迷醉。我想起自幼居住的那座城市，也曾有过美丽的天际线啊。即使身处街市，晨迎朝霞，暮送夕阳，西山晴雪，卢沟晓月，总有一种被天地所宠爱的安逸。而后就是渐渐麻木于高楼屏障的囚禁和熙熙攘攘中的奔走。直到今天，走进咸宁，才忽然意识到自己丢失了什么——天际线，久违的天际线。它使我想起失去的母爱，以致心头竟掠过一丝委屈的酸楚。咸宁啊，好好珍爱你的天际线、你的淦河、你的空气、你的桂花。珍惜，将是你万世咸宁之基呀。

咸宁人是懂得珍惜的。他们不仅珍惜自己生存的环境，也深藏历史的厚重，积蓄传统的力量。我很早就读过崇阳一位陈铁匠创作的民间叙事长诗《双合莲》和《钟九闹漕》。我惊诧一个铁匠在锤与砧的叮当声中，居然唱出了这长逾千行的诗章，而且还乐此不疲，唱完一部，又唱一部，更惊叹凭着口口相传和手抄的唱本，它居然从清末传到了今天。到了咸宁我才知道，两首民间叙事长诗，只是崇阳非物质文化遗产的一部分。崇阳，是被命名为“中国民间文化艺术之乡”的。主人深谙我的兴趣所在，特别为我安排了几段崇阳提琴戏的欣赏，有幸请来提琴戏的传承人、八十四岁高龄的甘伯炼先生和弟子们登台演唱。主人说，在崇阳，提琴戏至今是活跃于民间的剧种，多达八十多个业余剧团，每年高达三千场的演出，显示着民间艺术的活力。

“家家有电视看，难道还有人看民间剧团的演出吗?”

“这和一家人躲在家里看电视是不一样的。婚丧嫁娶、盛大节庆，都要请提琴剧团唱戏的。有地处偏远的人家，还带着干粮，走很远的路，住到亲戚家，一看就看几天哩!”

个中似乎深藏着民间文化保护和发展的密码，文化学者、民俗学者、社会学者，真应该沉潜其中，发现真知和奥秘。我为我的“走马观景”愈觉惭愧。

离开咸宁的前一天下午，我坐在“羊楼洞”茶庄的茶案前，观赏洞茶红亮的汤色，品咂来自岁月的醇厚与芳香。此时我的心中又掠过一次遗憾。近在咫尺的羊楼洞古镇，那里应该还可看见清冷衰败的老屋、石板路上的车辙。辽远的道路通往天际，也将带走思古之幽情。然而，现在就和咸宁的桂花一样，又一次和我擦肩而过。不过，它莫不是也和桂花一样，成为咸宁留给我的期待?

忽然想起，冰心先生、萧乾先生健在时，曾听他们提到过咸宁。

那是一个“黄钟毁弃，瓦釜雷鸣”的时代。咸宁的向阳湖，曾是文化部“五七干校”之所在。

这一次匆匆地飞去来，无意间竟以一个文学晚辈的身份，接续了文学和咸宁的缘分。

“荷声策策秋来后，桂影团团月上时”，会再去。

当然，不是秋，也想去。

2013 年 7 月 19 日

泛槎泸溪河

迷上了龙虎山，更迷上了从山中盘绕而过的泸溪河。

龙虎山是声名远播的，因为百态千姿、雄浑奇险的丹霞地貌，因为创立了天师道的张道陵，甚至因为《水浒传》第一回所写“洪太尉误走妖魔”的上清宫伏魔殿和镇妖井……这些，早在我来龙虎山之前就有所耳闻了。我不仅听到了人们讲古，而且还听到了人们论今——说是某闻名全国的省级贪官在被“双规”前曾来到龙虎山，在观摩“悬棺”表演时，一向无闪失的表演者竟然失手，使徐徐升起的棺木突然落下，把“升棺”变成了“落棺”。岂料竟一语成谶，暗示了那贪官官落命丧的前景……就这样，未到龙虎山，历史人文、传奇说部乃至野史八卦，早已壅塞于脑海。

同样，泸溪河也是向往已久了。正因为有了这条最终汇入鄱阳湖的河流，才使天师老祖张道陵五十七岁时称疾辞谢帝王的征召之后，得以携弟子王长从鄱阳湖溯流而上，来到时称“云锦山”的地方。张道陵历时三年，练就“九天神丹”，“丹成而龙虎见，山因以名”。也就是说，没有泸溪河，就没有了张道陵到云锦山避世的通路，也就没有了龙虎山的得名。泸溪河啊，龙虎山应向你顶礼膜拜呢。

然而，当我随着主人从象鼻山公园出来，突然面对从峙立的群峰中缓缓流来，又缓缓漾开于眼前的一湾碧水时，还是惊喜得险些喊了出来——这就是泸溪河吗？想象过它的水应该是清的，却没有料到它竟是这般的清，水底的鹅卵石、水中的游鱼，竟历历在目；想象过它的水应该是绿的，却没有料到它竟是这般的绿，翠色晶莹，天光山色，闪闪烁烁，绿得轻盈，绿得含情。绿莹莹的河面上，早已有几架竹筏等在那里，一想到它将带我们驶入壁立的群峰间，心早已悸动起来。

登上竹筏坐定，只见船工的竹篙伸进水中轻轻一点，那筏就顺势而漂了下去。竹筏的左右各站一位船工，手执竹篙，看似悠闲地时而前行，时而后退，时而左边一点，时而右边一撑，那竹筏便沿着他们选定的水路，缓缓地漂入了山水的画卷里去了。

泸溪河水面，波澜不惊，唯有近岸处，流水从浅滩的石面上跃起，汩汩而过。两岸山石壁立如削，或一柱擎天，或方台踞地，或如万矢穿空，或如巨兽眈眈。红褐色的山体，足显沧桑岁月的磨砺之美，墨绿色的植被，又呈生生不息的生命之力。山之阳刚，水之阴柔，相敬如宾，相得益彰。

热情的主人掩饰不住自豪，用“碧水丹山”来形容他们的家园。主人说，碧水，就是脚下的泸溪河；丹山，就是河边的群峰。龙虎山有九十九峰、二十四岩、一百零八个景点，其峰其岩，皆为红色沙砾岩，就是地质学上所称的“丹霞地貌”。丹霞地貌我曾在广东的丹霞山领略过，且知它正是因丹霞山而命名，但我看从竹筏旁流过的龙虎山诸峰，尽管也是赤壁丹崖，却显得格外变化多姿。主人说，这是因为龙虎山的丹霞地貌，融合了从幼年期、壮年期到老年期丹霞地貌的完整序列，所以它的风姿神韵，要比丹霞山更为千娇百态啊！

接着这话题，主人说江西作家程关森写的《龙虎山三绝》，比较过江西的四大名山——庐山、井冈山、三清山和龙虎山，前三个有山无河，只有龙虎山和泸溪河是联袂登场；佛教的四大名山，除了普陀临海之外，峨眉山、九华山和五台山也都没有河；道教的名山青城、罗浮、武当等等，也都没有河。同属丹霞地貌的武夷山，固然有九曲溪和崖墓，但九曲溪没有泸溪河的宽和长，崖墓也没有龙虎山的多，更没有道教文化和道教领袖人物；广东的丹霞山也一样，虽然有山有水，却也没有道教和崖墓，那水也不及泸溪河的宽和长……我微笑着看他，心想热爱家乡的人，或许个个都是“吾乡天下第一”的。你说人家武夷山、丹霞山没有道教，人家有朱熹，有六祖慧能啊。但转念一想，爱乡之情谁不如此，我又何必较真儿呢。

不过我以为，龙虎山最使我动心的，是泸溪河畔的一个名为“许村”的小小村庄。

竹筏行过一座名为“迅翁石”的山峰，水面稍阔，就看见许村了。这是一座古樟掩映的村落，据说是龙虎山区最为古老的村庄。许村的原住民全姓许，应该是许由的后代。我吃惊地问：“是上古那个跑到颍水之滨洗耳的许由吗?”主人说，是啊，因此这村子的老门楼上写的对子是“掬泉洗耳辞尧语，解字成书费段笺”，横批是“绪衍箕山”。据村民讲，他们祖上是许由后裔的一支，魏晋时迁江西抚州定居，唐末又有一部分迁到龙虎山。这对子的上联，就是讲许由辞却尧帝传位，再辞九州长的任命，跑到颍水洗耳的典故；下联则以他们老祖宗中的一个，东汉著《说文》的许慎为荣。那横批已经说得很清楚啦，箕山就是许由归隐所在，绪衍箕山，可不就是许由的余绪！我默默地望着那绿意幽幽的村庄，想：这村子还真是一个归隐的好去处呢！

下了竹筏，沿岸边石阶而上，看见好客的主人已经在古樟树下摆好了茶具和干果，原来是请我们在这里观赏船民们的鸬鹚捕鱼表演。主人先送来一杯汤色红亮的大红袍，未品已闻到扑鼻的香气。随后又递来一碗豆腐脑，一勺送进嘴里，又把大红袍忘在脑后了。这时只见河面上漂出来几只小船，每条船的船头上都站着几只鸬鹚，那镇定自若的模样，俨然是表演的老手了。只见船儿在河面上围成了一个圈，忽闻呼喊声四起，据说是发现有鱼来也，那呼喊不知是驱鱼还是唤鹰。转眼间已见鸬鹚们扑棱棱飞入水中，有的在水面扑腾、张望，有的已经一头扎进水里。少顷，一只鸬鹚衔出一条尺把长的鱼来，欢欣地扑到船上，船工把鸬鹚嘴上的鱼取下，丢进鱼篓，又从腰间小篓子里拿出一条小鱼，大概算是给它的“打赏”。得到鼓励的鸬鹚们又扑棱棱回到水面，张望、寻觅，又一次潜入水中……一时间只听见水面上传来船工们欢娱的呼喊，只见鱼鹰们来来去去，翅膀扇起的水珠，被衔的鱼儿甩打起的水珠，在木船间腾起一片雾气……记起小时看过郑振铎的《鸬鹚》，还有一篇散文，叫《鱼鹰来归》，作者是谁，已然忘记了，但所写的鱼鹰捕鱼的场面，仍历历在目。谁能想到，老之将至，才算是实实在在看到了这欢欣畅快的一幕。心想，或许，这算得上是一幅富有哲理的画面吧！是鸬鹚们为了一条小鱼的“打赏”而拼死拼活让我想起了人类的悲剧，还是许由的后人沉浸于山野的放达令我嫉妒？又想，这算不算是一种机缘呢？尽管鱼鹰捕鱼是第一次得见，但躬耕陇亩樵夫唱晚之类，年轻时也看过，为什么只有这一次使我如此浮想联翩呢？

看过了鸬鹚捕鱼，就匆匆离开了许村，忽然想起刚才在古樟树下时，那杯大红袍还未及品尝呢。主人居然也看出了我的留恋，到了晚上，问我愿不愿意再到泸溪河漂流一次。

“晚上难道和白天还有什么不同吗？”

“当然不同，晚上有月亮啊！”

于是，皓月当空时，我们溯流而上，又向许村进发了。

皎洁的月光下，只看得见两岸巍峨的山影，看得见粼粼的波光。船篙入水的“哗哗”声是细微的，却真切地传向夜色的深处。如果说白天的泸溪河如诗如画，月色下的泸溪河就如梦如幻了。

忽然想，我得写一篇文章，记下这次美妙的漂流。古人说过，于大海与天河之间，每每有浮槎通焉。乘着竹筏漂流于泸溪河上，还真有不知今夕何夕，不知人间天上的感觉呢。故小文自命为“泛槎”，或不为过。

2011 年 2 月 22 日

附记：

民间的鸬鹚捕鱼已被禁止，在许村所见，不过是为了展示民俗事象的旅游节目而已，限时限量，且旅游部门每年都要往泸溪河投放大量鱼苗，以维护泸溪河鱼类的繁衍。

余干一日

几位做文学的老朋友，应邀到江西余干县走走。张罗的人，是江西的著名报人加诗人朱昌勤。时值2018年岁末，屈指一算，朱公已届八十高龄，电话里却意气扬扬，冲我喊，余干的蓼子花花海见过没？余干的江豚湾到过没？康山的忠臣庙知道不？……江西，不敢说有多熟悉，但走过的地方是不少的。“庐山国际写作营”“滕王阁笔会”“明月山笔会”，等等，也曾到过瑞金、于都、会昌……一直翻越了大庾岭，直到广东的韶关。还到过龙虎山“泛槎泸溪河”，到过三清山叹赏“万笏朝天”……江西之美，应已领略不少。余干，恰恰是没去过的。难挨这诱惑，更难挨这老朋友的盛情，借南下参加一次文学颁奖的机会，匆匆到余干走访了一天。

这一天，细雨飘飞。我们乘车到康朗山下，听专家指点朱元璋、陈友谅鄱阳大战的古战场；到江豚湾上，看到了难得一见的江豚；和康山垦殖场的领导漫步于康山大堤，看大堤两侧盛开的蓼子花。鄱阳湖湿地如大草原一般延伸向湖水与天际的交汇处。紫红色的花海与一团团一块块墨绿如堆的草甸相盘绕，铺排开去，真是接天的绚烂。那花草之下，时有盈盈的湖水蜿蜒闪烁，使这绚烂和宏阔里，又透着隐忍与婉约。想起有位江西同学曾向我炫耀，说杨万里“接天莲叶无穷碧，映日荷花别样红”所赞的西湖，或也难比蓼子花花海装点的鄱阳湖呢。

这一天，印象最深的，却是吴官正的家乡乌泥镇。

我早知道吴官正是江西人，到了余干才想起这是他的家乡。闲话中，问主人可否领我去看乌泥镇。不是因为他做过的“官”大，而是因为读过他写的书。

其实在十六大之前我就知道吴官正了。那时他在山东省委书记任上。我和山东作协的党组书记卢得志一起在中央党校学习。某日，刚刚回山东参加了省作家协会换届的卢得志告诉我：换届后，吴官正接见了山东作协新当选的主席们，他妙借《围城》里的幽默，说："你们现在是猴子上树了，爬得高是好事，但爬高了，猴子的屁股就露出来了。若是翘起了尾巴，就更糟啦……"记得我对卢得志感慨道：有趣的人能当官儿，不容易。更难得的是，当了"官儿"，仍然有趣。

也就是三两个月之后吧，吴官正奉调进了中央，十六大当选了常委，出任中纪委书记。

吴官正的《闲来笔潭》，是他从领导岗位退下来以后撰写的散文、小说、随笔的合集，承蒙出版社的朋友送我一本，读得我感慨和敬意油然而生。

此人不仅有趣，而且有情、有义。

《闲来笔潭》平实素朴，真情流淌，人生慨叹，明心见性，涉猎广泛，幽默达观。其中一辑专门回顾少年时代的贫寒及求学的辛酸，那故事应不输给"断齑划粥""囊萤映雪"之类。他说自己第一次尝到的美味，是母亲偷偷从地上捡起的、被富人的孩子不留神扣到地上的"粉蒸肉"；因为向往读书，他曾在教室的窗外偷听老师领读，待学生们下课出来，便得意扬扬地背诵。最终，他拿父亲的长裤扎起裤脚，偷偷装上家中仅有的几升米到学校交学费。父亲无奈地问："你搭上咱全家的口粮也要去读书，以后能当上个小学教员吗?"他讲述亲历的世态炎凉——母亲从亲戚家赊了一只猪崽，一时还不上钱，那亲戚的"当家人"竟登门冷言相讥。父亲闻之大怒，命令母亲立即去将那赊来的猪崽送还。年仅十二岁的他，与母亲做伴，牵着那猪崽，顶着寒冷的秋雨，走了大半夜，来到那亲戚家时，已是清晨……激励这少年奋发的，更有相濡以沫相嘘以暖的关爱与深情。他回忆他的几位老师，如何在他最困难时解囊相助，怎样鼓励他读高中、读清华。他感慨妻子张锦裳，为了支持他到清华读书，毅然嫁给他，甘心在家乡做一个教员，养家糊口侍候公婆。据张锦裳回忆，有一次眼见天气转凉，她想到在北京的丈夫，就跟婆婆要布票，说想做件棉袄给官正捎去。没想到婆婆说：“要是给你自己做，就拿去；要是给官正做，就不用啦。官正在北京，在毛主席身边，还会冻着他?”……吴官正在书中坦言，自认为是个有情有义的人，尤其懂得知恩图报。他感慨自己不能报答母亲、姐姐和恩师于万一，哪怕让逝去的他们知道，现在的生活已经过得很好，也足令自己宽慰。亲情之念、感恩之心溢于言表。他纠结于私情和公义之间那段带着内疚的告白，更为真实感人——他说自己担任领导职务后，拒绝了好几个亲戚的请托，有的还是曾经有恩于他的人。有一次因为拒绝自己姐姐求助，使姐姐不欢而去，从此不再见面。他感叹道：“……这件事，想起来就痛苦，当领导的有时也可怜，亲戚有难处，心里同情，但像他们这样困难的，甚至更困难的还有啊！我是公职人员，又是领导干部，哪能关亲顾友?”

有些境界并不靠煌煌大言来呈现，这坦陈的“痛苦”和“可怜”，或许更实实在在地凸显一个人的魅力。

那天下午，主人陪我来到了乌泥镇。乌泥镇辖四个行政村，吴官正的家在乌泥村。现在就是镇政府的所在地。行色匆匆，我们也只能到乌泥村南端的枝叶园走走。我知道，“枝叶园”得名于郑板桥题竹诗“些小吾曹州县吏，一枝一叶总关情”。乌泥镇的领导介绍，“秀美乡村”是乌泥镇近年的追求目标，“枝叶园”所处，曾是碎石遍布杂草丛生的荒滩，经过整治，已经成为群众休闲的乐园、乡间旅游的景点。

沿着平整的石板路走进枝叶园，一侧莲荷田田，碧水盈盈，有堤横陈，小亭凸起于其上，倒影相映，水波不兴。一侧茂林修竹，草木茵茵，时见古人咏竹名句，刻于石上，闪现在婆娑竹影之中。远远看去，一栋栋簇新的小楼坐落于竹林后面，以蓝天为衬，显出了幽雅与洁净。镇领导指着路边两棵遮天蔽日的老树，告诉我，这就是吴官正书里提到过的那两棵百年樟树。是的，那书里写道，村西口老樟树遮罩的空地，是附近村庄行人的必经之地，也是乡民集会的场所。那夜，他牵拉着猪崽，跟着母亲赶夜路走到这里，忽想起不久前曾有人在这里被枪毙，吓得魂飞魄散，不敢前行。母亲安慰他，说：“不要怕不要怕，就是有鬼，也不会害我们这样的穷人的!”……两棵老樟树，应是这个贫寒少年自尊与自强之路的重要起点吧。

镇领导谦虚而谨慎，说，就算有了一些秀美乡村的雏形，乌泥镇还有待努力。他毫不隐晦地告诉我说，全镇两千六百九十三户一万一千零九十人，还有贫困户三百一十八户一千一百五十九人。其中，有因病致贫的、因残致贫的、缺技术致贫的、缺劳力致贫的、缺资金致贫的、自身发展动力不足致贫的等等。他一项一项地告诉我户数和人数，又一一告诉我，镇里和村里怎样用不同的方式，一一覆盖这些帮扶的对象。

听着听着，我忽然很为这几位年轻干部而感动。

分别时，另一个年轻人开来一辆车，送我到南昌。

闲聊中知道，他也是乌泥镇领导班子的成员。他不断地道歉，说迟到了几分钟。我说没关系，听你们镇长讲扶贫，在感动呢。

他说，其实他也是因为联系的一个扶贫户家里出了一点儿事，绊住了，才迟到的。

一路都在聊那家人的故事。

我问，镇上每个领导都要联系几家贫困户吗？他说，当然，就跟自家的兄弟一样，有难处都要帮的。

忽然觉得，郑板桥那“一枝一叶”，固然是人人推崇的名句，相比之下，倒是乌泥镇这年轻的干部说得更爽气呢。

2019 年 3 月 6 日于北京

补记：

庚子疫中，友人传来消息，说吴官正指示自费订购一批书籍，捐给其乡乌泥镇“笔潭书屋”，我有几种作品也忝列书单，愧矣哉。余不懂诗，应时偶作而已。有感而学作《笔潭书屋记》，与几部小书一并捐赠之。兹录以为上文之补。如下：

笔潭书屋记

牵猪细崽炫李杜，
原来窗外听读。

升斗余粮倾其有，
爹娘怨叹无数。
底事为何难？
读书。

垄亩一世何所图，
温饱粗衣米粟。
勤奋耕读成栋梁，
江湖庙堂同途。
枝叶情深固，
民苦。

闲来笔潭映云影，
一泓山海江湖。
阅尽始笑黄金屋，
庶几人生无误。
开卷志远跖，
信步。

鄱阳心事连天宇，
乌泥小镇书屋。
谋生求罢谋今古，
往来牧童村姑。
此屋何所赞？
风骨。

2020 年 10 月

辑　五

《柏杨小说精选集》序言

斗胆给柏杨先生的小说写序，是因为柏杨先生及其夫人张香华大姐的嘱托与鼓励。柏杨先生我神往久矣，以前一直不断读到他的杂文与说史著作，想见其为人，早已高山仰止，后来又多次承蒙他的关心和抬爱，然而至今未瞻道范。忽接人民文学出版社编辑常雪莲女士手札，转告柏杨夫妇美意，说该社即将出版的《柏杨小说精选集》请我作序，冷汗当即冒将出来：小子何德何能，应承这等差事岂不自找附骥之议？几次欲连线台北，找香华大姐请辞，又自省接到这差事时，十分感动之余，内心深处还是有几分得意的。现在又“虚情假意”般谢绝，是不是有点儿“丑陋的中国人”的味道？呜呼，柏杨先生，一语成谶，真真让晚生我左右为难也。

“附骥”于柏杨，始于 1984 年。那年秋天我访美归来经香港小停，受到香港作家彦火（潘耀明）兄的接待。彦火请我回内地后，代为联系十位作家，编选各自的作品集，由他介绍在台湾出版。当时台湾还没有解除所谓的“戒严”，引入大陆作品是冒着极大风险的。作为十人中的一个，又作为这一批大陆书稿的牵线人，我不能不对彦火兄的创意提出疑问。这才知道在台湾岛上出面的，是柏杨先生。听到这大名心中一震，暗道这老倌已经为“大力水手”事件背了“诬蔑党国领袖”的罪名，坐了九年零二十六天的大牢，看来仍有“太岁头上动土”的胆量啊。此公以“前科”之身，求朋告友，担冒风险，我辈若犹疑于后，岂不羞煞？由此便有了林白出版社出版的十卷本“中国大陆作家书系”在台湾之“登陆”。窄窄的一道海峡，数十年的人为阻隔，柏杨先生应算作最早衔石填海的一个。时至今日，回想先生“导夫先路”之功，焉能不感慨系之？

再次和柏杨先生、香华大姐取得联系，是在我兼任中国现代文学馆馆长之后了。柏老与中国现代文学馆的缘分，缘起于柏老香华夫妇与文学馆前任副馆长周明先生二十多年的友情。早在三四年前，柏杨先生就已经向中国现代文学馆捐赠过一批珍藏书籍，同时建立了柏杨文库。我到任后不久，即接周明通报，说柏老又要将自己一大批珍贵的资料和文物无偿捐赠到中国现代文学馆。闻知此讯，大喜过望，由此才有周明渡海，将柏杨先生的捐赠运回之举。据说这些藏品出岛来归，还引起了海外议论纷纷。由此我想起先生在讲史时说过的一段话。先生说，我们的国家只有一个，那就是中国。我们以当一个中国人为荣，不以当一个王朝人为荣。当中国强大如汉王朝、唐王朝、清王朝时，我们固以当一个中国人为荣。当中国衰弱如南北朝、五代、宋王朝、明王朝以及清王朝末年时，我们仍以当一个中国人为荣。中国——我们的母亲，是我们的唯一的立足点。我以为，理解了先生的“立足点”，就理解了先生的中国史观，也同样不难理解《丑陋的中国人》里所呈现的“中国对全世界全人类文明所做的尊严贡献”。那么，先生作为一个中国人，把自己毕生心血的结晶捐赠给中国现代文学馆收藏，也同样不难理解了吧。

作为杂文家和史学家的柏杨先生，早已为大陆读者所熟知。先生从上世纪60年代开始写杂文，文笔犀利，时有新见，振聋发聩，世人瞩目。先生的许多文字都以猛烈抨击社会痼疾和社会黑暗面为主题，《丑陋的中国人》《酱缸，千年难醒的噩梦》等代表作，以独到的思考和深刻的剖析，警醒着一代读者，也必将成为一代一代中国人传之久远的精神财富。先生的历史学著作如《柏杨版资治通鉴》同样生气勃勃，充满了新知和创见。先生在狱中完成的《中国历代年表》《中国帝王皇后亲王公主世系录》和《中国人史纲》，也是具有开拓意义的著述。然而，作为小说家的柏杨，似乎还没有为大陆广大读者所熟悉。

其实，柏杨的小说是不可忽视的。柏杨自道，他的人生是十年小说，十年杂文，十年坐牢，十年历史。

作为一个作家，哪一个十年可以忽视？

五卷本《柏杨小说精选集》，似可说是柏杨小说佳作之集大成者。

我喜欢这些作品，首先因为它好读。几个月来，出版社送来的该书校样伴我度过了愉快的时光。其中不少篇章深深吸引了我，令人难以释卷。“好读”，在一段时间里曾为士林所不齿。甚至还见过一些小说家的声明，称佶屈聱牙者方为小说上品。私心每以为惑。不好读的，还算是“小说”吗？不好读，小说家还有饭碗吗？如果我没有记错的话，柏杨先生对自己的小说，也曾有过一个“声明”，说他力争头几句话（或说头一句话）说出来，就把读者抓住。为这“不装孙子”“不弄玄虚”却深谙“小说”要义的坦诚，忝为同道的我恨不纳头便拜，引先生为师也。窃以为先生《精选集》诸作，实行了先生的“好读主义”，相信诸公读后，应感欣悦。

“好读”之为某些人所不齿，也确实其源有自。商业化时代，一些小说借“好读”而媚俗，由此把“好读”变成了低俗庸俗的代名词。于是在某些“纯文学”作家眼中，“好读”便成了浴盆中的婴儿，和脏水一道被泼将出去。柏杨小说，“好读”却不俗，“曲高”而和者众。因为它们于“好读”中关注人性的复杂，关注人权的维护，关注心灵的尊严与救赎。我以为，关注“人”，恰是文学的最高境界。而柏杨的关注，更以“形而上”为其旨归，题旨所呈现的哲理化特色成为柏杨小说的个性风貌。

按照大陆一般评论文字的规矩，往下该说到柏杨小说的艺术特色了。虽是晚辈，对作为小说家的柏杨，自认为心灵是相通的。一本正经地谈论先生小说的艺术结构、叙事风格，对于晚生我来说，实在是很别扭的一件事。对于先生来说呢，也未必不别扭。因为我想起早在十几年前，看过先生的《求婚记》，先看那自序便已忍俊不禁。先生之要作小说，似乎有点儿“抬杠”性质——“盖听说有些不开眼人士，认为柏杨先生其笨如牛，不会写学院派小说。咦，是何言欤？……我有啥不会的？逼得紧啦，我就生个娃儿教你瞧瞧。”又想起先生的《古国怪遇记》前言——“夫柏杨先生，生有异禀，少有雄心，气壮山河，伟大卓然，年高德劭兼天纵英明，十八般文艺，件件精通。不但杂文天下第一，地上无双；小说也同样的天下第一，地上无双。……谁要说我不是旷世奇才，谁可得小心，万一黑巷子里有人飞砖，把贵阁下尊头上打一个大包，可别往我身上赖……”以此等游戏心态来作小说者，已臻化境。嬉笑怒骂，妙趣天成。我若还人模狗样地“柏杨小说之结构语言”云云，岂不是在圣人面前卖《百家姓》？

被老爷子“夫妻档”哄将上来写什么序言，这已经折了寿。再班门弄斧一番，但愿别遭遇“黑巷子”里“飞砖”才好。阿弥陀佛！

打住。聊以为序。

2007 年 8 月 24 日

“阳光老人”的孩童时代

——序阮波《我的童年》

阮波女士是我所敬重的文化界前辈，过去只知道她创作勤奋，著述颇丰，如长篇小说《和平晨曲》《明日朗朗》《蔷薇青青》等，还有各种剧本、纪实文学、传记文学行世，后来才发现她也是一位热心推动文化事业的社会活动家。我们相识于上个世纪90年代中期，那时她应该已年逾古稀，仍活跃在对外文化交流领域，我则刚刚从专业作家转至中国作协担任行政工作。应她之邀，参加了她组织的一次中美作家座谈。座谈会开得轻松，愉快，氛围活跃，大家开诚布公，坦率直言，还时有雅谑相佐，至今我还记得现场欢笑喧腾的情景。这和此前我参加过的外事活动大异其趣。那个年代，中外交流固然已不是“禁区”，但在很多人心里，“涉外”余悸犹在，犹如悬于头顶的达摩克利斯之剑。当时，看见活动的组织者满头银发、风度优雅的“老革命”阮波于席间谈笑风生，便想，这老人家是何方神圣？真是一个见过世面、撑得起场面的人物呢！

此后和阮波的交往并不多，见面较多的时段，是2007年4月以后。如果我没记错的话，她是第一个投书中国作家协会、文化部、上海市人民政府等单位，呼吁组织傅雷百年诞辰纪念活动的人。从那以后，她时而现身国家图书馆，时而来至中国作协，时而又到现代文学馆，为“文革”中惨遭迫害而辞世的杰出翻译家傅雷先生奔走呼号。时任现代文学馆馆长的我，也是被老人家“耳提面命”的晚辈之一。与阮波女士一起来找我的，还有傅雷先生的哲嗣傅敏先生。傅敏儒雅、含蓄，或许因为与我不够熟稔，讲话总是那么客气、谦和。而阮波，则坦率而急切，从北京说到上海，从武汉说到南京，洋洋洒洒，对各地的傅雷纪念活动如数家珍，恰与傅敏对比鲜明。我理解傅敏，那是经历了大灾难与大悲恸之后的从容与淡定。我也理解阮波。这位沪上文化名人之后，十五岁投身新四军时，已经读过了当时傅雷出版的全部著作，她是带着傅译《约翰·克利斯朵夫》奔向解放区的。当然，她对纪念傅雷的情感投入，除了个人因素之外，更多的，出自一个正直的老党员对一段历史的痛切反思，也展示着她对我们这个民族当下文化境遇的思考。后来我才知道，更早一些时候，她也曾为老舍先生的平反出力。她与傅敏的结识，就是在香港举办的“胡洁青八十画展”开幕式上。这个画展的举办，阮波也有推助之功，应可视作为老舍昭雪而呼吁的先声。

在我认识的文化界人士中，像阮波这样的老人，应该说还有几位。他们单纯、执着，当年为理想、为救国、为民主而献身的激情恒久留存。在世故、圆滑、投机、逃避的哲学大行其道的今天，这份执着与纯净，每每使我钦佩而又惭愧。人生之最难者，是经沧桑而不衰，出淤泥而不染，老之来至，童心不泯，雾霾滚滚，灿烂难掩。面对他们，我常常想，是怎样的根基，奠定了这些“阳光老人”的底色呢？

阮波口述、吴光华记录的纪实文学《我的童年》，似乎替我在寻找这个问题的答案。

捧读本书书稿，20世纪80年代看电影《城南旧事》的记忆不期而至。时至今日，我仍然清晰地记得电影一开场那绵延不断的长城，长城下摇曳不止的枯草，以及缓慢行进中的驼队。尽管这两部作品——一个描绘的是北京城南的景色和人物，一个讲述的是江南（上海）的生活场景，可对“愚欸而神圣”的童年的怀念却如出一辙。林海音说，她写《城南旧事》是为了让“心灵的童年永存下来”。我想，这大概也可以看作《我的童年》的初衷。对于阮波来说，他们这一代人或主动或被动地投身于波澜壮阔的历史长河中，经历了人世间的风雨，也会涂抹上沧桑的印记。然而童年永远是一个人生命的出发点。童年的珍贵，不仅仅因为珍藏着刻骨铭心的记忆，更因为它蕴藏着命运发端的秘密，它奠定了一个人一生的基调。

作为这部书的灵魂人物薇青，她的人生基调更多承继于她的祖父张继斋。在我国近代新闻史上，张继斋是无人不知的人物。这位以采访康有为、梁启超并发表长篇访谈记录而名世的著名记者和报人，一生三进《申报》，二进《新闻报》，屡任多家报馆主笔，撰写了许多针砭时弊的时评。他曾声讨袁世凯，抨击曹锟贿选并因此入狱，也因锐意改革，推动报业的现代化进程而广获赞誉。囿于薇青的视角，在这部书里并没有展开张继斋的一生，更无法深入他的精神世界（关于此，阮波女士另有传记文学《百年正气——张继斋传》），但以薇青的角度所述说的祖父张继斋，别有一种“于细微处见神韵”的魅力。用薇青的话来说，祖父身上的“爱国、奋斗、进取、勤勉、一生正气的无私精神”，让她受用一生。出生于青浦望族的富家小姐薇青，她的纯真与善良、宽厚与宽容、上进与活泼、勤学与多思，她对底层讨生活的人们的理解与同情……无不得益于祖父及其营造的那个家庭环境的熏陶。比如，即使是因为种种原因对她不那么友善的美三妈妈，薇青也尽可能地去理解她，渐渐地，“开始对美三妈妈有了好感”。无论是薇青对静美妈妈的依恋，与好朋友冰清、源清的交流，还是同嘉鑫从陌路人到好姐妹的过程，都展示了她从祖父身上所汲取的中国传统文化的美德，也吸收了“开眼看世界”所带来的时代精神。我想，这传统的美德与时代的精神，或许正是解读今日“阳光老人”的心灵密码吧。

本书结束于1942年薇青到达新四军苏北根据地。这是属于一个时代最为生动的表情。站在另一个世纪的今天，我们已然知道，薇青们将会与大历史相遇，以一己之身承担历史长河的一次次急流与拐弯。尽管薇青之后——阮波的故事——需要到阮波的其他文字中去寻找，但我们有理由相信，薇青的一生将永远有美好的、良善的、平和的、奋发的精神相伴，因为在她的孩童时代，精神的胚胎已经成形。

偶感如上，聊以为序。

2013年3月22日

用心去追赶一个伟大的灵魂

——序陆正伟《巴金，这二十年》

正伟兄把这本书的部分书稿寄给我，嘱余以序之。这重托让我感到惶恐。因为正伟这本书是独一无二的——除了巴老的家人，陆正伟应该是陪伴巴老时间最长的一个。最早我知道他用照相机记录下了巴老晚年的面庞和身影。巴老辞世时，正是他的那本摄影集《世纪巴金》陪伴着我，送走了那个悲痛的夜晚。后来我知道了，陆正伟不仅摄影好，文章也写得好，图文并茂的《晚年巴金》，给我们讲了多少关于巴老的感人故事啊。现在，当巴老远行一周年之际，陆正伟又把《巴金，这二十年》奉献给大家。这使我想到，如果说，正伟兄的摄影，是用光和影记录那个伟大的身影的话，他的这些文章，可以说是用心去追赶那个伟大的灵魂啊。

我和巴金老人只有两面之缘。第一次，是 1995 年 3 月，在上海举行的中国作家协会四届主席团第九次会议上。在这次会议上，我和另外三位同志一起，被推举为作协书记处书记。那大概是巴老生前最后一次出席并主持作协主席团会议了。巴老坐着轮椅，在人们的簇拥和记者的包围下缓缓前来。我看到巴老的身上堆放着鲜花，几乎把老人家的脸都遮挡起来了，老人已经很瘦弱，一副不堪重负的样子。几位文学界的兄长大概很知道我的心思，拉我前去，希望把我介绍给老人家，我谢绝了。非不想也，实不忍也。当时我甚至想，文学界为了消弭隔阂，增强团结，请巴老出来担当一面具有感召力的大旗，或许是不得已而为之吧。然而，让年逾九旬的巴老担此重任，是不是有些残酷？……第二次见到巴老则是一次机缘巧合。那是我到杭州公干，住在汪庄，有朋友告诉我，巴老也正在这里休养。那次看望巴老，正是正伟兄领着去的。那天巴老坐在轮椅上，由护工推着，在西湖畔散步。正伟领我到老人家面前，我赶忙趋前握手、问安。巴老和蔼、亲切，讲话却难懂。我又木讷，常常一副手足无措的样子。大家陪着巴老在西湖边走，最后把他送回到下榻的别墅里。向巴老告辞时，我自己激动得有些语无伦次。我对小林说："小林，照顾好巴老，谢谢你！"小林不解地看着我，问："为什么谢谢我？这是我爸呀！"我忙说："可巴老……是我们大家的巴老啊……"

如此见面，对于我来说，是铭心刻骨的，然而比起天天陪伴在巴老左右的正伟兄来，是多么浮光掠影啊。捧读本书的校样，我时时被其字里行间融汇的情感所感动着。如果不是一个天天随侍左右的有心人，哪能积累下巴老那么多生动感人、趣味横生的故事！这些故事把一个仁慈而又执着、温和而又深情的老人呈现在我们面前。我不知道别人读后会有什么感受。在巴老面前，我时时感到了自己心灵的委琐和污浊。我告诫自己，好好地随着陆正伟，追赶那个伟大的灵魂吧。一本书，能使自负的我感到愧疚和渺小，激励我向新向善，其价值应该是不言而喻的吧。

陆正伟并不满足于仅仅做一个巴金晚年生活的记录者，他的可贵之处在于，他在不断地学习，把自己变成一个巴金先生的研究者。比如本书所涉及的巴金和曹禺、萧乾、刘白羽、张光年、贺绿汀、王辛笛、王仰晨等的友情，当然不少是作者的所闻所历，但应不难看出他在资料搜寻、积累和查证等方面，也都做了艰苦的努力。特别是本书篇末的"巴金年表"，作为先生人生最后两年的翔实记录，应该说是弥足珍贵的。先生晚年卧病于榻，深居简出，文学活动和生活状况鲜为人知，这最后的年表由陆正伟制出，应该可以说是对巴金研究的独特贡献吧。

本书的第一篇，《巴金的最后时日》是使我泪水夺眶的篇章，因为文章中所描述的几个重要场面，我也身在其中。当然正伟所见，比我更为真切细致。不过，有一点是共同的，那就是我们都看到了漂浮在东海海面上追逐着巴老的骨灰滚滚而去的玫瑰花瓣。

现在，放下这本书，掩卷而思，那花瓣之流又重现眼前。

追逐那个伟大的灵魂，我们愿结队而行。

这一点，我、正伟和千千万万的人，心灵相通。

是为序。

2006 年 9 月 26 日

“许淇画展”前言[①]

许淇之于我，乃师，乃友，更是遥远的草原上“追赶马群”的兄长。

这位兄长远离着都市文人的苍白，将自己融汇在草原马群的嘶鸣里，融汇在云天与茂草的搏击间，融汇在异域与本土的碰撞下，融汇在激情与光影的腾闪中。其融汇其间，又凸显于其间。他雄浑沉郁、斑斓炫目的散文，特别是那些守白计黑、以一当十的散文诗，以丰沛的情感、恣肆的意象和摄人心魄的通感，开辟了中国当代散文发展的新境界，成为世所公认的经典篇章。

初，观其文，感其风，师其艺，度其韵。便想，此公或有丹青之擅？其文宏阔，浓墨重彩，铺天盖地；其文亦优雅，虚实兼备，意趣横生。越发不能不揣度——其所擅者，西画乎？水墨乎？传统乎？前卫乎？及至相识相知，豁然开朗——作家本学画出身。油画国画，皆有所攻，传统现代，无不涉猎。而后文学勃兴，始入文场驰骋，难怪其之文也，“诗中有画”，绘景状物，栩栩如生；汉石隋泥，水痕墨气，萃乎其间。后，得观其画，更令我激情难抑，感动由衷。我虽门外之徒，不应置喙，却也难免奔走相告：无论胸襟还是笔墨，许淇仁兄之画作，堪称与其文相得益彰也。

如此佳作，岂可“敝帚自珍”？

---

① 此系作者为著名散文家许淇画展撰写的前言。

许淇兄是自信之人，为文为画，皆有气吞万里之气。然又宽容而谦和。劝其示人以为分享者，多矣哉。我亦为说客之一。今终遂我等翘盼之愿，岂不快哉！

权作前言，聊表贺忱。

2013 年 9 月 14 日

国风因诗远　秋山觅韵长

——序豁耿先生诗集《漫步秋山》

王红谊先生，字豁耿，号不蔓斋主人。我与之素不相识，甚至连电话也没有通过一次。全国文联的老领导胡振民先生告诉我，豁耿先生喜欢旧体诗词，所作甚多，荐我一读并命我为其新作《漫步秋山》序之。这颇令我惶恐。忝为文场之人，我之于诗，却不敢置喙。年轻时胆大包天，曾有一两首旧体写出，临发表前终于退缩。直到汶川地震，悲情难掩，始写得古风一首《背妻行》刊出。创作既少，评论更鲜有之。若遵振民先生之命，岂不如南郭处士领命独奏一般？然通读豁耿先生的“诗三百”，竟把这“南郭先生”的恐惧抛掷霄云之外去也。从豁耿先生“漫游秋山”的身影中，我不仅听到了一位爱诗、迷诗、痴诗者的吟咏，而且读出了一种诗化人生的境界。红尘滚滚、商业大潮席卷的时代，有物阜民丰的狂喜，也有拜金拜物的哀伤；有物竞天择的自由，也有不择手段的残酷；有创业开拓的激情，也有急功近利的疯狂……在为生活的巨变而讶异的同时，国人已然开始和全人类一起考问自身：难道这就是我们的美好生活吗？我们怎么才能“诗意地栖居”？读完豁耿先生的“三百篇”，我想，姑且不要评价这些诗具有多高的水准，登上了何等的文学阶梯，光是这种追求诗化人生、诗意栖居的生活态度，就有其吸引人的魅力，就有向读者热切推荐的价值。

《漫步秋山》应是豁耿先生的第二部诗集。第一部，是三年前出版的《不蔓斋诗稿》。那是其退休前五十年诗作的精选。而本书，是他退休三年间新作的荟萃。为不辱使命，在读过《漫步秋山》之后，我又翻阅了《不蔓斋诗稿》。征服我的，就是这种诗化人生、诗意栖居的执着与痴迷。

这种“诗化人生”和“诗意栖居”，所指并不是现世的逃遁，也不是沉湎章句的游戏，借豁耿先生《自题》一首所言，就是“喜怒乐哀皆入韵，万千心曲付吟哦”。“9·11”十周年，他会以诗句抒发感受；安阳西高陵是否曹操墓之争，他要以诗句评判是非；看过一部电影，他也要以诗句论说“载覆之道”……物候之变化、夫妻之情感，这些永恒的题材自不待言，就连小孙子的“婴啼”，他也写得有声有色：“天生一副金刚嗓，没觉醒来便引吭。冷暖饥困鸣不适，时将号啕作铿锵。……”令人忍俊不禁的还有那首“抱外孙读诗”：“坐抱外孙咏诗稿，咿呀唱和真乖巧。忽觉胯下遭汪洋，如此湿人怎得了。”无论家国大事还是生活琐细，皆已入诗，实在是一种“别才别趣”。这种不断寻找诗情诗趣、营造意象意境的情感方式，就是对世界和人生审美化的把握。对于豁耿先生来说，已经成为他生活方式的重要部分。难怪他说自己“每逢即兴作吟哦，腹中诗书总恨缺。有感而发难自禁，搜肠刮肚费咀嚼”。将这情态与杜工部“为人性癖耽佳句，语不惊人死不休”相比，固难企及，但率性由真的表达，足可传递出其沉醉于诗歌的状态吧。

正如法国文艺史家丹纳所说，莎士比亚不是外星球来的陨石，在莎士比亚的背后，有整整一个民族合唱队的合唱。回溯中国诗歌史，“江山代有才人出”的中国，除应以屈原李杜为骄傲，的确也应以“民族合唱队”的雄壮而自豪。正是我们民族绵延至今的诗化人生之传统，才奠定了我们民族诗性的根基，也才造就了享誉世界的诗之国度，这才有彪炳史册的诗人及其作品。在我的视野中，这种将生活诗化的个体，不在少数。应该说，他们构成了我煌煌中华伟大诗史的不可或缺的组成，而万千“诗化人生”的个体存在，是复兴中华诗歌辉煌的前提。

有感于此，尽管我对豁耿先生在诗歌意境的营造、意蕴的追求和语言的锤炼等方面仍抱以更大的期待，但我以为，我们还是有理由向这位诗人的追求与执着致以崇高的敬意。

是为序。

2013 年 6 月

铁肩辣手　盛世危言

——序哲夫江河生态报告三种

我是抱着随便翻翻的心态翻开这几本书的，但很快便不由自主地陷入血脉偾张、惊悚骇然的境地。最先令我感到难以释卷的，是猝不及防涌到面前的穷形尽相的生态惨景。比如，书中写到的涌动着化学泡沫、色如黑酱、浊臭熏天的污染河段，写到的山体滑坡、沙暴肆虐、洪水滔天、森林遭伐、动物灭绝、水源枯竭等四处肆虐的生态灾难……它们对生命的戕害和心灵的创伤，特别是那些惊心动魄的细节——淮河岸边摆渡人家相继因水污染致病致死的惨象；定西干旱地区的母亲含一口水转圈儿喷洒，供几个女儿洗脸的艰窘……哪一件不给读者留下刻骨铭心的记忆？

这就是哺育华夏文明的黄河、长江吗？千百年来，两大水系壮丽辽阔、雄浑伟岸的景观，绚烂辉煌的文化，曾经变为多少文人墨客的千古绝唱，包括蜿蜒于中原和东南形胜之地的淮河，亦获得过多少铭记于史册的殊荣。吟哦也好，铭史也罢，当然不仅止于豪迈与赞美。比如其中就不乏先民与水患抗争的记录。然而，时至21世纪的今天，我们突然发现，洪涝之灾虽未根治，甚至更剧烈暴发的威胁仍然存在，但其威胁已退居次位，水枯竭、水污染成为为害更巨、波及更广、治理更难的头号大敌，在个别区域、个别村落甚至积重难返，给人类酿成灭顶之灾。这就是本书使我战栗、震惊的原因所在。

我与哲夫先生并无深交，只知他多年致力于环境文学写作，成就斐然，被称为“环保作家”，在国内外都享有很高的声誉。不久前欣闻他的十卷本文集在美出版，并受邀访问、讲学。又闻他连续五年参加“中华环保世纪行”的环保活动，作为全国人大环境资源委员会“中华环保世纪行”执委会特邀的唯一作家，全程参加了对黄河、长江沿线以及淮河治污工程的采访。这三本生态报告应是作家对此次艰辛旅程所闻、所见、所思、所感的忠实记录。

即便知道了这些，我还是不敢说对他有多少深入的了解。

不过，读过这三本书以后，我却很自信地说，我认为和哲夫先生是“深交”了。

读一个作家写的书，大抵可以读出他的为人。

博大深沉、义不容辞的社会责任感，应该是这位作家安身立命的根本。读哲夫文章，不难读出他殚精竭虑、奔走呼号的激情，不难读出他义无反顾、指点江山的决绝。非有大志向不会为之，非有大悲悯不会为之，非有大情怀不会为之。他无情揭露那些地方保护主义行为，抨击杀鸡取卵、竭泽而渔的短视与贪婪；他对沿淮企业欺瞒治污检查，致使淮河变清的时间一再推迟，甚至变清的河段再度发生严重污染更是义愤填膺、怒不可遏。他既有赤子的深忧，也有智者的远虑。他的环保理念有两个相辅相成的支点：一是人类与自然的和谐相处；一是人类自身的可持续发展。他力图用自己的努力昭示一个不容置疑的真理：善待自然，即善待自己。他苦心孤诣、孜孜以求的，就是一种民族的大功德，人类的大功德。他在像啼血杜鹃一样呼唤一种社会生态道德的重建与归来。

作为报告文学，真实性是它的生命，也是哲夫报告文学的基础。用翔实丰富的数据、切中肯綮的剖析作为令人心悦诚服的叙述基础和框架，是这三卷报告的最大特色。而这些数据的来源，无不渗透着采访者的血汗。采访过程曲折艰辛是无须说的，身体的磨砺和生命的危险更不言而喻。哲夫对长江的采访是逆流而上直抵源头沱沱河，中途跨十三个省历时一百零八天，行程两万多里。对黄河的采访则从源头走到入海口，行程上万公里，纵横八省区，两次都要涉足青藏高原。作者因之饱受高原反应的考验，在淮河沿线则遭遇了传奇般的历险。可以说，这百多万字的作品不仅仅是一字字写出来的，也是一步步丈量出来的，作家的良知和敬业精神铸就了作品实事求是、言不虚发的品质。

如果说，真实详尽的数字和材料，是这几部作品的筋骨和皮肉的话，渗透全篇的人文关怀、穷追不舍的究诘、鞭辟入里的分析，则构成了作品的灵魂。三本著作并非简单的生态报告，在揭示环境问题，曝光污染程度的同时，作者将笔伸向历史和社会的纵深，不仅写到动植物的保护，对山体滑坡、沙尘暴、水土流失等的防治，排污的标准，修建水利设施的得失等颇具专业性和科学性的内容，也涉及了流域内的政风民情，文化习俗，生产、生活方式的传承和变迁等。所谓的“生态报告”，是一个视野开阔的综合概念，囊括了政治、经济、文化、自然环境等诸多方面。跃然纸上的人物同样十分庞杂，既有曲格平等环保专家和各级工作人员，也有上至中央下至沿岸各省市区的党政领导，更有作家、新闻工作者，甚至还有屈原、介子、朱熹等古人的身影闪烁其间，可谓思接千载、连类古今。而要做到这一点，没有丰厚的人文学养，是难以实现的。

据我所知，今次哲夫的环境文学大著能以“中国环境文化丛书”形式同时推出，花山出版社和责任编辑阎丽女士是功不可没的。正值生态问题日益突出成为备受瞩目的社会热点时，运作这一选题显示了编者的远见卓识。作家、编辑、出版社对环境问题人同此忧，共同关注我们的家园，壮大了环保事业的力量，将唤起更多的有识之士加入进来，我们有理由相信“河清有日”不再是个古老的梦想，每一个有良知的知识分子，都会以热忱和实绩推动生态环境步入良性循环的明天。

面对梦魇的表情

——序顾文散文集《之乎者也》

“之乎者也”，这书名令我诧异。古汉语的四个助词，连缀一处，成为“咬文嚼字”“酸文假醋”的代名词。

这个典故，是在学《孔乙己》的时候学到的。中学时代，教我语文的老师学问不浅，告诉我“之乎者也”典出宋·文莹《湘山野录》中卷——宋太祖赵匡胤在汴京城外巡视，指着城门的门额问他的能臣赵普（就是那位人称“半部《论语》治天下”的赵普呀）：“这‘朱雀门’为啥要写成‘朱雀之门’？加个‘之’字有啥用?”赵普说：“这是‘语助’词。”赵匡胤笑着说：“之乎者也，助个屁用!”及长，才知道赵匡胤是被我的老师粗鄙化了。人家原话是：“之乎者也，助得甚事!”我猜老师之篡改，无非是为了使这故事活色生香，也确因为这样，这典故就让我记住了。

一直到罗大佑，可怜“助”了我们几千年的“之乎者也”，还在被讥讽着——“知之为知之，在乎不在乎；此人何其者，孔老夫子也。知之为不知，不在不在乎；此人何其者，寒山子是也。……剪刀等待之，清汤挂面乎；尊师重道者，莫过如此也。风花雪月之，哗啦啦啦乎；流行歌曲者，是否如此也。”

…………

与我相熟的北海作家中，顾文兄也确乎是最“之乎者也”的一个。看他瘦削的身架，每每着一袭浅色唐装，开口是带着浓重白话口音的普通话，音调里总有那么点飘逸的味道，更不要说其话题所至，经史子集旁征博引，修齐治平滔滔不尽。珠海路上，白虎滩头，“之乎者也”，非顾文谁以当之？

曾经到过我家乡的那位汤显祖说过，天下文章所以有生气者，全在奇士。想到这一层，诧异之后，相信会与千里之外的顾文兄会心一笑——“之乎者也”，自嘲乎？自得乎？红尘万丈的当下，“之乎者也”，确乎“腐儒迂阔”“助得甚事”。然个中那种不坠流俗的尊严、睥睨天下的傲岸，“谁能会，登临意？”——熙熙攘攘，皆作蝇蝂，庙堂市肆，蝇营狗苟，谁可“与语东海之乐”？“七龄上学解吟哦，垂老灯窗墨尚磨。除却神仙与富贵，此生原不算蹉跎。”（袁枚《全集编成自题》）顾文兄这一本书，固不敢与随园老人一般自豪，但呕心沥血、敝帚自珍，“之乎者也”里，也应有几分得意吧。

我和顾文相识于上个世纪80年代。记得我曾经为他的书写过序，那是一本关于易经的散文诗集。之后，他在家乡张罗过“北部湾笔会”，我也几度邀请作家同去，无非想对家乡的文学有所助益，企盼着家乡的文学之灯像北部湾的渔火，熠熠闪烁。此后，大概因我为俗务所累，见面的机会竟少了。忽接来电，称有新书出版，嘱余以序之。最先想到的，就是“之乎者也”背后的自嘲与自豪，已如前述。以我们三十年之久的交情，莫说忙，焚膏继晷，这个活儿也是要接的。

顾文兄最早写诗、散文诗和散文，还有寓言。他先后出版了《浴魂》《放烟幕的乌贼》《只看她一眼》《美丽的欺骗》《神秘的东方》《春来更相思》《顾文散文诗选》《浮生小记》《广西当代作家丛书顾文卷》。最近几年，他专于易经随笔的写作，先后在中国大陆、香港、台湾地区和韩国，出版文集《易经你我他》《生活易经》《白话易经》和《易经助你走天下》等等，还成了畅销书。

顾文的作品，也多次入选各种选本，如《散文选刊》《读者》《青年文摘》《中国散文诗大系》《中国寓言大系》《世界寓言大观》《感动中学生100篇散文》等等。

以上所列，我已觉得絮烦，故还有几项，如官居几品、获奖几项云云，恕不一一列出。文章好不好，最终要看文章本身。而文章本身，则以丰富的人生阅历、丰沛的情感世界、丰厚的知识积累以及独特的艺术表达为依托。本书所收，因时间匆促，未能一一研读，但读过的，或长或短，或庄或谐，大多是有趣而有益的好文章。特别是素以散文诗见长的顾文，这次仍以简洁明快的语言浇淋心中块垒，论评人生百态。他洞明世事，豁达开朗，每每用幽默而又富于哲理的风格呈现他的冷峻与深刻。捧读其文，忍俊不禁之后，还忍不住要重读、揣摩、回味。

比如他在《襄阳记事》里说张居正："一生中最重要的一件事，就是遇到贵人徐介。徐介推荐他'买了一只当时别人不看好的股票'——为裕王朱载垕当侍讲侍读。当时工作的官衔'逾德'只是个虚衔，但由于裕王很可能继承皇位，侍裕邸讲读就不是等闲之职了。""历史再一次证明'眼光赚取'，是第一流的赚取方法。""在裕邸期间，张居正打开了人脉。高拱落败后，四十五年，居正掌翰林院事。"

而对柳宗元，他则有几分惺惺相惜的感慨——"政治的柳宗元，被当朝认为是一块茅坑臭石；文学上的柳宗元，则是香了千年的饽饽！福乎？祸乎？历史没有'如果'，但如果真是没有'永贞之变'，没有贬谪，能有唐宋八大家的柳宗元吗？历史，命运，就是如此。"

用"当下"的眼光来"说古"，并不鲜见。用"潜力股""垃圾股"之类反讽一下，亦非首创。然而顾文似乎并不这么简单，我们看到，几乎每个轻松开场的故事，皆以忧愤的收尾，直指向我们民族的痼疾和人性的荒诞。

且听他在《出门》里讲的国人"变通"的故事——

> 杨贵妃原来是唐玄宗十八子寿王的妻子。寿王的亲妈武惠妃死了之后，唐玄宗就让杨贵妃过了一道出家手续，把她娶了过来。但这道"出家"的手续，也不是随便就可以出的。话说唐玄宗看上了，但也不能明说呵！于是集中所有的王子（皇子?）办读书班，天天读《孝经》。读了许多天了，还没有结束的意思。王子（皇子?）们心中就纳闷了，我们对皇上都够孝敬的了，为什么还天天读，天天揪着不放呵？这时，高力士就对十八子寿王说，你父皇看上你的媳妇了，你自己看着办吧！寿王想，既然父皇想要的东西，你不给也不行呵！结果就

把自己心爱的老婆给休了。之后，才出家；出了家，皇上仁慈，才又纳进宫中……

变通，是中国传统中的一个法宝。一变，就通。中国深得其妙呵！这里是一面墙，没有门，不通。结果，在墙上打开一个洞，装了门，就通了！通畅自如，要通，就开门；要不通，就关门。但变通，可以使一个民族优秀，也可以使一个民族沦陷。关键，看你怎么使用这个传统文化的利器！

诙谐与冷峻，轻松与凝重，嬉皮笑脸与扼腕之叹结合到一起，应是顾文作品风格的主要特征。任何一个作家独特风格的获取，都以阅历为代价。顾文亦莫能外。他也为此背负了前半生的坎坷。难怪他与柳宗元惺惺相惜。

梦魇甚至至今还陪伴着他——

“人生噩梦、惊梦、碎梦甚多。许多在别人看来是良宵的夜晚，我却常常转侧难眠。”（《后记》）

嬉皮笑脸，竟是他面对梦魇的表情，他以此成为一个有风格的作家，也以此为文学增添魅力。

是为序。

2013 年 10 月 10 日

慧眼只须顾盼间

——序长江《晚来香港一百年》

长江的名字我并不陌生，早在20世纪80年代中期就对她的报告文学作品有很深的印象。后来居然是在中央电视台《新闻调查》的荧屏上把这位长江“验明正身”——原来时下这位红火的电视节目主持人长江就是报告文学作家长江。长江犀利的采访风格和雄健的思辨力，给我留下了深刻印象。忽然她似乎又销声匿迹了。未及探明原因，却在《当代》上看到了她的报告文学新作《矿难如麻》。不久，在第三届“鲁迅文学奖”的报送篇目中，再次读到长江的这篇作品。直至晚近又从《当代》杂志上读到《晚来香港一百年》的连载，才知道长江被中央电视台派驻香港，才知道她仍然坚持着“职业之外”的写作。

然而，至今也不曾与长江谋面，甚至连电话也没通过。

朋友将长江准备结集出版的《晚来香港一百年》清样送给我，请我写序。这颇让我感到有些受宠若惊。对这位作家的才情与胆识，固然是敬重的，但细细一想，对她的创作道路，所知也不过是流萤般划过的一些踪迹而已，岂敢担此重任？不过把长江的这五十几篇随笔读过后，倒被这位作家开阔的视野、敏捷的思维和活泼辛辣的文笔所征服，想不说似乎还欲罢不能了呢。

长江这部结集作品的开篇是“在香港‘咋’做记者”。开篇便以生动的细节，把我带进了文化比较的视界。内地和香港，同文同种，因为政治制度的不同、发展背景的区别，文化上的差异是不言而喻的。难得的是，长江以其独有的记者的敏锐，捕捉到了这种差异。更难得的是，长江更以一个作家的深刻自省，体悟这种文化差异背后的东西。换言之，读这篇作品，我敬重她对记者职业的热爱和激情，更钦佩她在“热爱与激情”后面的冷峻。由此我想几乎可以武断地声称找到解读本书魅力独具的钥匙了——记者的敏锐使五光十色的香港扑面而来，趣味横生。作家的感悟又使凝重深沉的思绪绵延而去，意蕴绵长。

长江笔下的香港的确是趣味横生的。比如香港公共卫生间之洁净，备用手纸之理所当然，大概还没有哪位香港作家为之惊诧。然而到了长江笔下，真是做足了一篇启人心智的大文章。又比如吐痰入纸、垃圾入筒、杂物入屋，巴士排队、如厕排队、游泳排队，等等，直说到马路口为盲人过街提示的“当当”声、“天星”小轮上可掉转方向的座椅、人手一卡的“八达通”……对于香港人来说，都是见怪不怪的事情，长江却把它们述说得有滋有味。捧读这部作品，一边兴致盎然地听她讲“景儿”，一边反省自己也曾几度游历香港，咋就没有这般敏锐的触角，更没有这般“说演荣国府”的才情。我想，这应该得力于她作为一个记者的职业养成，也得力于“刘姥姥”进“大观园”的“文化震惊”，更仰赖其开放的宽容的文化学理念。对内地和香港，作家的深情都是由衷的，因此，书中没有必要做权衡利弊的政治考量，也没有必要做礼貌周全的左右逢源。本书中，毫不讳言内地某些方面的不足与落后，然而这中间不温不火，洋溢着对社会进程的理解和期待。对香港，也不尽然是一味讴歌，有时甚至还有些几分调侃。比如作者写到香港人真能“整景儿”，调侃得令人忍俊不禁——港府的“城市绿洲”项目，“社会意义”如何如何、“经济意义”如何如何、“环境意义”如何如何，再加上富有诗意的《绿洲号外》，吊足了记者的胃口，临前一看，不过是夹在高楼大厦中间一小块一小块整治的草坪。对于来自广袤的内地的作者来说，她是不能不哑然失笑的，也不能不发出一句调侃：“唉，香港人真能整景儿!”然而，作家调侃过后的感慨却令人感动，她感悟到，“绿洲”之称实在是人烟稠密的香港民众对绿色的期待，侍弄这片“城市绿洲”的小区居民自愿组成的“绿壮士义工行列”也显得格外悲壮起来。作者说，“香港人真能整景儿”，这句话到了后来，我渐渐放弃了开始的轻视，另一样东西漫卷而上——敬仰。应该说，读到这里，我对这位作家也“敬仰”起来，我敬仰她调侃的直率，也敬仰她放弃那调侃的坦诚。她的直率和坦诚里有文化的惊异和理解，还有文化的谦虚与善意。这种健康的文化心态属于长江，也属于开放时代的中国人。

从这个意义上来说，这本书，是一本探究香港生活、拓展我们视野的书，也是一本磨洗我们的心性，让我们好奇、开心、谦虚、向善的书。

是为序。

2007 年元旦

迷人的抗争

——序陈艳敏“书文化系列丛书”

“读图时代”的提出，好像就是由山东画报出版社出版《老照片》开始的。出版之始，意气洋洋的出版者，充满了把握大众文化发展先机的自豪。应该说，在转型的中国，在不断寻觅与探索文化发展思路的中国，“读图时代”的提出确是具有挑战的一笔。当然，如同上个世纪20—30年代在国外兴起的“大众文化批判”和“大众文化辩证”之争至今不衰一样，在中国，纷争也渐渐由此发展起来。话题早已由“读图时代”扯到了“影视时代”“电玩时代”以及许许多多高新科技产品“攻城略地”的现实……忧心忡忡的读书人传递出更多的不安——从大众文化的流行所掀起的“娱乐至死”风潮，从电视、网络文化的繁盛对经典阅读的挤压，从文字阅读的缺失而导致的人类想象力和情感意境的覆没……几乎所有曾经在西方文化批判浪潮中出现过的预言，似乎已毫厘无失地在中国大地上重演着。

我对流行文化并无偏见，甚至对电视、网络等高科技的发展充满了敬意。且不说传媒的进步无不意味着民主的进程，单就人的文化权利而言，那些健康无害的、娱乐身心的大众文化产品，对民族性格的养成、社会风气的引导、健康快乐生活方式的铸造，功不可没。但我们又不能不面对这样一个现实，在上个世纪的80年代，公交车里，手不释卷的中国人，还曾成为外国记者艳羡的风景，三十年后，公交车上、餐桌前，竟已幻化出一个个沉湎于iPad或手机短信微信的身影。这使我想起二十几年前在日本电车上看到的一幕：飘挂于车厢的漫画，车厢里的站客们，津津有味地观赏着那些漫画，时不时发出傻傻的笑声……当时就想，天天浸泡在这样的文化氛围里，难怪世界讥讽你们成了“经济动物”！

看今天的中国，当然不能只看拥塞在名品店里一掷千金、颐指气使的“土豪”们，不能只看蜂拥于旅游景点、高声大嗓、举止无忌的游客，也不能因为金字塔上“到此一游”的涂刻，使我们对本民族素质的评价，落入自暴自弃的深渊。

但我们真的不能不为本民族越来越少的读书量而惭愧。“浅阅读”的流行，使我们不能不对本民族精神风骨、情感深度和审美格调的前景，抱以更多的忧虑。

这就是当陈艳敏女士把厚厚的四摞书稿摆在我面前的时候，令我吃惊，又使我倍感欣慰的原因。

一位“痴书”之人，把自己读书的感悟与大家分享。这些感悟，并不深奥，但欢喜由衷。我注意到，从1998年9月读加缪的《置身于阳光和苦难之间》，到2014年2月读胡兰成的《今生今世》，再到今日四本读书随笔的结集出版，这中间竟有着十六年的时间跨度。可以肯定的是，在这十六年甚至更长的时间里，艳敏女士始终在坚持阅读，并不间断地把它写成文字。阅读和写作时那种“心怀欢喜”的境界，是不能不感染我们的。使我们沉迷的，还有她多年读书养成的思考特色，这些构成了一个阅读者和言说者的个性魅力——她长于从众多经典著作中汲取精华，又自觉地与一般的读书笔记区别开来，更注重捕捉书中的精神气质和文化内涵，加以优雅的语言，准确地表达内在的心得与感受，向读者呈现人文之美、文化之美，给读者传递从容、沉稳、专注状态下的阅读体验。“腹有诗书气自华”，这种经过了时间滴注和书籍熏染的迷人气息，在浮躁的当下，将产生巨大的吸引力和亲和力，将吸引更多人成为读书之人、迷书之人。对熙熙攘攘的当下，可谓之“迷人的抗争”。

“书话”之体自古有之，辑选有鲁迅、周作人、郑振铎、阿英、唐弢等人的近代书话丛书，也曾读过。“书话”与“书评”“读书随笔”，虽有内容的交叉，但在文体上还是略有不同的。前者更具书卷气和考据风格，后者则更重思想的阐发、情感的共鸣、触类旁通的感喟。“读书随笔”类的书籍，近年时有所见，但成如此规模者并不多。我很欣赏山东画报出版社策划这套“书文化”系列读本时，对大众文化时代阅读心理的关照。它从四个方面，展示了好书对人类精神滋养的不同角度：《书与人：随遇而读，自在欢喜》以众多爱书人与书的不解之缘，致力于人类精神文化的价值传承，展示经典对于人生的恒久魅力，以及灌注于生命深处无法泯灭的人性光辉；《书与城：家的记忆，生命的河》通过萃取众多作者羁旅作品中的精华，展示不同城市、不同地域的风采特色、山川景致和人文内涵；《书与生活：锦上添花，生活很美》通过对烹茶煮饭、莳花弄草等生活类书籍的阅读和理解，讲述居家生活中的人和事以及文人雅士的闲情逸致，向读者呈现浓郁的生活之美、情趣之美；《书与艺术：为美而生，与美同在》从艺术欣赏的角度，通过诸多艺术大家对音乐、绘画、舞蹈等的亲身讲述以及作者的感悟，将读者带入艺术类书籍所独具的艺术氛围与境界，领略伟大的艺术精神、艺术情怀和艺术特质。从总的格局不难看出，出版者既吸收了当下文化界思想论辩的成果，追求丛书的品位，又保持着此前早已呈现的对大众阅读的尊重。这恰恰从一个角度证明，思想的活跃与论争，无论对论争的哪一方，也无论在理论上还是实践上，都是大有裨益的。

是为序。

2013 年 12 月 19 日

“吴建明水墨画展” 贺序

吴建明①，停云阁主人，浙省浦江人氏。数代躬耕陇亩，非翰墨世家。先人以丹青名世者，未之闻也。迨至先生，竟自幼痴迷于援毫洒墨，恳恳不懈，人皆异之。及长，家贫无着，时运乖蹇，漂游四方，以稻粱为谋，却不舍笔墨，更不坠青云之志也。待柳暗花明，天遂其愿，得以入杭师大美术学院习画，愈加不敢懈怠。当是时也，寂寞沉潜，与先贤大师神会；蕴藉心胸，以画外功夫涵养。其之立也，所谓天赋异禀、天道酬勤云云岂可蔽之乎？初出茅庐，乃以苍凉凝重投诸写实，《生生不已》《阅尽人间》，头角峥嵘，令同道瞩目。而其自知身处喧嚣熙攘之当世，更须振衣濯埃，弘毅远行。窃窃之喜，何足道哉。故由而立而逾不惑，逾不惑而向知命，不懈求索，百变不辍。

“停云有约——吴建明水墨画展”即为画家近两年间意境营造之心得与笔墨探求之成果。

观其画也，宋人之严谨，元人之超脱，笔墨渊薮，熔铸百家，而又机杼别出，新境独辟。写意画龙，工笔点睛，相得益彰。读来令人耳目一新也。

我与建明先生，新交也。然一见如故，晤谈甚欢。数日前，先生忽

---

① 吴建明，国画家，1967年出生于浙江省金华市浦江县。中国美术家协会会员、浙江画院研究员。现供职于中国新闻出版传媒集团，任中国画学刊杂志社副主编。吴建明曾分别在杭州、苏州和北京举办个人画展，此篇系作者为其北京的画展撰写的贺序。

言其画展开幕在即，嘱余以序之。余大惊，为文为艺，或有同理，然别才别趣，岂敢置喙？坚辞不允，只好杂谈如上。门外刍议，聊表贺忱亦聊博一笑云尔。

甲午初秋于北京

辑 六

“死生契阔”

——我与《北京晚报》

“幺蛾子”这词儿在旧时有点儿贬义。记得年少时走过某胡同，听见北京老太太骂她的孙辈儿：“家去！小王八蛋净跟我这玩儿‘幺蛾子’！……”“幺蛾子”指的是“上房揭瓦”还是“尿尿和泥”，没闹明白，反正知道是“邪门歪道”就是了。及长，发现“幺蛾子”到底算是“正能量”还是“负能量”，有一点儿可疑。比如当年南方某友人抱怨过领导“净玩幺蛾子”，起因是原始股卖不动，强行摊派大家“勠力同心”。现在那“幺蛾子”，已经变成“英明啊英明”了。另一位友人1997年在密云花十三万元买下了一套一百三十平米的单元房，也曾被我讥讽：“玩儿什么‘幺蛾子’呀！”岂料不久前他又见到我，挑衅似的说，那套房子，现在已经值二百多万啦。那眼神儿分明是问：还是“幺蛾子”吗？

其实对我来说，“幺蛾子”是早早就喜欢的。搞创作就不必说了。办报纸，不闹点儿“幺蛾子”，难道不乏味吗？当然这“幺蛾子”所指，不是要“雷人”，也不是要“出位”，是说办张报纸，得独具只眼，时不时整出点儿“人人心中皆有个个笔下却无”的“动静儿”来。和《北京晚报》交往四十年，最令我难忘的，就是它那“瞅不冷”闹出的“动静儿”。这“动静儿”绝对是顺势而生，却又勇立潮头。比如早在1980年《北京晚报》联手几家合办的“新星音乐会”，且不说它推出了多少歌坛新秀，就为它顶着“靡靡之音”的“雷”，开创大众音乐的胆略与实践，不能不铭刻于新时期文艺的史册。又如兴起于1984年的

“爱我中华修我长城”活动，也是《晚报》之首倡，算是喊出了北京人蕴积已久的心声，引起了全球中华儿女的共鸣。

我没掐指头算过自己共给《北京晚报》写了几篇稿子，只记得小说、散文、随笔都是写过的。这两天，为了激发我撰写回忆的热情，主管本辑版面的晚报编委周家望时不时给我发来刊载于《晚报》的“旧文”图片。屈指算来自己和《北京晚报》的“交情”，竟已有四十年之久。忽想起这位已成“名记”的周家望，之所以有今天，或许与《晚报》的一个“幺蛾子”也不无关系呢。那应是上个世纪80年代中期，《北京晚报》顺应80年代文学热潮，在“同仁堂”的支持下，成立了同仁文学院。那时我还在北京市文联从事专业创作，被晚报请去讲授“小说写作”课程。记得在那里任教的，还有儿童文学作家刘厚明、夏有志，散文家韩少华，诗人唐晓渡，剧作家刘树刚等等，都是那个时代文学界的活跃人物。而周家望，当年也是到同仁文学院“发蒙”的中学生，跟我学小说。逐渐发现，和周家望一样吃上这饭碗的，还不止一个。好几次有青年男女遇见我，拱手便拜：“老师，我是您同仁文学院的学生呀!”枉担师名，岂敢岂敢。不过又想，至少《晚报》办那个“文学院”，在许多少年的心里，播下过文学的种子哩。

于我所感，《北京晚报》的好几任领导、编辑、记者，延续至今，都是能出“幺蛾子”的家伙。用时髦的说法儿，叫有点子，敢担当。坦率地说，给《北京晚报》写文章，是很紧张的。一是北京的老百姓天天要看，你不打起精气神儿，敢见江东父老？二是这报纸文章虽小，却荟萃百家，你不玩儿点儿邪的，咋能“混迹江湖”？故此就为这千把字，不能不点灯熬油，僧推月下门僧敲月下门。就拿“一分钟小说”来说，本就是此报的“招牌菜”，是各地晚报同人瞩目的栏目。给《晚报》写一分钟小说，不能不战战兢兢。记得我写过一篇《天道》，又写过一篇《娘家人》，好在差强人意，发表后转载、评论的不少，愧承谬奖便越发紧张。下一篇写什么，怎么写，哈姆雷特似的。记得我跟当时主编副刊的高立林说，我出个“幺蛾子”吧，下回咱不照规矩出牌，大家合伙儿来个“小说续尾”行不？我先写个开头儿，你登出来征集结尾，行不？高立林连声说好。结果还真是“应者如云”。记得陆续发出“续尾”的有文场新锐，也有热心读者。如袁一强、王文平、郭建华、魏帼，等等，一篇一篇登出来，各擅其长。直到最后才明白，那是自己给自己挖了一个“坑”儿——“续尾”登了些日子，沸沸扬扬中，高立林找来了，说：“您自己那个结尾写好没？我们等着收场呢！”始料不及却又不能不“为王前驱”。难办的是，已有那么多精彩的“续尾”刊登于前，我得怎样闪展腾挪才能显着自己不那么“花拳绣腿”？为这“收官之作”，好几个晚上辗转反侧，待完稿交给高立林时，陡然想起北大同窗黄子平说过，“创新”这条狗，已经追得作家们连上洗手间的工夫都没有啦。遂苦笑着对高立林戏仿道：“娘的，谁承想，这么一个‘幺蛾子’，倒追得我自己‘五脊六兽’啦！”

有的“套儿”是自己钻的，也有的“套儿”是《晚报》设好了，逼我钻的。

大约是1992年，苏文洋找我，说自己刚从晚报的专题部调到了经济部，到了任欢迎手下。苏文洋是老哥们儿了，20世纪80年代中期，我们曾一起慰问前线，也曾联名撰写报道，甚至还和郭宝昌合作过一部影片。他时不时杀上门来闲扯，是无须理由的。但这次找来，开宗明义便说自己已归任欢迎管辖，还要转达他的领导任欢迎的问候，这让我觉得怪怪的。

原来是要我写关于经济的随笔！我忙不迭敬谢不敏。我说：“天哪，我哪儿懂经济？我连账都算不过来！”

苏文洋呵呵笑道：“要的，就是你这栖栖惶惶的劲儿！”

我说我就是一个插科打诨说故事的，让我谈经济岂不是关公面前耍大刀？

苏文洋还是呵呵笑着：“您试试，您试试！”

就这么着，被苏文洋们逼着，写了《消费六记》。

《消费六记》登了，苏文洋又来戴了几顶“高帽儿”，呵呵了一通。又写了《消费再记》。

回想起来不能不佩服苏文洋们的敏锐，那时市场经济风云初卷，京师百姓，除了商界的弄潮儿，大抵都和我一样，激动而惶恐，茫然而自卑。他们找我出来插科打诨，扮个倒霉蛋，自嘲自纾，或也算别开生面。前几天遇见苏文洋，说起当年请君入瓮，仍得意扬扬。又说起因《消费六记》而起，发生在我们之间那件登不得大雅之堂的事，笑谈“算《消费末记》可乎”，不由得越发前仰后合。

那几篇“消费”的连载发出后，大概报社内外反映不错，苏文洋很为此“嘚瑟”了一下。或有犒劳的意思，某日邀我到其“新居”小酌。

那“新居”地处鼓楼，是晚报分给苏记者的福利。现在估计早已拆迁了。不过那时的苏文洋很为此“蜗居”春风得意。这有点儿像贫下中农刚刚分了二亩地，精耕细作，上心得很。我应邀前往时，此房刚刚粉刷，未及干爽，进屋时发现墙面上还流着白汤儿。就这么着，哥儿俩豪情万丈，支起了刚刚买来的紫铜火锅，炭火明灭水汽氤氲中，共同分享《消费六记》被打赏与苏记者被“福利”带来的喜悦。

酒酣耳热，夜色渐深。拜谢主人出来，一路骑车沿地安门大街奔南而去。那时我家住在蒲黄榆，路途不算近，出门时还踉跄了一下，苏主人问没事吧，我说喝得并不多，比我挖煤时少多了。就这么骗腿上车，迤逦而去。谁知再睁眼时，发现自己不知何时躺在马路牙子外侧的一个树窝子里，自行车还压着半条腿，顿时一脑门子蒙圈。仰望星空，看见了景山后街的大屋顶。看看表，已过子夜，敢情离鼓楼不过一箭之遥，而我都倒在路边睡了一个时辰啦。赶紧爬起来，扶起了车。幸好，小风一吹，耳聪目明，寻思着不像醉酒。那时的北京人，也不像今天这么怕“碰瓷儿”，故心中别无他怨，只怨灯影昏黑，自己摔的不是地方罢了。爬将起来，忽记起有个友人恰住附近，便推着车子，“暮投石壕村”，求茶一杯，压压惊，定定神儿，而后兀自归家去也。

第二天一早就给苏文洋去了电话，笑谈“后街”悲催故事。苏文洋在电话那边早已笑弯，说：“你肯定也中煤气啦！昨晚送走了你，我也一屁股坐到台阶上……寻思半天，恍然大悟，潮乎乎的屋子，咱哥儿俩点着炭火锅熏了一晚上呢！”

我说：“天哪，好歹咱哥儿俩也算个‘才俊’，差点儿让您熏出一个‘倒卧’！”

知道“倒卧”，和知道“幺蛾子”的难度差不多，不在北京混过几十年，难解堂奥。“倒卧”，就是杜甫说的“路有冻死骨”。

本不想自揭其丑，因此这故事一直是苏文洋和我之间嘻嘻哈哈的话题而已。现在却想，或也可算作我与《北京晚报》之间“死生契阔”的明证。

2018 年 1 月 11 日

我与《北京文学》

从1974年发表处女作算起，我和《北京文学》交往已近半个世纪。更早我是它的读者。那时《北京文学》的刊名还叫“北京文艺”。印象最深的，是初中时就读过刊载于其上的剧本《海瑞罢官》。几年后，全国批判的热潮兴起，吴晗那《海瑞罢官》竟首当其冲，为此我也心惊肉跳了一阵儿。及至20世纪70年代中，“文革”运动的狂潮稍退，似乎也需要一点儿“文艺”来点缀了。陡然发现《北京文艺》复了刊。其时，我在京西的一家煤矿挖煤，因为“政治问题”，被褫夺了做“工农兵学员”的机会。岂料命运偏偏眷顾于我，让我混迹于点缀“大好形势”的大军，由此认识了浩然和工人诗人李学鳌。想来是因为有一点儿不甘命运的激愤，我偏偏就写了一首歌颂“工农兵上大学”这一“新生事物”的短叙事诗，送到浩然那里求教。令我意外的是，浩然把这诗转给了李学鳌，李学鳌就推荐到《北京文艺》发表了。今天读起来，那诗实在幼稚得很，甚至可以说，更多的，是勾起一些屈辱。然遥想当年，对浩然、李学鳌和《北京文艺》仍满怀感恩，又想，命运之复杂真是一言难尽的。若不是以这样一种姿态进入文场，又怎能加深自己对文学的理解呢。

新时期文学的发轫期，我是作为《北京文学》作者群的一员而参与的。我说过：“大凡经历过上一世纪七八十年代的人都知道，新时期文学的发轫，经历过何等的艰辛。”我所说的“艰辛”，并不只是关于社会、政治、人生以及文学的论争。作为一个写作者，文学观念的转变，把这转变呈现为作品的表现，或许是更为艰难的事情。而《北京文学》，应是我早期创作的启蒙者和引导者。

上世纪 70—80 年代的文学思潮，以卢新华的《伤痕》和刘心武的《班主任》为标志性作品，这大概是所有研究者的共识。我个人体验也是如此。1977 年恢复高考后，我就读于北京大学文学专业，裹挟在思想解放的洪流中，对“文化专制主义”统治下的文学，也有诸多的质疑。1978 年夏末，我和电影学院的林洪桐应邀到上影改一个合作的电影剧本。不久在上海读到了《伤痕》。读完小说的第二天，我就向林洪桐提出，放弃我们合作的剧本。我说我需要重新开始关于文学的思考和写作。记得当时林洪桐大吃一惊，因为这剧本，已定为上海电影制片厂向新中国三十周年的“献礼项目”。这应算是难得的“人生机遇”。足见《伤痕》如何成为许多写作者文学生涯的转折点，成为影响那个时代文学走向的里程碑式的突破。然而，在我看来，后人对历史的描绘，似乎永远停留在这一层面，对那一段文学史的概括，大抵或也无他。其实，和这“突破”与“转折”相偕而行的，难道仅仅是“伤痕”和“反思”吗？庆幸的是，《北京文学》并没有沉浸于“比大胆儿”（王蒙语）、“闯‘禁区’”的热潮中，也没有止步于“伤痕”的展示与“反思”的层面。它当然不回避直面人生、直面社会的题材题旨，但它以人物性格的塑造、文化韵味的展示、生机勃勃的叙事和个性纷呈的语言，凸显其在小说及其他文体上开掘文学特质的努力。那时就有一个作家问我：“读《北京文学》，怎么总是能读出一种超迈于当下许多刊物之上的文学境界？”我的回答是直觉的。我说，感觉他们并不满足于去抢政治学者和社会学者的饭碗，对文学，他们秉持着自己更深的理解。直到后来，听到先后担纲《北京文学》领导的李清泉和林斤澜的两句话，觉得对《北京文学》的理解算是豁然开朗了。一是听说李清泉退回了某位老干部撰写的“小说”，他在退稿签上写道：某某同志，写小说不是写报告，何况你这也不是很好的报告。我后来曾向清泉求证故事的真伪，他说，这是真的。隔行如隔山，不是说写小说就比写文件的高明，可我办的是《北京文学》，我只要好小说，可不要文件，就算是好文件，也不能要啊！说到最后清泉还“嗨”了一声，说：“其实办好一个刊物没有那么复杂，见到好作品敢说好，见到次的，敢说不，就成！”

林斤澜的言说则把这直率化作了委婉。他说，文学，许多人求的是“现世报”，但有些，还得求个“来世报”。初听，佩服他借喻得巧妙；细想，佩服他概括得精到；深思，古人所说的“言有尽而意无穷”，此之谓也。四十年间读到的《北京文学》那些“超迈”于时文的篇章，比如方之的《内奸》、汪曾祺的《受戒》、张洁的《森林里来的孩子》、李国文的《空谷幽兰》、王蒙的《风筝飘带》、邓友梅的《那五》、刘恒的《贫嘴张大民的幸福生活》等等（恕不一一列举），如今再读，仍感兴味盎然。而许多仅满足于“现世报”的作品，时过境迁，我们又哪里去寻找重读的激情？

《北京文学》的价值，在于它不拒绝“现世报”，它愿意为推动社会的进步“鼓与呼”，它也更知道文学的责任与特质，需要为“来世报”的邀约而努力——它要通过一部部作品的个性呈现，丰富属于我们民族乃至全人类的情感宝库。因此，这家刊物并不以文学风潮的“时髦”为时髦，它诚实地发现每一部作品所深藏的底蕴，发现作家们重新铸造的世界，以及这“世界”在中国乃至人类情感之流中的价值。由于一代一代编辑家的努力与传承，至今，它终于成为一方可以信赖的苗圃。最有代表性的事例，是对汪曾祺代表作《受戒》的“抢救”，或可说，这是《北京文学》崛起的标志性事件，是《北京文学》足以自豪的“风骨”呈现。

当时《北京文学》的“负责人”是李清泉。李清泉身材瘦削，脊背微驼，戴一副度数极高的眼镜，一看便知是长期伏案的人。在我的记忆里，清泉那时还是“戴罪之身”。他之蒙冤，和当年在《人民文学》任编辑部主任时，发表李国文的《改选》有关，和他曾为“丁陈反党集团”辩白有关，也和他向当时主管文艺的周扬“提意见”有关。记得是1978年，李清泉到《北京文学》“恢复”工作时，“右派”的“尾巴”还不能算是完全甩掉。不知是不是因为这个缘故，他只是被任命为《北京文艺》“负责人”而已。不过，自李清泉主持《北京文艺》以后，《北京文艺》面貌大变，最先触动我的，是发表在1979年3月号的中篇小说《内奸》。“探求者”方之，沉寂多年后，一出手就展示了在人物塑造上的非凡功力。对于那一时期的作家来说，人物塑造不仅仅是一个才华、技巧问题。文学界遭遇过反“中间人物论”的批判，遭遇过“三突出”模式的“加冕”，就连电影《创业》里面已经足够“三突出”的“周挺杉”，都被“求全责备”，无怪乎浩然写到《金光大道》，也只能“高大全”了。而《内奸》，以一个众人眼中“不干不净，好吹好玄”的榆面商人田玉堂浮沉于时代大潮的悲喜剧，告诉我们什么是“人物”，什么是“圆的人物”，什么是可以“走进文学画廊”的人物。我记得，《内奸》在 1979 年 3 月号《北京文艺》发表时，《北京文艺》的作者群里一片喝彩。后来成为该刊主编的李陀就对我说过，得像方之这样，用作品，把已经被僵化的文学一点一点暖过来。随后发生的，就是《受戒》故事了。大约应该是 1980 年夏的某一天，时任《北京文学》小说组组长（后来也曾出任《北京文学》社长兼副总编）的傅用霖悄悄告诉我，《北京文学》将发一篇极棒的作品，是汪曾祺的小说《受戒》，这是李清泉“抢救”出来的。原来是在北京文联的一次座谈会上，某同志谈起文艺界的问题，提到了汪曾祺及其《受戒》。大概意思是：这样的作品，很难发表。言者无意，听者有心。李清泉随即联系汪曾祺，说拿给我看看，能有什么“问题”？汪曾祺应约寄来了稿子，且附笺曰，我以为，发表它还是需要一些胆量的。李清泉果然“胆量”了得，随即把这《受戒》，发在当年第 10 期的《北京文学》上。初读《受戒》时，并不是人人“纳头便拜”的。评论界一时“作哑”，倒是一时“蒙圈儿”的明证。即便是我，初读时，一边为那语言、那意境、那纯真与微妙而倾倒，一边也还为李清泉、汪曾祺揪着心呢。如今《受戒》已经成为无可争辩的当代文学经典，可惜汪曾祺、李清泉，加上林斤澜，也都已翩然西行。他们在世时，时不时就拉上我，还有《北京文学》后任的主持者傅用霖、陈世崇、章德宁一起喝酒的。最后一次聚会，是林斤澜提议的。说汪曾祺来电诉苦，称因病“禁酒”多日。我便请命，发起在白塔寺“南来顺”小酌。想起《北京文学》的几位老领导，个性不一，风格各异，但似乎也都和汪曾祺有一点儿相通，那就是都有一颗调皮的心。若不调皮，林斤澜何以专门让傅用霖打电话给我，说必须“救驾”，因为汪曾祺“馋酒”久矣。说话间《北京文学》“几代”领导便奔驱而来，何欣然哉。撰文至此，我竟萌生心愿，又找

《受戒》读将起来。“调皮”，就是我重读之后，新蹦出的字眼儿。除了一如既往的陶醉，更忽然间读懂了汪曾祺一颗“调皮”的心。是的，汪曾祺是懂得美的，他为我们展示了明海和英子那两颗萌动的心，那一对荸荠田里有意无意触碰的脚丫儿，那前去受戒途中喊出的心声……这些滋生于世俗民间的情感而焕发的人性之光，呈现为何等素朴之美。记录这美的汪曾祺，却又是“调皮”的。他饱读诗书，内心深处却选择了世俗美、民间美和自然之美作了皈依。他以宽容甚至欣赏的语调，描绘着乡间草民对礼教道统宗教戒律的无视与抵抗。而明海和英子，则是这无视与抵抗中绽放的一朵明丽的花朵。重读《受戒》，我敢说我触到了他那挑战的心——这是真诚向虚伪、自由向桎梏、童心向陈腐的挑战。而这挑战，在中国百姓的日常逻辑里，早已不足为怪。作为一个小说家，汪曾祺的高明在于，他把这种挑战化解到调侃的叙述中，最终，他并不绝望，也不失望，因为有明海和英子篇末的一问一答，人性所深藏的，对美、对幸福的期待，终究属于永恒。

汪曾祺的调皮，其实是有李清泉支撑的。一家刊物，一代一代的主持者，都像李清泉那样，欣赏着作家们的“调皮”，这刊物就会带给大家无穷无尽的欢喜。既可“现世报”，又可“来世报”。善待“调皮”，欣赏“调皮”，就是对文学个性的宽容。

2020 年 5 月 11 日

关于《幌马车之歌》[①]

台湾作家蓝博洲先生所著报告文学《幌马车之歌》，在《人间》杂志发表应该是 1988 年，也就是二十几年前的事情，我第一次读到它，距今也有十几年了。几天前，趁这本书在大陆再版的机会，我又重读一遍，心中又一次充满了感动。这种感动，和十几年前的感动大有不同。不再是扼腕的痛惜，而是绵绵无尽的悲凉；也不只是对钟浩东们高山仰止般的钦佩，而是又有了一些对人生对文学的顿悟。读罢，我默然独坐很久。当然首先仍然是发自内心地向钟浩东、蒋碧玉们致敬着，也向把这些被遮蔽的人物及其神韵彰显出来，铭刻在历史碑石上的蓝博洲致敬着。但我更多的是在想，二十几年间，无论是大陆还是台湾，不知有多少书被写作出来，可又有几本在二十年后还可圈可点？因为曾经在中国作家协会负责过一些创作研究方面的工作，所以对当代中国作家（包括大陆、台港澳作家以及海外华文作家）的作品，自然也关注得多一些，坦率地说，有不多的几部令我欣喜地向朋友们奔走相告，《幌马车之歌》是其中的一部。最近，因为重读，又一次激起我奔走相告的愿望！因为自己又一次被感动、被震撼，更因为我觉得这部作品对大陆文学，仍具有很大的启发意义。在这里，愿意抛砖引玉，就教于大家。

首先，蓝博洲先生的《幌马车之歌》，是一部站在中国作家道义与良知的立场，经过广泛而深入的探访和思索，以果敢无畏的精神重现历史现场的经典之作。它以娓娓道来的笔触、冷静客观的叙述、严谨绵密

① 此系作者在蓝博洲《幌马车之歌》研讨会上的发言。

的考证，为我们再现了一群活跃于“白色恐怖”之中的青年志士的身影，更呈现了他们抛家舍子、坚韧不拔、义无反顾、从容赴死的精神风貌。而蓝博洲，他在采访撰写过程中所体现出的，作为一个有思想有良知的作家的作为，同样可圈可点。他的理想主义、爱国情怀、治史胆魄、秉笔之道，乃至他“泰山崩于前而色不变”的从容，都和传主钟浩东们有着微妙的心理同构。这种独立的人格、高洁的风骨，显示着中国文学和中国作家对为人之道与为文之道的坚守，使我们不能不发出“德不孤，必有邻”的赞叹。纵观中国古今，巧言令色、阿谀应制的文学并不少见，面对是非之祸，更多的人则如李贽所讽，“空有其才而无其胆，则有所怯而不敢”（《焚书》卷四《杂述》之《二十分识》）。也正因为如此，巴金先生才为我们留下一个“讲真话”的遗训。而蓝博洲先生，穿越历史的迷雾，在“白色恐怖”时代，就敢于直面历史的真实，言衮衮诸公所不敢言，不能不令我们由衷地钦佩。正如陈映真先生在《代总序》中所说，蓝博洲“在 1986 年的尚未‘解严’的时代，开始了探索、发现和揭露台湾战后史上这一段长期被暴力湮没的历史的工作”，是“1950 年大恐怖以来台湾史学界、言论界、文艺界和文化界近于绝无仅有的重大贡献”。我认为，这种贡献对于身处商业时代、面对熙熙攘攘的当代中国作家和中国文学来说，不仅是一本书，而是给我们以一种精神的启迪、导引与激励。

第二，掩卷之后我不能不想，蓝博洲用了什么办法，使他笔下的主人公拥有如此巨大的魅力？为此，我曾把钟浩东、蒋碧玉们和另外一些作品中的英雄人物做了比较。一是前者所用文字，要俭省得多，全书正文，不过六万字，而我所读过的其他作品，背景尽可能地渲染，事迹尽可能地详尽，似乎不撰写厚厚的书，不足以告慰先烈；一是前者所持态度，要客观、冷静得多，几乎全是冷静的叙述，即便有描写，也是白描笔法，比如钟浩东的妻子蒋碧玉叙说自己为了抗日，把长子送给了别人，不料又怀身孕，为了不生孩子，私下找些毒性极大的中草药打胎，岂料呕吐一地，没想到被别人养的狗吃下，狗当场仆地毙命。没有更多的描写，已足令读者唏嘘。又比如蒋碧玉诉说浩东被枪决后，自己料理后事的经过，就像友人间诉说着家常，而浩东的弟弟钟理义带着浩东的骨灰，捧回家乡入祀，为了瞒住母亲，骗说这是到庙里烧香拜佛，请回的佛祖的骨灰。说过之后，跑回自己的房间，先干号，随后是撕心扯肺的号哭，等等。几无渲染，却比那些生花妙笔渲染烘托出来的人物，令人震撼得多。节制与纵情、白描与铺排，似乎都还是手法问题，因此我以为大可不必扬此抑彼。我以为蓝博洲和他人根本的区别不在这里，而是如何看待自己的人物的问题，或者说，是把你写的人物作为邻家大哥，还是作为塑造的、景仰的、欲使之彪炳史册的英雄。这一点，我认为林书扬先生在本书《代序》中所说最为剀切。他说，蓝博洲笔下的“这些人”，“不是一般公式中的英雄圣贤。而是寻常有骨有肉、有血有泪的人。只不过热爱乡土和祖国，固执于造福全人类的真理，相信未来，更相信为了未来必须有人承担现在的代价，而自愿以生命来承担这份代价的人”。林先生所用“只不过”这三个字，可谓妙绝时论，参透了这部作品人物成功的奥秘。多少被爱戴的人物到了我们笔下，都成为“公式中的英雄圣贤”，而他们其实“只不过”是寻常的、有骨有肉、有血有泪的邻家大哥和大嫂。现在，在蓝博洲的叙说里，邻家的大哥大嫂等等几个人，就那么结伴跑到大陆去抗日了，没想到竟被当成了“日谍”关进了监狱……这岂是圣贤，简直是无知。而正是这无知，呈现出五位青年多么炽热的爱国情怀。“只不过”三个字，就是把圣贤还原为普通人的诀窍，也是蓝博洲给大陆文学界的启示。

第三，成功的文体尝试，使《幌马车之歌》为我们提供了另一方面的思考。如果我没有记错，对“文体自觉”之倡导，早在上个世纪80年代初就在大陆流行了。这个倡导，引发了丰富的文体尝试。有成功的，也有失败的。由此作家们意识到，“审美的颠覆”未必可以统而言之，成为好的艺术创造的标准。因为这颠覆有时候实在是不成功的。比如有的小说让读者“一头雾水”，只剩作家们自吹自擂，说自己如何高深莫测新潮前卫，其实这样的探索除了探索的勇气可嘉，又哪里算得上是“审美的颠覆”？结果倒是读者颠覆了作家，人家不再看你的书，岂不就是把你给颠覆了！因此作家们又逐渐认识到，我们所说的“审美的颠覆”，其实应该是“成功的审美颠覆”，也就是“艺术创新带来的征服”。而要做到这一点，不靠故弄玄虚，不靠过度包装，只能来自作家的实践，来自作家艺术表达过程中的寻觅、想象和尝试。最后的检验标准，只能靠读者的阅读感受。不难看出，《幌马车之歌》的成功，除了作家的立场、情感以及素朴平凡的英雄观等原因以外，文体的自觉与成功也是不言而喻的。受访者轮番的陈述、钟理和日记与作品的摘引、报章的记叙以及文书档案的引用，直至每一章节后面的注释，无不昭示着历史现场的真实与严谨。包括附在文末的“口述证言采访记录”“大事年表”等，也都可视为这历史现场重现的有机构成。也正因为这样，给读者带来了引人入胜却又真切感人的阅读。这种以成功地完成题旨为原则的文体探索，以艺术征服为原则的文体探索，应该说，对我们大陆作家的启发，也是巨大的。

《幌马车之歌》给我们带来的思考和启迪，应该说远不止这些。它更宏大的意义，在许多评论中都有很好的阐发，我只是从文学方面谈谈读后感而已。

我想借此说明，加强两岸的文学乃至文化的交流，对大陆作家以及大陆文学来说，也是求之不得的事情。

谢谢各位。

2012 年 5 月 27 日

三个“换……”

上个世纪 80 年代中期，发轫于 70 年代末 80 年代初的“新时期文学”，似乎又到了一个转折点。或者说，无论是创作者还是评论家，都感觉到中国文学界正悄然发生着一些变化，萌生着一些新的因素。从这个角度来说，1984 年年底在杭州西子湖畔展开的那场青年作家与评论家的对话，可以说是应时而生的。“新时期文学：回顾与前瞻”——会议的议题是平实的，却提供了话题纷呈的可能。然而会议成功的因素似乎还不能仅仅归结于议题上。那个时代的文学，还保持着激情——作家评论家们都秉持着升华民族情感和丰富民族审美经验的“己任”，还洋溢着刚刚被释放出来的个性化的豪迈。那日子，颇有点儿建安时代的气氛，人人都有股子“抱玉握珠”的自信。当然我那几天倒是没精打采的——从会议开始，就捂着肚子，一边为新见迭出击节而叹，一边被不争气的肠胃炎所困扰。与会的青年作家和评论家多是当时文场的翘楚，几乎每个人对创作的动向都是熟知的，开会前似乎也凝聚了太多思想的能量，所以各个才情迸发宏论滔滔，比如关于小说叙事的“多样化”问题、文学批评的传统与创新问题、“语言”问题、现代主义问题，等等。三十年后，仍见有研究者提及这次座谈，认为它对 1985 年以后的文学创作和批评，影响巨大。甚至有论者认为，此后一个新的文学流派的出现——“寻根文学”，得益于它的“催生”。

作为参会者之一，说是“躬逢其盛”也好，“忝列其中”也罢，面对研究者的言说，都只有洗耳恭听的份儿。不过，在我看来，一个阶段的文学转折或取得突破性成果，是因为文学发展到了那儿，作家的情感和思考聚积到了那儿，当然，时代的火花也迸发到了那儿。此外，那一时期，还有一个因素不可不说，那就是欧美现代主义带给中国文学界的震荡未息，拉美的“文学爆炸”又轰然而至，对生命状态的质疑，对思考世界方式的质疑乃至对艺术表达方式的质疑，成为所有有创造力的作家们不得不面对的困局……因此，说到杭州会议，切入点是好的，因果关系也是有的，但“因”并不单纯而绝对。当然，这次“回顾与前瞻”对文学的发展有所助力，无论大小，确不应湮灭。一群思想和才情都属活跃的人聚集一处，发出真诚而有趣的声音，唤醒他们自己乃至更多的人解读生活、思考文学，对创作的走向、题旨和审美的开拓，有所推动，是值得赞赏的。我对这次会议也有很深的印象。首先是它直面文学实际的坦诚，不管提到什么作品，是称许还是批评，都无须顾及什么情面，也无须左顾右盼，而是专注于作品为文学发展提供的可能和启示。这种讨论的气氛，现在已难得一见。其次我还赞赏它的平等。不管是创作者还是批评者，不管是新秀还是前辈，更不管是居官还是为文，大家尊重每一位言说者的看法，就算某位言语激烈见解偏颇，也不见谁“扣帽子”“打棍子”“上纲上线”，顶多了，有人有点儿“不敢苟同”的微笑，最终，还是有所启示的欣然。我至今还记得当年茹志鹃、李子云等几位前辈倾听的神态，那神态被永远定格于 1984 年岁末的晨光里，告诉我们那个时代做文学，实在是一件松弛而愉快的事情。

我记得轮到我不得不发言时，会议已近尾声了。大家谈得昏天黑地，也顾不上一直捂着肚子躲在角落的些小吾曹。到了最后一天的清早，（黄）子平兄送来了两包“保济丸”。那两袋药丸果然神奇，驱妖降魔般使我的肚痛了无踪影。这才觉得“捂了几天肚子，屁都不放一个”，殊为不妥。当然，发言在心里也是酝酿了很久的。想说的是，变革的时代，一切都在剧变。作为一个作家，在生活方式、思考方式和表达方式上求变，迫在眉睫。当着满堂的文学理论家，我觉得用口语化来表述似乎更好些。于是在发言时就改成了现在所见到的——“我别无他念，就是在琢磨‘换一个活法儿，换一个想法儿，换一个写法儿’。”我没有想到三十年后还有人会回望一下这次会议，更没想到有人会注意到这三个“换”，这便成了这次约稿的话题。据说，这“喊出了一个作家力图契合文学发展内在要求的呼声”，又说它可为重读“寻根文学”，提供一些背景，还有朋友称，对当下文学的发展，可提供一些启发。

还是说过的那句话，那个发言不过是个人在面对转折时的一点儿心得。当然我可以证明的是，当年那些“寻根文学”的代表性作家们，在 80 年代中期所开始的创作，的确是有着理论的自觉和文化之思考的。那种“自觉”和“思考”，从他们当年的文章里，就可以一览无余。

那么，回顾一下我当年的心态。

“换一个活法儿”，其时是大多数中国人“走进新时代”的念想。“活法儿”一说，是那时时髦的“北京话”，之所以时髦，应可看出澎湃其间的“走异路，寻他乡”的人生渴望。同样，关于“活法儿”的思考，对于一个作家来说，更为峻切。经过新时期文学的崛起，过去年月的遭遇和感受，已经写过不少，但面对新的现实，作家们大都有人物积累、情感积累捉襟见肘的危机感。就我个人的感受而言，海明威所讥讽过纽约作家的一段话是刻骨铭心的。他说，纽约作家们不过是试管里的蚯蚓，他们只知道互相吸吮着别人身上的养分，其实已经失去了广袤的空间。（大意）“换一种活法儿”，传递的就是作家对“现有的”生活方式甚至是“生存方式”的某种危机感，表达了对新的情感资源的渴望。

“换一个想法儿”，其实是对思维角度和思想资源的期待。就拿新时期文学来说，我们经历了“伤痕文学”和“反思文学”，到了 80 年代中期，仍使文学停留在一般的悲情诉说和社会批判层面，是不是过于肤浅？文学能不能向历史的、民俗的风貌和心理的深层结构开掘？再者，文学是不是应该而且可以为民族审美经验的丰富与提升有所贡献？若可以，到哪里去寻找、借鉴，如何进行尝试？……当然，社会生活以及创作实践向作家们提出的问题是多向度的，也还不仅止于文学本身。而思考方式的更新，又与形象思维相交集，很难一言以蔽之。不过，思想的匮乏的确是令当时的文学界焦虑的话题。当年读到苏联文学理论家赫拉普钦科《作家的创作个性与文学的发展》一书，他指出，我们总是指责苏联作家们没有生活，其实他们最致命的问题是——没有思想。我得承认他的话使我有振聋发聩之感，“换一个想法儿”之说，得益于他的启示。文学发展的实践也证明，思考方式的更新和创新，为文学新境界的开辟奠定了基础。如前所述，“寻根文学”的产生和发展，就是典型的范例。“寻根文学”，从其酝酿之日就有着非常明确的理论自觉，要突破悲情诉说和社会批判层面，为文学向更广阔、更具深度的人文领域走出坚实的一步。在叙事美学方面，“寻根文学”对民间文化精华的撷取、海外文化的借鉴也有诸多自觉的尝试，其成果也是有目共睹的。

最后，“换一个写法儿”。其实指的就是作家“创新”和“变法”的自觉。上个世纪80年代中期，传统的“典型化”的创作手法已经受到挑战（尽管时至今日，有资格进入我们的“典型画廊”里面的人物，依然寥寥可数），“各式各样的小说”（李陀语）和形形色色的流派尝试，已经登上当代文学的舞台。文学既是创作，冲破陈旧僵化的藩篱，大胆运用新鲜生动的语言，根据所欲言所欲诉，寻找最美的表达方式，自是题中应有之义。这非但不是对传统的抛弃，而且是对我们民族审美经验的丰富与提升。“换一个写法儿”，其实就是为了传递这种艺术变法的理念，并不是要赶时髦。当然，随着中国作家创作实践的展开，对“换一个写法儿”的思考早已越发深化了。比如对传统审美经验的“颠覆”，如何和哗众取宠相揖别，真正展示艺术征服的魅力？对语言创新的追求，如何和佶屈聱牙相揖别，真正营造为中国读者所倾倒的语言世界？对海外文化之优长的借鉴与汲取，如何与生吞活剥相揖别，化入中国个性乃至作家个人专属风格的表达……不仅仅是理性的思考，就作家的创作实绩来看，也已经丰富得多了。

三十年旧话重提。说这些旧话还有啥用处？于我，或许也只能还原片刻激情的文学时代吧。当然，为专注于当代文学研究的朋友们，提供一点儿当年的思想痕迹，也是蛮高兴的。

2015年7月14日

喧嚣的时代与文学的定力[①]

“喧嚣的时代”只是一种文学的描述。我对“喧嚣”并无敌意。“喧嚣”，有时应算是洋溢着激情与活力。我不能不由此惊叹时代的变迁、个性的呈现。就我个人的遭遇而言，我经历过那个高唱“理想”却扼杀理想的时代，因此，我不能不向今天市场经济所焕发的活力与激情致敬。当然，充满着激情，也应该葆有来自另一些角度的思考。就拿文学界来说，市场经济时代文学形态的分化，可以概括为“时文学”“大众文学”和“高雅文学”，而认识这一分化，坚守文学的信念与定力，不能不说是值得拥有的清醒。

这里所说“时文学”的“时”，是“时代”的“时”。用“时代”的“时”，是褒义。当然，在某些作品的头上，也可以用“趋时”的“时”，那就是有所不敬了。

“时文学”是不可轻易否定的。

“时文学”是中国文人“感时忧国”伟大传统的承继。白居易《与元九书》中所说的“文章合为时而著，歌诗合为事而作”说的就是这种关注民生关注世事的传统。“时文学”又和国人救亡图存的经历与革命文学的呐喊一脉相承。因此，国事家事风声雨声，是中国文学需要宝爱的遗产。当然，所谓“时文学”，也是需要立场的。为了迎合，为了得奖，为了政绩，虚假的“应时”之作，违心的逢迎之论也不无存在。要指出的是，在市场经济的时代，主流文学注意采用“奖励”“扶持”

---

① 此系作者在湖南、广东等地的演讲提纲。

政策，鼓励“时文学”的发展，无可厚非。但若不注意，某些“时文学”会把“时代的文学”蜕变为“逢迎趋时”的文学，其实也算是一种“拜倒在金钱的脚下”，会制造大堆垃圾，则将把“时文学”推上死路。

大众文化，或曰大众文学，正以无可遏止之势登上舞台。

这里所说的“大众文化”，是一个特指——在许多文化理论书籍中，特指那些被资本堆积出来、自觉地迎合或改造大众的趣味，以“娱乐”为口号、以赚钱为目的的文艺。这种文化现象，在西方出现得更早，早在上个世纪30年代法兰克福学派形成后，就有了对资本主义大众文化的批判。到了上个世纪50—60年代，作为他们全方位批判资本主义的理论战斗，大众文化批判就是其中不可或缺的一部分。随着中国市场经济的形成以及大众文化的发展，关于大众文学和高雅文学的争论也越发激烈起来。争论的观点与我曾经关注过的海外对大众文化的批判或维护的观点差不多。比如说有人说大众文化太粗俗了，俗不可耐了，是“娱乐至死”了。就像美国大众文化批判家麦克唐纳在《大众文化理论》一书中说的，大众文化标准化、程式化是刻板琐细流水线生产的必然产物，因此成为标准文化、重复文化和肤浅文化的同义语，而高雅文化是不可能批量生产的。大众文化的维护理论则认为，大众文化在发展的过程中，并不在意知识分子确立的趣味标准，大众文化一旦成为消费品，很自然就为市场规律所左右。而“高雅文学”，则被嗤为“雅不可耐”。

大众文化的兴起，市场经济规律使然，也是群众娱乐的需要，或者说，这是群众的基本文化权利，也是“以人为本”的一种。不管谁瞧不起，都是存在的现实。但“全部推向市场”，不意味着全部推向市场去拜金，也不意味着可以“拜倒在金钱的脚下”，世道人心的底线，是大众文学作家起码的操守。

由此，就说到“纯”文学或“高雅”文学了。

首先，要声明，对于一个作家或者一部作品来说，在“时文学”“大众文学”和“高雅文学”的道路上决然抉择者有，相互借鉴、互有渗透的也很多。但如何判断一部作品是不是大众文化产品，或是判断它是不是具有“纯文学”的特征，概其要点，我以为：其一，“高雅文学”要为它的读者，“重新铸造一个世界”，另开一种审度人生的境界。而大众文学，则基本遵循传统的善恶标准，有时还要适当满足人之生物本能和“潜意识”的需求，比如武侠、悬疑以及言情文学，不能不说有这样的因素。其二，“高雅文学”要在审美上给读者带来“颠覆感”，不赞赏因袭固定的审美模式，更注重审美的新体验。而大众文学则遵循不同文体的需要，迎合既成的审美经验。可见，大众文学不可鄙视，“高雅文学”也不可或缺。特别是高雅文学，尤其是一个民族情感深度的体现，又是一个民族审美情趣的展示。固然有的作品也号称是“高雅文学”，读之却佶屈聱牙，成为“艰深晦涩”的代名词。那不是“高雅文学”不好，是我们的作家没有做好。好的“高雅文学”，是有情感和艺术上的征服力的。

“喧嚣”，是时代的特色，而“分化”，是文学生态的必然。无论何种文学形态，都将在争执、讨论与实践中完善自己，满足群众不同的文化需要。但作为文学，无论采用何种言说与表现，在熙熙攘攘的时代，共同需要的，是定力。

比如，创作者对独立人格的追求，对人文精神的弘扬，对道德良知的秉持，对真情实感的坚守，不管你热衷于哪一种文学形态，难道不都是必需的吗？

四合院的悲戚与文学的可能[①]

这里所说的“四合院”，当然是一个比喻。它指的，是在现代文明的冲击下，无可奈何地走向瓦解和衰亡的传统的生活方式。在北京，最能表现这一悲剧进程的画面，是在林立的高层建筑的缝隙中苟延残喘的四合院。今天为我主持讲演会的铃木贞美先生于 1984 年秋访问中国的时候，就曾经和北京的作家郑万隆先生一道，站在一座高楼的楼顶，俯瞰过这一画面，进行了一番十分有趣的对谈。那次谈话我没有在场，我是从铃木先生的文章里了解他们谈话内容的。铃木先生表示了对被挤压、被蚕食而日渐萎缩的四合院格外的关注。如果我没有理解错的话，这关注绝不是仅指“四合院”这种建筑形式自身，而是文化意味上的“四合院”，或者说，是“四合院”所代表的文化，所代表的传统的生活方式。关注这种文化在现代文明中的处境，它如何被挑战，被碰撞，被诱惑，被瓦解，它如何惶恐、悲戚、愤怒，或许还有抵抗。

诸位都知道，四合院，特别是北京的四合院，是中国北方民居的代表。其实，在中国的南方，民居也多是一个个封闭的院落，只不过四周的房间连成一片，不像北方的四合院那么大就是了。这在南方，被叫作“一颗印”住宅。而北方，则以四合院为典型。

据建筑史家考证，从敦煌壁画和其他中国古代绘画资料可知，隋、唐、五代的贵族宅第和乡村住宅，都已经采用了四合院的形式。到了明、清两代，北京已经成了一片四合院的世界。

---

① 本文系作者 1991 年 11 月 28 日在日本国际日本文化研究中心的演讲。

其实，四合院也不尽然只是一种民居形式。早有研究者指出，整个北京城，可以说是一个巨大的四合院。垂花门以外，是北京的前门地区，正房，是紫禁城。而紫禁城里，也是一个由许多小四合院组成的大四合院。难怪有研究者指出，在北京，几乎每一座建筑都是一座墙。

这样，四合院生活方式的特点就显而易见了。

第一是它的封闭性。四合院的四周，由各座房屋的后墙环绕封闭，一般对外不开窗。院门里，还每每以一座迎门的影壁遮挡稍大的院子，过了影壁，还有一道垂花门挡驾。足见其封闭之深。第二是它的亲和性，这是对内而言。四合院把一小块大自然围在了自家的院落里。里面有树，有草，有金鱼，有朗朗的天空，一家人生活在其中，隐忍谦恭，尊卑有序，其乐融融。可以说，这是一个封闭的社会的缩影。

与这种民居形式相对应的，是四合院里繁衍生息、代代相承的居民们那传统的生活方式——他们的家庭关系、他们的价值取向、他们的思维方式……应该说，理解这生活方式最好的教科书，是中国作家老舍先生的作品。《四世同堂》这部长篇小说的篇名，就概括了四合院的居民们的理想。而书中的那位祁老人，他和他的儿孙们之间那种尊卑有序却又充满了人情味儿的关系，就是一直存在于千百户北京人家的家庭关系。祁老人听说日本军队占领了北京，吩咐儿子们多买点儿粮食，多备下咸菜，早关院门，静候时局，这就是封闭的四合院里典型的思考样式。老舍的众多作品中，还有唯唯诺诺、不招灾、不惹祸、甘当奴才的旧警察；随和客情儿、审时度势的顺民王利发；逆来顺受、听天由命的程疯子……都堪称是四合院性格的代表。

其实，熟悉老舍作品的人不难看出，在祁老人、王利发时代，四合院及其生活方式就已经开始崩解了。老舍笔下的主人公们，他们的性格历史就是这崩解进程的形象注脚。人类文明的进程发展到当代，摩天大楼、立体交叉桥、嘶嚎的汽车、黑烟喷吐的摩托……更以洪水猛兽之势包围在最后一片四合院的四周。这样一幅画面已经出现在北京的街头：每天，晨曦的微光中，一辆辆驮着鸟笼的自行车或三轮车不时从马路上驰过。这是养鸟迷们到离家很远的公园、河畔，寻找可以挂鸟笼的地方。他们所居住的四合院，或被高层建筑所代替，或被车马喧嚣所包围。据北京的养鸟迷们说，百灵鸟在学唱的时候，是最怕嘈杂的声音的，这有点儿像小孩子，学话时很怕学到粗话，那就“脏了口”。为了他们那心爱的百灵鸟不至于“脏口”，他们在寻找一处清幽的所在。可是，这是否容易找到？

然而，和这画面一道在人们的浑然不觉中降临四合院的，是比这画面更深刻、更内在的危机。那就是人们的心理空间所受到的驱赶和挤压。传统价值观的鸟笼，似乎也很难寻找到一处可依的枝头：宁静闲适的家庭气氛，被电视广告和卡拉 OK 所骚扰；长辈们的尊严和权威，被晚辈们开阔的视野、活跃的思路所漠视；忠厚忍让的中庸之道在贪婪奸诈的弱肉强食面前显得如此迂腐和自卑；传统的道德观念在享乐主义的诱惑下几近崩溃……生活中一个个活生生的人物，他们内心的冲突、感情的波澜，或许要比我的概括更为生动。我认识一个青年人，一个典型的四合院文化熏陶下成长起来的工人。不久前，他还在国营工厂里安分守己地干着他那一份工作，挣那每月二百元的工资。他知足知命，别无所求。可是，当同一个胡同里一起长大的伙伴们带他坐了一晚上酒吧，喝了几杯洋酒以后，他不能不对自己的活法儿产生怀疑。伙伴们有的是个体摊商，挣了大钱；有的办皮包公司，发了横财。“我过的是人过的日子吗？”他对我说。有一天晚上，他为一个个体摊商当了三个小时的“托儿”。所谓“托儿”，就是冒充顾客，吸引欺骗其他顾客上钩的角色。那三个小时，他挣到了在国营工厂干半个月才能挣到的钱。以后他继续充当这样的角色，而且还开发了新的生财之道：为偷偷嫖娼的男人提供奸宿，他则坐在门外按钟点收取“服务费”。这位在金钱物欲的潮水中沉沦的青年，最终因犯有容留妇女卖淫罪而被判刑。这样极端的例子在当代中国青年中当然实属罕见，不过，这种内心的喧嚣与骚动，最后走向和传统价值观、道德观的告别，可以说是许许多多中国当代青年共同的心理特征。老年人在这场新与旧的碰撞中，当然更多的是失落和孤独。他们所据守的人生信条，这世代传承的东西在受到挑战。我在那些蹲在马路边晒太阳、聚集在街心公园唱戏的老人们中间结识了不少朋友。过去，他们是四合院里融融的亲族气氛中的中心人物，而现在，晚饭后儿女们所关注的，已经是电视节目的主持人了。过去儿女们的工资一分不剩地全交给他们执掌，现在则开始留“私房钱”，有的甚至闹“独立”。他们只好到街心公园里，到老年的伙伴中间去寻找“自我”了。老人们的悲哀还不仅仅因为家庭关系的涣散，而且也因为和自然的告别。过去的四合院里有花草虫鱼，有枣树、槐树、石榴树，是一块小小的自然天地。忙碌于工作的年轻人对高楼里这天地的失去全然不觉，对老人来说，这又是一次痛苦的失落。一位朋友告诉我，他八十岁的老父亲从四合院搬到了高层公寓后，智力急剧下降，似乎在走向呆傻。我告诉他，这大概就是所谓的“高楼病”。他应该让总在阳台上晒太阳的老人走向社会，接触自然。他接受了建议，随后告诉我他的父亲果然不再那样神情恍惚。可是，在现代生活节奏中，忙碌的儿女们谁能不断地抽出时间尽尽这样的“孝道”？

女士们、先生们，我用了这么大的篇幅描述了我所生活的那座城市，传统的生活方式在现代文明的侵袭下崩解的图景。请不要误以为北京的上空到处飘荡着像我一样的不祥的乌鸦的叫声。我想，或许因为中国的物质文明水准较之发达国家尚有较大的距离，传统生活方式的崩解，大概也比日本缓慢得多。人们关注的热点，仍然是经济的发展、生活的改善，所以，四合院的居民们，其中也包括不少的中国作家，对自己已经面临和即将面临的一切，仍然缺乏足够的注意。他们正沉醉于把松下彩电和夏普冰箱早日请进四合院，更大的梦想则是房屋改造的大军早早开进胡同里来，他们好早早搬到高层公寓里去，那里有暖气，用不着天天早晨蹲在院子里捅煤球炉；那里有自来水，用不着一桶一桶地去院子里提水；那里有煤气灶，再也无须下班后面对熄灭的煤火一筹莫展……期待着告别四合院、告别四合院生活方式的人们，以为他们告别的全是落后和封闭，等待他们的全是崭新和欣喜，这心态使人想起一句美国谚语：篱笆那边的草总是绿的。然而，篱笆那边的草真的全是那么绿吗？

我相信，对篱笆那边的“草”的颜色再一次提出怀疑以后，诸位一定确信我是一只彻头彻尾的乌鸦了。其实不然，我可以非常坦率地告诉大家，面对着我刚才为你们描述的四合院的悲戚，我的心中是一团矛盾。一方面，我已经讲了不少了，篱笆那边的草不尽然全是绿意可人，然而，另一方面，传统的四合院的生活方式是否就那么值得留恋？你可以在那尊卑有序却又人情融融的家庭气氛中流连忘返，然而，你也得冒着被那松弛的生活节奏沤酥了筋骨、被那尊卑关系消磨了个性的危险。你可以发现，中庸、平和、与世无争的价值取向，是人生一个最美妙的避风港，然而终有一天你又会后悔，是它使你被社会生活的航船远远地抛在了一边。我不知道这种传统与现代的抉择中的矛盾、权衡中的两难，是否也是，或者曾经是日本知识分子心中纠缠难解的命题。为了说明我自己在这权衡与抉择中的矛盾心态，我想告诉诸位一个或许还算有趣的事实：我和妻子、女儿住在北京市中心的一座高层公寓里，我的家庭是一个基本随着现代生活节奏运转的家庭，一家人从早到晚，都在忙碌。我的岳父一家却是在一座四合院里。传统的家庭关系、生活习惯，我称之为“最后一个四合院”。我就在这“最后的四合院”和“崭新的高层建筑”之间来来往往。在那“四合院”里，我确实能感到一种传统的温情和宁静，可是也感到落伍于时代的郁闷。在那“高层建筑”里，我也确实能感到一种开创的活力和充实，可是也感到被冷冰冰的水泥墙挤在写字台前的孤独。幸好在我看来，两难、矛盾，纠缠不清，也可以成为文学的魅力所在。就像有的人会沉浸在对文明进程的讴歌里，也有的人会沉湎于对消失的传统的挽歌中一样，不同的作家会对历史社会人生做不同的解释，或者更准确地说，不同的作家以不同的情感方式把握这个世界，从而为读者重新铸造出一个个不同的世界。作家们千奇百怪、千姿百态的情感呈示，足以称为人类情感的百科全书。不管某些感受是否能引起我的共鸣，它们都是人类情感的生态平衡中不可或缺的一环。或许，这就是文学对人类文明的进程所做的，其他学科所无法替代的贡献。

那么，我们的话题已经由四合院的悲戚转到文学的可能性上来了。是的，传统的生活方式在现代文明撞击下的失落和悲戚，其中似乎也不可避免地带来了文学的失落和悲戚。在中国也是这样：电视争夺走了文学大量的读者，文学的鼎盛局面一落千丈。有的作家被商业目的所吸引，日益放弃文学本来的价值。人们在文字面前开始不耐烦，他们体会不到在文字天地里遨游的乐趣。他们的想象力也越发贫乏……这些不能不使作家们忧虑，为了我们的版税，更为了整个人类。

文学是否还有价值？还有机会？还有可能？

在一个下雨天，我无意中闯进一个小小的衰败的理发店避雨，得以领教这家小店的主人——一位被冷落的老剃头匠的手艺。当然，也在他那喋喋不休里感受到了他的苦闷——那不仅仅是门可罗雀、收入无几的抱怨，还有被人群遗忘的愤怒、对传统手艺的珍爱，当然还有对“过去的好时光”的缅怀。这缅怀甚至追溯到清兵入主中原的几百年前，那时候，剃头匠们领了顺治皇帝之命，巡查于都市的大街小巷，凡反抗者，一律砍头，挂在剃头担的一根木杆上……当时，我一边看着那张满布皱纹的脸，一边想，或许过不了几年，这张脸就会在地球上消失了，这是无法抗拒的必然。然而文学，却有可能把这一块心灵的天地剪裁下来，留诸后人。我已经说过了，不同的作家，因其阅历、角度的不同，对世界会有不同的感触和解释，不过我想，至少有一点对每一个作家是共同的：文学对记录人类文明某一发展时期林林总总的心路历程，有着不可推卸的责任。你也许偏重于对传统的生活方式、思考样式的描摹，就像人们或划定古建筑保护区，或复制建筑模型，用以留存前人建筑学的智慧一样，你用文字留存下了心灵的模型。当现代人在他们自信的进军中意识到失落了什么的时候，或许可以从你留存的失乐园中获取启示。你也许偏重于记录动荡时代心灵的喧嚣和骚动，这种告别过去、走向未来中几难回避的心态，对不断在这一进程中前进的人类，又何尝没有永恒的吸引力？更偏重于反映主观直觉的文学，为我们提供这风云变幻的时代里心灵的画面，对人类认识自己同样弥足珍贵。

文学的价值就在于它对人类文明进程的这种责任。意识到这种责任，文学自然会意识到、捕捉到自己的机会——用中国一句老话：此其时也此其时也。至少在中国，这新与旧更迭的时代，这心灵骚动、寻觅的时代，或许恰恰是文学的机会，我以为。

文学意识到自己的责任，把握住时代赋予的机会，非但不会使文学失去什么，反而会使它获益多多，使文学的发展成为可能。

我们还是来看一看北京人。每一位留意当代北京生活的人都不难感受到，在现代与传统中挣扎的北京人，其情感呈现出较之从前更加丰富复杂的内涵，其表现形式也越发生动。北京人对生活的幽默态度是人所共知的。这幽默的产生，大概和这里集中了落魄的皇族，他们在身世的浮沉中喟叹人生却又不失优越感，所以便有了幽默和自嘲。在理想主义时代，这种生活态度几乎销声匿迹，然而当代，又与四合院的悲戚一道回到了北京的引车卖浆者流中间。重新呈现在我们面前的幽默形态，较之以前更为发展了，发展为一种对悲剧的现实采用喜剧处理的方式，我们称之为“悲喜剧”方式。这方式从前并不是丝毫没有。比如北京人说到“死”，他们说：“去听蟋蟀叫去啦!”意即进坟地。他们说：“到烟囱胡同去啦!”意即进火化炉。过去还有一个相声叫《宝炕》：一个人声明他家虽然缺衣少粮，却无饥肠辘辘之虞，因为他家有一“宝炕”。“宝炕”的秘密就在于它一头高，一头低，当饿了的时候，可将脑袋置之低处，下身置之高处，可以免去腹饥之忧。这些，都是北京人情感方式中具有悲喜剧因素的证明。不过，北京人的悲喜剧感，一直被中国文化中的责任意识所制约，所以没能得到充分的发展。最典型的例子是一个最传统的北京民谣，这民谣的产生本身，就是一出充满了悲剧色彩的喜剧。大家或许知道，旧北京常有一些行乞者，手里拿着两块牛胯骨，一边敲，一边唱，唱完了，伸出牛胯骨，让施舍者把钱放在上面。应该说，这是人生最悲惨的一幕了吧，而唱民谣的乞丐，唱的却是歌颂四合院的顺民哲学的“太平歌词”。有一首歌是这样唱的：“……要饱还得吃家常饭，要暖还得穿粗布衣，知冷知热还得是结发妻。劝君一句，宁屈死也别做告状的……”过去的北京人只能从这安贫乐道的哲学中寻找到崇高感，是不可能发掘其中的悲喜剧意味的。而现在，当四合院的生活方式发生了剧烈震荡的时候，北京人的情感方式也发生了极大的变化，用喜剧形态处理悲剧，已经成为北京市民表达情感的重要方式。最近我听到一位老人骂他那只知赚钱的儿子：“你别卖菜了，快开包子铺吧，开肉铺也成！你爹快死了，你好把你爹当猪头肉一块一斤卖了呀！没事儿，那会儿我也不怕疼了！疼怕什么呀，您先富起来要紧!”“让一部分人先富起来”，是报纸上时髦一时的口号。这语言里运用了反讽。声明自己甘当“猪头肉”，这幽默得近乎残酷。悲戚的四合院，在不知不觉中，已将自己的幽默变成了黑色。关注着人类文明进程的文学，当然不可避免地关注着这种情感，同时也包括了表达这种情感的方式，从而获得文体上的启迪，用以颠覆陈旧的、令人乏味的审美定式，为读者开辟新的审美天地。

谈到文体问题，我还想谈一点儿看法。应该坦率地承认，近年来，中国文学特别是小说创作，已经失去了 80 年代初的“轰动效应”，失去了不少读者。原因当然是多方面的，其中也包括了商业文化的冲击、电视对读者的争夺等等。然而，作为一个小说家，我以为也不妨对文学本身作一番反省。我们的小说家们过于关心自己身上的羽毛是否炫目，他们不太关注自己对人类文明进程的责任，因此，势必走向情感的苍白和文体的玄妙。矫揉造作的文体尝试无法给读者带来审美的愉悦，也就无法真正颠覆读者的审美习惯，那么，它只能为读者所颠覆——读者把书本扔到了一边，他宁可去看卡通连环画，看通俗小报。我自认为我的看法和那些反对文学创新、反对文体变革的见解毫无共同之处。在中国文坛上，持那种见解的也大有人在，而且也拿着“看不懂”“看不下去”的棍子扫来扫去。但我不能为了怕人把我和他们混为一谈而回避反省。一个好的小说家，也应该是一个文体家，这是一位中国批评家的话。我想，应该在“文体家”的前面加上“成功的”这样一个限制语，免得那些糟糕的小说家们个个来抢“文体家”的帽子，用更糟糕的文体进一步吓跑读者，让文学的日子雪上加霜，越发尴尬。

在讨论“现代人与文学”这样一个题目的时候，我以为加上这样一段反省是必要的。文学需要观照它所面对的时代，也需要观照它自己。观照它自己的时候，需要观照它对人类文明的责任，也需要观照它自身形式上的魅力。

文学还有许多事情可做。这样的结论是不难得出的。

谢谢。

辑　七

《北海市志》序[1]

余客居京华逾四十载，北部湾茫茫海天，点点归帆，每在念中。前年曾奉先父母遗骸归葬北海之神仙岭上。自此南国子规，夜夜梦啼。顷接北海地方志编纂办公室函，嘱为新修《北海市志》作序。感戴惶恐，百绪杂陈，竟夜不能寐。感戴者，家乡父老，未曾将千里之游子忘怀。惶恐者，余滥竽文场，卖字为生，小说家耳。街谈巷说、击辕而歌，固为所专，史识史胆史才，愧无一二，骤膺重任，岂敢肩承？

国有国史，邑有邑志，自古以然。史为志枢要，志则为史之分支。载一地一方山川名胜风物特产以彰天下，记千秋百代陵谷沧桑因革损益以资治世，叙万口成碑名贤高士精英才俊以助教化，信今而传后，阐发历史之幽光，烛照家园之前途，方志之存也，功莫大焉。

史志之修，多为盛世之举。今逢共和国五十年华诞于先，跨世纪人类狂欢于后，天其时也；吾乡北海，“九万里风鹏正举”，乘改革开放东风，扶摇冲天于今世，地其利也；人民安居乐业，讲信修睦，百业俱兴，衣食无忧，亦“人和”矣。天时地利人和，溯其源而记其盛，唯志可以为具，亦唯志可以为光也。今北海市地方志编纂办公室在市委、市政府领导下，广延方家学者，历时十载有余，搜寻往史，遍访耆老，历尽艰辛，终使《北海市志》圆满付梓。闻讯欣喜难抑，感慨系之：昔吾乡孟尝太守“施仁政，泣鬼神”，遂有“合浦珠还”之盛，幸蒙《后汉书·孟尝太守传》记之，遂得千古传颂，而今桑梓腾飞，盛世重

---

① 此系作者为《北海市志》所作序言。

现，又得《北海市志》记之，称之名山事业，功德仁政，信不为过也。

遥望南天，心事浩茫。才疏学浅，焉敢为序。然桑梓父老重托，又安敢不为？涂鸦如上，权表寸心，聊博一笑云尔。

是为序。

1999 年 6 月 7 日于北京

双城飞去来

这几年常往北海跑。北部湾畔的那座小城，是我的家乡。记得1957年初到北京的时候，人问“哪里人”，一说“北海”，人皆茫然，闻所未闻的样子。有些牛哄哄的同学还装傻充愣，说：“北海公园?”令我悲愤了很久。没想到到了1993年，那里竟“火”了起来。好几位做房地产的朋友听说我是北海人，问“没回去拿块地吗”，或问“能回去帮拿块地吗”……“拿地”，我肯定是没招儿的。不过，遥远的家乡，让那么多双眼睛突然放出了光，倒也令人豪情万丈。

随父母移居北京那年，我还不满八岁。上北京，是我朝思暮想的。虽然我爸回北海之前，我都没见过他。见面没几天，因为我的骄蛮，还挨了他一顿揍。即便如此，为了“上北京”，我甚至不惜做了我爸的“同谋”：为动员心存疑虑的祖母一同北上，我爸到珠海路上去找了个卦摊儿。我看见他和算命的“盲佬”① 嘀嘀咕咕，还偷偷给他塞钱。后来就看见我爸把他带到祖母面前，说北京的风水怎么怎么好，富贵寿考长宜子孙……在成人眼里，孩子的智力永远是被低估的，先父在天之灵，恐怕万万也不会想到这个“诡计”早已被我识破。我的祖母当然也不知道里面的故事，但富贵寿考的梦想，最终也填不满思乡的寂寞。只一年，祖母就回北海去了，几年后终老故乡。屈指算来，那都是近一个甲子之前的事了。

当年那个八岁娃娃，早已被北京“同化”。被“同化”的证明是，

---

① “盲佬”系旧时对失明男性不尊敬的叫法，今已不妥。——作者

我成了所谓的“京味儿作家”。当然我知道深浅，对这“封号”老有点儿战战兢兢。唯一有信心的是，说“京片子”还是够格儿的。我的一位老乡到北京闯荡了好几年，至今那“儿”化韵，还拿捏不好。时不时就把“倍儿棒”那个“儿”，说得“字正腔圆”，要么，就把“特好”说成个“特儿好”。闹得我忍无可忍，说：“您就别费那个劲儿啦，就算把‘儿’闹明白了，您离‘京味儿’也还远呢!”我说的是实话。弄明白京味儿，“儿”化韵也好，“双声叠韵”也好，还都是皮毛。要是会夸饰会自嘲呢，这才沾上点儿边儿。

想起我的老师蓝荫海给我讲过的一个故事，说是老舍先生到北京人艺去谈剧本。先生在人艺导演和演员中的人望，当然是很高的。讨论先生的剧本，也自然多是赞扬之声。不过，也有一些赞扬或吹捧闹得先生反倒不好意思起来。时有某位朋友溢美过甚，大约是封上了什么“里程碑”“转折点”之类的桂冠，只见先生摇摇头，微笑着说：“您这是骂我呀!”因为在场的人都熟谙北京文化，便会心地大笑起来。偏偏有一位刚刚调入人艺的演员，一头雾水。散会后四处表示疑惑：“老舍先生说‘那是骂我’，什么意思？为什么是骂他呀，我听着没骂他呀……”有位老演员哈哈笑道：“就冲这，您还得在人艺且‘泡’呢！你听不出来？人家蒂根儿就是反话……”

弄明白北京话哪些是正话反说，哪些又是反话正说，还不算明白了北京人的“精气神儿”。

北京人的“精气神儿”，在他们的活法儿。

宠辱不惊的处世哲学，有脸儿有面儿的精神优势，有滋有味儿的生活情致，自信满满的神侃戏说……这活法儿从一个“制度笑柄”里孕育出来——“大清国”凋零落幕，“铁杆庄稼”自然就雨打风吹去，甭管您祖上是皇族贵胄，还是八旗兵丁，当您把最后一只扳指儿抵给了赊账的绸布庄或酱菜园，你就得盘算着全家的嚼裹儿该上哪儿淘换了。要么，您得悄没声儿溜到天桥儿去，找个茶馆唱唱子弟书、“什不闲”；要么，您就赁辆洋车拉个晚儿。……皇城根儿“老辈儿”波峰浪谷的人生遭际，“挂不住”的脸面与贵族的“死扛”，扔不下世代传承的子弟“玩意儿”，却不能不做起士农工商，一边吹嘘着过往的繁华与体面，一面又与引车卖浆者流请安唱喏……渐渐地，它被敷演成一座城市的生活态度，一种有滋有味儿的活法儿。它造就了平民北京文化的魅力。

我是在“寻根文学”风生水起的时候，感受到其中魅力的。

我在人民大学的大院儿里长大，其实离老北京还隔得很远。十八岁到二十八岁，到京西挖煤，算是混到了京郊的底层，但对北京的了解，也边缘得很。那时忽然读到一本张次溪先生著的《人民首都的天桥》，感到发蒙启蔽的震撼。这本书是张次溪对旧京游艺场天桥的调查。它一一列数了近半个世纪的“天桥人物”——几代“天桥八大怪”和其他“撂地抠饼”的艺人们，它还记录下尽可能搜集到的相声段子和俚曲唱词，一首一首地读下来，你仿佛能看到那暴土扬烟、人头攒动、百艺杂陈、嬉笑怒骂的现场……重要的是，这本书，引领我读到了“平民北京”的生活哲学。记得这书是李陀从北影图书室借出来的，文不对题的书名，倒让我看出作者欲借“正能量”的名义，保存旧京民俗的苦心。据说，这苦心，好像也没修得“正果”——李陀告诉我，此书只有20世纪50年代初“内部发行”的一版，数量极为有限。“内部发行”的理由是：这哪里是“人民首都的天桥”，分明是旧社会的天桥！……平心而论，这“判决”倒是准确的，尽管它遮蔽了一个学者沉潜于平民文化而焕发的心灵之光。

我却循着这光，找出属于我的激情来。

三十年前，我沉浸于“京味儿”中探胜求宝的时候，做过一个演讲，题目是《四合院的悲戚与文学的可能》。我描述了“四合院”那牵儿携女的家庭序列的瓦解，叹息传统的情感方式和思考样式所面临的挑战，当然，最终那话题谈的是，文学在这进程中可能做些什么。

三十年后，我发现当年采访过的人物已经先后离去，曾经名满天桥的艺人“大狗熊”孙宝才，由我介绍为金庸先生表演过“叫卖”的臧鸿，给我讲过家史的“爆肚冯”第三代传人冯广聚……和他们一起消失的是我曾经非常熟悉的那些胡同和大杂院。用一个北京“老姑奶奶”的说法，现如今城圈儿里哪还有北京人哪？姑奶奶家由皇城根儿搬到了天坛根儿，现都搬到六环根儿上去啦……

那些有滋有味儿的地方和有滋有味儿的人，仿佛一夜间没了影儿。

就像那句老歌儿所叹，“不是我不明白，是这世界变化快”。

我问自己，是不是应该到“六环根儿”上的公寓楼里，找那些“皇城根”的老街坊们？我去过几次，发现真正的京味儿，还可以在楼上楼下邻里之间感受得到，但可以预见的是，它马上就消失在历史的天空。

我为自己的失落而胆怯，这是落伍于时代的信号。

最终我发现，只有回到北海，才能找到那种暌违已久的滋味。这是一种“落伍者”的欢喜。

其实北海并没有“落伍”，它的变化也是吓人的。我不想沿用某些写新闻的朋友欢喜的句式——欢呼北海由一个名不见经传的“小渔村”，发展成一个什么什么样的城市。“满满的正能量”，固然令人振奋，但这“泡沫时期”的误读，已被国家确认的“历史文化名城”所正名。我欢喜的是，北海虽变，仍有许多足以唤醒内心波澜的东西留在那里。

“少小离家老大回”的我，已经不被人看作北海人了。在公共场所，好几次都听见当地服务员之间用北海话来喊话：

“喂，给那桌的‘捞佬儿’上壶茶！……”“捞佬儿”是北海人对北方人的统称，据说解放之初来自北方的汉子们，逢人便称“老兄”，被北海人听成“捞汹”，便称他们作“捞汹佬儿”，久之，便以“捞佬儿”名之，其中并无不敬。每逢此时，我常常出其不意地用北海话问他们：“有没有搞错？哪个是‘捞佬儿’？”北海乡亲见俚语被我戳破，先大窘，后大笑。我几乎猜得出他们的心思，定是惊叹：这“老嘢”咁“肥”，惦解仲系北海人！（这老家伙这么胖，咋的还是个北海人？）……事后回味此事，笑自己：就为这“嘚瑟”，你才时不时往北海跑？

当然这不是主要原因。人在故乡所感受的那种更深层的得意，实在是很难一言以蔽之的。譬如那条老街，在我看来，真是一个百看不厌的所在。每次回去，我会到街口的一家咖啡馆喝杯咖啡，俨然要先品品“百年”的醇香。然后就站在当街，眺望那由近而远的、中西合璧的骑楼。曲曲折折的屋脊，在湛蓝的天空上勾勒出一对棱角起伏的线条，延伸向遥远的天际。除了大长假，一般的日子里，老街并不熙熙攘攘。三三两两的游客，在自拍或者被拍，有的则用塑料袋裹着刚出锅的虾饼，一边吃一边闲逛……而我，更愿意在夜半更深时走进这里，好像还能听见石板路上的木屐声和木栅的关门声。每走过一个路段，或想，这个骑楼底下，就是六十年前那个“盲佬”的卦摊呀；或想，当年这栋楼里住着我的外公外婆，或许现在还供着他们的遗像呢……借郭德纲、岳云鹏的口气：“我是有故事的人！”走这街上你不能不自恃优越，你自认为比所有“到此一游”的人都有滋有味儿。

但我知道，更吸引我的是，回到这里，有重新回到八岁的快乐。

顿悟是在刹那间产生的。

那天清晨，我骑着自行车，到不远的侨港海滩游泳。惯常的做法是，我在家里换上游泳裤，骑车到海滩。脱下套在外面的短裤和T恤，锁在车前的网筐里，再把单车锁在一个牢靠的地方，通常是海边的铁栅栏或电灯杆吧。我一般会在海里游一千米左右，耗时三十五分钟。这是我在游泳馆里测出的速度，因此我也会在三十五分钟后回到岸边，套上短裤T恤，骑上车回家。可是这天的“三十五分钟”过后真令我尴尬：游泳裤小兜儿里装的钥匙，竟少了一把——那个装衣服的网筐的钥匙，丢了。那挂锁虽小，弄开并不容易，也没工具，再说家里还有一把，我何苦在海边劳神。我毫不犹豫地选择——也只好选择——穿着游泳裤回家了。就这样，我光着膀子，面无愧色地穿过了侨港镇，又面无愧色地骑上了金海岸大道，最后面无愧色地骑入了我所住的小区。如果不是这“面无愧色”被人发现，我会永远面无愧色。有趣的是这一切被一个女大学生在她家的阳台上看见，此即冯艺、张燕玲夫妇的女儿，也是陈思和教授的博士生相宜。冯艺夫妇在北海和我邻居，这次趁着暑假，携女儿前来小住。相宜见她熟悉的“陈叔叔”骑个单车，赤膊出现在小区的甬道上，花容变色，惊叫道：“爸妈快看陈叔叔呀！”……适逢当晚我们与北海的文友们小聚，大家在海边排档烹鱼灼虾把酒言欢，冯艺夫妇就把这当笑话说了出来。张燕玲说：“哈，原想讹一笔，忙着去拿手机来拍照呢，结果你进了楼！”相宜说：“陈叔叔好爽，如入无人之境！”……

听着故事我和大家一起笑，说：“到了北京，警察会以为‘行为艺术’又出来了呢！”

这时该用方清平的口气收场了：“我当时以为自己还是八岁呢！”

2016 年 3 月

钦州问陶

钦州滋味最早是从童谣里尝到的。那时才四五岁，知道钦州和我家所在的北海相邻，还知道“冯子材，镇南关”“刘永福，守台湾”。当然，从祖母的吟唱里，我还知道“钦州湾，大江平，几多船，走又停”，知道了钦州的“鸽子粥”和“猪脚粉”……许多歌谣已经被抛在童年时代了，只有一件事记得清晰——未满八岁时，被祖母牵着，跟在父亲的身后，坐一辆“大鼻子”汽车往南宁去，准备换乘火车去北京。路过一道缓缓流动的“大江”，被告知这就是钦州了。那时还没有跨江大桥，我们是站在“大鼻子”汽车的两侧，坐着轮渡过江的。那时候似乎也忘记了纠缠吃钦州的鸽子粥和猪脚粉。直到过了一个甲子之后，和钦州作家沈祖连一道，坐在钦州街头的大排档里，品鸽子粥，吃猪脚粉，才想起六十多年前，听祖母的歌谣里唱过的。忽想，若是在七八岁时真的吃了钦州的鸽子粥和猪脚粉，能吃出年届古稀时的滋味吗？当年是被牵着手赶路的懵懂，而如今是坐定品咂的从容。同是钦州的一种粥，熬上一个甲子再来品味，真真用得上那句成语：岂可同日而言之哉。

何况，我对钦州所知，早不止于粥和粉了。

比如坭兴陶。

最早和我讲起坭兴陶的人，是北海的坭兴陶收藏家许维基。初听还听成“宜兴陶”了，便问：“是不是宜兴？那不是在江苏吗？”后来才知道，此陶与彼陶相距数千里之遥，窑口就在和北海相邻的钦州。

坭兴陶的话题，由参观位于北海中山东路上的“大清邮政所”旧址而起。我参观时发现展览图片上展示一对精美的陶瓶。讲解人说，这是当年大清邮政所（时已更名为北海一等邮局）的“同寅”赠给“局长山拿”的结婚礼物。“山拿”系当时主政邮局的西人名字的音译。这对花瓶在北海乃至中国邮政史上的价值是毋庸置疑的。令我吃惊的是，如此精美的陶瓶，竟是在离北海不远的钦州定制，更令我吃惊的是，此物原件，居然就藏在我的“表叔”许维基处。

许维基其实和我年龄相仿，由乡亲与世谊而论辈分，我得叫他“表叔”。尽管平日里“维基维基”地叫着，实际上是差着辈儿呢。维基是北海有名的收藏家，尤以坭兴陶收藏为著名。我敬畏他倒不是因为辈分，而是他作为一个收藏家的学问和敏锐。就拿这一对坭兴陶花瓶来说，据说是他在香港某位藏家手中发现，一是发现了它在中国邮政史上的价值；二是惊艳它出自清末民初钦州坭兴陶制作名家潘彩香的手笔，便出高价而购回。听大清邮政所旧址的讲解员道出“山拿瓶”的来历，岂能不兴致勃勃地求见“表叔”，一睹为快？

许维基先生家客厅的四壁，皆以玻璃橱柜环绕。橱柜里琳琅展示的，果然都是坭兴陶。坭兴陶质地细密，圆润拙朴，莹莹如泛金石之光，沉沉似藏汉唐之韵。维基自述，四十几年前在广州一位亲戚家中得见坭兴陶花瓶，一见倾心，自此每遇佳品，总是汲汲以求，不曾懈怠，至今已收藏坭兴陶百年之珍品千余件。维基先生的珍藏里，有蕴含着重大历史信息的器物，如与近代邮政史相关、与同盟会有关、与抵制日货救亡图存有关的纪念“花樽”，也有展示坭兴陶工艺特色、艺术魅力以及不同发展阶段的代表作品。

维基先生为人儒雅，出言谨慎。作为藏家，他一件一件讲述藏品的来龙去脉，分享自己把玩之后的鉴赏心得，语气从容，我却感受得到其中的自豪。又一日，应我请求，他驾车拉我到钦州，看窑口，走作坊，拜大师，访精品，更是兴致勃勃。当然，隔行如隔山，“走马观花”跟了许维基两天，也不过听了些耳食之言罢了。然，据此一知半解，却“到处逢人说‘坭兴’”，有听者惊讶我何以对坭兴“一见倾心”，笑答道，你不知我其后又自驾车“私访”钦州多次，流连于各陶器门店间。尽管仍旧是“门外汉”，其实对“坭兴陶”应算是“痴心不改”呢。

江苏宜兴、广西坭兴、云南建水和重庆荣昌所产陶器，曾在上世纪50年代的一次陶瓷展览活动中被国家级机构命名为“四大名陶”。其中宜兴紫砂，尤以工艺精湛、流派纷呈、大师辈出以及丰厚的人文传承名世。而坭兴、建水和荣昌，虽因地处偏远而未能成为宜兴那样的“富贵土”，却也各擅其长独辟天地。如坭兴陶，它利用坭兴陶土的细腻绵密坚而不脆的特质，把刻、镂、雕、填等工艺发挥得淋漓尽致。而钦江两岸陶土经特定的配比和窑炼，又经打磨和研洗，呈现出陶土窑变的“陶褐”与“陶彩”，焕发出凝重内敛的光华，深藏着不事雕琢的绚烂，成为坭兴陶的审美特质。我想，早在1915年参加首届巴拿马万国博览会时，坭兴陶就是以这种含蓄古拙之美而征服世界，荣获博览会金奖的吧。当然，同列为“四大名陶”的云南建水窑和重庆荣昌窑，也绝不是浪得虚名。此前我对他们各自的特色只是有所耳闻，直到2019年5月，第二届“四大名陶大会”在钦州举行，我才从展会上领略了建水陶、荣昌陶之美。费孝通先生关于人类文化多样化的理念，即所谓“各美其美，美人之美，美美与共，天下大同”的“十六字箴言”，同样赢得“四大名陶”的认同。我记得学术研讨会上，来自各地的陶艺家、美术家从不同的角度阐发自己的学术见解，忝为“嘉宾”的我，因为是“外行”，面对纷纭的讨论，固有千头万绪之惶恐，更多的，则是“美不胜收”的欢欣。恰逢主持人邀我登台发表感想，我抒发的正是这被感动的心声。其实就近现代坭兴陶的发展而言，我们既可看到悠久的制陶历史所形成的独特与薪传，也可以看到随着视野的开阔和文明的融合，坭兴陶如何获得了创新的动力以及生生不息的魅力。遥想清朝咸丰年间，钦州曾以精美烟头的制作令世人惊艳，称之“钦县陶产，远迈宜兴”，姑且不论这豪迈是历史真实还是励志豪言，坭兴陶并没有因此停下学习的脚步，甚至还能看出不少坭兴作品对宜兴紫砂壶器型的借鉴与模仿。然而植根于民间的地域文化，又有着毋庸置疑的消化力。穿越百年的坭兴陶器，已经以其大雅近拙的陶质、古朴内敛的陶彩、挥洒大方的陶刻，自立于中国陶器之林。

我认可“各美其美”，向往“美美与共”。譬如“四大名陶”，我甚至对宜兴的紫砂，包括它的大师们——杨彭年、陈曼生到顾景舟……心存敬畏。建水、荣昌也令我眼前一亮。但不知为什么，对钦州，对坭兴陶，却有种神韵相通的偏爱。

或许法国文艺史家丹纳的那个观点不无道理，“种族、环境、时代”孕育了一个地域文化的“精神气候”，由此而产生不同的艺术产品。“莎士比亚不是外星球来的陨石。在莎士比亚的背后，有整整一个民族合唱队的合唱。”坭兴陶器里蕴藏的凝重与丰沛、沉稳与刚毅、低调与执着，正是这一地区的“精神气候”所养成。比如我天天都要使用的那一把坭兴石瓢，显然得于宜兴曼生石瓢创意，“不肥而坚是以永年”，应是这一器型“文化自信”的宣言。而到了坭兴，独有的陶土材质和磨洗工艺，独有的窑变和陶刻，使之熠熠泛墨玉之色，铮铮传金石之声。隐隐中我读出了钦州人——北部湾畔的乡亲们——那种“不彰不显浅烛幽光”的品性，“不闻不达功到自成”的坚韧。出人意料却又在我意料之中的是，我所接触过的几位坭陶大师，无不和我心中的坭陶品性相同构——素朴如邻居大哥的中国工艺美术大师李人帡，那天他听闻我到钦州出席“四大名陶”展览会，约我展会门口一晤。只见他上身穿着对襟的短袖衫，下身穿着肥大的短裤，有如一位来自秧田的老农。我暗觑那一双略显粗拙的大手，惊叹我曾膜拜的“高鼓花樽”就是出自这双手。我并不怀疑这是一位真正的艺术家，我知道他有过“学院派”的艺术训练，更知道他经历过民间“精神气候”的洗礼，甚至知道他为坭兴陶这一“非物质文化遗产”的传承而经历的坎坷。我只是惊讶他比我想象得更平常平易，就和坭兴陶制品一样，平易中饱含着神气和劲道。其实我此前遇见的好几位制陶名家，不管他们是以造型见长还是以刻陶名世，抑或兼通多门；也不管他们是执着古意还是志在出新，抑或融古启新不偏不废，却似乎都有着时所常见的钦州人的品性，比如另一位陶艺大师曾日荣，曾以茶具《时来运转》蜚声海外。从友人处得知，此公除制陶刻陶，书法、油画、摄影乃至乒乓运动无所不涉，我有幸藏有其书写小楷《道德经》一幅；另一位刻陶名家龙拔标，我有幸收有其刻陶坭壶一套，壶身刻草书王维《山中》绝句，就是“山路元无雨，空翠湿人衣”那首，方寸之地，笔走龙蛇，轻重缓急，逸兴遄飞。曾有书界名家来访，见悬于厅上的《道德经》，又见刻于壶上的《山中》五绝，啧啧而赞。称曾日荣所书工稳劲健，读得出功夫与神气。而龙拔标的书法与刻陶，相得益彰。足见钦州地处僻远，却藏龙卧虎，不缺大气象大手笔。便又想起丹纳的“精神气象”，说，“大气象大手笔”倒不一定各个气吞山河，更在于一种生命的境界，我见过那位刻陶家龙拔标做的一只茶盏，上刻了《神童诗》里的几句，你们猜择的哪句？有人说，总不会“天子重英豪，文章教尔曹；万般皆下品，唯有读书高”？众大笑。有人续背以趣之：“少小须勤学，文章可立身；满朝朱紫贵，尽是读书人。”倒是有一位不苟言笑的朋友说出了确切答案：“诗酒琴棋客，风花雪月天；有名闲富贵，无事散神仙。”大家拊掌称快，说《神童诗》里就这几句最中听，也切乎茶杯的身份。更大笑而难止。由坭兴陶又说起许维基和钦州的坭兴陶博物馆，知我在偷偷学习坭兴陶知识，鼓励我诗以咏之。友人皆怂恿，道：“快写快写！”因骂之：“口气好像让阿Q快去‘革命’似的——‘同去同去！’你们怎么不去？”骂归骂，其时心中已有情愫暗生。遂勉力以古风为体，今韵叶之，赋得《坭陶吟》长歌，聊释追慕之怀。录之以就教于方家。

坭陶吟并序

坭兴陶产自广西钦州，此地与吾乡北海相邻，经考陶器烧造历史已逾千年，迨至晚清始得坭兴之名。坭兴陶虽地处僻远，却曾一时风行岭南名扬海外，被称为中国“四大名陶”之一。欣闻钦州坭兴陶博物馆开馆，制歌行以贺之。

钦江岸东西，息壤骨肉奇。
世取观音土，糅洗澄天泥。①
匠艺如天授，抟物美丰仪。
积代弥久远，岭南何处及？

① 传坭兴陶所选料，系钦江两岸陶土，一曰白土一曰紫土，西岸为骨，东岸为肉，以“软六硬四”为比例，混合后经筛洗澄出以用之。

坯成刀以笔，方寸走大千。
剔画或深浅，写意亦工纤。
点睛得奔逸，摄魂恐化仙。
置汝龙窑脊，烈火炼真颜。
复以阴柔水，卿卿久磨研。
虎皮天斑现，地青惊窑变。[①]
天人共奇工，水火造化间。
光影夺釉色，莹莹尘不染。
气韵久沉雄，汉风复翩然。
幽幽藏古雅，熠熠动心弦。
缘悭富贵土，[②] 岂输彩云巅。[③]
荣昌皆有道，[④] 坭兴独辟天。

2019 年 12 月 7 日于北京

---

① 坭兴陶以陶土“窑变”为特色之一，“虎皮”“天斑”“地青”，皆为极品窑变的代表性图案。

② “富贵土”，指江苏宜兴陶。据传有僧人沿街叫卖紫砂陶所用紫泥，呼“谁买富贵土?”后宜兴紫砂名器身价鹊起，果言中之。

③ 云南，人谓“彩云之南”。建水陶产地在云南建水，与宜兴陶、坭兴陶、荣昌陶并称中国四大名陶。

④ “荣昌”亦四大名陶之一，其地今属重庆市所辖。

少年时代的一次出走

小时候我喜欢在家门外的海边玩耍和远眺。我万没想到自己曾经沉湎的海滩，现在成了每一个到广西北海的人不可不去的地方——那里已经筑起了一道堤坝，把海水阻隔在坝下。沙滩被填平了，建成了著名的外沙海鲜大排档。每当夜色降临，坝上一片灯火闪烁，来吃海鲜的人们摩肩接踵，丝竹之声、欢声笑语和海坝下浪花的低吟，交相鸣响。几十年后，重归故里，走入这繁华奢靡的所在，一种深深的遗憾不由得升上心头。我笑对陪我前来的亲戚们说："我真是宁可不到这里吃海鲜，也要找回我少年时代玩耍的地方呀!"

当年的海滩，沉静而平和。从临海的珠海路一条长长的台阶走下去，就是沙滩了。涨潮时海水会漫过沙滩，涌到珠海路的房后。一只只小小的摇橹船，把大船上装载的越南大米，摆渡到珠海路商家的后门，卸在仓房里。落潮时，长长的海滩就展现在眼前，跑来跑去的寄居蟹，在阳光下闪闪烁烁。远处，海水波光粼粼，风帆高扬的渔船，在海天之间出没……那是上个世纪50年代中期，我六岁，上小学一年级，是老祖母溺爱的陈氏家族的独子。祖母，当然恨不得我在她的眼皮下，跟着她去买菜、串门，而珠海路码头下的海滩，却是我流连忘返的所在。

没有什么比海滩和码头更适合孩子们玩耍。层层叠叠而来又层层叠叠而退的海浪，像是充满了灵性，和你嬉戏打闹。沙滩上的每一块石头下面，都躲藏着无数的小沙蟹，把石块掀开来，它们像溃散的兵士一样四处逃窜。而捉拿这些溃散的小沙蟹，把它们装入瓶子，就成为我永远的功课。我也曾向年龄稍长的孩子学习，回家找一把铁锹，在沙滩上寻觅，发现沙虫独特的气眼，一锹铲下去，居然也能挖出北部湾特产的沙虫。挖了几条便觉战果辉煌，兴冲冲地跑回家去，让祖母煲汤。而码头上渔船归来之夜，更是北海人盛大的节日，此时也成为孩子们释放自由天性的时光。我现在已经记不准那是深夜还是黎明时分了，反正正是我们已经酣睡的时候，屋外忽然传来巨大的喧闹声，把我们从梦中惊醒。我以从未有过的兴奋从床上跃起，穿衣找鞋，追着祖母奔将出去。只见满街走动着人影，许多人手里晃动着桅灯，渔民们把一筐一筐新鲜的海产抬下船，沿着码头排在岸边，祖母们或许是被海货所吸引，不再对我们严加管束，或许是要价还价的声浪过于嘈杂，无心理会我们的喧闹。我们就在讨价还价的人流中转来绕去，我们还趁机窜到摇橹船上，一趟一趟往来于码头和锚地之间……玩够了，我们被挎着菜篮的祖母们牵着回家，尽管不情愿，倒也不反抗，因为跑了一夜，说实在的有些饿了。祖母回到家，第一件事就是收拾新买的鱼虾。新鲜的煎鱼和甜美的鱼汤，是多么好吃啊！……

家乡的沙滩和码头留给少年的我无尽无休的回忆，但当年站在沙滩上最惹动我心思的，竟然还不是这些，而是散落在沙滩上的木屑片。有一天我呆坐在码头上远眺，不经意间看见了它们。我知道它们都来自眼前这浩渺无际水天茫茫的大海，我便老想着在遥远的地方，有一艘船曾经经受了狂风巨浪的撕扯，最终被扯成了碎片，又被送到岸上来。我越想，越认定这些就是那撕扯的残骸。想到这里，心里越发悸动起来。现在回想起来，当初心灵的悸动，恐怕还和祖母告诉我的一些家族故事大有关系。我们家族似乎是有一种出走的传统。再早的事情已经无从查考了，从我爷爷那一辈，有一件事情影响了北海陈家的命运：那就是我爷爷的哥哥——我应该叫伯爷的——在上个世纪 20 年代的某一天离家出走了，那时他才十几岁。他出走的时候，他的妈妈，也就是我的曾祖母，正带着他和我的爷爷在北海街头卖饼。那时的南中国沿海，正流行着到南洋发财的梦想。我的爷爷和伯爷，并不甘心于卖饼为生，于是两兄弟密谋了出走的计划。长子的出走，使曾祖母悲恸欲绝，她却没有想到这就是陈氏家族中兴的开始：几年后，我的伯爷竟衣锦还乡了。据说，他是在印尼苦干，创下了浩大的基业。回国以后，伯爷把在印尼赚的钱交给仍在卖饼的弟弟——也就是我的爷爷——打理，陈家联合几家华侨，成立了北海第一家股份公司——“东华电灯公司”，由此，陈家逐渐发达成北海的豪门……作为陈家的儿媳，我的祖母，当时似乎忘记了陈家的“东华公司”已然公私合营，还沉浸在对昔日辉煌的缅怀里。而少年的我，似乎也没有后来那么高的“阶级觉悟”，被先辈们的壮举而感动着，甚至一看到那些碎木片，就不由得想起漂泊向南洋的船。

我没有研究过儿童心理学，因此我无法解释为什么这散落于海滩上的木片又让我想起了自己的父亲，引起我心灵越发强烈的悸动。其实无论是时间还是空间，我都没有任何理由把他们联系在一起。那时我已经六岁，却还从未见过我的父亲。1949 年我母亲怀我不久，我父亲就乘船到广州去了，名为求学，实际也因为厌倦了大家庭中的倾轧。以后见到他我才听说，最为惊心动魄的事情是，他所乘的船在南海七星洋遇到了台风，倾覆于海中，他抱着一根木头，在四层楼高的海浪间漂荡，差一点儿使我成为遗腹子。祖母说，父亲行李尽失，几乎是赤条条回到家中，又打点行囊，负笈远行。父亲到广州后，恰逢广州解放，他便参加了革命，被派往北京，到人民大学读研究生，留校任教。就这样，直到六岁，我所认识的父亲，都来自从北京寄回的照片。我想，或许是关于父亲的故事里有一条被七星洋的风浪撕扯碎的船，当时我甚至冒出了一个古怪的念头，我认定这些碎木片来自七星洋。

这世界上曾经有过、还将继续有无数孩子出走的故事，有的原因清晰明了，有的原因却朦胧难辨，成人后，回想当年出走的原因，我还是难以自圆其说。我的祖母和亲戚们，对我关爱有加，并没有丝毫的责罚或冷漠。我的妈妈当时在桂林读大学，不时有书信慰抚，也不时回来看望我和姐姐。到底我为什么要出走，我只能解释为对新生活的好奇和对父亲的渴望。

在海滩上看见那些碎木片之后，我决定离开我的祖母出走了。

我毫无准备。一个六岁的孩子，你还指望他备好充足的粮草衣物、细软钱财进行一番“胜利大逃亡”吗?

我家的门外，是一个大空场。空场上停满了木轱辘牛车。农人们赶着牛们，吱吱扭扭拉它们前行。远远地，我看见平林漠漠，树梢上有高耸的高压线，当时我认定那就是和火车有关的东西。火车我是听说过的，我的爸爸，就是坐火车到北京去的，然而火车是什么样，我没见过。我认为，高压线那边，就是火车站，到了那儿，就可以去找到我的爸爸了。我佯装要坐牛车兜风，哀求一个农民，把我抱上了他的牛车。牛车沿着泥泞的土路，朝远处走去。

家，是越来越远了。天，也越来越黑了。赶牛车的把式时不时地发问："孩子你还不下车吗？天黑了可回不了家了呀！"当时我往前望望，已经看不见"火车站"的影子，往后看看，我家的庭院也隐没在暮色里，心中一阵恐慌。突然从牛车上蹦下来，踏着泥泞，飞也似的往家跑去……

我的祖母正在家里为我的迟迟不归而心焦，部署着我的姑们姨们准备四下寻访。见我两脚泥巴一身汗水出现在门口，自然是破涕为笑，骂了几句，以为我贪玩不归。哪里知道我实行了一次未遂的出走！

回顾我的大半生，出走，似乎构成了我心灵的主旋律。有些成功了，有些和少年时这次一样，未遂其愿。不管是否如愿，换一种生活，换一种活法，这念头一直在我的心中蠢蠢欲动。

或许，来源于家族的遗传；或许，来源于少年时代的尝试。

当然，写出这些，决不希望少年朋友也去尝试，但我希望每一个人不要因为岁月的淘洗，磨灭了一颗"走异路、寻他乡"的心。

2004 年 9 月 12 日

珍惜北海

——答《北海晚报》记者问

谭：陈先生，我是《北海晚报》记者谭华懿，很高兴您又回到了家乡北海，更高兴您能接受我的采访。听说您前不久刚刚回来过？

陈：是的，上次回来赶上台风刚过，满目疮痍，又逢一位朋友来访，感到很没面子。不过他也看到了北海的各级干部带领大家清障扫街的场景，给他留下了感动。这次北海的文学节，又来了一批“文兄道友”，恰逢北海最好的季节，我们的城市也收拾好了，相信大家美好的期待可以得到满足。

谭：听得出您对家乡的感情。

陈：1957 年我还不满八岁就离开了，当时在人民大学教书的父亲把我和我姐带到了北京，直到 1981 年才回来。那时我刚刚经历了“文革”十年中的挖煤生活，考取北大七七级读书，也刚刚开始文学创作生涯。那时已然感慨“少小离家老大回”了。可现在说起 1981 年，又是“遥想公瑾当年”啦。近年我回来得更频繁一些。在我小的时候，北海的名气不大，甚至可以说是默默无闻，所以后来才有人想当然地说它在“改革开放以前不过是一个小渔村”，这说法有些可笑。其实北海的历史渊源是深远的。现在，“历史文化名城”的认定，北海所拥有的历史文化的展现，已经使那些“渔村”之论不攻自破了。

谭：这对每一个北海人来说，不管他是“土著”还是“移民”，实在是值得自豪的事情。

陈：当然我期待在自豪之余要格外珍惜。珍惜北海，应该成为一个口号，建议我们的人大代表或政协委员，提交到北海的“两会”上去。不管是我们的政府决策部门还是普通民众，有了这种“珍惜北海”的自觉，北海就不会辜负你。珍惜什么？除了我们的历史文化，值得珍惜的太多太多。比如我老想对北海的朋友说，别羡慕某某地方，隔三岔五就风沙霾雾，满目繁华又有何用？别羡慕某某地方，重金属遍地渗漏，GDP 再高，你敢不敢住下去？上次来访的一位朋友，对北海喜欢得不得了。我和他开玩笑说，你这个痛风患者尚如此沉迷，如果能面对海鲜大快朵颐，岂不得爱得发疯？话音刚落，电视里播放的《新闻联播》正宣布全国少有几个空气达标城市名单，北海名列其上。那朋友喊道：“明天就看房去，馋海鲜更馋空气！”你看，空气，就和“历史文化”一样，也在成为北海的自豪。因此，什么叫“居安思危”啊？这种珍惜，就是居安思危。“众人皆醉我独醒”，我希望我的家乡，决策者也好，老百姓也好，游客也好，对北海，历史、文化乃至环境，都要“如履薄冰”般珍惜。

谭：那“文化”呢，除了珍惜，是不是还需要开创？

陈：对极了！文化还需要积累和开创。就拿文学来说，北海本籍有不少很好的作家，小说、散文、诗歌，都涌现了不少人物，加之北海文场的宽厚与包容，一批优秀的外地作家移居于此，不仅带来丰硕的创作成果，也带来了开阔的视野和迸发的灵感，相信也会和本籍作家相启迪，开创一个更加活跃的文学局面。

谭：听说通过您的介绍，这次来参加文学周活动并为北海市民讲座的，还有原国家图书馆馆长詹福瑞先生，这也是您助推家乡文化建设的一部分吧？

陈：我不过“穿针引线”而已。创意发起讲座和文学周的，是北海图书馆和作家协会。我钦佩他们的文化敏感，也钦佩北海市作家协会团结作家，为作家服务所做的一切。

詹福瑞先生是我的老朋友了，我认识他的时候，他还是河北大学的校长，博士生导师，是古典文学研究家。后来他就调进了北京，担任了国家图书馆的馆长。此后我更惊异地发现，这是一个诗人！而且是一个非常杰出的诗人。这不是我个人的感觉，周围的很多人读过他的诗，都认为这是一个“被低估”的诗人。不信您去读读看。因此我相信詹馆长来讲座，不光会给北海带来书卷气，还会带来一个创作者的激情和神韵。

谭：我对您的“阅读”经历很感兴趣，您最早的阅读记忆是什么？

陈：我母亲是一个中学教师，她曾在北大附中教语文。我家的书大多是文学和经济类的，后一类是我父亲所用。最早的阅读是从书架上开始的，最早读的好像是《西游记》，还有一本是许钦文先生的《中学语文课本中鲁迅作品的教学》，应该是我母亲的教学参考书吧。以此为线索，就把书架上能找到的鲁迅作品都读过了。你不能不承认《呐喊》《彷徨》对你有终身的影响，以至二十年后我在《北京大学学报》上发表的第一篇学术论文，是《〈呐喊〉〈彷徨〉的结构艺术初探》（和徐启华合作）。少年时代我就成了海淀一家旧书店的常客，我总是趁着被母亲派出去“打酱油”的机会，蹲到那家书店的书架前，看上一两个小时。我妈骂我：“这打酱油打到哪儿去啦！”这就是伴随着我少年阅读的斥责声。

谭：您强烈推荐的一本冷门佳作是什么？

陈：“冷门佳作”是啥意思？或许您这个词有特定的语境？是我感到意外的吗，抑或是会使别人大感意外的？

使我感到意外的，是有一天我忽然接到用布包寄来的一本书，您知道现在已经很不时兴这样寄书了——用布包着，四周用针线缝上。这是寄自内蒙古巴彦淖尔市的一部作品。您大概可以想象得到，由于工作的关系，我几乎每周都会接到几本作品的，寄书者有的是老朋友，也有的素不相识。我当然都会翻看一下，不可能本本都读。但这本用布包着寄来的，我不能不读。我想应是好奇心使然，那次趁着回北海休息，我就把这部名叫《人非草木》的长篇非虚构作品读完了。书的作者叫陈慧明。我不敢说这算得上一本多么了不得的书，但包括这本书在内，这位作家的许多书，都是在巴彦淖尔广场上一辆零点九九平方米的售货车里写成的。这位作者是一个年龄稍小我几个月，一直在广场上卖烟卷儿杂货的女士。整本书记述了她贫寒、凄苦、艰难、坎坷的遭遇……我就不必一一复述了。我只是想说，陈慧明告诉我们一个道理，就是文学，从其本质上来说，就是阅历之学。当然我不否认其他，如思想、技巧，等等。

谭：那您读不下去的一本公认经典是什么？

陈：哈，您的这问题太“阴险”，“毁”人不倦呀。其实不要说我，就是许多伟大的作家，都会感觉哪几部哪几部“公认的”“经典”是“不忍卒读”的，遑论我哉？每个人都有自己的审美视域，某部“公认”的“经典”对于他来说，味同嚼蜡，不仅可能，而且简直就是题中应有之义。那么，我要是开出一个书单，即使只是列出一部，招来的，只能是“拍砖”。北海的天空多么晴朗，我来这过几天好日子，可不愿自找烦恼。我的态度是，读你喜欢的，学你喜欢的，写你喜欢的。

谭：您想读的一本新书是啥？

陈：我刚读完杜高先生的《生命在我》，读得惊心动魄又令我深长思之。我喜欢得手不释卷。我夫妇跟他夫妇很熟，这本书是他送给我们的。读完了，我心里说，你是我伟大的朋友。

今天又承传记作家窦忠如（字子徽）先生赠《奇士王世襄》。该书装帧精美，图文并茂，是王世襄先生的传记。子徽先生写过《王国维传》《梁思成传》等，中国文化之修养可以想见。我迫不及待先睹为快。

谭：您想成为哪本书的主人公？

陈：孙悟空。可能成吗？

谭：什么书能为您带来平和与活力？

陈：有阅历、有境界、有胸怀、有文笔的老家伙的书，比如汪曾祺的小说和散文，读后总令人舒心释然。这位作家的作品天然无饰，以至当年他那读小学的孙女颇为不屑，说爷爷写的书不好，没劲！问她哪里“不好”，何以“没劲”，女孩儿说：“没啥词儿！”瞧瞧这孙女说得多准！至于活力，每一位有创作个性的作家都令我倾倒，“风格即人”，风格给读者带来活力。

谭：什么书您会想要送给大家人手一本？

陈：我觉得值得放到自家书架上的书，值得留存给后代的书，真的可以晒一晒。比如我读过的布尔斯廷著《美国人》《鼠疫斗士——伍连德自述》等等。

谭：什么书逗您发笑？

陈：我得问清楚您是正话还是反话。让人读着读着忍俊不禁的书不少，您问的是这种，还是另一种？另一种就是睁眼说瞎话，歪曲历史，歪曲事实，还振振有词、义正词严的，也有喜剧效果呀。

谭：您会想续写什么书？

陈：写自己的书，让别人去续吧。

谭：您真逗。

陈：请原谅，我真的是有点儿失态，成了“老顽童”了吗？回到了家乡，回归了童真。老了老了如此，这有点儿悲凉吧，惨啊。

谭：您如何看文学，尤其是所谓的“纯文学”写作？

陈：所谓“纯文学”，在许多人那里叫“高雅文学”。对此，有各种各样的阐释。我的理解，已经在提供给贵报的一篇压缩过的短文里说过了。在我看来，不管是大众文学、高雅文学还是格外关注社会变革和历史进程的时代文学，都是不可或缺的，就像流行歌曲、交响音乐和“大刀向鬼子们头上砍去”，谁也取代不了谁。

谭：我们谈点儿生活吧。您心目中“文艺范”是怎样的？您推崇怎样的生活态度？

陈：“文艺范？”用北京话念，应该念成“文艺范儿”。我只能讲一个故事回答您的问题。我最初开始文学写作，是“文武昆乱不挡”的（请当玩笑听），就是说不光写诗和小说，也写过话剧。因此就遇见了我的恩师、剧作家刘厚明和蓝荫海。他俩当时都是北京人民艺术剧院的编剧，因为和他们合作写过一出戏（未完成），所以也曾混迹于“北京人艺”的“艺术家”群体中。我写过一篇散文《和于是之们啜酒聊天的日子》，记叙了于是之、朱旭、刁光覃等一代艺术宗师给我的印象。他们到了舞台上光彩照人，塑造了多少了不起的舞台形象啊。可到了台下，他们就是最普通、最低调、最素朴的“邻家大叔”。用蓝荫海老师的话来说，真的大师都是到了台上才让人看得出是“大师”的，到街上招摇的，都不是“大师”，也就是摆个“文艺范儿”而已。——当然，谁愿意摆个“文艺范儿”，咱也景仰着。但咱摆不起来，虽然咱也当不了“大师”。

谭：对于生命与存在，您怎么看？

陈：天哪，这哪是“生活”，这是“生命”啊。建议您去找我另一位伟大的朋友史铁生的书，他讲得最好。

谭：您觉得生活对您来说有意思吗？您的日常生活是怎么样的？

陈：我记得大学时我的老师孙玉石引用过一位作家的夫子自道，大意是说“偷着别人的故事，讲给别人听，还向别人要钱的人，就是作家”。您说，咱也这一辈子，还有点儿意思不？关于我的“日常生活”，咱又不是明星，因此也不劳读者关心啦。但我还是忍不住要说，我在北海生活得最愉快。清晨我会骑着自行车，到码头上买新鲜的鱼，下午则会去海里或去游泳馆游一千米。半夜我时不时会一个人到电影院看夜场电影。好几次了，放映厅里只有我一个人。顶多了，还会有一对儿情侣吧。为这宁静和清爽，谢谢北海。希望北海珍惜历史，珍惜环境，也珍惜这份宁静和清爽。

辑　八

夜巡华盛顿

美国警察的服装很气派：铁青色的夹克，线条平直的四个明兜儿上，铜纽扣闪闪发光。左胸上方是盾形的徽章，质感厚重，如同银铸的一般；右胸的上方是蓝底白字的条状名牌。夹克衫的拉链每每只拉一半，里面是淡蓝色的衬衫、灰色的领带，步话机很随意地斜挎在身前，轻巧的手枪吊在胯后，他们走起路来，迈着鸵鸟一般悠闲的大步，粗犷而潇洒。

那天，小伙子温斯特就迈着这步子朝我走来了。

“哈啰，认识你很高兴。我叫温斯特。”

足有一米九的个子。高且瘦。长长的脸庞。褐色的皮肤。厚厚的双唇紧绷着，两撇小胡子箭一般伸向嘴角。不动声色地听完了我的自我介绍，握了一下手，还是迈着鸵鸟一般悠闲的大步，绕到了警车的另一侧。他拉开门，一斜身坐进车里，扭头看了我一眼。我还没反应过来，只觉身子往后一仰，警车已经冲出警察局。

“真赶上场枪战，就交待在这儿啦！”我心里对自己说。

你不能不承认，现在开始有点儿“肝儿颤”。

你不是说，挺巴望着遇上点儿玄乎事的吗？那也不行，那也挡不住心里一个劲儿犯嘀咕。

在北京，我没少了跟警察们一块儿混。

我知道什么叫“出现场”，什么叫“蹲坑”，什么叫“取证”。我都干过。

相比之下，坐在一位美国警察的车上，巡视他管辖的街区，实在是算不了什么了。可是不行，也许是看过不少美国警匪片的缘故，如今，居然就坐到了电影里那种蓝身白顶的警车里来了，你似乎老是觉得，马上就要开始追车了，枪战了，闹不好，这车就得打仨滚儿，最后扔河里去。

何况，你还填了那一张怪吓人的保证书。

在华盛顿大厦一个专门机构的办公室里，一位胯上吊着手枪的女警员，指点着我在那张令人眼花缭乱的“保证书”上签了字。

为我当译员的卢加先生笑着告诉我：“美国人干什么都是这样认真的，慢慢你就习惯了。你会发现在美国你得不断地签字。冤有头，债有主，勿谓言之不预也。签署一份后果自负的保证书，实属正常手续。其实事情不至于这么严重。”

这家伙，别看从他祖上算起，来美国都有一百年了，可到底还是个中国种儿。

不然，他怎么能猜得出你这心里正开始闹鬼？

我记得费孝通先生的一篇文章里讲过，美国人生活在没有鬼的世界里，因为在车水马龙、人流如潮的环境中，“鬼”找不到藏身之地。而中国人则恰恰相反，我们每一个人身上，都留存着对鬼的敬畏，对命运的恐惧。这真是精辟之论。

比如现在，尽管你知道事情没那么严重，尽管你明白这是例行手续，那又有什么用？签了字，心里开始别别扭扭闹鬼，就跟已经在“录鬼簿”上签了到似的。你说你不“肝儿颤”，也许，可你脸上至少也透着一股“风萧萧兮易水寒”的神气呢。

胆子大也好，胆子小也好，你潜意识里要没有鬼，那就怪了，不管怎么说，你也是中国人。

这里并没有什么褒贬。

生活在没有鬼的世界里，那人生未必值得羡慕。能在有鬼的世界中生活，也许自有另一种美感。这，费先生的那篇文章里也讲了。他说，你能感悟到生命在创造中改变了时间的绝对性，为自己展示一种融合过去、现在和未来的永恒不息的宇宙格局。这话充满了诗意。

我不敢说感悟到了如此美妙的境界，不过，有一点我敢肯定：如果没有那份怪吓人的保证书，没有中国式不祥的“肝儿颤”，就那么不动声色地钻进了温斯特的警车里，这夜巡还能有那么大的乐趣吗?

华盛顿已经暮色四合了。天气很好，整个都市像是注塑在墨色的晶体里。因为不是周末，所以行人稀少。车灯连成一串一串金色的光流，悄无声息地在厚重的花岗岩堆积成的高楼大厦间缠绕着。

在北京的时候，我曾经在一个夜晚惊奇地发现，原来我们的上空，竟罩着一张密密层层的网。这“网”是无线电波或者是脉冲电流编织的。这“网”上的每一根网线，都紧张得像一根根绷起的弓弦，纵横交错，把个偌大的都市严严实实地扣在下面。

这是在我到了一个派出所，和民警们值了一次夜班以后发现的。

这比喻用之于华盛顿，同样恰当。

当然，笼罩在华盛顿上空的这张网，不知要比北京的紧张多少倍、密集多少倍了。

因为，这张网的网索，不牵在派出所，而是牵在一辆一辆运动着的警车上面。

这让我想起了游艺场里的旋转飞椅。当飞椅转动起来的时候，钢丝绳也随之转动着，成了一个旋转的网。

现在，温斯特警车上的对讲机打开了，这“网”上的根根网索，突然都凸现在你的面前。嘈杂紧张的呼叫，就是这紧绷的旋转的网索发出的铮铮颤响:

“喂，喂，谁在中国城附近?那里发生了窃案，请快去请快去!”

“吉姆!吉姆!我在第二区，快来协助我，快来，快来……”

“温斯特，你在哪里?你在哪里?向我报告，向我报告!……”

呼唤声时远时近，时隐时现。突然，被打断;突然，被插入;突然，渺若游丝;突然，震耳欲聋。霎时间，你会觉得你所熟悉的华盛顿退到了很远的地方，你真的像是坐到了飞椅上，在风声喊声中驱驰、追逐。你又像是置身于一个人声鼎沸的棒球场，而温斯特们则像一个个跑垒的球员，不断地奔跑着，又不断地大喊大叫。

你定了定神，把目光投向车窗外——就像在飞椅上定下神来，俯瞰脚下如蚁的人群和郁郁葱葱的草木一样。你会重新找回那个越发显得安宁静谧的华盛顿。那里仿佛什么也没发生，什么也不会发生。餐馆里烛光摇曳，一对一对如胶似漆的身影。酒吧里丝竹轻柔，玻璃上滑动着红红绿绿的光辉。一个黑人，弹着吉他，蹦着跳着唱着什么。一位小姐，身着风衣，娉娉婷婷从车旁走过……你心中突然升起某种优越感：车里车外，这戏剧性的一幕，并不是每一个访问美国的人都有机会看到的，即便是土生土长的美国人，大概也不会想到，就在他们的身边，驰过的警车里，原来竟有如此热闹的场面。

“头儿，头儿！……”

“吉姆，吉姆！……”

“温斯特，温斯特！……”

警车外，那个黑人，仍然无忧无虑地边走边唱；那位小姐，还是走得娉娉婷婷。

如果真的赶上一件邪门儿事，我当然不会觉得多余。本性难移。也是让警车里那涛声一般涌来退下、回旋迭起的喧嚣给撩拨的，刚上车时的那点儿“肝儿颤”，反倒被这种期待所代替。这很有点儿像那次我坐在挂满伪装网的军用卡车里，从越军炮口前通过的心境。当卡车进入“三转弯”的暴露地段，为防止越军突如其来的炮火，卡车就像运动员练开了变速跑，一会儿撒欢儿，一会儿急停，把我们像摇元宵一样摇来摇去。那时候，原本不可免的“肝儿颤”，也被摇到了九霄云外。反倒希望着越军占领的山头上打过来几发炮弹，在公路上腾起一片烟尘，也让我增加一点儿吹牛的话题。

可是，渐渐地我就发现，对讲机里不断地传过来的，更多的是“你在哪儿”的询问，那些奔赴现场的命令，似乎是少得可怜，而且，一个也摊不到我们这辆车的头上。这发现纠正了我同样得之美国警匪片的一个误解：案件，并不如我想象的那么频繁。

“我们只不过需要频繁地联络就是了。”温斯特说

“那么，是不是有整个晚上都遇不上一件案子的可能？”

“当然。”

“自然也有遇上很危险的情况的可能喽？譬如说，枪战。”

“是的，但很少。”

“请问，你是否遇上过?”

“没有。”

有点儿失望。不过我仍然期待着，奇迹就发生在今天晚上。

有一次，我几乎认为，一场“好戏”是免不了的了，没想到到头来是一场误会。

那时，警车从一条灯光暗淡、杳无人迹的小街上驶过。我突然发现前方不远的人行道上，一群人正在揪打。

“噢……噢……”一个黑人小伙儿从人群的包围中冲了出来，拼命地朝远处跑着，包围者又紧追不舍。“啪啪啪啪”，空旷的马路上响着清脆急促的脚步声。转眼间，小伙儿又陷重围。

温斯特推了一下变速柄，警车一耸，冲了过去。

“吱——”刹车声没落，那扭作一团的人群像一颗引爆了的手雷，“哗”地四散。定睛再看，八个人隔开了距离，四肢平伸，一动不动地贴在路边一家百货商店的橱窗上，像是八张展销的熊皮。

警匪片里出现过无数次的镜头。

“出了什么事?”温斯特从车里冲了出去。

“我们在闹着玩儿!”一个人粗声粗气地回答。

温斯特咕噜了一句什么，收起手枪，迈着鸵鸟的大步，重新回到了车门前。那些“熊皮”们，一个个转过身，嘻嘻哈哈地笑了起来。

“温斯特！温斯特!”他们还在笑着，一边拍手，一边追在警车的后面，有节奏地喊。

“原来你们很熟。”我瞟了他一眼。

“他们常和我开玩笑，我总在这条街上巡视。”他微微一笑，少顷，又说，“很可爱，是吗?”

“是的。”

才二十一岁的温斯特，已经是三个孩子的爸爸了。他的家也在黑人区，妻子在家为他操持家务。他对自己的工作比较满意。他告诉我，每年的工资三四万美元，相当于一个大学毕业生的工资。每周休息两天，每天工作八小时。工作是紧张一些，而且有一定风险，但对于他来说，倒是有趣的，当然，不仅有趣，而且也是有意义的。

"你的朋友们——我指的是生活在黑人区的朋友们——对你的职业也这么看吗?"

"是的，但有时也有争论。对一些问题的看法，难免有不同的角度。但我相信他们最终会理解我的。"

"这是一个很有主见的小伙子，别看他才二十一岁。"我想。

"温斯特！……温斯特！……"对讲机里发出的呼唤打断了我们的谈话，"立刻到肯尼迪会议中心去！那里的守夜人报告说，地下室的警报器响了，不知是不是进去了什么人……"

"OK。"温斯特很冷静地应了一声，一伸手，"啪"，把对讲机关了。

警车里突然变得悄无声息。一阵发动机的轰响，只觉身子一拧，挡风玻璃前方的灯光飞快地向右一闪，警车简直是在原地掉过屁股。

肯尼迪会议中心我是来过的，夜色中却很难分辨出我们停车的确切位置。似乎是到了会议中心的旁门，周围黑漆漆的，只有一道小门的上方，一盏球形的灯发散着乳白色的光。

"你可以跟我来，也可以留在车上。"打开了车门，我看见温斯特下意识地摸摸腰眼儿上的手枪。

"肝儿颤"是肯定的，可一个中国大老爷们儿，能在美国警察面前栽份儿吗?

我随着他走进那道小小的楼门，发现一进门便是通往地下室的楼梯。楼梯口有一间很大的值班室，守门人迎了出来，叽里咕噜地比画着。

楼梯盘旋而下，转弯处，有一盏暗淡的照明灯。温斯特听完了守门人的汇报，站在楼梯口想了想。他看了看我，跑到值班室里，往什么地方打了一个电话，又回到警车里，用对讲机呼唤他的同伴。一会儿，他的同伴开着警车来了，他们嘀咕了两句。

"走吧，问题解决了，一个小小的误会。"他说。

我们坐上车，离开了那里。他的同伴却留了下来。谁知道真的是"问题解决了"还是为了"老外"的安全，把问题留给了他的同伴?

真他娘的让人觉得沮丧。

没过一会儿，我就证实了自己的怀疑。

我们的车子，停在了一家商店的门口。

“这里有我的一朋友，有兴趣和我一起进去看看吗？”

这是一家纸制品商店，现在已经打烊了。不过，店里仍然灯火通明。为我们开门的，是一位很漂亮的黑人姑娘，她手上拿着一摞账单，看来正在结账。

“这是老板。”温斯特说。

“这是你的朋友吗？”

“是的。”

“那么，温斯特在值勤的时候，会不会给您一点儿特殊的关照？”

“会的。”那姑娘瞟了温斯特一眼，也笑了。

店铺并不很大，货场不过六七十平方米吧，货架上摆满了色彩缤纷的纸制品：纸餐巾、纸餐盆、纸桌布、纸床罩……甚至还有纸做的工作服，据说这是为刷油漆的人专门准备的。

在美国逛商店，如果排除了“穷逛”而带来的心理失衡，应该说是一种享受。你会时不时地为设计者的想象力所倾倒。

就拿这家专门销售纸制品的商店来说吧，你可以用这里销售的纸窗帘、纸桌布、纸床罩、纸沙发布，布置一个色调谐调的家。它们脏了，就通通团掉，换上另一个系列，布置另一种情调的家。说来有趣，这是我到美国以后逛的第一家商店，我看得很仔细，在小小的货场来来回回走了好几次，有的商品我不得不翻来覆去地看——这得归功于温斯特。他和女老板聊得那叫开心，以致我不能不找个由头儿耐心地等待。

…………

“你带他们出去，遇上麻烦怎么办？”

“不，我的上司说了，不要带他们到有麻烦的地方去。”

卢加先生跑过来告诉我说，他听见他们说了这么两句。

我只好苦笑。奇迹是不会发生了，我想。

也罢，就算温斯特让你跟在身后，走下那地下室。万一真的和罪犯狭路相逢，你又如何是好？能指望你有什么出色表现？在北京，跟着北京的警察们行动的时候，他们曾经让我试试用手铐铐一位被抓住的流氓。

那流氓规规矩矩地把手伸到我的面前。我没想到，拿着手铐，哆哆嗦嗦的，反倒是我。

小心翼翼地钩上去，小心翼翼地锁上。

“您这哪是铐手铐哪，您像是萨马兰奇，给奥运会的金牌得主发奖哪。”

他们没少拿我开心。

其实，你想更深切地认识那些警察，倒不一定找什么惊险的关头。就像在北京，我喜欢跟着警察去现场，可我更喜欢听警察们发牢骚。

“谁说自己不‘肝儿颤’，全他娘的装孙子哪！”

有一次，他们要到永定门火车站清理那些上访人员。

“小偷流氓不可怕，就怕上访的‘腰里炸’！没活路的，腰里绑了炸药。一看清查的来了，拉吧！同归于尽。不响一声，显得不重视是吧？”

“倒霉的是我们当警察的呀。甭多，赶上一回，齐活儿！”这话居然就让我听去了，他们的上级说不定得为此恼火。

其实他们不明白，我很为这一段话而感动。似乎只有到了这时候，这些小伙子们才越发显得有血有肉。

入夜的华盛顿，格外冷清起来。警车一趟一趟从中国城的大牌坊前驶过。透过牌坊望去，唐人街空旷而静寂。这牌坊是不久前落成的，赴美前，我在《新闻联播》里看到了它的落成典礼——爆竹飞迸，笙鼓齐鸣，龙灯翩翩，彩狮腾跃。而现在，它冷冷矗立街口，白炽灯光斜照上去，使它显得傲岸清高，倒也另有一番神气。

这冷冷清清的气氛好像也一点儿一点儿地往警车里渗透着，对讲机里的呼叫，渐渐变得单调而松弛，除了偶有一两声关于各警车位置的询问以外，几乎很少有什么案件需要警员们去处理了。对于温斯特来说，也许这时候倒是难熬的，他的下颌哆嗦了好几次，看得出，出于礼貌，他强忍着哈欠。

有点儿难为这小伙子，我想。这是一个乏味的任务中最乏味的时刻，且看他如何打熬。

在北京，我知道警察们如何打发那些乏味的时光。只要不是执行着诸如“监视”“蹲坑”之类的硬任务，他们会选择自己感兴趣的地方，走进去侃会儿大山，也有可能找一家熟稔的饭馆，进去涮上两斤羊肉片，喝它二两老白干。个别的，甚至会溜去和女朋友幽会。当然，这绝对是没有“老外”在场的时候。

美国警察是否也有这一手儿？

想问，却没好意思开口。

不过，从肯尼迪中心出来，进那家纸制品商店逛的那一趟，已经觉出那么点儿意思来了。

我绝对相信温斯特没有离开他的辖区，不过我也绝对相信他们之间的话题与治安无关。

他在那黑人姑娘的注视下，兴致勃勃地说着。

姑娘开心地笑，迷人的目光始终也没离开他的脸。

他领着我们走店门，钻回到警车里。那姑娘送出来，倚闾相望，直到警车走得很远。

…………

我在北京王府井南口的一家摄影器材商店里，曾经看到一个穿警服的小伙儿站在柜台外边，和柜台里边那些衣着入时的姑娘们说笑。

“哎哟，你们毙人的时候，手也不哆嗦呀！”

“哆嗦什么，成天干这个。”

“嘻嘻，你可是杀人不眨眼啊……那些挨枪子儿的，还不得屁滚尿流！”

“得啦，有的，横着哪！临死，还吃俩大馒头哪！”

原来，这位是行刑的法警。

坐在温斯特的车里，我想起了这件事。我想如果要写一篇文章的话，是一定要把这两件事写到一起的。同时我又想到，美国警察比起中国的警察来应该说更洒脱一些。如果那位法警的背后跟着一位参观的“老外”，他会怎么样？还会像温斯特一样，邀请“老外”一道走进那家商店，再把“老外”甩到一旁，独自一人和漂亮小姐聊个够吗？他会当着“老外”的面，说“上司不让我带他去危险的地方”吗？

温斯特的性格里，除了洒脱，也有别的。

从纸制品店出来，回到警车里，我们的话题扯到了种族问题。

“你的那位朋友，看起来十分能干。”我说。

“是的，她的确能干。”

“店铺是她自己的吗？”

“不，是朋友集股的。他们聘请她来经营。”

“黑人在寻找职业方面，是否还有一些障碍？”

“应该是没有的，种族歧视是犯法的，但要绝对清除歧视，很难。”

…………

我想一定是这番话提醒了他，他把我拉到了马丁·路德·金图书馆。

在此之前，我不知道华盛顿原来还有一个这样的图书馆。

这位著名黑人牧师1968年4月7日死于种族主义者的枪弹。我读过他在林肯纪念堂的群众大会上的演说。那演说的题目叫“我有一个梦想”。这梦想曾经使我流泪。

“我有一个梦想，有那么一天，亚拉巴马州……将变成这个样子：在那里的小黑人男孩和女孩将同小白人男孩和女孩手拉着手，像兄弟姐妹一样走在一起。

“这是我的希望。我将怀着这种信仰回到南方。有了这种信仰，我们将能够从失望的大山开出希望的宝石；有了这种信仰，我们将能够把我国刺耳的噪声转变成充满兄弟情谊的交响曲；有了这种信仰，我们将能够一起工作，一起祈祷，一起斗争，一起坐牢，一起坚持自由，懂得有那一天我们终将得到自由。

“当我们让自由的呼声响彻大地时……我们将能加快那一天的到来。那时上帝的所有儿女——黑人和白人，犹太人和非犹太人，新教徒和天主教徒，将能够一起歌唱那古老的黑人之歌：‘终于自由了！终于自由了！感谢全能的上帝，我们终于自由了！’”

如果我没有记错的话，五年以后，刻在这位演讲者的大理石墓碑上的，就是被他引述的那首欢呼自由的黑人之歌。

一般说来，美国的图书馆晚上是开放的。美国人白天忙于工作，晚上则到图书馆查询资料。几天前，我去国会图书馆参观，陪同我们的杨女士说，最近因为经济萧条，联邦政府削减了国会图书馆的经费，致使这家世界一流的图书馆也只好宣布压缩开放的时间，有几个晚上需要提前闭馆。这一举动引起了很多读者的抗议，因为这等于取消了他们晚上上国会图书馆的权利。抗议影响到了国会，国会讨论的结果，只好把修缮国会大厦的款项，移之国会图书馆名下。

和温斯特一起，走进马丁·路德·金图书馆，站在大厅的目录检索台前，请卢加为我们摄了一张合影。反映金牧师生平事迹的大型油画，就在我们的身后，悬挂在大厅正面的墙壁上。

“他是个了不起的人。”

警车又开出了停车场，重新驶入了冷寂昏暗的街区，沉默很久的温斯特突然冒出了这么一句。

我心里一热，什么也没说。我又一次想起他只有二十一岁。

夜更深了，温斯特把警车开进了另一个漆黑空旷的停车场。

已经有另一辆警车孤零零地等在车场中央了。我知道，这是温斯特的朋友，是他用传呼机把温斯特叫来的。

两辆警车，车头与车头相错，驾驶室的窗户对着窗户。车窗已经被摇了下来，两个朋友，坐在各自的车里，低声细语，从容地谈着。

“那天去找的那个姑娘，见到没有？”温斯特好像是关心着对方的婚事。

“见到了。”

“谈得怎么样？”

“就那么回事呗。”

…………

如果从高处俯拍一张照片，一定很有意境：空荡荡的停车场，别无他物。两辆警车，像两只小甲虫，车头与车头相错，趴在皎洁的月光下，窃窃私语。

听人家的窃窃私语是不妥当的，可似乎又没有什么办法。

我和卢先生就坐在车上，不想听都不成。卢先生又是一个十分称职的译员，他把哥儿俩的每一句话都如实地同声翻译过来。我知道他的苦心。他希望满足我了解普通美国人的愿望，因此，我也不好劝止他。

…………

“你应该更主动一些。”温斯特说。

“可老是打不起精神。”

“为什么?”

“……很多事情是说不出为什么的。”

沉默了一会儿。

“也许你是对的，”温斯特忽然说，“结婚是幸福的，单身也是幸福的。结婚也许又是痛苦的开始，单身呢，却也活得不自在。”

他们一起嘿嘿笑起来。

说法挺新鲜，似乎又不新鲜。

“当个光棍是苦事儿，娶个媳妇是美事儿，生个孩子是好事儿，要吃要喝是难事。”我听中国的警察这么说过。

一样，又不太一样。

不过，是不是可以肯定，普天下的警察都喜欢类似的话题?

“陈先生，依您的观察，华盛顿的警察和北京的警察有什么不同?”卢加不仅是一个称职的译员，也是一个十分关心客人观感的东道主，虽然他从来就不愿意我把他当成美国人，他说从他祖辈到他本人，一直也没断了“落叶归根”的念想。他向我提出这问题的时候，我们刚刚告别了温斯特。我们顶着午夜的星光，沿着一片草坪旁边的小路，朝前走着。

我想了想，觉得很难归纳自己的思路。

大概他以为我没听见，又问了一遍。

“美国的警察嘛，开汽车。中国的警察嘛，骑自行车。”

我说。

1992 年 5 月

相会在纽约

纽约已经沉浸在一片节日的气氛里了，确实，离圣诞节只有五天了。洛克菲勒中心广场上矗立起全纽约最高的圣诞树——据说它耗费了巨资，运自加拿大森林。布置圣诞树的风俗似乎源自19世纪的北欧国家，好像是在美国独立战争时，德国雇佣兵们想和在家乡时一样过节，便把圣诞树之俗引进了美国。作为一个由各种消费共同体组成的社会，节日自然也就都变成了消费性的节日。美国人的圣诞节大采购，早在一个月前的感恩节游行时就开始了。街道两旁，百货商场的橱窗光怪陆离：鲜衣华服的舞男舞女在变幻莫测的光束追踪下，翩然起舞；绚丽的花朵在电子音乐的鸣奏中缓缓开放；曼哈顿的模型——高楼大厦似峰峦林立，汽车之流如蝼蚁盘绕，甚至可以看到哈得逊河口的自由女神像旁，灯火熠熠的江轮在游弋……如此不惜工本的橱窗对于纽约人来说，大概也是难得欣赏的一景。提着大包小包的圣诞商品匆匆来去的他们，也忍不住排起了队，轮番凑到橱窗前驻足观赏。

为这喧闹的大都会增添了更多节日气息的，是大街上回荡的叮叮当当的铃声。几乎处处可见身着红袍的圣诞老人，他们每每站在百货公司的门前，不断地摇动着手中那把明晃晃的铜铃，“叮当……叮当……”开始，我还以为这是百货公司进行的圣诞节销售战，后来才知道是救世军的成员们在为穷人募捐。

初看起来，这场面令人觉得荒唐：坐着鹿橇翩然而至的尼古拉斯，不是给我们送礼物的圣人吗？何至于伫立街头，用叮当的铃声吁请人们的捐助？转念一想，又觉得救世军们的举动不无道理，尼古拉斯正是以贫穷无告者的守护神形象风靡世界的，那么志愿者们扮演成一个个胖乎乎、乐呵呵、须眉皆白的圣尼古拉斯，为贫穷无告者募集过节的礼物，他的感召力或许会更大吧？

我是早晨八点四十分从匹兹堡飞来的，九点整，飞机从曼哈顿鳞次栉比的楼群上掠过，又掠过一片蓝色的水面，像一只蜻蜓，降落在纽约。乘出租车到了四十二街第二马路，下榻在距联合国大厦仅百步之遥的 TUDOR 饭店，把行李扔在大堂里，立即给我的姑姑拨电话。

我常想，若把姑姑一家几十年的悲欢离合写出来，一定是一本催人泪下的好作品。当然，写这作品的资格不属于我，因为我知道，姑父有着超人的学识、第一流的文笔。他几年来写给我的为数不多的信件，常常成为我反复咀嚼的范文，而他的儿子，比我的年龄仅仅小几个月的表弟，自然家学渊源。我从来也没透露过这样一个事实：我后来之所以走上文学道路，与我这位表弟实在有着很大的关系。我九岁的时候，表弟从广州来到北京。他是来借读的。他带来了一本《唐诗三百首》和一套《三国演义》的连环画。他天天在那里摇头晃脑地背“功盖三分国，名成八阵图”，背“好雨知时节，当春乃发生”，论诸葛亮司马懿之短长，比吕布关羽之高下。这对于不甘人后的我来说，实在是一个很大的刺激，便也“好雨知时节，当春乃发生”起来。可惜的是，这位聪颖过人的表弟因户口问题，不可能在北京久读，一年以后，我们也只能分手了。

“文革”十年使姑姑一家陷入了极悲惨的境地。姑姑姑父皆因“历史问题”所累，断了生活来源。表弟被迫去了农村插队，来信给我的姐姐，总是说饿。那时我的父亲也在受迫害，被打成“特务”，停了工资，爱莫能助。姐姐只能把节省下来的粮票尽量寄一些给他。大约又过了一些时日，表弟音讯全无。有广东来的亲戚偷偷告诉我们，他逃到了香港。

坦率地说，我为这消息感到高兴。如果是我，也免不了要逃的，不逃，不仅他没有生存的希望，连他的父母也没法活。逃了，他还可以每个月寄些钱给他父母。一个人，如果不是被逼上绝境，他又何必抓着两个球胆，冒着被海浪吞噬、被机枪子弹穿透的危险，走下深圳湾？当然，这种坦率现在已经没有了风险，而在当年，漫说我的姑姑姑父，就是我们，也只能对这事守口如瓶。

表弟以他在艰难困苦中磨砺的铜皮铁骨，在香港闯荡：打工、学车、补习英语、进修簿记。他为人正直，学习勤勉，生活清苦，得到每一个相识者的称赞。一个偶然的机会，他遇到了从美国回香港的李汉魂将军和李夫人吴菊芳。表弟的人品学识，自然不难赢得这位前辈的赏识和同情。这样，他被李将军夫妇收为养子，带到了纽约，先在李将军开的餐馆工作，随后又自己去打天下，到了另一家餐馆任职。

开放时代的到来，使姑姑姑父和他们的爱子团圆成为可能。1982年，两位老人移民美国。临行前，我们曾在北京相会，分手不过四年。而我的表弟，从我们一起背“好雨知时节”算起，已经过去二十七年之久。分手时是两个年龄相仿、个头相似的“少先队员”，二十七年过去，相会在异国，个中滋味，只有我们自己知道。

“哪位?”电话里传过来姑姑那迟缓而又略带沙哑的声音。

“三姑，是我！建功!”

“哎呀，你姑父天天往领事馆打电话，问你什么时候到……”

“我怎么能尽快见到你们?”

“我打电话到你表弟的餐馆去，让他中午开车接你过来吃饭!”

我把饭店总机的电话号码告诉她。我说我现在还在大堂，不知住在几号房间。不过表弟过来之前，可以打电话到总机查询一下。我在房间里等他的电话。

一直等到了下午一点钟，我一刻也没敢离开房间。我期待着那部蓝色的电话响起来。

可是表弟一直也没有来电话。

陪同我的卢加先生发现了问题：在我的日程表上，TUDOR 饭店的电话号码被印错了，有两个数字印颠倒了。为我安排行程的库斯金娜小姐，一个办事周全、滴水不漏的人，居然就在这关键的地方闪失了一次，拖延了我和表弟的“历史性会面”。

又打了一个电话给姑姑。她正在着急。她说和我通话时只顾高兴，忘了问我住在哪一家饭店。表弟打电话去，发现不对，想查询，又不知店名。而下午还要赶去上班，一直会忙到深夜，只好明天再来接我。

第二天的清晨，我在饭店门口等到了他。

他驾了一辆崭新的卧车翩然来至。在纽约，泊车殊为不易，按照电话里的约定，他在驾驶座里向我招手，我跑过去，钻进了车里。

我们都已经三十七岁了，似乎也都不是轻易动容的人。

我们甚至没有相互询问是否过得很好。我们只是把两只手紧紧地一握，二十七年的酸甜苦辣，尽在这一握之中。

“我们是不是转一转纽约城?”表弟问。

太阳在灰暗的天空上化成白苍苍的一片。纽约的冬天本来就比华盛顿冷得多。清晨，店铺都没有开门，街上行人寥寥，气候就越发显得干冷。我们的车子就在这一片惨淡中孤独地转来转去。表弟当然不是故意让我看一个冷冰冰的纽约。这纯粹是因为他只能挤出这个时间来陪我。在纽约苏醒过来之前，他还得赶回他的餐馆。不过，对于表弟来说，在清冷中游弋，或许恰恰传递了他的心境。

其实，昨天晚上我已经看过纽约了。陪我们看纽约的，是戴静和小楂。戴静很小就随那当船长的父亲由香港移居美国了，这位密歇根大学的法学博士现在从业于华尔街一家很大的律师事务所，因为对中国当代文学的兴趣和我相识。小楂呢，是北大的同学，正在攻博士学位，也不时发表很好的小说，虽然她来美的时间不长，是因为嫁了一个大鼻子，还是因为能力超常?用戴静的话来说，她可是十分地“美国化”了。她们的身上，当然留存着中国文化的血脉，不过，显然已经进入美国文化圈子，在那里找到了认同。因此，他们领我看到的纽约，似乎也更接近于美国人眼里的地道的“纽约”了。“宽容、开放、丰富、深邃。韵味十足，令人着迷，像一枚越嚼越有味儿的橄榄。”她们这么告诉我。她们领我到布鲁克林大桥下面一家荟萃了世界各地吃食的商场大快朵颐；领我到海风习习的码头听身着圣诞红西服的街头歌咏团的演唱；领我到格林威治村和一位面容清癯、长髯飘拂的地摊画家神侃；领我到时代广场，看新闻闪示牌，讲元旦之夜，纽约如何万人空巷，云集于此。当零点到来的时候，从光芒四射的联合化学公司大厦的楼顶，一个巨大彩球徐徐落下，纽约人异口同声地高喊着“五、四、三、二、一、零！”高唱“友谊地久天长”……当然我们也去看了被 glafit 的地铁车厢，那喧嚣而骚动的涂抹，传递了都市牛仔们心的律动，看了商店的橱窗陈列如何开性玩笑：一条条男式内裤，被示为绿色草坪上一顶一顶帐篷——是下流、无聊，还是美国式的坦率和幽默？我们还看到了性商店里为变态者准备的皮鞭、皮索，看到了放映性电影的影院门口那频频闪动的霓虹灯……

午夜时分，我们坐到一家咖啡馆里喝咖啡。烛光摇曳，乐曲轻柔，如丝如缕，袅袅依依。情侣们、好友们在低声细语，街上的车灯、路灯、霓虹灯往咖啡馆里流泻，映出一双双亮晶晶的眼睛。

“在许多人感觉里，纽约是不是更像一本美国梦的百科全书？因此有那么多的人喜欢它。”我问两个“纽约迷”。

“或许可以这么说。”她们笑了。

而我的表弟和她们不一样。表弟似乎是没有进入“美国梦”的一个。他带着我，去洛克菲勒中心广场，看那株巨大的圣诞树；去宽不足十尺的华尔街，看那些门户未开的证券交易所；去哈德逊河边，远远地看裹在灰蒙蒙雾中的自由女神像。他也和我谈起洛克菲勒、杜邦，谈起华尔街，却像是在谈很遥远的事情。更确切地说，那口气仿佛在谈“他们的美国”“他们的纽约”——尽管他早已成为美国公民。

我不知道这是不是因为表弟自幼受中国文化的熏陶，长期负担着赡养老人的义务，又组织了一个中国式的家庭，还在中国餐馆任职的缘故。戴静告诉过我，海外华人的大多数，都有着一个永远也解不开的“中国结”，或许这就是中国传统文化的凝聚力！不过，正因为这样，使得他们很难和当地的文化融合。或许，表弟也恰恰因为这个原因成不了“纽约迷”，并不热衷于“美国梦”！

九点半，车子开到了唐人街，我的姑姑姑父，已经在这儿等我多时了。

姑姑比四年前我见时显得年轻了不少，她的相貌、举止，都使我想起了自幼钟爱我的奶奶。姑父呢，依然那么干练、爽快、幽默，生气勃勃。记得他说过，他十分喜欢北京话的悦耳、温柔。因此，一见我面，就开始了他“京味儿”的实践：“喂，可以和我们待到几点儿？”他把

“待”字强调得很厉害，又把“几点”给“儿”化了。

我告诉他，中午我得和纽约的华文作家们聚一聚。虽然日程安排得很紧，我还是可以再找机会和他们见面。

“你们的团长是谁？他不会不让你来吧？”

“团长是我，副团长也是我。”

“你一个人自由行动？”

“是的。”

“怎么，现在党不怕你们投向‘自由世界’了？”

“我们应该相信群众，我们应该相信党……”我笑着说。

“对对对，‘这是两条根本的原理’。”姑父“文革”挨斗时，一定没少了背这条。

“姑父到了美国，当的是左派，还是右派？”为他所感染，我也童言无忌起来。

“怎么说呢？”姑父探着长长的脖子，看着地面，仿佛要从那里找出个答案，“其实我还是我。不过我可真倒霉。在中国那边的中国人眼里，我是右派；到了美国，美国这边的中国人说，你是左派。闹得我也不知道我到底是个什么派……”

我们一起笑了起来。

说话间走到了孔子大厦。大厦的前面矗立着孔夫子的全身雕像。雕像的基座上，镌刻的是《礼运·大同书》：“大道之行也，天下为公。选贤与能，讲信修睦。故人不独亲其亲，不独子其子……”

心头一动。

“这《大同书》，我们小时候曾一起读过的，是吗？”一直沉默寡言的表弟凑到我的身后，轻轻地说。

我点了一下头。虽然没看到他的眼睛，可我感觉得出，那里流出了一道暖暖的光。

身后来来往往的，大多是黄皮肤、黑眼睛的同胞。粤语、台山语。孔夫子和蔼有加，微驼着背，为熙熙攘攘的过往诸君描绘大同世界的美景。我忽然想起姑父刚才探着脖子、看着地面的模样，也颇有点儿孔夫子的遗风。可他不像孔夫子那般超然，他得寻找自己是属于左派还是右派的答案。

不远处，是耸入云际的纽约国际贸易中心，还有其他环绕在唐人街周围的密密层层的高楼大厦。

心中忽然又飘过一缕悲酸。

已经不是为了我那找不着“派”的姑父，而是为了我们的孔夫子。

美国就是这样一个国家。不管你是爱尔兰移民也好，意大利移民也罢，他们都可以“以其自己的方式保持了自己的特点，并且通过保持自己的特点而在这个国家占有一个位置”。中国的移民们当然也不例外。美国学者丹尼尔·布尔斯廷说：“美国从来也没有完全丧失不同民族的人各自聚居的味道。其他国家把不同民族的人融合成一体，而美国则容许不同民族的人依然故我地成为一体。美国把拉丁语中的‘合众为一’作为座右铭，其实更恰当的座右铭应当是‘合众为众’。”——这就不难理解，为什么几乎所有异乡来客都可以在这个国度里找到自己文化的偶像，在这个国家被唤起如归的亲切感了。

可是，这位站在唐人街头寻寻觅觅的孔夫子，这段镌刻于大理石之上的几千年前的理想国宣言，当你把客观存在的包围着它们的高楼大厦一起收入眼底的时候，你的感觉，仅仅是亲切感吗？你不觉得，更多的倒是带有悲剧的意味吗？

熟悉美国早期开拓史的人知道，乌托邦的时代早已成为过去。那些最早踏上这块大陆的人，并不是没有带来过欧洲诸般的乌托邦梦想——马萨诸塞海湾殖民地的清教徒们，试图在这里建立一座山巅天国；宾夕法尼亚教友会教徒，则要在这里开辟至善论者的种植园；佐治亚的移民曾经生活在伦敦为其设计的慈善赈济乌托邦中；弗吉尼亚人则梦想移植地道的英国乡村生活……然而，这一切都已经在美国的现实中破灭或转化——乌托邦在新大陆寸步难行。

孔夫子大概是在它们破灭以后很久才登陆的一位。

纽约唐人街孔子像，也许可以算是乌托邦理想在新大陆的最后一座纪念碑。

在佩服新大陆文化上的宽容的同时，你不能不佩服孔夫子的顽强。

悲剧感也就不能不随之产生了——不管在你的眼中，他是人类理想的至圣先师，还是思想上的唐·吉诃德，他现在都委委屈屈地立在唐人街头，面对着壁立的危楼、都会的喧嚣。

他能走出唐人街，和对面那高耸的国际贸易中心说“Morning”吗？

这种悲怆感一直陪伴着我。随后，我和姑姑一家进入了银宫酒家。这里的一切和广州的酒楼毫无二致：在熙熙攘攘的大厅里攒动的人头。在人群间穿行的推点心小车。虾饺、凤爪、马蹄糕。“勿该”“多谢”。食指叠着中指轻叩。壶盖翻起向上。“有劳小姐加水。”姑父的话题仍然显示着一位中国老知识分子的本色，风声雨声读书声，家事国事天下事，虽然还是没闹明白自己属于哪一“派”。姑姑还是地道的中国人情，从姐姐扯到妹妹，从奶奶又扯到了亲家母。表弟则当他谦恭孝顺的儿子，一言不发，微微笑着，为我夹点心、布菜……异邦感就在这一刹那消失了，可一刹那过后我又不能不想起街头的孔夫子来。

天气很冷，寒风瑟瑟。他佝偻着背，面对着高耸入云的国际贸易中心大厦。

1993 年 5 月

耳　　垂

如果不是他突然出现在我的面前，我对院长刚才的那个请求很难说有什么铭心刻骨的印象。

而现在，他出现了。个子矮矮的，面庞瘦削，象牙色的脸上挂着褐色的老斑，薄薄的鼻翼近乎透明，这让我一下子想起了蜡像馆里的蜡像。他出现得是那样突然，你简直不知道他是从哪儿冒出来的。你正跟着护士长沿着长长的、淡青色的走廊走过去，乳白色的吸顶灯，照着前面超尘拔俗的静寂，几乎使你有些怯生生不敢举步。你被轻声细语地告知，这儿是单人房间，那儿是双人房间；这儿是护理台，那儿是娱乐室。最后我们走到了一扇门前，护士长说，这门上装有防止病人出走的装置，当那些精神恍惚的老人企图开门外出的时候，护理台会得到报警……我们从这门往回折，他坐在一辆轮椅车上，悄没声儿地从一扇门里滑了出来，挡在了我的面前。

他要干什么？

他盯住你的脸看着，瞳仁里闪着碧蓝的光。他看了好一会儿，眼皮耷拉了一下，很快又撑开来。

“年轻人，你唱歌吗？昨天晚上是你唱歌，从我的窗外走过的吗？”

他终于开口了。

“我……我……”定了定神，我告诉他，他一定是搞错了，我从中国来，来参观一下他们的老人院。昨天晚上我住在华盛顿市的乔治镇。今天我是第一次来到威斯康星大道。再说，我很少唱歌，更不会走在威斯康星大道上唱歌。

"不，不，是你，一定是你……你唱得真好听啊，请为我再唱一遍吧，好吗?"

我只好向护士长投去救援的一瞥。

护士长微笑着迎过来，叽里呱啦地冲老头儿说了些什么。

老头儿却眯起眼睛，在护士长叽里呱啦中摇头，一下，一下……

这神态使我想起了北京那些任性的孩子。

"不听不听，小狗念经。"他们说。

"你开始唱的是《掷弹兵》，后来唱的是《苏珊娜》，最后唱的一首是《星条旗》……"老人不再理护士长，还是把脸转向了我。他那脸朝我仰着，抑扬顿挫的英语倒有点儿唱歌的味道了。他那下巴随着这一抑一扬的节奏，一左一右地画着弧："……是的，你唱得好听极了。你从窗外走过，高声唱着，真好听啊！……你再为我唱一个吧，请求你，真心地请求你!"

我敢说，我一生也不会忘记这渐渐浸满了泪水的蓝色的瞳仁。

可是，我真的不会唱英文歌啊!

而且我这嗓子，比破锣还破锣的嗓子，五音不全、跑调儿无疑的嗓子，真的给人家来一段儿，焉知是安慰了他，还是把人家心中最后的那点美好的旋律全部摧毁?

我不会原谅自己为什么来前没学几首英文歌，没找专家吊吊嗓子。现在，你只能微笑，向他表示歉意。你一只手拿起他那干瘦干瘦的左手，另一只手又凑过去，在他的手背上深情地拍了拍。你侧过了身子，在那蓝色瞳仁的注视下，离开了他。

一切又归于平静，这颗心却是如何也平静不下来。

还是长长的、淡青色的走廊，乳白色的吸顶灯，依然照着超尘拔俗的静寂，还是那种"不敢高声语，恐惊天上人"的感觉。可是现在，你忽然发现，你和喧嚣和骚动，不过一门之隔。

焉知一会儿不会有另一位老者推动自己的轮椅，从那门里滑出来。

"年轻人，昨天晚上唱着歌，从我门外走过的，是你吗？……"

当然，他并没有出现。

你遇见的是缓缓滑过来的一辆轮椅车，鹤发鸡肤的老者目不斜视交臂而过。你从一扇半敞的门望进去，一个老太太躺在床上打电话，嘴唇翕动着，却听不到任何声音。你走进娱乐室，看见两个老头儿坐在各自的轮椅上，在对着打瞌睡。一个老太太把头仰靠在背椅上，目光呆滞地冥想。还有两位老太太似乎在喁喁私语，不过，从那表情可以看出，她们并没有找到有趣的话题。哦，还有一台画面巨大的电视机：飞旋腾跃的福特汽车。戴着黑礼帽，穿着黑马甲，手持文明棍，齐齐整整地踢腿舒臂的绅士们。没有伴音，因为没有人需要伴音。没有人关心它播的是什么。不少人轮椅和它同在一排，还有人的脊背对着它。它好像也不过是昏昏欲睡的他们中的一个。

你会觉得，这迎面滑过的毫不斜视的目光，这投向天花板的呆滞的眼神，甚至这打瞌睡的模样，比起那突如其来的发问者，更使你心绪不宁。

就在这一瞬间，我忽然明白了院长那一声“Thank you”的深意。

你答应了他的一个请求，美国人是会说“谢谢”的。可是，院长刚才那一声“谢谢”，仅仅是礼貌吗？

走进这栋位于威斯康星大道上的八层楼，我们最先被领到了院长的办公室。院长，大约三十五岁吧，一位个子高高的黑人妇女，走到门口迎接我们。握过了手，她回到那宽大的写字台前，周详地介绍老人院的情况，耐心地回答我的每一项询问。我当然也中国式地频频点头，又中国式地把听到的一切，一一记到采访本上。不过我得承认，时不时地，我有些心不在焉。因为凭着直觉，我觉得，在院长那彬彬有礼的微笑后面，似乎还闪烁着另一双眼睛。那眼睛里深藏着疑虑，好像在担心会发生一些什么。开始，按照中国式的推想，我想到她是不是疑心我的访问会带着偏见，疑心我专为搜集美国生活方式的阴暗面而来，随后我发现，我错了。

院长介绍完了情况，按铃招来了护士长。她抱歉地告诉我，因为要主持一个会，所以只能由护士长陪同我们参观。我们随着护士长走出她的办公室，她忽然想起了什么似的，追了出来。

“密斯特陈，对不起，我有一个请求，相信你能理解。……能否答应我，不要给他们拍照？”

直到这时候，我的思路依然如故。我猜想我之前一定有人来拍过照，拿回去作为“美国老人晚景凄凉”的证据。而这，或许是美国人的自尊所不能容忍的吧？

我把挂在胸前的照相机摘了下来，放回手提袋里。

“Thank you！”院长耸了耸肩，眼神里透着由衷的感激。

现在才明白，那一请求，那一声“Thank you”，其实，是怕因为我们的来访和拍照，有可能刺激那一颗颗衰老而敏感的心。

时至今日，想起她追出来的情景，想起她一句如释重负的“谢谢”，我仍然被深深地感动着。为她的敬业精神，为她对服务对象的关心和理解，也为了这一举动所深藏的悲剧意味：你想吧，几个结结实实的精壮汉子，从一个个“百年来几时，奄若风中烛”的老人面前走过，就算你不拍照，不谈笑，小心翼翼，不流露丝毫壮健年华的优越，你就能保证不刺激那一颗颗衰老而敏感的心了吗？

我很快就发现，年轻的我们，的确在无意中扮演了一个不妙的角色。

在四层电梯口，我们和一位坐在轮椅上的老太太一道，等下行的电梯。

“太太，能告诉我，这是什么意思吗？”我指了指她胸前佩戴的一个小小的饰物。我得承认，这有点儿没话找话，进门时我就发现了整个老人院的人都佩戴着这种飘着圣诞红绸带的饰物，不用问，也能猜得出这意味着什么。

“这是庆祝圣诞的意思。圣诞快乐！我祝你圣诞快乐！”

粗且硬的白发透着淡淡的黄色，像一张荷叶，倒扣在头顶，荷叶下那一双冷冷的眼睛，突然放出光来。

“我也祝您圣诞快乐！”我说。

“谢谢！”她闭起眼睛，微微含笑，瘦削而前翘的下巴晃动着，像一位如醉如痴的乐队指挥。

“怎么，你们就下去了吗？”她突然睁开了眼睛，愣愣地看着我们。

我告诉她，我们要到第二层去参观一下。

“而我，要到一层的餐厅去用餐。”她不无遗憾地摇摇头。我说，一会儿我们也要到餐厅去看看的，或许我们还能见面。

“OK！拜拜！”她又安安稳稳地闭上眼睛，摆了摆那只枯瘦的手。

我没想到，十分钟以后，我们来到餐厅时，却看见老人在餐厅门口天翻地覆地喊叫。

“没道理，毫无道理！为什么不让我在餐厅吃饭？我就迟到了一点点，为什么不让我进餐厅？”

护士们像一群面对着娇宠成性的孩子束手无策的保姆，围在轮椅的四周，又是哄又是劝。

“请不要发火，慢慢听我们解释。”

“你回到卧室，我们会立刻把午餐给您送去，这没有什么不同。”

“重要的是，不要着急。为了您的健康，最好先做到这一点，您可以平心静气地陈述您的理由。”

…………

为了照顾各种不同的情况，老人院里有这样一条规定：你可以在指定的时间里，自己去餐厅用餐。若错过了时间，你可以打个电话下楼，护士会把你需要的饭菜直接送到你的卧室。

“为什么不能破一次例？为什么？”老太太显然是一位迟到者，可是，她固执地坚持自己的主意。

护士长始终面带微笑地听着护士们的陈述，又听了一遍老太太的申辩。她朝护士们摆了摆手，走到老太太身后，推起了轮椅，朝餐厅走去。

“破一次例当然是可以的，如果您认为这样做合适的话。”护士长一边走一边倾下身子，凑到她的耳边，柔声细语地说。

“我知道我不对，我违反了规定。但请为我破一次例好吗？”老太太的口气软了下来。她侧过脸，朝尾随其后的我们望着，似乎在寻求谅解。

她看见了我。

“连我自己都莫名其妙，今天为什么显得这样缺乏教养。”她对我说。

我朝她微微一笑，摇了摇头，我用眼睛告诉她，无须做什么解释，谁都一样，有时候情绪失控是难免的。

“何况，”我心里对自己说，“谁知道，拱起无名火的罪魁祸首，是不是你？……你说过，一会儿要到餐厅来，要和她见面的呀！”

午餐确实已经到了结束的时候了。三三两两围坐在餐桌旁的老人们，有的在吃甜点，有的在吃冰激凌。

“可以和您一起坐会儿吗？”我走到离我最近的一张圆桌旁，这里坐着两位老太太，一位胖胖的，通红的柿饼脸，另一位满头银丝，简直可以说泛着一层莹莹的毫光。

我告诉她们，我来自中国。

“饭菜还可以吗？”我朝她们的碟子里看了一眼。

“很好。是专为我们这样的人做的。很软。只是我不愿意再胖下去。”红脸太太笑了起来。

“中国有没有老人院？”满头银丝的老人问。

“有，不过少一些。”我说。

“小伙子，我想献给你一首诗，不知你愿意不愿意听。”

红脸老太太比起她的同桌来，显然更偏于自我的世界。她并不照顾同伴继续发问的愿望，也不等我表示是否真的有兴趣，扬起脸，抑扬顿挫地念将起来：

我知道我老了，想想这事真忧伤。
别看我红光满脸，看看脖子就知道……

她是老了，已经八十九岁，过去是邮局的公务员。也许，今天她好不容易才遇见我这位“知音”，因此她一连气儿给我念了三首。如果不是邻桌的另一位老太太叫我，说不定她会没完没了地念下去。

叫我的一位看起来比红脸老太太更为衰老，她一直半躺在轮椅上，歪过脸来看我。听红脸老太太念诗时，我朝她那边看过几眼，当然不全是因为她。在她的身后，有不少的老头儿老太太也在盯着我。忽然，她朝我扬起手来，那手扬得很无力，看得出，费了不少劲儿，我看见了她手背上的老人斑。

我走过去，站到她的身前，向她问好。她仰着头，看我，又一次朝我扬起手来，指尖向她的鼻子勾了勾。我弯下了腰，把头探过去，以为她是吻我，岂料她用手捏住了我的耳垂。

“你的耳垂儿怎么这么大啊?”

“按我们中国的说法儿，这是有福气啊!”我说。

“噢，中国……中国也有这种说法儿吗?”

“是的，所以，不排除我的妈妈从小就对它做了加工，时不时捏一下，就跟您现在这样……”

她呵呵地笑了起来，又用力把它捏了捏。

她身边的一位老太太也朝这边凑着，大概会轮番捏一捏。

我突然冒出了一个念头，我也想去捏一捏老太太们的耳垂儿。

一个来自古老的土地上的年轻人和一个生活在新大陆的老人互相捏着耳垂儿，道着祝福。这是一幅多么意味深长的画面。

多少次想拿出相机，留下这一幕，然而我没有。

我始终没忘了院长那一声如释重负的“Thank you!”

1992 年 6 月

“门”里捡拾的故事

石英英的故事，是在“门”里捡到的。

进“门”的时候我绝对没有想到这里会有故事。

我正和卢加先生研究，这座位于纽约第六大街的古旧而又精美的建筑物，为什么起了这么一个怪名儿：THE DOOR。这就是我们要找的，青少年的戒毒机构吗？

卢加先生有个奇怪习惯：我们一起坐飞机时，他常常闭目不语，“打坐入定”，满脸庄严肃穆。有一次，傍晚的阳光透过舷窗，映在他那宁静的面庞上，那面庞舒缓柔和，泛着橘红色的辉光。这辉光让我想起了欧洲宗教画里的人物，几乎使我生出一种自惭形秽的悲哀。

“卢先生在干什么，是参禅还是祷告？”事后我笑着请教他。

“我在和上帝对话。”他微微一笑，仿佛仍然沉浸在无穷的回味之中，“真好，和上帝对话，是最好的事情。”

我这才知道，他是个基督徒。

后来，我们到旧金山时，他认识了我的伯母。伯母也是一位虔诚的基督徒。结果，就在伯母宴请我的餐桌上，两位基督徒开始“盘道”——上帝应该原谅我用中国方式描绘他的信徒——你一段我一段，你说《路加福音》，我说《约拿书》，你论雅各，我议彼得。卢加的学识，当然颇得我伯母的欣赏，认为他对《圣经》的研究，已到了相当的境界。

其实，卢先生的“道行”我这次就已经领教了。

“之所以叫‘门’，”卢加不假思索地说，“这名字一定是出自《新约·约翰福音》第十章耶稣那句话。耶稣说：‘我就是那门，凡是从我进来的，必然得救。’”

冲这我就服了他。

卢先生的考证既出，又发现三三两两的少男少女从身旁走过，进了这建筑的大门，还真有那么点儿上帝的羔羊听了召唤，嗒嗒嗒嗒朝门里奔的劲儿，这才算是相信了自己没认错地方，也走了进去。

一进门，就和石英英打了个照面。当然，后来我才知道她的名字。不过我敢说，我一下子就注意到了这张脸：这是大厅里除了我和卢加以外，唯一的一张黄种人的脸。她的脸瘦瘦的，身材不高，也是纤瘦的，她正朝门外走，似乎也是很留意地看了我一眼，又很含蓄地点了点头，走了过去。那一瞬间，我就觉得她的身上似乎是有一个故事。这念头使我不由得回头瞟了她一眼。当然，我很快就笑话起自己来，自己这一回眸是不是有点儿凡心难泯？即使进了上帝之门，也难以得救。好啦，主说：“我的羊听我的声音，我也认识他们，他们也跟着我，我又赐给他们永生。”好像也是《约翰福音》里的。您还是踏踏实实当上帝的一只羔羊吧。

我这是怎么了？

“THE DOOR”的意象也说不定确乎来自《新约》，接待我们的Rolert先生——一个留着短髭的黑人艺术家——沉吟了片刻，回答我们，不过，他又提醒我们千万别误会，他们的机构并没有宗教的色彩和使命。

“您知道，美国是一个有很多选择的社会，从住地到职业，一直到坐飞机，你可以选择靠窗户，也可以选择靠通道。因此，所谓‘门’，不过是我们为青少年预备的另一种选择之门而已。”举止典雅的艺术家操着醇厚的嗓音说。

我想起进门时看到的一幅宣传标语，那标语的题目是“人的十大权利”：

> 每天吸食海洛因，这是你的权利；
> 昏昏然飘飘然如登仙境，这是你的权利；

卖掉你的鞋子，花光你的积蓄，这是你的权利；

惹怒你的妻子，遗弃你的孩子，这是你的权利；

断送你的学业，毁灭你的前程，这是你的权利；

…………

摧残你的身体，走向死亡，这是你的权利。

这难道仅仅是一种教育的艺术，或者是一种宣传的技巧吗？我在想，如果面对的不是Rolert，而是我们中国的一位工读学校的校长，他会怎样说？

“我们有责任挽救他们，他们是失踪的青少年。”

“我们要像他们的父母一样，引导他们走光明的人生之路。”

这是中国人的思考方式。而美国人，他们认为每一个人都有权利和自由选择自己认同的生活方式，别人不能干涉和控制，即使你是父母，你是充满爱心的父母，你是充满爱心的比父母还父母的师长。

所以，即使他们“造”了这么一个“门”，他们也是遵循他们的道德准则：不损害别人的尊严，不侵犯别人的权利，不强迫别人选择某种生活方式和生活道路。

在不同的文化背景下生活的人们，思考方式就是这样不同。

你能说，Rolert先生和我们的工读学校的校长们，谁说得对，谁说得不对？

他们都对。尽管不同的文化背景使他们有不同的思考方式、不同的行为准则，由此又采取着不同的工作方式，但我觉得，他们的共同之处却是不难发现的，这就是爱心，而这，就是人类社会不同的人群间可以实现理解与交流的共同通道。

Rolert先生告诉我，这座古旧而精美的建筑在纽约应该算得是有点儿历史的了。过去，这是一家百货商店，现在为“门”所租用，成为纽约市政府和各种慈善团体捐助的青少年戒毒中心。一边听他介绍着情况，一边跟着他在迷宫般的板壁间转来转去。这个机构的基本格局，很像一个众多厂家联展展厅：板壁将偌大的厅堂隔成一个一个独立的单元，门上分别钉着“舞蹈组”“戏剧组”“美术组”“体育组”等标牌，几乎每一个单元里，都传出少男少女们的喧闹声。进去看看，他们有的在咚咚嚓嚓地练舞步，有的在叽里咕噜地背台词，也有的在健身器械上练“块儿”，在钢琴前奏曲……这颇有点儿像中国的少年之家，并不如我在电影里见过的戒毒所那样：毒瘾发作的瘾君子像一匹受伤的猛兽，在封闭的屋子里东奔西撞。

Rolert 说，“门”的对象是十二岁到二十一岁的青少年，超过二十一岁的吸毒者，就要到其他组织去求得帮助了，因此，一般说来，毒瘾大发到如此严重地步的人并不多见。

“大多是初染毒瘾的青少年，是吗?”

“是的。我们如果发现一个在校的学生有了这种嗜好，就派个人去和他谈谈，问他是不是愿意到‘门’来，选择另一种生活方式。”

“你所谓的‘另一种生活方式’，是不是要把生活的兴趣由毒品转移到文艺、体育等有益于身心健康的生活上来?”

“还有练习打字的，学习计算机的，每个人可以根据自己的爱好，选择兴趣小组。”

“不用药物治疗吗?”

“根据嗜毒程度的不同，是可以选择药物治疗的，但我们一般不用药物，我们重视新生活方式的选择。”他把我引到板壁外，一个中年人正和一对青年男女聊天，“喏，这是我们的医生。”

医生是一个粗声大嗓、性格开朗的白人男子。

他告诉我，他的医治主要采用催眠术：使患者进入催眠状态，然后和他们交谈，告诉他吸毒的危害，毒品如何毁灭人的躯体，如何有损人际关系，如何可能导致钱财犯罪。这办法可能使吸毒者对毒品产生反感。

“来这里活动的每一个青年人都有一份档案，里面记录着他的情况。这种记录绝对保密的，连他们父母都不知道，也不可能影响一个人的前途。它仅仅是为了使我了解情况，便于医治。”

我说，我们中国的类似机构，对这种情况所采取的，也是一种十分谨慎的态度，比如对违法少年，对性病患者。是的，这个世界上，并不是每一个人对错误地选择了生活方式的同类，都抱有同情和理解的胸怀。

卢加把我的话译过去以后，他们，无论是目光深邃的黑人艺术家Rolert，还是高声大嗓的白人医生，忽然都沉默了。

“这就是我们，还有我的同事们选择了这个职业的原因。”Rolert先生说。

使我最为感动的是，选择了这个职业的人中间，有很多很有成就的艺术家。当然，后来认识的石英英也是一个。

话题扯到了石英英，就是在这个时候。Rolert先生问我说，是否能再给他一张名片，因为他的同事中间，有一位中国血统的姑娘，叫石英英。她可能明年要去中国寻找她的父母，或许需要我的帮助。我立刻想起了进门时见到的那瘦瘦小小的身影。我想，应该是她。

我没有猜错，她的身上，真的有故事啊。

可是，她会不会出现，把她的故事讲给我听？

晚餐是在“门”吃的。随Rolert先生参观完了以后天色已经黑了，他邀请我共进晚餐。这晚餐是有特殊意义的，因为来“门”的青少年中间，有不少穷人子女，所以“门”每天都为来学习的孩子们预备一顿免费的晚餐。据说，每天的用餐者大约有两千人之多。

“饭是不大好吃，但营养保证够。”Rolert说，“或许，你想体验一下？”

我当然十分愿意。尤其使我感动的是，Rolert说，按规定，我们每人要交三美元，因为我们都没有资格分享人们捐助给青少年的那一点儿钱。他的坦率和正直给我带来了由衷的愉快。我、卢加跟随在他的后面，向一位小姐交出了各自的一份。我们一起到柜台前，一人领了一份套餐：一盘蔬菜沙拉、一块牛排、一个面包、一盒牛奶、两块甜点和两个小小的苹果。我们端着各自的食品，杂坐在那些进餐的青少年中间，确如Rolert先生所说，饭菜做得不太好吃，不过，身旁的那些姑娘小伙儿，吃得挺香。有几个黑人姑娘，还是带着孩子来的。“不排除有的人仅仅是为了这顿免费的晚餐而来。”Rolert说。顿了顿，他又说：“不过，这也很好。”

我看到他的眼睛，还是想起深邃凝重的潭水。

石英英在晚餐以后终于出现了。我猜得对，就是她，门口见过的那姑娘。她不会说中文，只能在纸上别别扭扭地为我写出“石英英”三个字，她说这是她的中文名字。她生于1960年，四个月后被送到香港圣保罗育婴堂，而后被一对英国夫妇收养，在美国长大。

“你是否知道你中国父母的名字，他们在中国的地址？或许我可以帮助你。”我说。

“谢谢。遗憾的是，有关的材料都不在身边。可能的话，我可以寄给你。”

我给了她我在旧金山的地址。我说我希望这材料越详尽越好。

我将在中国写文章，把这材料公之于众，但愿借助传播媒介，她的父母能知道女儿在找他们。

出于礼貌，我没有详细问她与生身父母分开的原因。是遗弃，还是家庭突遭变故，抑或其他？不管是哪种原因吧，可以肯定地说，她对那两位没尽过抚养责任的父母是陌生的，那么，她何以对他们还怀着如此的深情？或许，中国人“血浓于水”的感情竟也遗传给了她。

十几天以后，我在旧金山接到了石英英寄来的材料，从中得知她的父亲叫石天泉，母亲叫林淑德，她父母的地址是香港北角书局街10号3楼。她于1960年9月1日出生，1961年1月23日被送到育婴堂，1964年12月8日被收养。这材料中还有几份剪报的影印件，从中可以知道石英英已经成为一位颇受好评的画家。一幅相当大的照片摄下了她在某个公园的马路中间，自信地微笑。照片上的大标题是：“这不是胡涂乱抹，这是艺术！”更使我惊讶的是，另一份剪报介绍说，石英英是身怀绝技的女子，她在香港时曾跟一师父学过中国功夫，现在还常常巡回演出，颇有影响。想起她那瘦小的身躯，是无论如何也无法把这模样和蹿房越脊、飞檐走壁的女中豪杰形象相联系的。可与这报纸同时刊出的照片上，那腰缠板儿带、孔武有力的女子，正是石英英，焉能不信？这有趣的资料竟使我突然萌生了写一部通俗小说的念头：有悲欢离合，有异国他乡；有沙龙学画，有街头习武；有英雄气短，有儿女情长；有弱女子辛酸泪，有畸零人壮士心……但愿石英英万里寻亲，如愿以偿，在现实生活中也有一个“大团圆”的结局。

我也说“阿门”

餐桌是圆的。朝南坐着的是Doretta先生，顺时针转过来，是我的陪同卢加先生、Doretta先生的小儿子、Doretta太太、Doretta先生的二女儿、我。餐桌上的东西很简单：一盆汤、一碟切好的火腿肠、一盆生菜沙拉，还有放在竹篮里的面包片。Doretta太太迈着蹒跚的步子，把汤端上来。她解去了腰间的围裙，坐到留给她的座位上。这时候，Doretta家里的人互相看了一眼，仿佛有了什么默契，突然不约而同地站了起来。我不由得一愣。看卢加已经往后挪椅子了，我也赶忙学他，站了起来。这事完了以后我才想起自己当时是何等迟钝——你是应该知道这些的，外国的电影里、小说里，这场面出现过无数遍的呀！可当时的确是有点儿发蒙：没待我明白过来，两只手已经让Doretta先生和他的女儿分别抓住了。我们六个人手拉手，拉成了一个圆圈，我见Doretta们都低下了头，我也把头低了下去。我听见Doretta先生在叽叽哝哝地说着什么。我明白了，他在说“主啊，感谢您赐给我们食品”之类，没待我的思绪从《圣教日课》的那段祈祷文里出来，Doretta先生的领祷已经完成了。我觉得自己的手分别被用力地一握，同时听到Doretta们用低低的声调说：“……阿门！”

我忽然觉得鼻子一酸，差点儿流下眼泪。

六年后的今天，一想起这场面还忍不住回味良久，忍不住把我们一起的合影翻出来，看Doretta太太那同样忧郁却又同样坚毅的神情。还有他们活泼可爱的二女儿，一个学法律的大学生，滔滔不绝的口才一看就是一个优秀的律师坯子。你该已经当上律师了吧？你说过，你的梦想是当经济律师，因为那能挣更多的钱，能使你帮父母一把……是的三十五万美元的债务，但愿它已经被你们还上一些了。对一个美国最普通的家庭，这实在是一个不小的负担，何况挣钱的，只有 Doretta 先生，何况他所在的钢铁厂，又不那么景气，何况他刚刚参加过罢工，并没有达到涨薪的目的……我想起这件事的时候，与其说是想如何在太平洋的彼岸和他们分担焦虑，不如说是想起了他们拉着我的手，一起说“阿门”时那坚定的一握，所有的困难、忧愁都会在这一握中消融。

我知道，这一握不仅意味着他们全家对未来的信心，而且意味着他们全家对过去所付出的无悔——或者说正因为那无悔，才有了这坚定。这一握，是对信念的一握。

我就在那一握里读到了这些，因此我险些泪如泉涌。

我是在和 Doretta 太太闲聊中听说她家的遭遇的。那是她陪我到伊利诺斯森林公园的路上。她开着车，一辆很旧很小的车，牌子我忘记了，只觉得那车的样子很像北京常见的“拉达”。我坐在驾驶座的边儿上，问起了她的丈夫、她的孩子。我是不是太冒昧了？我们刚刚认识，而且，我们的交往大概也只有这一下午——她向接待我的有关部门提出了申请，说她非常愿意为接待一位中国学者而尽义务。就这样，她到我参观过的一家工厂接上了我，请我到一家墨西哥餐馆吃了午餐，然后，她陪我到州立的森林公园参观。

我怎么会想到，路上的一番家常话会勾出那么一个故事！

开始说的是她的丈夫 Doretta 先生，说他们的工厂、工会，罢工。后来，我问到了他们的孩子们。

“我的大女儿在夏威夷，不常回来。不过，最近回来得多了一些……”

“是因为公务，顺便回来看你吗？”我知道，夏威夷和伊利诺斯，路途并不算近。

“不，几年前她曾经被人强奸，怀上了孩子。”

“……哦。”我扭脸看了 Doretta 太太一眼。

“她把这孩子生下来了，可是这孩子有先天性心脏病，我们得帮她。”

“……对不起，太太。”我惶恐地说。

Doretta 太太却好像没听见我的道歉。她的目光看着前方，扶着方向盘的手轻轻地动着，继续喃喃地说下去：“……为了治好孩子的病，我们抱他去做了一个心脏手术。这手术花光了我们全家的积蓄，还欠下了三十五万美元的债务。可惜的是，那孩子没有能从手术台上下来，他死了……

“死的时候，他已经四岁了。他真可爱啊。进手术室的时候，他一定要抱着他的一个木偶进去，他说那是他永远不分手的伙伴……”

“Doretta 太太，”我说，“真对不起，我没有想到勾起了您的痛苦。不过，我想，您和您的全家，已经为这孩子尽了可能做的一切，这——这很让我感动。”

她点了点头，沉默了一会儿，又说：“那是我们全家心甘情愿的。……后来发生的一件事，更让我们全家都觉得很幸福。”

“哦？”

“那孩子死了以后，我们全家到教堂去为他祈祷。祈祷的时候，牧师告诉我们，说他仿佛看见了教堂上空飘游着两个奇异的身影。他拿笔为我们画出了这身影：一个，显然是耶稣，另一个呢，就是我们那个可爱的孩子呀！”

“什么！牧师是不是认得你们那个孩子？”我问。

“奇怪的就是这一点！他根本没见过我们那外孙，他更不知道那孩子是抱着一个小木偶进手术室的。可他画出的那个飞翔的孩子，和我们的外孙长得一模一样呀！更奇怪的是，那孩子的怀里，也抱着一个小木偶，一个我们全家都熟悉的小木偶……您应该知道，我们全家多为这感到欣慰——我们曾经救助过的，是一位天使啊！不要说为他负债三十五万美元，就是为他献了一切，也是值得的呀……密斯特陈，您说，我说得对不对？”

“是的。”我微笑着回答她，“上帝会知道这一切的。”

我是个无神论者。然而我会在这个时候和 Doretta 太太论神之有无吗？相反，这位不同信仰的 Doretta 太太，倒是给我的心带来了深深的触动。我甚至反省自己，过去，我们对不同的信仰，是否更多地关注了是非短长？我们更缺乏的，是否是理解和倾听的心胸？无论是有神论还是无神论，都是人类思想宝库和情感宝库不可或缺的一部分，都在不同的历史阶段。为人类留下了辉煌的文化印记，同样在人类未来的发展中，占据着谁也不可相互替代的影响力。那么，为什么不可宽容？有什么不可沟通？

譬如我们的 Doretta 太太，上帝使她的博爱之心变得多么美好！那么，我们又何必非要人家放弃上帝？

博爱，爱心，善待生命，不管你对这世界做出什么样的哲学解释，也不管抱定了什么主义，只要你遵循了这些为人的基本准则，就应该在人类的大家庭中赢得尊重。

我相信我的回答使 Doretta 太太得到了很大的满足。她一边认真地开着车，一边意味深长地点着头，一下，两下，三下……最后，她说："谢谢。"

这一天的下午，Doretta 太太的脸上，一直挂着幸福的光。

为这幸福的光，我也感到欣慰。

愿意给别人幸福的人，也应该得到幸福。

这就是我在参观完了森林公园以后，为什么要打乱一下行程，应她邀请，到她的家中小坐的原因。

这也就是我为什么还要应她的邀请，留下来和她全家共进晚餐的原因。

可我这算什么？我又能给她一些什么帮助？

负债三十五万美元的一个普通人家，已经请你吃了一顿饭，还要请你吃第二顿饭。

不过，直觉告诉我，这顿饭，我一定要吃。

留下是对的，我看得出每一位家庭成员的喜悦。

"阿门！"餐厅里响起了这低沉的一句。我到底还是慢了半拍，可是我毕竟也说了一句"阿门！"

两只手被紧紧一握，随即就松开了。

我也说“阿门”！

大家落座用餐。

我又慢了半拍。我的心绪，仍停留在那一握里。

至今，这一幕依然时时涌到眼前。

1993年6月

芳草萋萋匹兹堡

D－9 飞机从华盛顿飞匹兹堡约需五十分钟，登机正是薄暮时分，升空后觉得已经在星光中遨游了。飞机降落，步出机场的候机大厅，我觉得自己还是很难走出在星光中遨游的幻境——停车场那刚刚被细雨洗刷的地面，反射着缤纷迷乱的灯光，闪闪烁烁，一直延伸向四面八方。沉沉的夜色中，这灯光灯影越发显得无边无际，深邃辽远。租了一辆尼桑车，由陪同我的卢加先生开着，驶上高速公路，汇入了奔向匹兹堡市区的车流。

公路顺着舒缓的山势起起伏伏，向前望去，起起伏伏的公路平行地飘动着一白一红两条光带。白的，是迎面而来的，一辆接着一辆车的前灯；红的，是在我们的前面奔驰的小车的尾灯。不知是因为山地行车，刹车颇多，所以尾灯不时地闪烁呢，还是因为车子一辆一辆挨得太近，尾灯反射着尾随其后的来光，这条红色的光带居然也不时地闪动着，和那白色的光带相映成趣。我们的尼桑也随着这无声的光流飘动着，尽情品味着阿历根尼山地的韵律。

我不知道是不是所有的人都有这样的体验——我在音乐厅里听到那些绝妙的演奏时也有过类似的感觉：越是精彩的演奏，越是临近尾声，我的心中就越要掠过一阵一阵的不安。这不安，甚至会使我无心再流连美的旋律，过早地陷入失落的怅惘之中。现在，在奔向匹兹堡的路上，忽地也出现了这种感觉。是的，你的确像是置身于一曲优美的乐曲之中，闪闪烁烁飞过的车灯、路灯、指示灯，仿佛跳跃的音符——“此曲只应天上有，人间能得几回闻?”

飘动的光带前方，忽然发现一座琼楼玉宇在夜幕矗立。没等你辨别清楚，汽车已经告别了沉沉夜幕，冲入琼楼玉宇之中了。是一条长长的过山隧道，乳白色的灯光把隧道照得如同白昼，车子闯入其中，恍若进入晶莹的冰雪之宫。眯起眼睛从一片白光中穿过，突然只觉眼前一黑，车子从隧道里出来了，一座雄伟的铁桥又在你的眼前舒展开来，铁桥的另一端，万家灯火如山如峰，壁立于前。

这就是匹兹堡的市区了。

匹兹堡的真面目，一定是让夜色给藏起来了。

望着那沉沉的夜色，我试图辨认哪儿是林立的烟囱，哪儿是巍峨的厂房。当然，我什么也没看到。

我将在美国待一个月。我先到华盛顿特区安排了行程，匹兹堡就是我离开华盛顿的第一站。

我年轻的时候，在煤矿干过十年。

应该不难理解，我为什么要对主人说，我要看煤矿，我要看匹兹堡了。

作为美国东部重工业基地的匹兹堡，位于宾夕法尼亚州的西部，这里阿历根尼煤田的心脏地带。阿历根尼的煤和苏必利尔湖的铁矿以及横贯五大湖的交通，堪称美国重工业所仰赖的三大资源。匹兹堡既有能源之利，又具水道之便，自17世纪后期，采煤、炼铁、造船业逐渐发展，终于在19世纪末，成了全美第一个采煤冶金区。阿历根尼河和孟农加农河沿岸，炼钢厂、轧钢厂鳞次栉比，钢产量占全美国钢产量的五分之一。匹兹堡的煤不仅喂饱了这个美国最大的钢铁中心，还源源不断地运往其他炼钢中心——芝加哥、底特律、克里夫兰、布法罗……如此重要的煤都、钢都，再加上它的焦炭化学工业、金属加工业、军火工业、核工业……我想，为了领教美国工业城市的气势，到匹兹堡应该是最好的选择吧？

然而，结果却很有点儿列宁说的“历史的误会”的意味，我在这里，没有领教到想象中的那种“工业城市”的气势，却领教到了当今时代一种新的意义上的“工业城市”的风韵。

这收获出乎我的意料。

第二天清晨，我和卢加开着那辆机场租来的尼桑，去找计划中要访问的那家煤矿。

昨晚被夜色所遮掩的一切，在晨光中清晰地展现开来。公路仍然蜿蜒起伏。然而，公路的两侧，还是见不到烟囱，也见不到厂房，只见绿草如茵，丘陵山地绿茸茸地铺开去，使我想起了在西藏见过的堆绣壁挂。间或可以见到茸茸的草坪上一栋栋明丽典雅的洋房，房前塔松三两株，亭亭玉立。圣诞节那天的夜里，倘若能再驱车前来的话，一定可以看见火树银花沿路盛开的奇观。

尼桑沿着 279 号公路疾驶，又拐上了 20 号公路，依然穿行于青山翠谷之间。

从华盛顿那边为我们准备的文字资料知悉，我们要去的，是一家年产五十万吨煤的小型露天煤矿，而且就在 20 号公路的边上。应该说，车子既然已经上了 20 号公路，到了离煤矿不远的地方，我就应该有把握找到它了。“您真的有这个把握吗?”卢加先生一边专注地驾着车，一边问我。我笑了，我说那是个不大的煤矿，可您别忘了，我可是煤矿工人出身。其实个中也没什么奥秘，我帮您留意着哪儿有黑色的车辙就成，顺着车辙找去便是。“好主意!”卢加说。

于是车子就那么踏踏实实地朝前开去，一直开过了地图标出的位置达十八公里之遥，也没发现这一路有什么煤矿的影子。

卢加先生找了一个道口，停下了车，看了我一眼，说：“是不是走过了头儿？我刚才可看见路边有一排板房来着。”

我说：“我也看见的，那怎么可能是煤矿？我想可能是养路工段。再说，也没见着煤的影儿啊……”

…………

我们失之交臂的那片板房，还真的就是我们要找的煤矿。

当然这儿不是采区，可这一点也已经使我大感意外了：在国内，我是去过不少煤矿的，大同、开滦、淄博、平庄……有大型矿，也有小型矿，似乎还没有见过用预制件搭的板房做办公处的。当然，更令人觉得奇怪的是，都到了这儿了，还没见到一点儿煤星儿呢，莫非他们的煤，挖出来以后，又“土遁”了不成?

板房的门外分别钉着“老板”“工头”的标志。老板的房间很大，大门敞开着，迎门是一张大桌子，上面摆着电话、对讲机之类，大胡子老板正坐在桌前用早餐。

“密斯特陈！”他显然知道我们要来，抬头看见了我们，立刻起身，扔下了手里的点心，又拍了拍手，冲了过来，“吃早餐了吗?”紧紧卡住了虎口的手用力晃了晃，没等你回答，已经把你拉进了屋，拉到放面包和咖啡的桌前，示意由你自便。

我扭脸巡视了一遍这间屋子，发现门后还有一张桌子，上面放着一台电脑，电脑上方的墙上，贴着一幅大大的裸女照片。

“美国的矿工们也喜欢谈女人吗?”我朝那照片扬了扬下巴。

“Yes!”声音粗重且坚定，“中国矿工们难道不谈女人吗?”

“No!”我也学他那粗粗的嗓门来了一句，“当然，我们比你们含蓄——我们到井下谈，不会在老板的办公室里谈!”

我们的目光相遇，不约而同地哈哈大笑。

现在，我可以和他扯任何话题了。

“你这里实在不像个煤矿，因为至今我还没有见到煤的影子!”

“那你说应该怎么样？我们是不是应该租几架飞机，装上几吨煤末儿，到匹兹堡的上空撒上一圈？……那样光临我们煤矿的，就不是陈先生了!”

“是谁?”

“大法官。哦，还有绿色和平组织!”

我忍不住和他一起笑了起来。

我们一起驱车去看他的采区。越野吉普沿着缓缓升起的公路，翻过了青草覆盖的山梁。采区原来就在山梁的另一边。不过，我不能不立即想起老板刚才的幽默，从采区的外观一眼就可以看出，这是一群十分注意大地道德的人的杰作：采区的四周，依然是绿草如茵。采区就在如茵的草地中挖出了一个百尺深坑。一个巨大的挖掘机立在深坑的边缘——它太大了，我们所坐的那辆吉普车，仿佛变成了一个玩具汽车，而我们，就像一个渺小的布娃娃，仰视着这橙黄色的庞然大物。这庞然大物把钢铁的臂膊伸进了百尺深坑，如探囊取物。房间大小的斗铲伸向深谷，然后猿臂轻舒，把满盛煤块的斗铲掷向一座煤山。煤山的边上，活跃着装煤的小型铲车和载重汽车，不过，不管是谁，好像都得小心翼翼，绝对没有暴土扬烟。更令人感动的是，装煤的载重卡车离去的公路上，长长的一段都铺着草垫子。显然，这是为了煤末儿不至于被车轮带得更远……

坦率地说，我是这时候才对自己来匹兹堡的初衷感到好笑的。我所想到的煤矿，还是那“与天奋斗，其乐无穷；与地奋斗，其乐无穷；与人奋斗，其乐无穷”时代的煤矿，是那种“喝令三山五岳开道，我来了！”的大工业的气势。或许这是人类历史发展进程中一个必不可少的阶段。然而我面前的这些美国人，却在如茵的绿草面前显得格外小心翼翼。我才来一天，不敢断言美国人对今天匹兹堡的生态已经不再忧心忡忡。不过，我敢说，狄更斯说过“匹兹堡是一座敞着盖儿的地狱”的话，已经成了历史了。至少，我没有在这座举世闻名的工业城市里闻到刺鼻的气味，也没有看到蓝天上飘荡的黑烟。他们采取了什么措施、什么法令，来保证这座工业城的健康？他们还将采取什么措施和法令来保护生态和环境？这并不是我这次访问所要采访的内容，不过，从老板到工人，从他们对大自然的谦卑态度中，你能感受到人对于环境的态度的变化，感受到一种新的哲学。

我问大胡子老板，是否知道狄更斯对他们这座城市的评价？

“当然知道。他骂得对。过去的匹兹堡的确是一座‘活地狱’。现在匹兹堡人明白了，如果我们不尊重环境，‘活地狱’就是留给我们自己和我们的儿女的圣诞礼物。”老板朝远方一指，“你看看那边，那是我们刚刚采过的采区，陈先生看得出来吗？”

我说我没看到什么，那边，不也是绿茵茵的草坡吗？

“是的，是草坡，不过，那也是我们开采过的地方。你没有看出开采过的痕迹，那是因为我们又重新种上了草皮。”

“是法律规定的吗？”

“是的，法律规定。不管是联邦政府也好，州政府也好，对此都有严格的法律规定：开采完的采区，必须把废石土移回，上面还要保证十二英寸的腐殖层，同时要撒上草籽，恢复地表的植被……”

“对于其他破坏生态的行为，也有相应的法律条文制裁吗？”

“是的，法律太严厉了，谁也不敢触犯它。当然，现在更多的人都明白了，管束我们的，也不仅仅是法律。在大自然面前，我们都应该有另一套哲学了。”

我们从采区下来，老板邀请我到他的女儿家去做客。

“我的女儿说，她为我做了我最爱吃的巧克力，我们一起去吃，如何？”

“OK！谢谢！”我说。

不过，我的情绪，仍然顺着堆绣似的草地漫无边际地飘荡。

我是粗读过几本美国历史的。美国人似乎也有过“喝令三山五岳开道，我来了！”的时代。甚至他们崇尚过的英雄也和我们中国今天的某种英雄有相似之处。比如他们就曾经有过一位“野牛比尔”，他的“英雄业绩”是：在十七个月里只身杀死了游荡在大平原的野牛四千二百八十头。而今天，“野牛比尔”在美国人眼里，大概已一落千丈了吧？

“若在今天，比尔得去坐牢！”大胡子老板乐呵呵地回答我。

大概也可以算是出于民族的自尊心，我没有告诉大胡子，我们中国现在则有一位“打虎英雄某某某”，因为打虎众多，荣任了某某省的政协委员。有趣的是，这位政协委员“建功立业”的地方，其实已经被国家宣布为“自然资源的重点保护区”了……我没有说，可是我忍不住想，我的同胞们啊，我们对人类所赖以生存的环境的认识，是否还停留在“比尔”的时代——豪迈、雄壮，所向披靡？“正义的来福灵把害虫杀死，杀死！”而如今，傲慢的美国人在大自然面前已经变得十分谦恭了，他们知道，人在构成生态系统的诸因素中，并没有多少优越性，没有多少值得自傲之处。譬如农药，自然可以在害虫面前显示人的威严，但它又何尝不损害人自身？这种谦恭的环境观现在甚至得到了这位以赚钱为目标的美国老板的认可，你应该不难理解，为什么1969年的美国，会发生敦促政府颁布《全国环境政策法案》的群众性环境运动了吧？

什么时候，在我们中国，对环境问题的关注，不再仅仅是几个有识之士的事情，而是全民族的哲学，全民族的自觉行动。那样，我们所面临的严重的环境问题，应该说才有了乐观的前景。

望着道路两旁驰过的绿草，忽而想起美国一句很著名的谚语："篱笆那边的草总是绿的。"忽而又想到，倘若把匹兹堡的绿草向国人介绍，会不会被人批判为"外国的月亮比中国的圆"？时代发展到了今天，大概不会有人弱智至此，把大胆吸收学习外国好的东西和可怜兮兮的贾桂作风或是和姓"社"姓"资"之类的争论搅作一锅了吧？除非他看着匹兹堡芳草萋萋，却盼着社会主义寸草不生。倘若真有人这样的话，那么，究竟谁姓"社"、谁姓"资"呢？

1993 年

踏访基罗亚火山

美国人爱玩邪的。北京人所谓“净玩幺蛾子”是也。我看过一本正正经经地写美国历史的书，里面说，有一位美国人声称自己能把几斤猪下水变成一个钱包。这家伙还真的干成了：他从猪下水里抽出纤维，就编成了一个钱包。我不知别人怎么样，反正我觉得自己到了美国，好像也受了传染，成了一个爱出怪点子的“大男孩”。我对主人说，我希望到华盛顿的警察局去，跟一位巡警巡视一下四十二街；我还希望到一个戒毒所去，和一位“瘾君子”侃会儿大山；哦，我还要上法庭旁听一桩离婚案的判决；还想到纽约的时代广场，窥测一下毒品的交易……负责为我安排行程的小姐吃惊地看了我一眼，随即很快被我的“幺蛾子”闹腾得兴致勃勃起来。她一边用铅笔速记下我的要求，一边兴冲冲地吼着“OK”。我当时的心思一定是既得意，又有几分不甘心。我就不信一个中国大老爷们儿，难不倒这个美国大妞儿。想了想，想起临来前刚刚看到的，夏威夷基罗亚火山爆发的消息。我告诉她，我离开美国的最后一站应该是夏威夷岛，我想去看看正在爆发的基罗亚火山。

“基罗亚火山？夏威夷岛？你为什么不去瓦胡岛呢？那里是夏威夷群岛的中心。那儿有州府火奴鲁鲁，有瓦奇奇海滩，有阿拉莫纳中心，有……所有到夏威夷的人，都要去那里的。”

我笑了。我告诉她，我到夏威夷去，并不是为了洗海水澡，而就是那一个念想：我要看看火山。可能的话，还想采访一下民防指挥部的负责人。

她也笑了，大概这“幺蛾子”使她觉得棘手，可是，我的固执又使她无可奈何。

“民防指挥部？……他们一定正忙得焦头烂额。”她捏着铅笔，颠来倒去，看着我，微笑，“让我们试试看！我只能等你走完了美国本土，抵达旧金山以后，再告诉你。”

“OK!”我说。

主人的热情和办事的认真是无可挑剔的。一个月以后，我到了旧金山，果然收到了一份补充的日程表，上面通知我1月10日飞火奴鲁鲁，在那里换乘一架小飞机，飞往夏威夷岛。我将在民防指挥部利奥先生的带领下，踏访基罗亚火山。

夏威夷州是美国的第五十个州。它的位置在太平洋的中心。八个大岛和一百二十个小岛绵延两千五百七十五公里，珠链一般由东南铺向西北。它们的总面积加起来却不过一万六千七百零五平方公里。当然，总面积是不断增加的：时不时喷发的活火山把岩浆向大海奔涌倾泻的结果，使夏威夷群岛的版图年年更新。夏威夷岛，又被当地人称为大岛。顾名思义，是夏威夷群岛中面积最大的一个。它的面积大约是其他各岛面积总和的两倍。大岛的位置在群岛的最南端，岛上有五座盾状火山，其中有两座活火山，一座是蒙纳洛阿，这是世界上最大的活火山之一；另一座，就是刚刚爆发的基罗亚。

1月10日，这天天气晴好。飞机离开旧金山，飞越了大约三千公里，降落在瓦胡岛的火奴鲁鲁，换了飞机，飞向东南。

透过澄澈的碧空，鸟瞰火奴鲁鲁，只见高楼林立，海滩蜿蜒，叠叠细浪，有如少女飘拂的裙裾。飞机又飞过了遍布菠萝园的莫罗凯岛和拉奈岛，飞过了荒无人烟的卡胡拉维岛，夏威夷岛就出现在机翼下了。从舷窗望去，只见一片葱茏青翠，似乎找不到哪儿有火山爆发的痕迹。

其实，基罗亚火山是在夏威夷的东南部。第二天，当我在民防指挥部利奥先生的带领下，驱车来到大岛的东南部时，只见这里的草木一片焦黄。汽车在一块“禁止前进”的木牌前停了下来。眼前是从遥远的山坡上漫延过来的岩浆，无边无际，像铺天盖地的沥青，像中国东北大平原上翻浆的黑土地，像海边刚刚退潮的滩涂。岩浆流过之处，草木、房舍，早已尽为灰烬。远远地，还可以看得见一丛丛、一片片黑烟滚滚，向前蔓延。利奥先生告诉我，那是继续在吞噬着土地的岩浆在流动。基罗亚火山在一个多月以前，即1986年11月24日爆发的。这次爆发，和以往的情况不同，以往常常是火光冲天，橘红色的岩浆喷射出来，火山灰弥天盖日。这一次则是不动声色，静悄悄地爆发。11月24日，这一天正是感恩节，一位飞机驾驶员发现了地面的异常，报告了人防指挥部，这才知道基罗亚火山再度爆发了。岩浆以每分钟五英尺的速度向山下流淌，烧毁了二十八户人家的住宅，又涌上了公路，截断了大岛南部的交通线，造成不低于四百万美元的损失。

在我的请求下，我们踩着表面已经冷却的岩浆，往前走了一段。我们走上被岩浆掩埋的公路，看见几辆未及逃避的车辆在岩浆里，每辆车都像一只被煮熟的螃蟹，经过火的洗礼，车体变成了橘红色。几位工人开来了牵引车，正要把这堆废铁从冷却的岩浆里拽出来。

利奥先生指给我看不远处的一栋房屋。那房屋的四周，已经被岩浆所包围，唯独这房屋和它周围的一圈小小的草坪，奇迹般地成了灾难的幸存者。那画面，有如黑色海洋中孤独的诺亚方舟。“谁也解释不清为什么唯独剩下了它，看来，只能去问上帝。”利奥笑着撇了撇嘴。

最令人觉得惊心动魄的时刻，是我们绕到烟气腾腾的爆发地段了。空气弥漫着呛人的硫黄味儿，路边的标牌上警告说，患心脏病、哮喘病的人，不应开车窗，更不应下来。我站在被岩浆覆盖的铁青色的土地前面，那土地还冒着一缕一缕的青烟，细细看去，可以看见一个一个环形的喷发口。恍惚中，觉得自己是站在了荒凉寂静的月球上。我走到又一块警告游人绝对禁止再往前的标牌前，跟它怄气似的，越过它，又往前走了十几步，拍了一张照片，算是又玩了个“幺蛾子”。不过，“幺蛾子”也总有个极限。再往前，我是绝对没胆儿了。

我已经感到热烘烘的气息扑面而来了。

1993年

辑　九

冯牧之忧今犹在[①]

过去参加冯牧同志的纪念活动，都是怀着感恩和敬仰，这次纪念他百年诞辰，我想或许应该把对他的怀念有所升华。因此两周前开始读《冯牧文集》1—3卷。1—3卷集中收录了冯牧同志一生涉及文艺理论与评论的文字，我自知在文艺理论方面修养不够，通过阅读，算是对他在文学理论和评论方面的贡献，有所了解有所感受。

作为我国当代文艺界公认的文艺理论评论家，冯牧的成就并不以“等身”的学术著作来奠定。兼具文艺批评家和文学界领导人物的身份，冯牧对我国当代文学理论与批评的贡献，呈现了突出的“实践品格”。而通过解读作品、关注作家以及对文学思潮的审度，对文坛新时期的呼唤与引领，又使冯牧的文艺评论达到那一时期令我们折服的理论高度。不仅在当时，而且在今后，仍然对我国文学的发展，具有相当重要的启示。

冯牧对社会主义文艺理论的贡献，是和他持续五十年的评论文字连在一起的。正如袁鹰同志在《冯牧文集》前言中所说，冯牧作为一个“权威评论家”的“权威”，“常常表现在他文章和讲话中的高瞻远瞩、真知灼见”。这里所说的“高瞻远瞩”和“真知灼见”，已经为随后文学发展的实际所证明。比如《冯牧文集》第一卷的第一篇——《欢乐的诗和斗争的诗》，那是他1941年写于延安鲁艺时代的批评文字。他批评某些诗人对马雅可夫斯基生硬的模仿，批评肤浅的讴歌和标语口号的

① 此系作者出席“冯牧百年诞辰”纪念座谈会上的发言。

倾向。他说，我们随时都可以看到那样的，好像用刺刀拼排起来的诗，随时都可以看到必须用叫喊的声音才能读得好的诗。这是好的，但我们还要说，真正有强烈的斗争性的诗，不仅是如马雅可夫斯基所说的，是“炸弹和旗帜”，而且还必须是真正炸得开的炸弹，真正竖得起来的、色彩鲜明的旗帜；也不仅是像马雅可夫斯基所说，是“进行曲和口号”，而且还必须是能够鼓舞人的进行曲，能够叫喊得动人的口号，而且最重要的，就是：诗首先应当是诗。冯牧在这篇文章里说：“一个诗人，作为一个高级的灵魂技师的人，比一切其他作者更要忠实自己的情感，尊重自己的情感，从他的笔下所写出来的东西也必须更是自己的灵魂的言语，更是打动自己的，从自己心底流涌出来的言语。”这是八十年前，也就是冯牧二十二岁时写的文学评论。我认为，从那时，冯牧的文学观已经初见雏形，他毕其一生所做的，为“尊重艺术规律”而发的呼吁与抗争，就已经开始。

如果说，此后的三十多年间，因为时代的局限，冯牧的文学评论尽管也有个别隐忍负重、违心奉命之作，但更不乏拍案而起发出的“锥心坦白”之论。最具代表性的，是他探讨《达吉和她的父亲》“从小说到电影”所发表的意见。小说《达吉和她的父亲》发表后，改编成了同名电影，由此引发关于原著和电影的讨论。我觉得无论观点怎样，只要是正常的争鸣、讨论，都是没有问题的。但在这争论中，冯牧觉察出了某些论者对马克思主义文艺思想的误读以及对文艺规律的无知。比如有人说这篇小说“小题大做”，不足以表现我们新社会“本质的力量”，要求把父女之间这一“个人命运的戏剧”扩充为所谓“社会戏剧”；以及批评这篇作品不够“典型”，等等。对此，冯牧直抒己见，由“小题大做”，谈到作品是否成功，非关题材的“分量”；社会“本质力量”的展示，只能通过个体来呈现；所谓“典型人物”，并不在于是否“健全和完美”。他指出，按照具体的历史条件和生活实际塑造的人物，远比那种按照有些人的善良愿望和概念要求而设计的形象，更具艺术光彩和思想力量。这一文章至今读来，仍可感到那种深谙艺术规律的自信。1960 年，在经历了“胡风、丁陈反党集团”以及“反右”等政治运动之后，冯牧如此放胆地大谈“艺术规律”，是不能不让人为他捏了一把汗的。以下一段话，表明冯牧同志很早就对那种侈谈“革命”、忽视“文艺”本质的说法，有了清晰的认识——“我们知道，任何革命作家，永远是希望自己的创作能够产生尽可能巨大的思想教育作用的。可是，这种思想教育作用，只能通过文学艺术所特有的表现手段和特殊规律来达到目的。其中一条主要的规律，是它永远只能通过形象和典型化的途径，通过从个别到一般、从现象到本质的方法来反映生活，来帮助人们认识世界，来唤起人们对于美好的和丑恶的、新生的和腐朽的事物的喜爱与憎恶的感情。因此，在文学创作中，永远只能够通过对于个别人物和个别生活事件的描写来反映社会生活。在任何作品里，如果作家所努力创造和追求的，仅仅是一些可以反映出崇高的道德标准和思想品质、具有一定思想代表性的人物，而不是那种既有阶级共性又有鲜明个性的人物，那就不能被认为是创造了鲜明的典型人物。……那种把典型性和共性仅仅看成为某种类型的思想的综合与归纳的看法，显然是错误的。”我知道，当今许多作家和评论家对这一见解，早已拳拳服膺。但近半个世纪之后重读这一段，我仍然不由得掩卷叹息。一是赞佩冯牧的勇气，二是感慨时过五十年，在我们某些批评家乃至文艺界领导的评价标准中，仍然只关注题材的大小，只关注和哪个宣传命题对接，甚至某些作家的创作动机，依然以类型化的人物、图解式的思想为指归。可见真正尊重艺术规律，于领导，于作家，都不是一件容易做到的事。

冯牧的文学理论、批评生涯最为辉煌的时期，是1977年以后，他先后出任文化部、中国文联和中国作协的领导职务，在国家命运重大转折之时，他撰文、讲话，批判“四人帮”的“文化专制主义”，在文艺界大倡“拨乱反正”“思想解放”，贯彻“双百”方针，为独具开创性和挑战性的文学佳作鸣锣开道……这个被称为文学“新时期”的开创，是国家政治清明、人心昂扬、思想自由、艺术民主的大格局使然，但也是文艺工作者感时忧国呕心沥血，才有了思想藩篱的冲破、艺术氛围的营造和创造实绩的收获，而冯牧，应是这中间思想敏锐、果敢无畏的领军人物之一。通观1977年之后的文字，我们看到他对“四人帮”所谓“完整的文艺思想体系”的声讨与论辩，什么“文艺黑线专政”论、“根本任务”论、“三突出”论、“扫荡遗产”论、“题材决定”论、

"主题先行"论，等等。冯牧指出，这些貌似"革命"的论点，是对"百花齐放、百家争鸣"方针的扼杀，对文艺繁荣局面的摧残。他直指"四人帮"推行这种文艺的目的，是"窒息思想，桎梏争鸣"，妄图把中国变成"无声的中国"。冯牧不仅号召对"四人帮"这种在理论上的谬误要"寸土必争、除恶务尽"，还提醒文艺界，警惕"帮风帮气"在文艺界弥漫游荡，同时他又为那些大胆突破的文学新人新作辩诬、喝彩。他说，在"四人帮"文化专制主义的淫威之下，我们的一些好的作品在发表或演出之后，除了准备迎接帽子和棍子之外，所面临的往往是令人难堪的沉默和冷淡。这种状况，是到了彻底改变的时候了。他身体力行——1979 年底，冯牧对当时争议很大的短篇小说《伤痕》发声，他说："它的可贵，在于它是第一个用艺术形象概括地反映出人们精神内伤的严重性并且呼吁疗治创伤的重要性的作品。它代表人民发出了使人警醒的第一声呼唤，因而它是值得重视的。"其实更早，冯牧就捕捉到了新时期文学的潮头。1978 年 8 月 15 日，他在《文学评论》编辑部为刘心武小说《班主任》召开的专题座谈会上的发言。他说自己参加会议的目的，就是给《班主任》等作品投赞成票和赞赏票。这些作品会起到"示范作用"，使那些挣脱不了"四人帮"文艺思想的作家"彻底打破精神枷锁"，走上创作的康庄大道。他明确"一个方兴未艾的可喜趋势已经看得见、摸得着了"，号召"总结经验，抓住势头，推动这个势头向前发展，使之成为滚滚向前的浪潮"。

今天，每当我们回顾上个世纪 80 年代前后形成的中国文学生机勃勃花团锦簇的局面，不能不对有着开创之功的冯牧及其当时所占据的理论高度表达由衷的敬意。当然我也不能不承认在某些同志眼里，冯牧仍然是个被"质疑"的文坛领导者。对此，我想以徐怀中同志在一篇回忆中的话，来回应这一质疑。怀中说，冯牧"并不像有些人在反右时期批判的那样，是用资产阶级的社会方式代替了党对文艺的领导。恰恰相反，他不过是从自己心性上就无法适应那种以政治概念去要求文艺创作的简单生硬做法，而是以尽可能符合文艺创作自身规律的也是他所习惯的方式，去实现高度的领导责任"。实践已经证明，这种理论上的认知和情感上的归属，使冯牧成了一个清醒的理论家和批评家，也成了一个尊重文艺规律、了解创作心理、谙熟领导艺术的文艺界领导者。这是50年代任职昆明军区的冯牧，扶持云南军旅作家群崛起的重要因素，而到了文坛风云多变的50—60年代，即使冒着重大的政治风险，冯牧仍然秉持自己认定的马克思主义文艺观，向那些貌似神圣的、居高临下的、违反马克思主义艺术原理和艺术自身规律的观点发出执着的声音。而到了“新时期文学”的节点，他成为涌动的文学潮流的保护者、鼓吹者、激励者，从而在当代文学史上写下居功至伟的一笔，自然是水到渠成不言而喻的了。

2019年2月26日

共同走过觉醒时代[①]

冯骥才在《1979—1988 我与新时期文学》（《激流中》）一书里讲道，1980 年他突发重病，文场好友或书信或登门，纷纷慰问，其中也说到我。他说："陈建功听到的是我死了的误传，据说他当时还哭了一泡。"我就是那个"哭"得过于超前的家伙。

尽管自己早已把这件"糗"事忘得一干二净，读到这儿还是笑翻了。给骥才兄"有滋有味"的回忆添加了一点儿作料，不仅开心，还满足了一点儿虚荣心。另一处开心且虚荣的回忆是，大冯说，上世纪 80 年代初，他时常奔走于京津之间，到北京东大桥一座居民楼十二层的李陀家参加聚会，冯骥才、李陀、郑万隆和敝人，被当时文场的朋友们戏称为"小四人帮"。如此谑称我第一次听到，但我们——并不是确切就是这四个人——时不时就聚会是事实。那时的聚会不是下馆子……而是像查建英在《80 年代访谈录》里说过的，坐在天安门广场的马路牙子上，买个西瓜用拳砸开，然后从卡夫卡聊到马尔克斯，从荒诞派聊到黑色幽默，"不知东方之既白"。上个世纪 70 年代末 80 年代初的中国，到处充满着这种通宵达旦的激情。

类似的故事俯拾皆是。大冯的书里也写道，我们被冯牧同志请到家里，肆无忌惮地谈文学。以往的文艺界领导人，甚至被私下里称为"沙皇"，从胡风、萧军到丁陈，几年就拿作家出来"斩首"一批。他们拿

① 此系作者在 2019 年 5 月 9 日于天津举行的冯骥才著《冰河·凌汛·激流·漩涡》研讨会上的发言。

着“异己”和“毒草”的帽子乱扣，谁不觳觫？而如今，冯牧不仅饶有兴味，还请共进晚餐。大冯书里没有写到的还有，我们曾一起到过东总布胡同作家协会的老宿舍，当时高行健就住在那里，我们找刚刚写完《绝对信号》的他，拜访住在同一个院子里的严文井。那时文井老刚刚为《现代小说技巧初探》写完序言。那序言写得非常机智，他避开所谓“现代派”的锋芒，写成了一篇童话，传递着对文体探索的赞美，犹记老人家听到我们赞叹后那得意的微笑……

1979—1988 年，是整个中国的激情时代，当然也是文学的激情时代。其本质，我以为，是人的解放。譬如冯骥才，“无路可逃”是他对自己此前遭遇的文艺青春最准确的概括。“达人志士成群死，剩有男儿冷目看。”此前的他，“尽量找小纸块”，把如此的感叹写下来，当然写下来的，还有一些人物的性格历程、时代悲剧，等等。更大的悲剧是他作为一个写作者的惶恐与战栗。他把它们藏到“墙缝里、地砖下、柜子的夹板中间、煤堆的后面”，他仍觉不够踏实，又把这些纸块裱糊到领袖语录的后面。他时不时就算计，这些东西一旦暴露，会被判刑还是会被枪毙。当然，冯骥才自述里所传递的，要比我转述的复杂得多。“文化专制主义”带来的，除了心灵的恐惧，还有思想绳索的纠缠。且看“激流”涌动之前的那本《凌汛》所写，就是 1977—1979 年这两年间，冯骥才被请到人民文学出版社，修改他和李定兴合作的长篇小说《义和拳》。一方面是严文井、韦君宜、屠岸的悉心指导和呵护，是“文化专制主义”被打破之后思想的涌动与蕴藉；一方面是守旧的、僵化的、阶级斗争思路的延续与贻害。而作家，则遭遇着被误读、被责难、被幸灾乐祸的苦闷。这一段之所以引起我的共鸣，是因为我也是从这一时期走过来的。我也曾做过那时期心路历程的自我梳理。自认为也是带着一份惨烈走进文学新时期的。在 1977 年恢复高考之前，我在京西煤矿做了十年的矿工。因为父亲所谓“历史问题”的牵连，成为“反革命嫌疑”，个中滋味，也可谓百转千回。但我自感惭愧的是，面对苦难，我要比冯骥才软弱得多。在那个年代，我甚至忍受着某种违心迎合的屈辱。1973 年，我因为“反动言论”而被取消了推荐上大学的资格，恰在此时却在《北京文艺》上发表了我的处女作——一首歌颂“工农兵上大学”“新生事物”的诗歌。1977年，高考恢复，我考取北大中文系就读。但我还是没能对时代、人生和文学进行更透彻的思考，而是沉浸于一部电影剧本被“赏识”的欣喜中。各位一定记得冯骥才写过和他一起在朝阳门内大街166号改稿的一位铁岭作家，是一位出身贫寒、写作勤奋的作家。他比冯骥才更早就到人民文学出版社来改稿，来时还是“四人帮”时代，他写的是一部“和走资派斗争”的长篇小说。小说还没定稿，“四人帮”垮台了，他不得不重新把小说改成“和‘四人帮’斗争”的题旨。这部书稿最终没有成功，令人痛心的，是那位为书稿呕心沥血的作家，也抱憾而去。看到《凌汛》所写这位同人的故事，我就想到这经历和我在上影厂写的那部“献礼剧目”何其相似。那剧本也曾是我和电影学院某教授合作写成的“和走资派斗争”的剧本，“四人帮”垮台后，我们改成了和“四人帮”斗争的题旨，竟获得上影厂的青睐，列入国庆三十周年献礼项目。正像我总结过的，“文化专制主义”时代的自己，“被那个时代所挤压，却拿起笔，歌颂那个挤压我的时代；对现存理论充满了怀疑，却四处寻找理由，论证那理论的合理；被生活的浪潮打得晕头转向，却只是希冀抓住每一根‘救命稻草’”。当然，得出这些痛切的考问，已经是新时期文学开始之后的事情。转折也恰恰就在上海开始的。那时我向北大请假到上影改剧本的时候，很偶然地买到一张《文汇报》，那天傍晚读了《伤痕》。第二天我就和合作者说，我放弃这次合作，我要回北京去。合作的朋友很诧异，上影的朋友更诧异，因为他们认为剧本只须再改一稿，就可以通过，他们不知道在我的心里，一个新的时代已经开始了。

几乎与《伤痕》发表同时，冯骥才写完了《铺花的歧路》，接着又写了《啊》，他和刘心武、卢新华等等作家成为一个文学新时期的开创者。不过1979年岁末，上海电影制片厂那次“华丽转身”，或许也应该算我的幸运吧。

还好，我没有成为冯骥才所讲的，“铁岭作家”之后的另一个主角。

新时期文学给作家们带来的，不仅仅是思想恐惧的解除，不仅仅是文学尊严的寻找，而是一种精神枷锁的解除，是文学向真正的“人学”

的回归。关于那十年的总结，中外文艺研究家所做甚多，而冯骥才，在他的文学自述里，也已经把这十年间在实践中的思考与探索梳理得眉目清晰，描绘得生动而真切。难得的是，他还时不时对这些文学现象进行理论的剖析与升华。比如，关于“伤痕文学”的突起和“问题小说”的滥觞；关于“反思文学”“改革题材”的思考；关于“写人生”文学的指归；关于《现代小说技巧初探》价值以及“四只风筝”对话引发的风波；关于寻根文学以及“文化小说”的追求；等等。既呈现了思想解放时代文学界生机勃勃的创造性，也表现为遵循文学发展规律的自觉。跟随冯骥才的文学自述，激情回顾觉醒年代历程的时候，我也思考并感受到骥才兄所呈现出来的思想风范和美学原则。

首先，冯骥才在新时期文学十年间，成为许多标志性文学潮头的引领者，体现了他作家的良知与文学的敏锐。作为新时期文学的重要开创者，他的作品在“伤痕文学”系列占有重要的位置。但他不满足于“伤痕”的揭示与展陈，努力向“写人生”的文学开拓。他以熔铸百家的态度支持文体创新，他以自成一家的自信奠定自己的艺术世界。他倡导小说创作向文化底蕴深入开掘，以丰厚的创作实绩展示他的文学梦想。他的文学成就涉及小说、散文、口述文学等多个方面，每一面世，常常给我们带来惊喜。

第二，新时期文学人人抱玉握珠，呈现为新时期文学的万千气象，也呈现了众多作家完全不一样的风貌。冯骥才欣赏作家们各具个性的艺术表达，也欣赏在中国文学观念的变革和发展道路上，在中西文化交融吸收的过程中，在艺术发挥个性发挥中的多样性，他永远抱着宽容的理解的微笑，却自有一定之规。冯骥才不偏颇不激进，却以开放兼容乐见其善的态度吸收别人的偏颇和激进。他不保守不封闭，却也不追风逐浪哗众取宠，在喧嚣而躁动的时代，沉稳扎实地营造自己的艺术世界。这种宽厚的学者之风、长者之仪、艺术境界的定力与执着，显得尤为可贵。

第三，早在上个世纪的20年代开始，中国文化界就开始了自觉的民俗积累、民俗文化研究活动。顾颉刚的《妙峰山调查》，80年代台湾《汉声》杂志的传入，无不对中国文学界产生了巨大的影响并由此引发内地作家向文化结构的开掘。《丑陋的中国人》《中国文化心理结构分析》等海外著作的传入，也对中国小说的发展产生推动。冯骥才是最早的觉悟者和践行者之一。《三寸金莲》《神鞭》等等，都是他的创作实绩。深厚的中外民间文化修养以及对市井平民生活积累，使冯骥才充分掌握中国底层叙述的神韵。在这方面，他很早就显示了文化的自觉和开拓的潜能。这使他的作品既具中国特色，又有现代意识审度的高度，独呈中国文化小说的魅力。

以上所列几项，可以说是我多年与骥才兄相处而得出的感悟。桃李不言，下自成蹊，自觉从骥才兄身上，也获益良多。适逢骥才兄从事文化活动五十年，大会邀请发言，匆匆杂谈如上，权作抛砖引玉。谢谢。

厚积而发之宏阔

——《天下第一渠》读后

白描的“非虚构文学”新作《天下第一渠》，是寻觅、思考、彰显关中文化进而探讨中国农耕文明世界贡献的百科全书式的力作。正如白描书中所说，他认同张孝德教授的论断，认为比之耳熟能详的“四大发明”，中国农业文明的巨大贡献，或更值得研究并为之自豪。《天下第一渠》即以关中郑国渠为话题，展开了中国农耕文明的发轫与演进，讴歌中国古代农业文明对人类的贡献。进而，该书又阐发中国农业文明如何融入世界文明的大潮，赓续、绵延，迎接新的历史时代的必然。

这一题旨的艺术阐发，显示了作家观照历史的视野和境界，更显示了作家丰厚的学养积累、充分的案头准备，包括多学科的涉猎和田野踏勘。仅以书中重点阐述的我国第一部水利法典《水部式》为例。唐代《水部式》敦煌海外存本的发现，首先就涉及敦煌考古、敦煌流失文物等等考古学的问题。随后涉及《水部式》内容本身，作家谈到，唐代法律分为律、令、格、式四种类型，这固然是古代典章制度和法律史的常识，但白描由 20 世纪 20 年代罗振玉在《鸣沙石室佚书》里刊录《水部式》残卷开始，历数中外学者的研究成果，论证《水部式》如何表明唐代在水资源利用方面已有法律化规范。这实际上已经显示了他对古代法律史了解的深度。更令我钦佩的是，书中对《水部式》里有关废除碾硙（即水磨）的话题，做了更为详尽的介绍。首先是对碾硙使用方法予以说明，而后，援引《元和郡县志》《唐会要》《新唐书》《资治通鉴》等典籍，论证唐代由“碾硙”而引起的利益纷争及判决案例等等，较清晰地阐述了唐代在水务管理立法上的开创之功。类似的例子不胜枚举。以我不完全的统计，本书内容涉及的学科有：水利史和水利工程学、地理学、考古学、古代史、近现代史、经济学、地方志、贸易史、民俗学、民间文艺学、法律史、中西文化交流史等等诸多方面。特别要指出的，这些丰厚积累的呈现，并不是“耳食之言”的“粘贴”，也不是“掉书袋”式的“炫酷”。“熔铸百家，自成一家”的自信，无疑使作家娓娓道来的讲述，拥有巨大的说服力。

涉及历史的非虚构作品，除了文学的要求之外，是否具有古人所说的“史德”，乃可否赢得读者敬重的起码。“慎辨于天人之际，尽其天而不益以人”，秉笔直书，不苟同不逢迎，或是更先于“识”“学”“才”的素质。读完《天下第一渠》，我对白描充满敬意，即因为他秉持客观求真的治史态度。比如他由美国记者、探险家尼克尔斯 1902 年出版的《穿越神秘的陕西》一书讲起，介绍他如何向世界传递对关中文化的关注，如何报道了光绪二十四年关中的灾情，并发起波及世界多国的赈灾活动；介绍英国人敦崇礼在完成赈灾使命后，如何提出修堤引泾的倡议；介绍挪威人、工程师安立森对现代引泾工程以及其他中国水利工程的贡献……包括《天下第一渠》对 1933 年安立森遭渭北游击队绑架事件的认知，也拒绝沿袭旧说，而是通过对这一事件始末的探究，揭示党内“左”倾路线“挫伤民心”的事实，应该说，这是具有极大勇气的真诚发声。毋庸讳言，在中外关系的历史上，我们必须“毋忘国耻”，然亦应铭记近代中国和世界文明的融合进程中，异域文明及诸多人士的贡献。

此种客观求实的治史态度，应该是贯穿于《天下第一渠》始终的。它既讴歌了千千万万关中乃至中国农耕文明的开创者和传承者，也表现了对古代的郑国到现代的李仪祉、于右任、吴宓乃至泾阳富商豪门的赞美与肯定。在他看来，每一位对关中经济政治文化有所贡献的人，都是不可忽视的。

此外，“有我之境”和“无我之境”的交织，纵横捭阖的叙事切入，使《天下第一渠》充满文学叙事的魅力。应该说，在当下非虚构写作领域，是具有开创性的。

所谓“有我之境”，即作家自身所拥有的阅历、感受和先辈故事，相当厚重甚至具有某种传奇性。比如他母亲的故事，他青少年时代所闻所见的乡村故事，及其情窦初开时的故事，等等。这些故事经过他的文化审度和感悟，已经具有某种经典性。且举一例：他写到自己回到乡下，见村里几个年轻媳妇坐在一起打麻将。他问：“你们怎么不下地?”女人们虽有几分不好意思，却也含几分不屑地说：“现在谁还下地?”……如此看似简单的亲历故事，却把作家对当下乡村问题的某种困惑展示出来。和这些“有我之境”相穿插的，是历史考据、典籍引用、民间传闻、时政报道、公文照录等等，这些“无我之境”与作家带有强烈主观色彩的“个人叙事”次第展示，使这一作品令读者难以释卷兴趣盎然。

2019 年 10 月 20 日

艾芜——文学生命力的启示

吾生也晚，到北京作家协会从事专业创作时，已是上世纪80年代初了。其时艾芜先生早已迁回成都定居。不过，先生的《南行记》，我在二十几岁的时候就读过的。时值“文革”期间，几个到煤矿挖煤的青年，曾和管理图书的一位老人套近乎，其目的无非就是要取得随意进出的机会，以把矿区图书室里一捆一捆要送去化纸浆的“四旧”图书，偷出来解馋。我记得我弄到的，是托尔斯泰的《战争与和平》和霍桑的《红字》，另一位工友弄到的，有一本就是《南行记》。我读完了《红字》，就交换来了《南行记》。坦白地说，当时不仅生活境况不好，政治上也深陷怀疑和打击，郁郁不得志。如果说《红字》使我在屈辱面前找到了一丝奋斗的勇气，《南行记》则使我明白，阅历就是财富。再就是《人生哲学的一课》里面的最后一句了：“……这个社会不容我立足的时候，我也要钢铁一般顽强地生存！”这也有如坎坷路途中激励我前行的一缕星光吧。

那个时代，也已经开始做着小说家之梦了，于是便把一些读起来印象较深的，如鲁迅的《呐喊》《彷徨》，沈从文的《边城》，以及茨威格、欧·亨利等的作品做一些札记，艾芜的《山峡中》等等，也在其中。在当时的文艺思想指导下，初读艾芜作品的感受，自然也偏向于革命鼓动方面。比如读《我的爱人》一篇，我记得所写的札记是：“我的爱人”之谓，来自同住仰光拘留所友人的玩笑。“我”1931年春因参与政治活动，被关进仰光拘留所。同窗的二位友人，也都是“政治犯”，因为女牢那边的歌声，引起了“我”的注意，“我”知道同牢关押的，多是1930年缅甸沙拉瓦底县农民起义的义士，而那唱歌的女人，就是所谓的“土匪婆”，由此便生敬意。这便成为无聊的监狱生活中狱友的谈资，称之为我的“爱人”。作者借此调侃，介绍了缅甸农民起义的背景和精神，寄托了对人民反抗力量的崇敬和赞美。记得我还曾大胆地联想：1933年写于上海的这篇作品，或许是向“反围剿”的中国红军的致敬。

直到1977年恢复高考，到北京大学学习了文学专业，我才明白牵强附会是何等可笑的方法论。幸亏我是把艾芜先生的作品往好了猜了，而如此思维方式，岂不和我们同样遭遇过的由《海瑞罢官》扯到“庐山会议”，由《刘志丹》扯到高岗殊途同归？

然而，撇开那些牵强附会的联想，单从作品的文本来看，艾芜先生的创作思想，的确已经融汇入当时左翼文学的主潮，他决心把“身经的，看见的，听过的，——一切弱小民族被压迫而挣扎起来的悲剧，切切实实地给写出来”，这在《南行记》的自序里，就坦坦荡荡地声明了。当然，还有另一个声明，就是他告诉我们，在观看了一部名为“告诉世界”的好莱坞影片之后，明白了艺术于人心之功用，因此，他也要借助不亚于好莱坞的征服力，把那些被压迫的弱小民族的情感世界——悲苦和挣扎——“告诉世界”！

我想，坚定的情感指归和不懈的艺术追求，这就是他的作品之所以行之久远，至今令我们爱不释手的原因。

在我看来，所谓“情感之指归”，光靠当下时兴的“采风”和“下基层”的体验，或应有助，然仍觉浮浅。艾芜却是身无分文行走于滇缅山地、东南亚蕉林，或在山家店打工，或与盗贼小贩同处。他与底层百姓的遭际与苦楚感同身受，他的血管里，已经流淌着民众的血液，因此他的作品所流露的，不仅仅是同情。更多的，还为我们揭示了一个陌生的人群、陌生的阶层鲜为人知的美好与良善，以及深藏于每一性格深处的复杂性与多面性。

再说他作品的艺术呈现。

很久以前，艾芜就被称为“民俗风情画”的大师了。但我也注意到，艾芜先生笔下的民俗风情画，如潺潺流水，自然而从容地展示，绝没有刻意地雕琢和铺陈。几乎每一处，都与作品的情节、题旨息息相关。比如《我诅咒你那么一笑》，记述了一个殖民者对傣族姑娘的摧残，以怨恨的笔调抱憾自身的懦弱。开篇那一段异国风情的描写真是迷人哪，读了几节，便想，我何妨也再走走南行之路，看看是否还领略得到那样的风情呢。

艾芜先生的语言是丰富的。“行万里路”所积累的自然风光、民俗事象和人物个性，无须他炫耀章法玩弄辞藻，自然成就了作品的魅力。难道他是一个“不讲究”的叙事者吗？其实，他的叙事技巧是以“无技巧”方式呈现的。细察就不难发现，因为题材的不同，他不断变化着叙事的方式。比如《我们的友人》，是一个叫“老江”的人物的素描。偷卖鸦片，好赌好女人，染一身脏病，最后借宿于“缅漂一族”的群租房中，帮大家买菜，却仍不改恶习，拿大家的菜金去赌去嫖……却又良知未泯义气犹存。而《山中送客记》则是一个精彩的传奇故事。传奇中又飘逸着人生的慨叹。叙述平实素朴，闲笔的运用既展示了民俗风情，又越发给人以真实的感受。这就是讲故事人的高明之处，从容不迫而引人入胜。

我一直认为，先生是一位被低估了的作家。但又想，谁的评估为准？什么标准为准？不管是教科书还是文学史，低估与高估，又有何妨？作品的魅力与价值，最终不是要由读者去评说吗？由历史的浪潮去淘洗吗？

距艾芜写作的年代，八十年都过去了；距我阅读的年代，三十年也过去了。“野猫子”和她的“木头儿子”阿狗，依然如在眼前，那凄清的民谣，依然在江涛声里袅袅如丝……而“在海岛上”那个小偷呢？依然呈现着他的桀骜不驯，如立眼前……同样是小偷，那个身材瘦弱的“偷马贼”又是如此迥然不同，他毅然决然地展现着他的“哲学”的胜利……

这一个个充满了生命的尊严与活力的人物，遍寻中国现当代文学史，不能说绝无仅有，但可以说，是我们的人物画廊中的瑰宝。而随繁华落尽，如过眼云烟一样消失于读者视野的作品，却何其多哉。

如此想来，艾芜留给我们的，不仅只是诸多的作品，还应有关于文学生命力的启示。

艾芜先生除了留下这些，于中国文学，还有一件特别的馈赠，这是不能不说的。

2005 年 9 月 10 日，文学馆很荣幸地接受了艾芜先生后人的慷慨捐赠。捐赠包括：艾芜先生所藏四千余册自清代以来的书籍，其中不乏珍、善本以及海内外著名作家如巴金、冰心等文化名人题赠的著作；著名作家学者致艾芜、艾芜致亲友书札五百余件；包括第一次南行小说的手稿《伙伴》等，第二次南行创作的《南行记续篇》的全部手稿，第三次南行创作出版的《南行记新篇》的手稿，50 年代创作的重要小说《夜归》《新的家》《雨》之手稿共七百余部（篇），以及 1949 年以后所著长篇小说《百炼成钢》《春天的雾》《风波》和未出版的长篇小说《移山造海》手稿，还有各个时期的小说、散文、随笔等手稿。捐赠还包括艾芜先生自 1951 年至 1992 年（仅因特殊原因及“文革”期间有部分停记）的日记，以及自 1949 年至 1991 年研究《诗经》等国学经典的读书笔记等。

这次捐赠，也得到了成都市新都区人民政府的支持，他们也把汤继湘先前捐赠家乡的先生生前书房的全部家具，慷慨转赠给中国现代文学馆。现代文学馆就成为艾芜先生手稿、藏书、书札、家具等存量最全的收藏者。这一捐赠的实现，艾芜先生的哲嗣汤继湘先生及其夫人王莎女士居功至伟。从先生后人身上，令我们切实感受到艾芜宽厚淳朴家风的传承与弘扬。

如此敬仰艾芜先生却又未瞻道范的我，何德何能，可以在现代文学馆馆长任上，享受这一欣喜的时刻？

2013 年 10 月 28 日

在绵密与细腻的后面

——读《悠悠玄庄》

“悠悠”，是张曰凯长篇小说《悠悠玄庄》的基本叙事基调。写一个家族、一座村落的历史，这一题材并不少见。正因为这样，所以新作品所面对的突破难度也就愈大。因此拿到作品，心里第一反应就是质疑——鲁西北，从20世纪初写到20世纪中叶，应该说是一个波澜壮阔的时代，一个陵谷之变的时代，那么，作家会不会写成“宏大叙事”？读罢，我明白了“悠悠”的含义。这是一本由小及大的书，一本见微知著的书，作家找到了绵密细腻的、从容不迫的叙事，以细节的精到和准确，为我们展示了旧中国农耕文化、自给自足的自然经济在一个大时代中崩解的进程。这一崩解进程，被写得如此绵密和细腻，借用古人的一句话：“言其小乎？或曰大言煌煌亦可。”

作为小说，再宏大的题材所面临的，也是丰富的、具体的、生动的叙事要求。正如作者在本书的“跋”中所说，细节，是他找到的法宝，欲以弥补他“才情”的“不足”。作者在“才情”方面的自谦是否属实姑且不论，但悠悠地、从容地、细密地为我们讲述了一个村庄的时代故事、一个家庭的人物遭遇，呈现了一个作品独特的美学追求。不难看出，在处理“宏观”和“微观”、“社会”和“家庭”、“时代”和“个人”等关系上，作家更注重后者，甚至还有将“微观”“家庭”和“个人”推向极致的自觉。于是才有了更为细致入微、趣味横生的艺术情致。但作家并没有把作品推向与世隔绝，作品非但没有在大时代面前逃遁，渐渐地，带领我们看到了这一淳朴的村庄和厚德尚礼的家庭所面对的严峻，也看到了主人公面对新时代新生活做出人生抉择的艰难——张宗昌的征粮与红枪会的反抗；北伐军兴与赵安禄的投奔；宝雁裹脚与妇女解放的学潮……再往后，是抗战中可歌可泣的牺牲，是解放区天晴日朗的新生活与“礼崩乐坏”的叹息……作家由细部发端，却绝不刻意淡化或回避时代。我从这部作品中，既看到了传统中国小说的借鉴与生发，也看到了革命现实主义文学的继承和前进。

进而我又想，小说，更注意细节的精妙和生活的情趣，却又不回避大时代的风云和剪影，这一特色融合于《悠悠玄庄》之中是偶然的吗？以我的感受，《悠悠玄庄》所传递出的文学思考和艺术追求，与新时期文学三十年间，我国文学界所积累的思想、艺术成果是呼应的。我和张曰凯相交四十年，我敢肯定地说，《悠悠玄庄》也是曾经作为《人民文学》《小说选刊》编辑的张曰凯，身处文学变革风潮几十年历练与思考的成果。

那么，延续这个话题，可以说，《悠悠玄庄》使我们看到的，还有“寻根文学”的进一步深化。自 20 世纪 80 年代中期寻根文学勃兴，作家们开始注重地域文化的挖掘，民俗的展示也已经成了不少作家的自觉追求。《悠悠玄庄》中民俗事象的描绘和农事细节的再现，可以说为我们展示了一幅幅缤纷迷人的画面。从庙会到打醮，从婚娶到发丧，从缠足到旌表，从艳曲到民谣，乃至婚帖往来的行文……中国乡村万象，都进入了作家的民俗长卷。《悠悠玄庄》中更把民俗与农事熔为一炉，不仅注重了民俗事象的描写，而且更有鲁西北农事细致入微的描述。无论是春播秋收、看青守夜，还是贩菜运粮、节令社火……都写得绘声绘色，洋溢着浓郁的劳动气息。其中最为见功夫的，是这些民俗农事的描写，以生动的人物心理和人物行动贯穿其中，读起来越发兴味盎然。比如鲁家三个姑奶奶回娘家看打醮，姐妹三人的心思、处境穿插于打醮前后，热闹而细腻。又比如赵安禄夫妇以“守护香椿”为名、营造“二人天地”的心计。赵安禄争强好胜，为了不被爹爹小看，播种时要小聪明，反弄巧成拙的窘态；兄弟二人进城卖香椿的过程，也写得细致入微，生动有趣。我以为，不少细节堪称经典，即使节选置之当代文学教科书里，也是毫不逊色的。

当然，如果说还有哪一点可以挑剔的话，我以为作品对传统小说手法的继承固然必要且成绩可喜，但个别地方印记过于明显，这是应该改进的。

2012 年 1 月 5 日

读《书远堂六年记》[1]

在阅读《书远堂六年记》之前，我对崇明岛的认识，只是知道它是近两千年由长江冲刷而成的一个岛屿，还知道几位从这里走出去的作家、艺术家，其他的，几乎一无所知。因此可以说，我对于崇明岛的人文历史、语言特色乃至自然风貌的了解，是从这本《书远堂六年记》开始的。作家沈飞龙的文化自觉，使他的家乡崇明岛活生生地展示在世人面前。我不知道这本书是不是比较广泛地听取过崇明岛研究者的意见，但我从本书的后记中看到，本书的语言，是听取过语言学者的意见的。我甚至还从网上读一位语言学者的文章，说是在沈飞龙的帮助下，拿到本书的“普通话文本”，使他得以拿来和“崇明话文本”加以对照。读到这篇文章的时候，我已经把“崇明话文本”读完了。当时便很遗憾地想，早知有“普通话版本”，我就不至于读得如此艰难了。不过转念一想，“崇明话版本”正是作家对这部小说特色的着力追求，因此，读一读这种方言体的小说，也算是一种难得的体验吧。

由此我就想说说这部作品给我带来的第一个惊喜，那就是浓郁的地域文化特色和历史文化传承，体现了作者自觉的文化追求和执着的价值立场，对于开放的时代和市场化的社会，有着巨大的现实意义。在我看来，全球化时代的到来和我国改革开放政策的实施，无疑是一个利国利民，改变了中国命运的伟大决策，不同地域文化的融合与汲取，对于文化的发展和社会的进步，应该是一个福音。然而我们也不能不看到，在

① 此系作者在《书远堂六年记》研讨会上的发言。

这融合与汲取中，强势文化对于弱势文化，有着信息单行道的格局，因此也就造成了原本缤纷多样的地域文化，有被强势文化“同质化”的危险。而我们民族传统的价值观、伦理观、道德观等等，正如《书远堂》所写，早在上个世纪中叶开始，就一直被挑战着，到了今天，所遭受的挑战更为严峻了。由此才引出有识之士对地域文化包括方言的抢救，也引出了我们的民族对传统价值观念和个人美德的呼唤。其实，这种抢救的自觉，应该说早在上个世纪二三十年代就开始了。我还记得20年代中期北京大学的风俗研究会所组织的，由顾颉刚、容庚、容肇祖、孙伏园和庄尚严进行的“妙峰山调查”，是从各学科不同角度对北京走会民俗事象的探究，我以为就有一些抢救性质。此后类似的活动日渐多了起来。比如学者们对老北京天桥等民俗的抢救，张次溪、李景瑞所留存的大量资料，对北京特色文化的遗存功莫大焉。当然，这种地域文化的坚守和抢救，绝不仅止于北京方面，各地都有一批人在做着不懈的努力。在文学创作方面，老舍、李劼人、沙汀等作家，也都有意识地保留方言特色或者经过艺术的提炼，用作品展示出新的独具魅力的方言形态。同样，坚守我们民族优秀的价值观念、美好的人文情怀、高洁的情趣志向，也是一批作家自觉的追求。应该说，《书远堂六年记》把这种自觉提升到一个新的阶段。作家自觉的文化追求和执着的价值立场，除了通过方言的运用、民俗的描写等等加以表现之外，主要是通过德彰及其兄弟姐妹们的成长体现出来。这一成长过程，充分体现出，崇明岛是一块文化底蕴深厚的土地，书远堂，是这块土地上凝聚着民族精气神的宝地。上个世纪的60年代，尽管在“以阶级斗争为纲”的错误路线指导下，这里人人自危、鸡犬不宁，但仍有像德彰这样的孩子，坚韧地跋涉于日渐荒芜的传统文化园地。作家通过德彰的目光，为我们展示了中国文化的魅力，如书法、金石、美术、棋道、民族音乐乃至民间百戏，林林总总，表现了作家广博的涉猎和精深的文化素养，也表达了作家对乡土、对传统深切的爱戴之情。

其二，作家对上个世纪60年代的政治氛围、人际关系以及生活状况的描写，生动传神，有力地烘托出山雨欲来的社会环境，对这一环境下被侮辱与被损害的人物的处境，予以深切的同情，对困厄之境中焕发的人性之光和人情之美，给予感人的呈现。特别到了作品的后半部，应该说极“左”的政治路线所造成的悲剧是越发接近高潮了。因父亲的历史问题给德芳的求学带来了重大打击，由此引出了德芳的父母文奇、倪美英的离婚以及在文奇的撮合下，倪美英和“根正苗红”的老汤的结合，其中三个人物站在不同的角度所表现出来的爱心、善良和淳朴，可以说是感天动地、催人泪下的一笔。同时，鼎贞的悲剧以及这一过程中展现的崇明百姓的人情之美，也是令人慨叹的。应该说，类似的例子绝不仅这一两件。

其三，作为一个对崇明方言一无所知的读者，我特别想讲一讲对作品运用崇明方言创作的读后感。首先，我刚才已经说过了，崇明方言的运用，是作家文化自觉的表现。作家不仅运用方言是自觉的，而且描绘崇明的历史、习俗、风物乃至推重乡土的英雄才俊，也是自觉的。这是令我敬重的。然而，我也不能不坦率地说，读完这部作品，对于我们来说，太过艰难了。那么，由此提出一个可以讨论的话题是：怎样在保持地域文化特色的前提下，在呈现崇明方言特色的前提下，使这部作品拥有更多的读者？据我所知，很多注重地域文化写作的作家，一般采用的，是叙事语言用普通话，人物语言用方言的办法。像沈先生这样，无论是叙事还是人物对话，都运用方言者，极为罕见。固然，这种“罕见”猛然出现，给我们带来耳目一新的欣喜，但由于不懂崇明话的读者很多，欣喜之余，视为畏途，庶几难免。由此我建议，最好还是汲取前人的经验，叙事用普通话，对话用崇明话。当然，这里所说的“普通话”，绝对不是书面语，而是要提炼吸收方言养分、变化为普通话的“崇明话”。就拿我们写“京味小说”来说，普通话的叙事，就意味着你必须丢掉“儿”化韵，丢掉一些难以理解的土语，但你的普通话叙事，仍然要吸收北京的语言特色，比如双声叠韵的运用，比如形象的、夸饰的幽默的修辞运用，比如北京人思维方式的基本特点等等。尽管提了这些建议，我仍然认为沈飞龙先生全部书稿运用方言写出，是有意义的，也是有意思的。期待他在地域特色、方言运用方面继续探索，为创作积累更多的经验，为文学做出更大的贡献。

最后，我想谈一点读后的遗憾。我认为，作品的主人公德彰在时世纷乱的六年间，学琴学棋学书学画，坚持着传统文明的操守，在书远堂精神的传承下日渐成长起来，作者于中寄托了自身的人文理想，其理想主义色彩，是不言而喻的。但德彰身边所发生的重大事件，对于他所坚持的价值观念、道德理念和处世哲学，无疑具有极大的摧毁性，不在德彰心中引起波澜，几乎是不可能的。然我们从书中看见的，这种冲突、矛盾、痛苦以及由此造成的成长印记，太过单薄了。德彰当然也不全是“两耳不闻窗外事，一心只读圣贤书”的，看到不平，比如鼎贞错划地主问题，他也挺身而出，帮助鼎贞上书，解决了问题。但我们看到的，仅仅是这样的行动，却看不到内心的纠结、矛盾、痛苦乃至呐喊、抗争，因此也就很难看出在山雨欲来的时代这个少年成长为青年的思想轨迹。这不能不使我感到遗憾。

当然，瑕不掩瑜，在提出这些参考性的意见之后，我还是要向《书远堂六年记》的成功表示热烈的祝贺！向沈飞龙的下一部作品，抱以更高的期待！

谢谢！

2011 年 5 月 12 日

图书在版编目(CIP)数据

岁月拾荒 / 陈建功著. -- 北京 : 中国文史出版社,
2022.1

ISBN 978-7-5205-2700-2

Ⅰ.①岁… Ⅱ.①陈… Ⅲ.①散文集-中国-当代
Ⅳ.①I267

中国版本图书馆 CIP 数据核字(2020)第 245421 号

责任编辑: 卢祥秋

出版发行: 中国文史出版社
社　　址: 北京市海淀区西八里庄路 69 号院　邮编: 100142
电　　话: 010-81136606　81136602　81136603 (发行部)
传　　真: 010-81136655
印　　装: 廊坊市海涛印刷有限公司
经　　销: 全国新华书店
开　　本: 720×1020　1/16
印　　张: 22　　　　字数: 229 千字
版　　次: 2022 年 1 月第 1 版
印　　次: 2022 年 1 月第 1 次印刷
定　　价: 68.00 元